格尔木
文学丛书
（第二辑）

太阳色的苦菜花

TAI YANG SE DE
KU CAI HUA

盛明渊 著

燕山大学出版社
YANSHAN UNIVERSITY PRESS
社会科学文献出版社
SOCIAL SCIENCES ACADEMIC PRESS (CHINA)

《昆仑圣殿格尔木文学丛书（第二辑）》
编委会

在广袤的土地上放歌

——写在“昆仑圣殿格尔木文学丛书（第二辑）”出版之际

在我们这个星球，自有人类以来，精神和智慧的火花就一直与生命的长河相伴相生。文学、艺术的发展也莫不如是。

近年来，格尔木这座耸立在戈壁荒原上的城市，依托独特的地理优势和丰富的昆仑文化资源，各项社会事业发展迅猛，文学艺术的发展也一日千里，呈现出勃勃生机。尤其是国家西部大开发战略的实施，使柴达木盆地各项事业的发展面临千载难逢的历史机遇。柴达木盆地已成为一片激荡着大开发热潮的西部热土，成为我国西部经济快速发展的一个亮点。

格尔木这个20世纪50年代因路而生、因路而兴的新兴工业城市，因其特殊的发展历程，城市文化中蕴含着昆仑文化的丰富内涵，体现在军旅文化、农垦文化、知青文化、移民文化诸多方面，反映到文学中，就出现了各种文化相互交融，既有区别又相伴而生的特点，辨识度较高。格尔木市前前后后涌现出了一批知名作家，如军旅作家王宗仁，知青作家卞奎、魏忠勇，诗人曹有云、陈劲松等，作家唐明、梅尔更是当下青海省儿童文学创作和现代长篇小说创作领域的中坚力量。他们都是格尔木发展的亲历者，正是他们的这种经历，使他们在创作中体察百姓的所思所想，与百姓心有灵犀，作品更贴近百姓的心。他们在日常的创作中勤于思考，敏于领悟，在平淡无奇的生活中发现人生的真谛，于人们不经意的细枝末节挖掘出微言大义，让更多的人认识和了解了这片土地的人文历史和自然风貌，也让这片土地上建设者的身影出现在了大家的视野之内。

都说文化是一个地方最深远的语境，文化环境也不能单纯理解成物理意义上的环境，对它的理解更不能局限于当下的一时一地。格尔木市文联为不断给广大人民群众提供更优质的文化环境，这几年一直在不断拓宽各个艺术领域，文学、美术、书法、摄影、音乐、舞蹈、影视等各协会都硕果累累，成绩斐然。

2017年格尔木市文联出版了“昆仑圣殿文学丛书（第一辑）”，这是文联成立以来第一次出版系列文学丛书。今年我们又迎来了“昆仑圣殿格尔木文学丛书（第二辑）”的出版，在第一辑的基础上，我们欣喜地看到，这次作者所在的行业更广、涉及的地域更广。在戈壁新城这片广袤的土地上，文学新人不断涌现，文学作品层出不穷，文学队伍不断壮大。他们在这片充满梦幻、蕴含着无限可能的土地上，汲取着丰富的营养，迸发着无穷的灵感，跟随着新时代的脚步放歌，创作出了一大批富有时代精神的可圈可点的文学作品。

使命召唤担当，事业需要人才。新时代的社会主义文艺繁荣发展，需要我们坚持思想精深、艺术精湛相统一的创作理念，需要一大批德艺双馨的艺术工作者付诸实践。要做到德艺双馨，每一位文艺工作者都要时刻保持高度的责任感、紧迫感和使命感，运用我们熟悉和擅长的艺术形式，以胸中有大义、心里有人民、肩头有责任、笔下有乾坤的精神，践行繁荣发展社会主义文艺的历史责任。

习近平总书记指出，当代中国共产党人和中国人民应该而且一定能够担负起新的文化使命，在实践创造中进行文化创造，在历史进步中实现文化进步。这是一种期待，更是一个目标。新的时代已经到来，新的机遇也在等待着我们。

“昆仑圣殿格尔木文学丛书（第二辑）”的出版，是我们培育、壮大本地文学队伍的具体举措，也是对近年来我市文学工作者创作成果的一次较为集中的展示，更是对今后文学事业发展的期盼和祝愿。

此套丛书的出版得到了市委、市政府及相关部门的大力支持和帮助，在此，我们向各位领导和所有相关部门表示诚挚的谢意，也向为此丛书的出版奋力笔耕的各位作者表示深深的敬意和诚挚的感谢！

青山元不动，浮云任去来。愿这片充满希望的广袤土地，今后诞生更多更优秀的作者和作品，愿格尔木这方热土在昆仑文化的滋养下，呈现出更广阔的文化气象和多元化格局！

是为序！

格尔木市文联主席　王　韬

2019 年 7 月

让那些细碎的温暖照亮生命

■ 唐明

首先祝贺盛明渊先生的长篇小说《太阳色的苦菜花》正式出版发行，这是先生的长篇处女作。初稿我就读了，还参与了修改意见，在此感谢先生对我的信任。

小说的情节和结构都不复杂，先生用不疾不徐的语调讲述了一个家庭两辈人的普通生活故事。父母亲是老一辈的地质工作者，为祖国西部的地矿勘探工作奉献了青春和才华，年轻的脚步踏遍了西部的山山水水。革命工作完成了，把子女含辛茹苦地养大了，退休之后本该轻松自在地享受生活，但没有想到的是，母亲却由糖尿病引发的心脑血管和神经系统损伤成为“植物人”，在医院里一躺就是好几年，全家人的生活都围绕着这张病床，尤其是老父亲，自虐式地每天陪在妻子病榻之侧，尽管请了两位护工看护照顾妻子，他仍然不放心，一天不在医院就觉得辜负了妻子。儿子富民、为民心疼母亲，又担心父亲被拖垮，除了要面对自己生活和工作中的种种繁琐日常，还要把心牵挂在父亲母亲身上。富民在外地工作，不能长期陪在母亲身边，休假的时候，富民一边尽心竭力地照顾母亲，一边小心翼翼地劝父亲不要总是耗在医院，要常去打打牌、钓钓鱼、约朋友喝喝茶，却惹父亲生气，他既委屈又心疼，背着家人暗自垂泪。老父亲生过气之后既懊恼又心疼自己数落了儿子……

终于，母亲在病榻上无知无觉地度过六年之后离开了这个世界，而父亲的身心也被这样的生活拖垮，在母亲离开十多天后，也离开了这个世界。父亲的离去很突然，令孩子们措手不及，愧悔不安。付出了那么多的金钱和情感，也没有唤醒母亲，更没有保住父亲，悲伤的情绪达到高潮，这是作者蓄满了的悲剧力量，很有些动人心魄。读者在被这种悲伤情绪感染的同时也感受到了温暖，亲人之间的理解、关爱、给予、付出都深深地感动着读者，让人仿佛能够嗅到人性中的芬芳，仿佛能够品尝到苦涩生命中的那份回甘。就像高原上那些在盐碱地上生长的苦菜花，那样清苦，那样卑微，却又开着金灿灿的花朵，向着光明，暖着人心。

小说有很多写法，理论家们给这些写法取了很多高深的名字，还分了很多门派，写作者们似乎也会很自觉地归依到某个门派里去，感觉自己有了根基，有了出处，有了靠山。殊不知，自己就常在这时把自己搞丢，有的花枝招展却毫无内涵，有的风情万种却不知所云。小说到底应该是什么样子呢？我自然也高明不到哪里去，说不透彻，道不明晰，但我总是想，我们为什么要写小说？因为身体或者灵魂里总有一个家伙在连踢带踹地催赶着你：必须要说点什么！这是本真，也是始源，如果没有这个纯良的动机和冲动，就很难谈小说创作了。《太阳色的苦菜花》的写作初衷就源自一个地质工作者的后代，想要讲述一代地质人、一对普通父亲母亲的真实人生。这本真而强烈的讲述愿望，大概可以叫作“自然派”写作，笔如马儿，纸如平原，信马由缰，自然天成。在小说创作追求繁复技巧的今天，我们是不是应该退回原处，在自然的讲述中，还生活一个本来的面目？《太阳色的苦菜花》便有这种返璞归真的美学意识。先生没有刻意地追求峰回路转、大起大落的故事情节，而是按照小说人物的成长经历，遵循生活规律，一路写下来，朴素而真诚，文字里自然而然流淌出来的那份善意是这部小说最动人的气质，而打动人心的也正是这种真挚而拙朴的美。真实是一种力量，先生让那些生活中细碎的真实的温暖照亮了生命，让经受着苦难的世俗之人在一次又一次挫折、苦难、疼痛的折磨之中一次次活转过来，带着勇气和希望继续前行。我想，这大概是这个小说最大的意义，也是最直接的贡献吧！

当然，长篇小说《太阳色的苦菜花》并非完美无瑕，比如语言上少些张力，比如作为一部现代题材的小说，纵深感不足，着眼点小。这种创作的缺憾在于他留给读者的除了感动，多重的启发性很微弱，一部上好的小说一定会在感动人的同时带给社会某些觉醒和反思，如果做不到，就会有些遗憾。幸而这只是先生的处女作，相信他在以后的小说创作中，会超越自己，写出更优秀的作品来。期待。

2019 年 3 月 16 日

楔　子

当富民又一次提着行囊匆匆站在母亲尚芳的床前，尚芳的一双眼睛还是那样的秀美、那样的深邃。除去疲惫睡着的时候，她的眼睛仿佛一直在凝视着什么，又好像是在思索着什么。每次面对这双眼睛，富民都能从母亲的眼神中看出几分当年的睿智，也还能看出几分恬静和安详。但只要再仔细地看一下母亲瘫软无力的双手、双腿，富民就会又一次意识到母亲其实已经完全瘫痪了，不仅是母亲的身体，更严重的是母亲的神经和思维也完全瘫痪了。

一根用于向尚芳体内人工注射流食的胃管从她的鼻孔插进胃里，代替了她张嘴、咀嚼、吞咽的功能，也使她失去了正常人在进食时能够品尝到的万般滋味。在她的下身还有一根导流管接入体内，支撑着她的生理循环和代谢。她的左脚用一根带子拴着拉紧了固定在床尾的金属栏杆上，如果不这样，她的腿会因为抽搐变得越来越弯曲。为了尚芳的康复，大家都不想放弃任何希望，也不敢忽略任何影响将来康复如初的不利细节。

一个不相干的人看到尚芳的样子，会觉得她就是一个植物人。

植物人，这个说法似乎有些残酷。可是，尚芳像这样躺着已经足足有四年了，虽然爱人陈宋领着一大家人一次又一次地抱着希望，将她从省城一家医院转到又一家医院，见了一个专家又一个专家，从一种治疗方法转为又一种治疗方法，从一种新药到又一种新药，可是她的病却不见起色。有时，她虽然在大家的潜意识中也曾被认为是好些了，为了宽慰陈宋，许多前来探望的亲朋好友也一回回说要比之前好些。但事实却很残酷，她依然不会动，不会吃，一切都不能自理，也不会说话、不会认人、不会思考，一直就这样在亲人眼巴巴的祈盼中安静而无助地躺着。

尚芳是由糖尿病引发的心脑血管和神经系统损伤。糖尿病本可以早发现早治疗，基本上不会对人的正常生活产生大的影响。但由于陈宋一家人在医学方面的无知，以及对她的健康的疏忽，等病情被发现已经到了极其严重的地步，以至于现代医学方法和手段对此也无能为力，无法清除那些阻滞在她每一根血管和每一根神经中的尘埃。

有些同尚芳一样的患者，发病虽然晚一些，但却早已不在人世。这样的结局每每让陈宋一家人陪着那些不幸的人们落泪，这样的结局也一次又一次猛烈撞击着陈宋一家人的精神防线。但陈宋一家人依然在坚持着、努力着，悉心照料和百般呵护着她，可是她却迟迟没有对此做出回应。渐渐地，一家人就连雇用的护嫂，都习惯了尚芳这种没有了质量的简单而无奈的生活方式，或者说生存方式。

富民也是一样，不管是在外地工作的时候，还是争取到时间回来看望父母兄弟的时候，甚至在品尝着些许成功喜悦的瞬间，抑或是极不如意的时候，他的脑子里都会跳出母亲现在的模样。特别是母亲这双秀美而深邃的眼睛，常在他的脑子里闪现，就像是在迎面而来又匆匆逝去的岁月河流里摇曳。

每次站在母亲的病床前，富民都强烈地感到那种许多的爱不再重来的深深的忧虑和伤痛。

前些年，由于尚芳无微不至的关怀和辛苦操劳，陈宋、富民和为民，还有富民的爱人霞竹和女儿月月、为民的爱人吴莹和儿子晓晨，这个家庭中的每个人都被她的爱包裹着。现在，面对病重不省人事的她，家里每个人都想同她来一个爱与被爱的角色互换。可是，这一切的爱和一切的努力，似乎都显得太晚、太迟。

面对无情的现实，陈宋一家人极不情愿但又不止一次地想，尚芳或许会康复，但更有可能在某一天永远离他们而去。

每次匆匆赶回家，富民都这样静默于母亲的床前，和母亲进行着没有语言的交谈，循着母亲慈爱的目光，富民有足够的时间在过去的岁月中捡起件件往事，一次又一次回味和梳理父母的一生。

想起父母的一生，陈富民觉得天下所有父母的形象与足迹，原来都只是由一些平凡琐碎的小故事勾勒出来的。而这些琐碎平凡的小故事，又使每一个懂得父爱母爱的人依恋和感动。

回想父母的一生，富民总是会想起在青海中西部哈图草原上生长的人苦苦花，它那太阳般温暖、美丽、顽强的笑脸，以及它撒出的蒲公英一样浪迹天涯的种子，常常让他感动得热泪盈眶。

一

陈宋和尚芳原本是重庆地校的同学，1958 年毕业后辗转来到偏远的青藏高原从事地质勘探工作，先后转战哈图草原的乌兰县、都兰县、大柴旦镇和格尔木市等地。夫妇二人有利民、富民和为民三个儿子。大儿子利民长相英俊，学习甚好，很有希望在大学毕业后公费出国留学，是夫妇二人的骄傲。小儿子为民聪明伶俐又个性倔强，也深得夫妇二人的疼爱。老二富民却显得有些温和木讷，算是夫妇二人及周围邻居最不看好的一个。利民很小就给人们说，弟弟富民走路都在睡觉。

1984 年 7 月参加完高考后，富民对自己高考的表现原本是满意的。经过认真估算，他向父母保证至少可以考上中专，而且有可能是省外中专。但是由于他估的分数比周围一些人为孩子估计的分数要低很多，相比之下，陈宋夫妇对他很失望，有时甚至会无端训斥他，并表示如果考不上学就送他回四川老家种地捡狗屎，还半假半真地说老家连他种地用的锄头都已经备好了。

富民心里有些不服气，甚至在心里有些愤愤地骂道："让他们估分，狗屁吧他们！又不是他们在考试，他们怎么就知道孩子考得好坏？这样估计分数，老子还少估了几十分上百分呢。"

但富民不可能真的这么开口骂人，更不敢解释或者顶撞父母。保证至少可以考上中专，这毕竟是自己凭感觉估计的结果，分数不下来，这一切就还是个未知数。

陈宋夫妇二人的一番话，就是想让这个一直生活在自己身边，未曾真正下过地、吃过苦的孩子感到害怕，想让他为自己不好好学习的行为感到后悔，感到可耻，正所谓知耻而后勇。

事实上，富民也确实感到有些害怕了。一方面，他想象不到在家捡狗屎种地是何等滋味，特别是想到在水田里干活，稍不小心水蛭就钻进肉里的感觉，他就浑身起鸡皮疙瘩；另一方面，他虽然对考取哪怕是一所中专学校抱着只有自己才有的希望，却也不得不去想万一没考上又该怎么办。那么多的考生都考不上，都参加复习和来年的高考，父母为什么就不想着让他也参加复习，来年再考，非要送回家去种地呢。大哥的一个同学，今年已经是第四次参加高考了，还是农村的，家里人都支持他连续几年参加高考，亏你们还是国家干部，还是双职工。

想到这儿，这个在陈宋夫妇眼中温和木讷的孩子又在心里愤愤地说："回去种地就回去种地，家里不是还有外婆说的娃娃亲吗，你们就等着！到时候我在天井或牛棚抓出个脏娃娃管你们叫爷爷奶奶，再爬到你们身上抹一身泥巴和鼻涕。嫌脏，就连我和这个孙孙都别要了，老家你们也别回了。"

富民之所以这样描述农村，是因为他九岁时回老家就见到一堆这样的孩子，还和他们一起在田间地头、猪圈牛棚、山上河边疯玩了一个月，天天身上脏兮兮的，没少挨母亲的骂。要不是把他从小带大的外婆护着，不知还要挨多少打。也是在玩耍当中，一个小女孩怯生生地对他讲，他们两个是娃娃亲，等他大了回去娶她。富民为此哭着找外婆理论，外婆就曾对他说："我只是跟他们开个玩笑，不作数。我们富民将来有出息，要在外面拿工资吃商品粮，根本不会回到这乡坝头下苦力。"

本来嘛，富民就是一个受正统教育，刚刚高中毕业的 17 岁孩子，哪里懂得回家种地的艰辛，更不懂得在农村娶妻生子对一个从小生活在城市里的人意味着什么。不过，一个温和木讷的孩子，也不是好惹的，也会在报复心理驱使下讲粗话。

不想听陈宋夫妇整天不停的唠叨，富民采取了回避的策略。每天早上天不见亮便出门到离家不远的农村和田野里闲转，带上麻袋和铲子，顺便为家里的鸡鸭挖一些苦苦菜，等到父母都去上班了才回家吃早饭。

在青海中西部哈图草原的乌兰县，生长着两种苦苦菜。一种叶子肥厚细长且叶边的锯齿状很明显，在太阳下甚至在月光下泛着暗暗的银光，又像是落了一层薄薄的灰尘，根和枝叶都很苦，掐断后茎和叶脉很快会渗出乳白色的奶浆，当地的人们称之为鸡苦苦菜或猪苦苦菜。另一种与鸡苦苦菜的形状特点大致相同，只是叶子略为圆润也更加浅薄，叶片边缘的锯齿也短小些。最大的区别就是色泽翠绿且只有一点点涩涩的苦味，如果烹饪的方法得当，是不错的一道凉拌菜，当地人把它叫作人苦苦菜或甜苦苦菜。人苦苦菜的花开得很好看，金黄色的小碎花瓣层层密密重叠在一起，形状酷似含笑的菊花，更像灿烂的太阳。细细嗅来，每一朵花的花蕊都泛着香甜，很像刚刚晾晒过的衣物上的那股太阳味道。

20 世纪七八十年代的青海，精神生活极度贫乏，物质条件也极其艰苦。走过来看过去，原野里开着的人苦苦花也算是苦中作乐的一道风景，让人赏心悦目，让人记忆深刻，更让人浮想联翩。富民和家人格外喜欢人苦苦花，那灿烂的太阳花色，即便在阴天也能把温暖洒进你的心田。出来挖苦苦菜，富民有时会采一把人苦苦花回去插玻璃瓶中，放到父母的卧室兼客厅里，让这一朵朵太阳照着父母慈祥的面容，再让父母惬意的脸上也绽放出太阳般的微笑。

人苦苦菜的花开败后，花托上会渐渐长出许多带有伞翼状的细长绒毛，绒毛的根部就是人苦苦菜结的种子，种子和绒毛相互簇拥着结成一个个晶莹的毛团，几乎同蒲公英花谢了之后没有什么区别。到了秋天，一阵秋风吹来，这些种子便驾着伞飞向四面八方，飞向天南海北。不论落到多么贫瘠的土地，来年只要有几场春雨，一样会生根发芽，一样会开花结果，一样会有许许多多的孩子就那样驾着伞去浪迹天涯。有时，富民觉得父母就像人苦苦菜，而他和哥哥、弟弟就是从他们身上飞落到这个世界的，虽然飞落到地处西北的贫瘠土地上，但这贫瘠的土地一样承载着千家万户的欢乐和希望。

陈宋和尚芳所在的地质大队在乌兰县是生活条件最好的单位，专门有冷藏车为职工家属采购蔬菜。但是遇到当地的蔬菜生产青黄不接，而大队的蔬菜供应车在外地采购蔬菜不能及时返回，很多家庭都会挖人苦苦菜吃。

尚芳凉拌的人苦苦菜味道很好，要比凉拌菠菜或萝卜丝口感好得多。单位虽然有蔬菜采购车，但当地的生活物资还是很匮乏，大多数生活物资、物品还要凭票供给，即便是双职工家庭，也需要自力更生来丰富和改善物质生活。为此，尚芳在家里常年喂着十几只鸡和四五只鸭子，基本上满足了全家人的蛋禽需要。

这些鸡鸭也特别喜欢吃拌了苦苦菜的麦麸皮，就连冬天也要在麦麸皮里掺上夏天晒干储备的苦苦菜粉才行。

所以，说是顺便挖一些苦苦菜，其实富民至少也要隔一天就挖一大麻袋。能装 180 斤大米的麻袋，松松垮垮的装满一麻袋苦苦菜也有着不轻的分量，如果压实在点就更重。好在这种事情平时也常做，对他也不算什么难事。既能帮母亲做家务减轻负担，又避免一大早就与父母面对面受责骂，何乐而不为呢？他心想，等到考上的那一天看你们还骂不骂我。当然，他也有些担忧，一边挖菜一边自我解嘲说，管他考得上考不上，至少现在能少挨一天骂就少一天，得过且过呗。

一个人在满是露珠的田坎、沟渠干活、闲转，富民的心境还是孤独和愁闷的。一双鞋常常被露水湿透，裤脚有时也会被打湿一截，加上那个未知的考分，常常让他感到冷。不是因为晨风的凉而是来自内心忧虑恐慌的冷。加上蚊子无孔不入，不时在脸上手上吸出一口鲜血，让富民在干活的时候有些烦躁，有些慌乱，好几次差点一铲子铲到自己的手指。

不过，富民依然能够感觉到父母对他的疼爱。别看父母常常说他骂他，但每天早上挖着菜扛回家，都有两个荷包蛋躺在满满一碗牛奶里。富民想这就是俗话所说的教子之道：给心不给脸吧。

这一天，富民终于从同学手里拿到了他的高考成绩通知单。他顺利上线了。虽然离本科分数线还差了好几分，但比他自己估计的分数高出了许多，已经上大专线了，填报个大专志愿是没有任何问题的。富民激动地对自己喊：“看吧，老子估的分数不会错吧，老子不填中专喽，老子要上大学，大专也是大学啊。”

从 1979 年到 1984 年，恢复高考也就短短五年的时间，参加高考考取高等院校，哪怕是中专、技校已经成为广大学生家长对美好未来的最大指望。那可是铁饭碗，自然要全力一搏。竞争也极为激烈，正所谓千军万马挤独木桥，不要说上大学、大专，就是能考取个中专、技校也是很不容易的，不说是百里挑一，也是只有不到一半的一半，甚至更少的人能够有此幸运。

富民收起成绩单急忙来到尚芳的办公室。他木着脸对母亲说：“妈，给我钱，我要回老家种地。”他不急于把高考成绩告诉母亲，无非是想在母亲又一次责备他甚至是训斥他的时候再拿出成绩单来，看母亲在众人面前如何收场。出乎预料的是，母亲看到他一脸的可怜相，反倒温和地对他说：“不着急，已经为你在老家联系好了补习的学校，哪能真的让你去种地呀。”母亲还起身摸摸他的头说：“分数下来了，没考上是吧，索性再好好玩几天，到时我和你爸爸亲自送你回去补习，书香门第，哪有不读书的道理。”

听了母亲的话，富民不知道是为那些挨骂的日子感到委屈，还是为当时斗气的做法感到愧疚，或者说富民在这一刻才真正为自己高考上线感到激动了，哭着把成绩单交给了母亲。

尚芳认真看着成绩单，看了一遍简直不敢相信自己的眼睛，又仔仔细细看了一遍，之后竟也激动地抖着成绩单对同事们说：“我儿子上线了，可以报大专，可以上大学了。”

同事们都向他们母子投来赞赏和羡慕的眼光。

在同事们的祝贺声中，尚芳伸手为富民擦着眼泪，轻轻抚摸着他的头发说：“有几次上班的时候，你爸爸都说你估的分数可能不会差，没想到你还是估错了，只不过你少估了 30 分。”

富民已经是个大男孩了，但听了尚芳的话，还是想扑到母亲的怀里哭一场。只是，有许多的叔叔阿姨在场，他需要克制，但激动的眼泪无须克制，这么得意这么幸福的时刻，就让泪水尽情地流吧。

就这样，表面上一直都不被邻居和外人看好的富民将会考上大学，录取通知书虽还未到，但等待那一纸通向高校大门、通向美好未来的通行证，已经成了富民和父母家人的一种快乐。

陈宋和尚芳一边上班一边等着儿子的入学通知书。

富民也一边挖着苦苦菜一边等待，每天哼着歌曲把麻袋里的苦苦菜压得实实的扛回家。

富民从初中到高一的班主任是一位姓魏的陕西女老师，因为她丈夫在铁道师驻乌兰县师部工作，比地方早接触到一些校园歌曲，因此也比其他老师思想开放，早早就给富民他们班教了不少校园歌曲。但不知怎么的，富民最喜欢大队广播每天上下班时播放的歌曲《踏浪》：“山上的山花开呀，我才到山上来，原来嘛你也是上山，看那山花儿开。海上的浪花开呀，我才到海边来，原来嘛你也爱浪花，才到海边来。”到底是你还是我，歌词他总是分不清，但女生重唱甜美的声音让这个懵懂少年浮想联翩。

富民想到通知书一来就要去报到上学，也就不能帮妈妈挖苦苦菜了。于是他决定在通知书来到之前多晾晒储藏些干菜粉，把冬天要用的都准备齐。前途敞亮，干起活来浑身是劲。心情愉快，唱起歌来声音嘹亮。但他唱得最多的还是《踏浪》，没有听众不怕，像一个挡羊娃那样扯着嗓子唱破了音也不怕。懵懂的少年沉浸在懵懂的歌声里，更沉浸在美好的大学梦里。

二

8 月 30 日上午，工间操的喇叭刚刚想起，尚芳站起来舒展舒展腰身，正打算出去做操锻炼，大队收发室的老刘急匆匆跑过来递给她一封加急电报。四川老家拍发的，尚芳心头一紧。打开电报，“利民溺亡，速归”映入眼帘，尚芳不敢相信，睁大眼睛再次迅速看了一遍，顿时瘫倒在地，号啕痛哭起来。同办公室的老李捡起电报看了一下，一边安慰着尚芳，一边对其他人喊：“尚芳的大儿子出事了，我去叫老陈回家，你们先扶老尚回家。”

早上出门，富民怕上大学后很久吃不到苦苦菜，决定再挖点人苦苦菜叫妈妈凉拌来吃，有意多走了几里路到人苦苦菜长得最为肥美的东庄。等他扛着麻袋回家，刚走到房头就看见家门口围着好多的人，见他回来，个个都神色凝重地看着他。邻居李阿姨一边伸手接富民肩上的麻袋一边对他说：“快进屋，快进屋。”

大伙目送富民进屋。还没走进家门他就已经听到了母亲撕心裂肺的哭声。掀开里屋的门帘，看到母亲伤心苍白的脸，看到父亲老泪纵横。他跑上去狠劲晃动父亲的胳膊问道：“爸爸，怎么了？怎么了？”

陈宋望着富民老泪纵横，嘴角抖动却说不出话。

闻讯赶来的鲁川江把富民拉到身边含着泪说：“大哥下河游泳，淹死了。”

听到鲁叔叔的话，富民被当头一击，泪水夺眶而出，却没有哭声。他呆呆地站在那一动不动，眼泪不住地流。这个木讷的孩子，就是在这样极度悲伤的时候，也不知道放声表达内心的痛苦。

鲁川江和陈宋夫妇是地校毕业的同班同学，包括川江的爱人薛文，四人都是四川老乡，所以关系处得跟亲兄弟姐妹一样。

看到陈宋家突然遭此变故，看到陈宋一家人的悲痛，鲁川江稳了稳情绪，迅速做出了安排。他对薛文说：“你照顾好老陈他们，人死不能复生，好好劝劝，再帮他们收拾一下行李，准备赶今晚的火车回去。我这就去给他们买票。”

鲁川江一边往外走，一边对隔壁的老马说：“老马，麻烦你去大队为老陈他们两个请假，开好路途证明。”

鲁川江骑着自行车匆忙离开。薛文留下开导安慰陈宋夫妇，却没有说多少话，只是拉着尚芳的手，陪着一家流泪。

富民不时拿着毛巾为父母擦拭眼泪，自己的眼泪却止不住地往下流。

从大队到乌兰县火车站有好几公里的上坡路，等川江骑着车子买票回来已经接近下午。薛文为大家简单做了些饭菜，陈宋夫妇虽然还在极度的悲痛之中，但意识已经变得清醒。大家围坐在一起看着桌上的饭菜发呆。川江狠劲地抽着烟，薛文几次想劝陈宋他们多少吃点，却欲言又止。

还是陈宋点上一支烟抽了几口，打破悲凉沉闷的气氛望着尚芳说：“吃点吧，吃完了准备准备，我们回去看儿子，好好送儿子一程。”

薛文急忙接着陈宋的话说：“对对对，路途劳顿，不吃点东西身体受不了。”一边说话一边给尚芳递过去半个馒头，尚芳麻木地接过馒头，颤抖的拇指深深掐进去，丝毫没有吃的意思。

陈宋看看尚芳，又看看川江夫妇说：“等尚芳缓缓再吃，你们先吃吧。”紧接着又说：“你们那几个孩子还没有吃饭，你们赶紧吃了回去吧，不要把娃儿饿坏了。”

川江摇摇头对陈宋说：“我只给你们两个买了车票，就你们两个回去吧。富民的通知书估计这几天就要到，让他在这等通知，考个学校不容易，到时候不要误了报到的时间。”

陈宋点了点头。富民看看父亲，欲言又止。

整个下午，川江夫妇都陪着陈宋一家。尚芳呆呆地坐着，已经没有了眼泪。薛文把饭菜热了几次。天色渐晚，陈宋检查了一下路途的必备用品，劝尚芳多少吃了点东西，自己也吃了两个馒头。他知道接下来一家人都靠他了，要照顾好尚芳，要安慰好孩子。这个时候他这个一家之主要坚强，有泪也不能在爱人和孩子面前轻易流出来。

陈宋对川江说：“走吧，路远天黑，骑自行车到公交车站也要点时间。”薛文扶着尚芳起身往外挪，富民赶忙跟在后头往外走。尚芳有些担心地回过头对富民说：“我和爸爸回去送大哥，你就好好在家等通知书，到时候不要耽误去学校报到。”

陈宋把钱放到富民的手中说：“听妈妈的话，上学要紧。”

富民止步，呆呆地向父母点头，望着鲁叔叔他们送父母离开。听见隔壁的马叔叔对鲁叔叔说：“忙了一天了，把老陈他们送到车站，你们就回家吧。富民有我们照看，晚上我叫老三来陪着他。”

木讷的富民什么都没说，转身回到屋里坐下，一动不动，满脑子都是大哥利民的影子。

利民一米八几的个子，天庭饱满，长相英俊，不但考上了重点大学，还先后拜过几位师父练习武术，可以说是文武双修。他一直是陈宋夫妇的骄傲，在周边邻居甚至整个地质大院的孩子当中有着很好的人缘，还是富民和几个邻家孩子的武术教练。隔壁老马家的二儿子三儿子也跟着他练习武术。特别是马家老二，两年前高考落榜后参加征兵，最后环节就是靠着扎实的武术功底和利索的南拳套路博得了主考官的好感，如愿以偿地进入了武警部队。

8 月初，利民还回来住了十多天，每天早上都带着富民和马家老三去县体育场锻炼身体，练习武术套路。马家老三每天都跟着利民认真练习各路拳脚，从每个分解动作到连贯套路一遍一遍地练习。他今年和富民一起毕业参加高考，他不等考试结束就知道自己肯定考不上学校。不要说大学，就连一所技校也没有可能。所以他希望自己能像二哥一样去当兵，也希望像二哥一样在身体和拳脚方面把其他应征者比下去。富民就不一样了，高中迷上了足球，有时间就跟着一伙人在足球场上疯踢，已经不怎么练习武术了，韧带筋骨也不如几年前柔软。加上他估计自己考个中专基本是稳的，感觉自己将来就和父亲一样是一个儒雅的知识分子，因此就在习武中偷懒耍滑、摆花架子。大哥似乎看穿了他的心思，也曾不温不火地告诉他练习武术、强身健体对将来从事什么工作都大有益处，但是他已经听不进去了。

利民还对富民说小弟寄宿在舅婆家读书，一定很想我们大家，所以要利用后半截假期回去陪陪小弟，要带小弟去重庆的大学校园看看，激发一下小弟的学习斗志。还要带小弟打打电子游戏，接触接触新鲜事物和高科技，要让他明白不好好读书将来会落后于时代。

听利民这么说，富民觉得大哥有时就像父亲一样有思想、有责任、有能力，对大哥很是敬佩。

谁知道，大哥这一回去就出事了，就再也见不到了。富民很后悔没有听大哥的话，没有好好珍惜和大哥在一起的每时每刻。想到这儿，他满脑子都是鹰爪拳的套路。那是大哥专门找师父学了又专门教给他的。因为，他在看了电影《少林寺》后，对电影中秃鹰使出的鹰爪拳特别感兴趣。

富民还是那样呆呆地坐着，眼角的泪渍像针扎一样的疼。屋子空荡荡的，却好像依旧充满一家人的欢声笑语。

不知过了多久，隔壁的马老三进屋把门关上，来到富民身边陪着他坐着，什么话也没说。事实上，他也不知道对富民说些什么好。临出门时，老马再三交代儿子要好好劝劝富民。可此时此刻，马老三就是不知道给富民说些什么。索性，就这么陪富民坐着吧。

又不知道过了多久，富民看看马老三，开口问他："还记得那套鹰爪拳不？"

马老三不解地望着富民说："记是记得，不过好一段时间没练过了，套路恐怕记不全了。"

富民指着餐桌前对马老三说："你就在那把我哥教的鹰爪拳打一遍，打一遍给我看看。"

餐桌前的空地狭小，打一套鹰爪拳根本就施展不开。但是看到富民那副伤心的样子，马老三不敢怠慢，使出全力把利民教过的那套鹰爪拳打了出来。

富民看着马家老三打拳，看着看着，突然哭喊道："不就是一套鹰爪拳吗，不就是一套鹰爪拳吗，你他妈的就懒得练，富民你他妈的就懒得练，练套拳会累死你啊！"

马家老三这才明白为什么富民要他打这套鹰爪拳，他走到富民身边对着他吼叫："你不是不好好练吗，教你个啥你都不想学，现在好了，你想学也没人教你了。"吼几回之后，又陪着富民流泪。

门外，老马听着两个孩子的动静，准备敲门，停留了几秒钟又把手收了回来，摇摇头，叹口气，回自己家去了。屋外只留下漫天凄冷的星光，还有一丝在初秋隐隐呼号的秋风。

此刻，列车正在这漫天凄冷的星光和隐隐呼号的秋风中一路向东行驶。昏暗的灯光下，尚芳倚着陈宋的肩膀昏睡，眼角还挂着未干的泪水。这一天，她一直处于悲伤之中，体力不支，精神颓废。陈宋的脸上虽然没有泪水，看上去也十分疲倦。但他强睁着眼睛，一会儿心疼地看着爱人尚芳，一会儿呆呆地看着漆黑的车窗外面。

男人不是没有眼泪，只是把眼泪流在心里。

大儿子突然溺亡，陈宋在心里一遍又一遍地讲："这不是真的，这怎么可能？"但他更是一个理智的人，知道人死不能复生，当务之急就是照顾好爱人的身体，办好丧事好好送送儿子。

黑夜中，列车不时鸣响汽笛。但今天，这些汽笛声变作孩子对爸爸妈妈的一声声呼唤，也变作爸爸妈妈对孩子的一声声呼唤，冷冷的声音划破夜空，把人的心也撕裂了。

三

9月7日，富民一大早就接到了来自江南水乡一所高等师范专科学校的录取通知书。富民拿着通知书匆匆来到薛文阿姨家。父母在老家处理大哥的后事，他接到大学通知书后很自然地就想到了找薛文阿姨帮忙，鲁叔叔昨天也恰好从野外分队回来办事。

鲁川江和薛文看到老同学的儿子顺利被大专院校录取，当然替老同学感到高兴，这可是一件大好事。

薛文原本没有工作，经陈宋介绍到驻地旁的公社小学担任代课老师近十年，前两年刚刚被转为正式教师，陈宋和川江为转正一事还是很费了些周折。薛文看看师范院校的印章对富民说："不错，读出来就是堂堂正正的人民教师，也是地地道道的国家干部和知识分子，没想到你考学这么顺利，很有出息嘛。"

当初填志愿时，是陈宋非要富民把师范填在前头的，但富民并不想当老师。他曾在化学课堂上无意画了一只猫，画很丑，恰好被姓毛的年轻女老师看见，认为是在嘲笑她，于是就哭了，于是他回到家就被母亲狠狠收拾了一顿。打那之后，他就发誓长大不当老师，不去冤枉那些学生，也不受学生的气。

但是，富民不敢违抗父亲的决定，把师范填在了最前头，而且在今天收到了师专的录取通知书。

不过，考上了大学，哪怕是一所师范类的大专也值得高兴和骄傲。薛文阿姨把录取通知书认真看了一遍，富民在一旁等着，也在一旁激动地抖着。

薛文像妈妈一样慈爱地伸手摸摸富民的头，看着丈夫说："老陈他们还在老家办理大儿子的后事，还在伤心之中，富民上大学报到不能耽误了。"

鲁川江交代富民说："老家的通信地址你知道吧，去给你父母发个电报，告诉他们你考上大学了。"

富民点了点头，正要出门又停下来问："那我啥时候去办上学的手续，明天上午就要统一到省城报到。好像还有穆叔叔的女儿也和我一个学校。"

川江说："叫你去发电报你就去发电报，电报上注明你报到的时间，并告诉他们上学的手续我们正在帮你办。发完电报，该找老师同学道别就去找老师同学，其他的事你不用管，今天晚上送你上火车。有个同学同路当然更好，我们会去找她父母。"

因为好得像亲兄弟，所以鲁川江对富民说话就像跟自己的孩子一样。富民顺从地转身出门。

看着富民出门，鲁川江对爱人说："我先去给富民办手续，你拿上老陈家的钥匙去他们家看看，先想想要带哪些衣服被褥和盥洗用品，该洗的帮着这小子洗一洗，拧干点抓紧晒着，我下午去给他打行李办托运。"说着话，川江夫妇二人出了大队家属院，按照分工各自忙活。

富民按照鲁叔叔的说法在邮电局给父母发了一封电报，但没有发加急电报。从邮电局出来后一时不知道该往哪儿去。分数下来后，一些没有上线的同学已经少见了，有的心情不好不想出门，有的已经回老家准备补习，打算靠着内地高质量的教育把自己好好拔高一下，来年再战。上了线的同学，陆陆续续已经有好几个去学校报到了，这些同学走时，富民已经陪同他们去向各位老师道别，也随着份子为老师送了纪念品。所以，富民觉得没有必要去找老师同学道别了。至于上学手续，有鲁叔叔和薛文阿姨，就更不用他操心了。

富民此时的心情也很复杂。考个大学很不容易，多少人为之努力了好几年，眼看都要超龄了，也拿不到这梦寐以求的大学录取通知书。但他今天拿到了，而且是头一年参加高考就拿到了，这多么让人高兴啊！可是，大哥走了，永远地走了，爸妈这个时候还在老家为大哥处理后事，一纸通知书仅仅让他在接到的那一时刻感到激动，想想大哥，那点激动劲儿早就荡然无存。

富民怀着复杂的心情漫无目的地走着，不知不觉走到了平时挖苦苦菜的地方。他在一条水沟的边坎上坐下，大脑一片空白，目光呆滞。水沟该是好多天没有通过水了，沟底被水冲过的一层细沙还保留着被水推动被太阳晒干的波纹。水沟两边的庄稼地一片秋色，油菜弯腰扛着它饱满的荚子，小麦挺着身板低着头颅炫耀那沉甸甸的麦穗。到处金黄金黄的，它们密密麻麻地遮盖着脚下的土地，但它们脚下的土地依旧散发着一股香甜湿润的气息。富民最喜欢这种临近秋天的气息，往年的这个时节，他都会利用出来挖菜或背书背单词的机会到这田间地头，找个地方静静坐着，晒着太阳眯着眼睛，一边听忽远忽近的蜂鸣和鸟叫，一边在深深的呼吸中分辨各种让他感到宁静惬意的味道。这些味道中最让他感到宁静的是现在这种带着一丝湿气的泥土，而最让他感到惬意的味道是那淡淡的人苦苦花的芬芳。

此刻，这泥土和人苦苦花的气息依旧。富民的心境却一直跌落在低谷，丝毫没有宁静和惬意的感觉。不过，他还是像往常一样头枕双手躺在沙浪中，闭上双眼，似乎想起很多往事，又恍惚得好像什么都想不起来。日头慢慢向西偏沉，一阵微风吹来，两旁沟坎上的杂草发出沙沙的声音，他顺眼望去，恰好看到杂草中有几株人苦苦菜随风晃动。这些人苦苦菜的叶子从根部逐渐向上变黄，夹杂在一蓬蓬绿草间，有明显苍老的感觉，花大多都谢了，已经长出好多像蒲公英那样晶莹的毛团。富民坐起来看着人苦苦菜在微风中摇晃，忽然，一个晶莹的毛团中飞出一粒带着伞翼的种子。看着那一粒种子飘飘忽忽地慢慢飞向远方，富民不禁又想起了伤心难过的父亲母亲，想起了永远离开他的大哥，一时间泪如泉涌，从脸上冲开一道长长的泪痕跌落到沙地上。富民抓起那把裹着泪滴的沙子朝种子飞走的方向抛洒开去，歇斯底里地喊道："大哥，大哥，你慢点走，慢点走！"

等富民回到家，鲁川江夫妇已经把他去上学的手续办好，行装也已经打点好了。他们陪着富民坐在桌前正准备吃饭，陈宋夫妇风尘仆仆地跨进了家门。

川江赶忙卸下他们身上的行李，转身去给他们打洗脸水。薛文起身拿来两副碗筷。不等陈宋夫妇坐下，川江就对他们说："富民的通知书来了，太湖边上的一所师范专科学校，明天上午要先到省城报到集合，所以今晚就要走，啥都已经办好准备好了。"

"谢谢，谢谢，大队传达室的老梁师傅已经告诉我们了，我们也想着富民的通知书就这几天到，所以在家里也没敢多耽搁。"

"其实这些事有我们在这就行了，你们也不用急着回来，家里都料理好了吧？”

“好了，那么多亲戚帮忙，还算顺利。”

薛文急忙打岔说：“回来也好，先吃点饭，一会儿一起送富民。”

吃饭的时候，大家话都不多，毕竟利民的丧事刚刚办完。富民的话就更少了，他一边无滋无味地吃饭，一边看着父母。

陈宋似乎看出了儿子的感受，放下筷子，拿出烟递给川江和自己点上，抽了两口，端起茶杯看看川江夫妇，看看尚芳，对富民说：“富民，你能考取大学，今天我们大家应该高兴才对，你也是我们的骄傲，我们大家以茶代酒向你表示祝贺。”

川江夫妇也端起茶杯说：“就是，在这土生土长，考上大学不容易，值得祝贺。”

富民看见母亲尚芳也向他端起了茶杯，感到稍微有些轻松，恭恭敬敬地站起来端着茶杯喝了一口。气氛没那么沉闷了。

吃过饭，薛文帮着收拾碗筷，川江给陈宋看他们为富民打点的行装。尚芳拉着儿子在桌前坐下，摸摸儿子的头，故作平静地交代路上和在学校的注意事项，少不了强调安全。富民怕母亲由此想到大哥的事又伤心难过，不时顺从地点着头，却不敢抬头看母亲。

临上车前，陈宋把利民上大学时用过的两件物品交到富民手上，拍拍儿子的肩膀说：“大哥的，留着吧，用得着。”尚芳张了张口，但什么话都还没说出来，两行眼泪就止不住地流淌。

陈宋拿出手绢一边为爱人擦拭泪水，一边说：“哭啥，儿子去上大学是大好事，也是我们的骄傲。”又转头对富民说：“去上学要好好学习，要多注意安全，别让妈妈担心，再不能让妈妈伤心了。”

陈宋说着话，也忍不住落下泪来。富民此时早已泪眼模糊，原本想对爸妈说大哥不在了还有我和小弟，以此来宽慰父亲母亲，但也是话到嘴边又咽了回去。他只能不住地向父母点着头。他知道，哪怕他和小弟将来再好、再孝顺，此时也无法抹去父母的悲痛，更何况大哥那么优秀，岂是他和小弟能够替代的。

火车载着富民驶向前方，前方是一所高校的大门，也是富民梦想和人生的新起点。而乌兰县火车站被汽笛甩在身后，小站短短的站台延续着陈宋夫妇的无尽的伤痛。

老天真是无情，刚刚给了他们一个上大学的孩子，又残酷地把他们一个大学快毕业的孩子带走了。此刻，在这悲喜之间，喜如落叶，轻飘且旋即消失，而悲如烙印，沉重并永远刻在心底。

四

1985 年 6 月底，由于尚芳一直未能从丧子之痛中解脱出来，她提前退休回到四川老家。

为了尽量不去刺激母亲，富民和为民在征得父亲同意后隐藏甚至销毁了四川老家和青海两地所有关于大哥的物品，特别是大哥的一些照片更是成为兄弟俩清理的重点。70 年代末到 80 年代初，物质生活条件依旧匮乏，让人们感到惬意和幸福的莫过于照相，因而最让人触景生情的也莫过于那一张张黑白照片。

上大学时富民从父亲手中接过的一个外面套有尼龙织网的玻璃口杯，一部当时还算得上高级的单卡双声道录音机成了利民留下的少有的纪念。连同录音机，富民还得到一盘英文录音带，其中有一首迪斯科舞曲被他理解为外国版的游子吟，因而成了他的最爱。

“妈妈，梦中的妈妈，昨日梦中又见你的白发……”

在大学，想念大哥的时候，或是想念父母家人的时候，富民常一遍又一遍地听着这首舞曲，听着这首歌时竟然也黯然神伤，忍不住掉下两行热泪。

只可惜，在大一第一学期即将结束的一天，刚刚考完试的一堆同学闲聊，富民同平日里比较要好的一位同学发生争吵，这位同学由于激动顺手将那个口杯摔在地板上打碎了。富民为此同他大打出手，险些被学校处分。事后，当富民道出其中原委，那位朋友也在愧疚中和富民一同伤心了很久。

祸不单行。大一第二学期开学不久，有一天中午大家去饭厅打饭，最后出门的同学不但忘了关宿舍门，还忘了关正在播放西班牙斗牛曲的录音机。当富民端着饭菜回到宿舍时，大哥留下的又一件纪念品也不翼而飞了。室友们陪着他尽力搜寻，还险些对其他寝室的同学造成人身侵犯，但录音机还是丢了。

这两件事一直都让富民有些耿耿于怀。

起初，没有丢失的时候，富民还是将这两件物品留在学校，没敢带回家，主要是怕勾起母亲的回忆，让母亲伤心。

特别是那个录音机和录音带，利民当年从大学回哈图草原过假期，曾借给大队工会在放电影前放过多次，流行歌曲和迪斯科强烈的节奏在大礼堂回旋，好多人都打听录音带的来路并要求翻录。这个录音机和录音带绝对再不能让尚芳见到。

为了不勾起尚芳的回忆使她一次次伤心，富民和为民两兄弟做事说话都很小心也很谨慎。但有一件事是兄弟二人无法阻止的，就连陈宋也阻止不了。

尚芳在很长一段时间里，每到吃饭的时候都要为利民多摆放一副碗筷，往利民的空碗里夹菜并叫儿子吃饭，她就在这样的日常生活中强迫自己延续着悲痛。

尚芳退休了，但这个家庭中的四个人分别住在三个地方。陈宋仍在青海的地质队工作，为民在老家随尚芳生活上学，而富民却远在太湖边上的一个水乡城市读大学。

野外地质工作十分艰苦，也十分危险。尚芳自然对日渐衰老的陈宋十分牵挂，特别是大儿子去世的打击，陈宋的身体衰老得更快了。

由于利民的不幸溺水身亡，尚芳对富民这个身处水乡的儿子更是放心不下。而从未出过远门的富民确实是一个不懂事的孩子。学习上也还知道用功，但却不大会独立生活，缺乏安全意识，生活自理能力也差，尚芳寄来的生活费和零花钱也常常不够用。他曾因为缺钱给尚芳发过两次电报，其中有一次还是加急电报。尚芳每一次接到电报都十分的紧张，好久都不敢撕开来看，生怕又会发生什么不幸。但最终得知是儿子缺钱用，她并没有责怪，只是及时把钱如数给汇去，别的什么话都没说。

直到陈宋写信告知富民妈妈在接到电报后的紧张反应，富民才为自己的无知和自私感到羞愧。

刚退休回到家乡的尚芳还要再次“入乡随俗”，学着忙于城里乡下好友亲朋间的一些人情世故，在离乡几十年后花足够长的时间修复久违的亲情和友情。

尚芳就在隐隐的伤痛、牵挂、担心与惊吓中开始了琐碎的退休生活，这种生活是平淡的，也是忙碌繁杂的。日子就这样在尚芳的脸上和发髻间悄然流逝了。

当然，陈宋一时还理解不了，这种退休生活对于爱人尚芳其实是又一种生活的艰辛。富民和为民就更不可能理解了。

1987 年 7 月，富民大学毕业后也分配到西北哈图草原工作，起初在离乌兰县的一个小镇还有几公里的盐厂。这里的工作和工资待遇相对优越，但气候条件和地理环境十分恶劣，土壤的盐碱量大，受到地表盐碱的吸光与辐射作用，紫外线照射强度也很高，水质也不好，风沙天气就更多了。富民去报到的第一天，有人告诉他一个顺口溜：“一年只有一阵风，从春刮到冬。”

富民虽然从小就随父母在哈图草原长大，习惯了西北的气候，但仍然感到在盐湖恶劣的环境中上班生活很不舒服。两次坐班车回乌兰县城看父亲时，他都喋喋不休，抱怨不停。

恰好，陈宋受大队的委派，正在为乌兰县地方政府指导扶贫开发工作，便动用关系网将富民调到了他所在的地质大队。富民是这个大队里的叔叔阿姨们看着长大的，加之有陈宋的照顾和庇护，生活和工作自然也就很开心，甚至有着呼风唤雨、占尽天机的感觉。

只是，陈宋因为常年工作劳累，心脏病时有发作且越来越严重。

1990 年年初，陈宋申请不再回大队上班，待在老家休养。

1992 年，陈宋办理了退休手续，真正回到尚芳的身边。为民也早就中专毕业，经过多年的打拼，带着中专时的同学吴莹开始锁定目标办厂创业。

时间流逝，富民和为民各自有了自己的小家庭。由于富民远在青海工作，陈宋和尚芳老两口就搬到为民工作的城市，一个地处省城东北角的小县城一起生活。

自然，富民和为民又各自有了孩子。

创业是艰辛的，直到1998年，为民和吴莹的创业之路依旧艰难。寻求土地建造厂房、筹措资金添置机器设备、联系业务、开发产品等，一大堆事忙得小两口喘不过气来，但他们从不在陈宋夫妇面前诉苦喊累。

陈宋夫妇看在眼里急在心里。为了让为民他们尽快冲出困境，夫妇二人除了在资金上给予支持，还尽力为小两口分担压力。陈宋每天去给他们打理汽配店，忙于讨价还价，进货出货，还要依据销售情况和市场行情进行适当的价格调整。这对于一个从来就对经商一窍不通的地质工程师来说是很困难的。而尚芳每天也有忙不完的家务，一大家人的衣服要洗，菜要买，饭要做，房间要收整，要给陈宋送饭，还要照看两个年幼的孙儿孙女。

为了不影响富民两口子的工作，孙女陈月月从一出生就是尚芳在照看。之后又多了个比月月小一岁的孙子晓晨。可见，尚芳的生活是多么的繁忙和艰难，她甚至忙得没有时间顾及自己。

人就是这样，即使退休了也不一定能清闲下来，有时甚至要更操心受累。且不说为民办厂创业的那摊子事让陈宋夫妇二人跟着担忧，现在，就连富民的工作也让他们担忧起来。

3月10日，九届全国人大一次会议第三次全体会议表决通过关于国务院机构改革方案的决定。根据这个决定，由地质矿产部、国家土地管理局、国家海洋局和国家测绘局共同组建国土资源部。

打理汽配店时，陈宋有意识地看了很多关于地矿部改制的报道，得知改制的一个重点就是“剥离过多的社会职能”，首当其冲的就是地矿系统下属各单位办的子弟学校。一句话，改制后的地矿单位不再承担基础教育这项社会职能，儿子富民他们那些学校被撤销是迟早的事。如果相关政策温和些，撤销时还可能有个两到三年的过渡期。但不管有没有过渡期，一旦撤销，那么多的教师和教职人员基本上就会遭遇下岗编余的命运。

陈宋知道，在当下，让一部分职工下岗编余本身就是地质单位精减队伍、应对项目和地勘费不足的主要做法。退休前，大队老让他去省局、别的队找项目要资金，拿到更多的项目和资金为的就是多养几个职工。但是，项目和资金并不好拿。哪个队都紧张，哪个队的下岗编余职工都在增加。地矿系统的日子从那时候到现在都不好，再这么一改制，这些只会教书的人大队肯定无法安排，只有下岗编余。

刚到而立之年，月月还不满周岁，不论是从事业还是家庭考虑，儿子都需要一份稳定的职业。但儿子也许就要下岗编余了，这能不让陈宋担忧吗？

事实上，陈宋担忧的事正在发生。

此刻，富民正站在办公室的窗前往外看。校园里，两个队级领导正陪着一个老板模样的人在学校四处转悠。上周听老校长说省局决定从今年九月起停止各个子弟学校的招生，用接下来的三年时间逐步消化现有生源，之后学校自然解体。前天又听说有人要租下学校改办私立学校。原以为是谣传，没想到今天就有老板在学校指指画画。

一切来得太快了，让富民和老师们都猝不及防。很多没课的老师也来到教学楼外，站在远处观望、猜测，脸上带着惊慌和失望，甚至是绝望。

当然，这种时候也有几个老师想起了富民，认为这个在大队没有人脉和关系的主任此刻与他们的命运该是连在一起的。几个人推门走进富民的办公室，和富民一起站在窗前往外看，也不时扭头看富民的反应。

一个老师忍不住问富民："那个人是不是要承包我们学校来办私立学校，让他把学校承包了，我们以后怎么办？"

富民说："不认识，也许是吧。"

又一个老师说："大队真的那么绝情，就不能把学校留给我们，让我们有点谋生的家底吗？"

富民无奈地说："三年内自然解体，省局已经把这个基调确定了，就算暂时给你留下，但最终不可能把这么一大摊子固定资产留给我们这些下岗编余的人。"

另一位老师也接着富民的话说："对呀，不让继续招生，到时候学校没了，我们也当不成老师了，拿这些个家底能干啥。"

富民违心地安慰大家："也许大队会对我们做出妥善安排。"违心的话，说起来很没有底气，也就没了后话。其他人自然听得明白，默默地看着窗外，忧心忡忡。

转悠了一阵子，那几个人往校门口走去。

富民打破僵局对一位老师说："你不是还有课吗，去准备准备。"

那位老师气愤地说："学校都快变成别人的了，还上个什么课，有意思吗？"其他二人也气愤地随声附和，对，还上个啥课，再认真也教不了几天。

富民却一本正经地说："你们听我的，该上的课一定要上，而且要往好里上。该改的作业还要改，而且一本都不能少。目前，学校和我们究竟何去何从尚无定论，我们不能自乱阵脚，授人以把柄。"

看几个人还有些犹豫，富民幽默地说："这所学校就算面临死亡的命运，也不能是被我们自杀的，我们怎么也要挺到被上面宣判或谋杀的那一天吧。"

听着这样的冷幽默，几位老师反而觉得有几分道理。他们从富民的办公室出来，去干各自该干的事。

但这时的校园已经无法平静，陆续又有老师走出教学楼，和之前出来的那些老师聚集在一起议论。

富民也来到楼下，原本是想劝大家回到办公室，回到自己的岗位上。哪知道一下子就被大家黏住了，大家七嘴八舌问题不断，甚至怨声载道，情绪激动，根本没有他开口的份儿。怕引起误会或者激化事端，他此时也不便开口，索性听听大家的看法，看看有没有人跟自己的想法合拍。

那天，从老校长处得知学校将在三年内自然解体，那个大胆的想法就从富民的脑子里冒出，但考虑了好几天，也不知道可不可行，会不会得到大家的认可也不确定，最关键的是大队估计不会同意，所以他没有向任何人透露过。

直到下课铃响，大家还在议论。先上课的老师是上完课闻讯而来，后上课的老师是先下来讨论，再上去上课，上完课又赶紧下来，接力着对他们自己和这所学校前途命运深深的忧虑。

人群里没有老校长的身影，听说被大队领导叫走了。富民好不容易才把大家劝回家。但是，绝大多数人都仅仅是在担忧、埋怨和骂人，没什么有建设性的想法，这让他感到孤立和失望。

接下来的几天，学校用各种方式安抚老师们的情绪，表面上看一切暂时正常，但人们的内心却波澜起伏、暗流涌动。毕竟事关自己的前途命运，事关一个家庭的稳定。在这种情形下，有几个人能沉得住气，又有几个人能把自己从这个旋涡中拔出来。

富民更是心事重重，回到家也少言寡语。但他不想告诉霞竹，不想让她跟着自己担心受气，更不想让她在同事面前没面子。他早就觉察到社会上出现的职业歧视和拜金现象，而且有愈演愈烈的趋势。在这种世俗的眼光里，嫁给他这个人民教师就已经很委屈了。现在，就连这个被一些人看不起的工作都干不成了，让她在同事面前还怎么抬得起头。

细心的霞竹察觉到富民有心事，再三逼问，知道了详情，自然也忧心忡忡。倒不是担心自己没面子，而是为富民的将来担心。有的人下岗编余后凭着自己的勤奋和特长当上了老板，当上了万元户。也有的人下岗编余后在各种求职和尝试中四处碰壁，从此一蹶不振，甚至拿家人发泄出气，那样的日子就没法过了。有她在，一家人的生活还是不成问题的。她也知道富民不是那种遇到困难就怨天尤人、自暴自弃，甚至拿家人出气的人。但是，他除了教书还会啥呢，况且干啥都不容易，就算他能下力气能吃苦，总会让人心疼吧。

霞竹问富民："到那时你打算干什么？"

富民说："当然还是当老师了。"

"到时，学校都撤销了，还怎么当老师？"

"那不一定，你以为一所学校他们想撤就撤了。"

"我是说万一，万一学校被撤销了，当不成老师打算干什么？"

"那就去种地，有文化的人种地也许能种出些新花样来，收成兴许还要高一些。"

"种地，那就是胡思乱想，我怎么看你也不像种地的人。还不如想法留住这个学校继续当老师，我觉得这样还有点靠谱。"

富民说去种地，也不完全是气话。他确实想到过约上几个老师一起去种地。而且，想到几个懂知识有文化的人用科学的思维、科学的方式去经营和管理土地，他甚至有些激动，有一种当现代农场主的感觉。正好看过《年轮》那部连续剧，很佩服那一帮有知识、有胆识，又能团结吃苦的青年。他甚至想如果真正经营起一家现代化的农场，他的员工必须先观看这一部连续剧，必须通过这一部连续剧把人心给凝聚起来。

但富民承认霞竹的说法，他知道那都是梦想，是很不靠谱的事情。眼下，最靠谱的还是那个考虑了多日的想法。

富民敲响了老校长家的门。上班时几次都想去找老校长，但是学校里人太多，谈话不方便。

老校长叫老伴儿给富民沏杯咖啡，专门交代加方糖。

富民接过咖啡，无意识地搅动，眼睛盯着杯子，一时不知道怎么开口。还是老校长开门见山问道："是为学校的事儿找我吧？"

富民点了点头，但依旧不知道从哪里说起。

老校长说："实不相瞒，我去找过队长和书记多次，但三年内自然解体的调子是省局定的，他们也没有办法。不过，这事儿我想听听你的想法，毕竟我们将成为最直接的受害者。"

到这时，富民才鼓起勇气问："校长，你说有没有可能把这所学校留下来让我们继续办，自己办？"

"怎么留，往后不仅仅是不招生了，就连上级下拨的资金也会逐年减少，最多两到三年资金就没了，我们怎么继续办学？"

"我的意思是上级能不能把这所学校留给我们，让我们继续招生，只不过呢，由全额拨款转为部分拨款以维持学校的基本运转，剩下的钱我们自主办学来挣。挣多了，除去工资全部上缴。挣少了，拿不回全工资，我们认了。哪怕暂时一分都挣不上，只要学校还在，我们也认了。"

"这一点我也试探着问过大队领导，从他们的语气来看，是行不通的。且不说大队的资金也很紧张，光从眼下来看，已经有人盯上咱们的学校了，想借这个机会把学校租过去办私立学校。”

“我也是听说有人想租咱们学校来办私立学校，我才有个大胆的想法，想恳请大队把这所学校留给我们，每年给我们少数拨款解决老师们的基本生活就可以。到时候如果能挣钱，我们也可以把大队的拨款还回去，或者完全从大队剥离出来。既然人家能够租我们的学校办学赚钱，那为什么大队不让我们自己来试试呢？”

见富民不想放弃，老校长说：“你这个想法很大胆，但是难度很大。其实自己办学是需要一大笔钱的，大队就算给我们解决百分之五六十的经费，我们每年也得再挣回个十多二十万才能维持学校的正常运转，维持大家现有的工资水平。这十多二十万是不容易挣的。你有没有算过，这样一来每个学生要多收多少钱，每一学期又能招到多少学生呢。更何况有的大队领导觉得这么大一块土地和资产，用来出租收租金，那是一本万利的事儿，何乐而不为。”

富民又低下头来搅动咖啡，陷入了沉默。

老校长的爱人说：“小陈，早点为自己做个打算吧，别想着在一棵树上吊死。你们老校长年纪大了，也没有本事带着你们重新闯出一条路来。不过大队还算够意思，考虑到你们校长年纪大了，要不了几年就退休了，想安排他到某个下级单位当几年指导员，混退休。但你们还年轻，下一步怎么办还真得好好考虑。”

去某个下级单位当个指导员，这是老校长去找大队领导时得到的承诺，也许就是希望他在学校解散之前把人心和局面先稳住。回家也就随便这么一说，哪料到爱人竟然把这事告诉了富民。他知道这种说法对富民来说更残酷。而且，在大队领导说出这样的安排时，他心里就很不是滋味，甚至有些反感。

老校长赶忙对富民说：“是，大队是这样为我打算的。但是我带了大家这么多年，最后学校解散了，大家都下岗编余了，唯独我一个老头子又换个地方继续当领导，这让我于心何安。那种我继续吃肉，而你们连汤都喝不着的事情，我老头子做不出来。所以，刚才你所说的也是我想做的。不瞒你说，我这几天只是试探性地跟领导谈了谈，等我考虑充分周全后，我带着你们几个主任去跟大队领导正式谈。既然你现在就主动来找我，那你就帮我把平时那几个有担当、有胆识、有想法的人拢在一起，好好地谋划谋划。但是，要保密，要暗中使劲。”

富民激动地抬头看着老校长说：“目前，有这种想法的人没有几个，但也许人少力量还是一样大，关键在于我们几个尽不尽全力。如果我们真的能把学校留下来，或者真的能给大家找一条好的出路，会有更多的人支持我们。”

老校长接着说：“但是这件事情的难度很大，估计需要上级的上级点头和支持，这一点就不好办了。大队的工作，不管做得通做不通，好歹我还可以厚着脸皮去磨，但上级的上级我就够不着了。”

富民不假思索地说：“这已经很感谢您了，老校长，我想冒昧地问一下，如果我们能够争取到差额拨款继续办学，我们要争取到多大的差额拨款比例才行？”

“现在我们这所学校正常运转，包括人员的工资，大概在五六十万。要保持基本运转，大队怎么也得给我们承担百分之六十的经费。也就是说，就算争取到四十万，也还有十多二十万需要我们自己来挣。我打听过，那天到学校来转的老板在外地办的私立学校其实也不怎么赚钱，日子也过得紧巴巴的。所以，二十万不好挣啊。”

富民若有所思地点了点头接着说：“老校长，我还想冒昧地问一下，有没有可能把我们和学校整体移交给地方政府？”

“由地方政府接收，继续办学，这一点希望就更渺茫了，据我所知，目前全省都还没有这个先例。”

富民端起咖啡一饮而尽，起身说：“谢谢老校长能替我们着想，老校长有什么想法，有什么用得着我的地方，您尽管吩咐。”

五

自己前途未卜，让爱人陪着担心，这让富民更加难过，为自己寻求一条好出路的愿望更加强烈。但是，从那天晚上与老校长交谈后，他反复分析、推敲着争取差额拨款继续办学，或者争取把学校连老师全盘移交到地方政府的可能性，越分析越失望，越推敲就越打退堂鼓。

他索性离开学校，回到家躺在床上生闷气，越躺越觉得浑身乏力。闭上眼睛就感觉到一股无形的力量想把他拖进无边的黑暗，而他又没有办法挣脱。于是，他就睁着眼睛看着天花板，大脑既像一片空白，又像是堵满了纷无头绪的败絮。

眼见日头西沉，富民强撑着身体爬起来做饭。他想，不能让爱人一边为他的前途担惊受怕，一边辛勤操持家务。还没到那一天，自己不能先废了。

淘米下锅，正要打开火头，电话响了。

为民在电话那头问："二哥，你那边情况怎么样？"

富民被问得一头雾水："好着呀！"

"那我怎么听爸说你们学校可能要解散，你可能会下岗编余？"

"噢，是有这么个说法，但估计没那么快。"

"既然有这么回事，不管快不快，你都要提前做好打算嘛。爸妈很担心你，他们就在跟前，你有啥打算说来给我们听听。"

"除了试着把学校保留下来，目前也没别的想法，要不成就去外地应聘教师继续教书，要不就去包点地来种。"

电话那头有稍微的停顿，显然他们听出了富民的无奈与忧虑。为民回答说："去外地应聘教师继续教书，你和竹姐就两地分居了，而且应聘的岗位收入肯定不高，也不一定长久。至于种地，对你来说就更不靠谱了，你从来就没有种过地，更何况你那边到处都是盐碱地。要不，你回来和我一起办厂做生意，赚多赚少我们弟兄两个一起分。"

富民苦苦一笑，一时无话可说。他知道小弟两口子现在还在摸爬滚打，办厂做生意还很艰难，他怎么好意思去分一碗饭吃。但他相信小弟的话是真诚的，这一点毫无疑问。有一年冬天，大学放假回到家已经是半夜了，怕影响小弟休息，他蹑手蹑脚地钻进被窝的另一头，并把一双冰冷的脚伸在一旁，尽量不要碰到小弟。哪知道，小弟却把他的双脚拉到胸前捂着，紧紧的，让他无法挣脱。这样的小弟，说什么话他都信。

电话那头传来了尚芳的声音，但似乎不是在和富民说话："你个老东西，还不快点把你的想法告诉富民，他这几天肯定急坏了。"

这时，陈宋在电话里说道："为民说得对，去外地当老师，或者种地都不合适，不到万不得已不要走那一步。有没有考虑过以更加主动积极的方式去解决这个问题？"

不等富民回答，陈宋接着说："你们有没有想过争取把学校留住，继续办学，继续当你的老师？"

"考虑过，但是难度很大，几乎不可能。就连大队上的个别领导考虑的都是把我们解散后，用那些土地和资产来出租挣钱。"

"他们当然有他们的算盘，现在，让职工下岗编余是常态，对他们几乎没有多大压力。但正因为这样，你们才要主动去争取自己的利益，不能把自己的前途命运交给别人随意主宰。"

"是不想任人宰割，我想争取差额拨款继续办学当老师，或者争取全盘移交到地方政府，但越想越不可能。不过，我还在想办法，不管成不成，我还是想尽全力搏一把。"

"这就对了，这才是我陈宋的儿子。刚才弟弟的话你也听到了，大胆地干，全力以赴去争取，即便失败了，这个家里有你们的饭吃，有你们的钱花。你和霞竹不要有什么后顾之忧。"

听到父亲在电话里专门强调他和霞竹不要有后顾之忧，富民眼含热泪说道："知道了，我会尽力的，你们也不要太为我们担心。"

这就是父母和亲情的伟大。放下电话，富民忽然觉得自己浑身充满力量，像一名即将奔赴战场的战士。

之后，富民又去找过老校长几次，每次去都是按照争取差额拨款继续办学或者争取移交地方政府的思路分析商讨对策。他还先后把几个干事有主见能坚持的老师拉在一起，小范围进行商讨。老校长也带着他们去找过队长和书记，大队甚至为此事召开了中层扩大会议，与他们进行了一番唇枪舌剑。

该做的似乎都做了，但事情进入僵持阶段，似乎前途依旧渺茫。许多关心此事的老师由激动转为麻木，由希望转为失望。有的又开始打起自己的小算盘，开始搭关系找后路。

还有几个男老师中途去了野外分队，不懂野外技术，就当个扛钻杆、挖坑槽、下大力的普通工人。走前，他们试探着对富民说：“你要坚持，要为大家再想想办法，除了教书，我们这身皮肉可能连个钻工都当不下来。以后，这一家人的生活没指望啊。”

所以，此时的富民不能放弃。他不但不允许自己放弃，还要把那几个人也紧紧拉在老校长身边，与老校长一起努力。

这天，有朋友邀请富民参加一个调研座谈会。座谈会是朋友所在民主党派省委部分领导深入基层组织的。调研的主题与富民关系不大，看来他去完全就是充充人数。但是，他还是找机会把机构改革对他们这类学校的冲击讲了出来。不料，他的发言引起了与会领导的重视，认为这可能是全省乃至全国的一个共性问题。于是，他在各位领导的耐心追问下，把一干人的努力和两种设想一一道来。领导们边听边记，最后还交代他最好把这次发言的内容写成材料，他们下一步很可能要用。

当晚，富民伏案疾书，直到后半夜，终于把关系学校和老师生存的材料一气呵成。俗话说：“病重乱求医。”不管这份材料有没有用，但既然有人愿意听他诉苦，他又何乐而不为呢？

第二天一早，富民拜托朋友把材料交给他们领导。回到学校，他又想，既然写了，而且写得那么真诚那么中肯，为什么不寄给更多更大的领导呢？于是他把文章改成书信格式，找懂计算机的小吴老师出去录入打印三份，底稿存盘好生保管，并对此事保密，绝对保密。

但是，富民揣着三封信犹豫了十多天。不敢寄出去，怕寄出去会对自己不利。

一个周末，又一次仔细阅读和校对后，富民确定信件内容丝毫没有恶意告状、诽谤、人身攻击的内容，甚至没有发牢骚的内容。这样的信件该不会对自己不利。再想想父母家人对他说的那番很给力的话，更觉得没啥可怕的，即便落个处分或者开除职务，也比下岗编余惨不了多少。于是，他把三封信发给了老校长说的“上面”以及“上面的上面”。

时间一天天过去了，转眼到了暑假。

上面，以及上面的上面却不见动静。但大队在学校差额拨款继续办学方面松了口，同意学校拿出多年办学的结余资金修建简易平房，准备拓展学校下一步自主办学的资金补偿渠道。大队还同意在上级下文一刀切之前，继续招收新生。这让富民稍微觉得踏实了一点，但也就是那么一点点。在他看来，差额拨款继续办学虽然能暂时保住大家的饭碗，但收入肯定会大大受影响，而且现在还不能预见这样办学会遇到什么样的困难和阻力。就连九月开学，到底能招到多少学生都不好说。

不过，事在人为。整个假期，富民和那几个人一起起草印制招生信息，并把招生信息贴到大街小巷，发到各个市场、小卖部、发屋和诊所，还发到了郊区和农村。去农村时，几个人顺便打听了农村土地的承包、租赁情况。承包土地还是有可能，但听说是这几个老师打算承包土地，而且要租的量还不少，当事人都觉得难以置信，个个都劝他们不要冲动，不要拿钱打水漂。

转眼又到了开学，和富民预想的差不多，招生确实不容乐观。学前班和小学一年级招到一部分学生，可以办单班甚至双班。但初中和高中来的学生不多，都办不了一个班，而且生源质量差。但为了保住一所学校的基本框架，十来个人的班也得办。

富民难免担忧，这样下去，生源会越来越少，最终还是被自然解体。但转念一想，这样的结果也让人安慰，毕竟把学校苦苦撑下来了，撑下来就还有希望。

在希望面前，似乎可以放松一下。但富民却因手术住进了医院。几天前他就觉得肚子有些隐痛，只不过因为忙于学校开学、招生、安排教师和保持教学正常运转上，时间和注意力被分散，并没有太大的疼痛感。现在，学校基本保持正常运转，慢性阑尾炎也拖成了急性阑尾炎，手术医生说如果再拖下去就穿孔了，会引发多种并发症。

手术后的第二天，霞竹本想请假陪着富民，但是单位不近人情，不给请假。富民独自躺在医院的病床上，手术的麻醉效果早就过了，创口越来越疼，再想到学校目前遭遇的艰难局面，他的心情沉重，情绪低落。

正当富民愁容满面地蜷缩在病床上想着心事，副校长走进来看他，寒暄几句后转入正题：“听说省上有领导打电话给这边的市政府了解我们学校的事情，看来咱们设想的学校整体移交地方政府一事终于有人关注了。”

“光是有人关注有啥用，也许是走走过场。”

“不一定，听说市政府也和咱们大队通过电话。校长让我来要你写的那份材料，也就是你发出去的信件底稿。其实，他早就知道你给上面写信提建议，因为没有坏心又对大家有利，所以没有戳穿你，也没有责怪你。”

副校长的话让富民一下子来了精神，这正是几个月来他所期待的回音。如果真能引起各级领导的重视，促成学校整体移交地方政府，那才是学校和老师们最好的出路。他告诉副校长：“底稿我叫小吴存了盘，去找他打印就是了。”

副校长起身说：“校长要得急，那我就不陪你了。”

看着副校长离开，富民赶忙补充说：“如果有啥好消息，你可要及时通知我，必要的话，我可以随时出院回学校帮忙。大家努把力，实现整体移交的目标，咱们哥几个也就不用去种地了。”

之后，事情竟然令富民和老师们感到意外也感到振奋。省局最终决定将学校和老师全盘移交地方政府管理，而地方政府也决定全盘接收。经过几次洽谈，移交开始按照程序逐项展开。

到年底放寒假，资产审核、人事商讨、生源调整等移交事项基本完成。虽然移交仪式要等到三月份开学再举行，但是一所学校和三十多名老师从九九年一月已归属地方政府管理。因为有档案、劳动人事及工资关系转移等后续事项需要完善，富民和几个中层干部频繁往返于学校与政府各局之间。老师们也都取消了假期外出的计划，随时听候富民他们召唤。

春节前，一切办理完毕，终于可以安稳过年了。大家都排着队想请老校长吃饭，对他表达由衷的感谢之情。这个老人家太仗义了，为学校移交四处奔走，促成移交后，他本可以继续留在大队当他的领导，但他谢绝了大队好心做出的安逸养老的安排，跟着大伙一起移交到地方，想着在退休之前再带大家一程。

但这样一来，老校长工资降了好几百。

富民工作重新稳定下来，一家人都为他感到高兴。陈宋不止一次在尚芳面前说："富民这小子还是可以，虽然干不了什么大事，但在关键时刻和关键问题上还是不含糊，有主见，敢想敢干，这一点很像我嘛。"

尚芳不服气地说："是，什么好的都像你，不好的才像我，也不知道儿子吹牛像不像你。不过，馋嘴还是很像你，等他们回来，我好好犒劳犒劳他们，你就等着沾光吧。"

只是，到 2000 年春节，富民和霞竹才被准假回老家探亲。

第二天早上，富民和霞竹一同陪尚芳上街买菜，经过一个摊位时，一位面善的大妈对富民和霞竹说："这下好了，有人帮你们母亲了，这么大的年纪，身后背那么重一个大菜兜，一只手抱个小娃娃，另一只手还要牵个小娃娃，天天如此，你们不晓得老人家有多辛苦。"

听了大妈的话，富民和霞竹的鼻子酸酸的，心中有着深深的愧疚。也就是在这一时刻，富民第一次发现母亲不知什么时候变得苍老了，背也驼了许多。

只是，尚芳是个吃苦耐劳默默奉献而又乐观的人，所以在她看似轻松平常的谈笑间，陈宋、富民、为民他们所有人都犯了一个大错，他们都忽略了长期处于超强劳动状态的尚芳的承受力，他们也忽略了尚芳的真实感受和存在。

探亲假很快结束了，富民和霞竹自然要将女儿月月带走。其实让女儿月月在尚芳身边生活远比在青海要好得多，但富民希望带走月月能够减轻母亲的负担。仅仅两岁半的月月很乖巧，虽然对奶奶十分依恋和依赖，但还是顺从地跟着富民走了。

走下楼来，富民一家上了为民的车。隔着车窗，富民看见母亲在流泪，富民心目中一直好胜又坚强的母亲在流泪。

的确，看着孩子们上车，尚芳心情十分复杂。一方面，从一生下来就没有离开过她的孙女要离开她，她心里割舍不下；另一方面，她也意识到一个人要照顾这么大一个家庭的生活起居，还要照看两个刚刚会走路的小孩子，确实有些力不从心。特别是外出买菜，把两个这么小的孩子丢在家里肯定不放心，只好把两个都带上，抱一个牵一个都无所谓，最让尚芳害怕的是忙着讨价还价、给钱找钱，注意力分散，孩子走丢了或者被人贩子抱走了怎么办。所以，富民提出要把月月带走，她虽然舍不得却没有反对。

登上火车，富民对霞竹说：“我看见母亲在流泪，母亲一定是舍不得月月走。”

霞竹说：“一直是妈带着的，当然会舍不得，但我们把月月带走是对的，妈太辛苦。”

富民对霞竹点点头，又扭头看着车窗外，泪水在他的眼眶中打转，他不想让爱人看到他的脆弱和伤感。车窗外一片黢黑，列车的灯光把富民映照在玻璃上，但富民却仿佛透过玻璃看到了母亲的眼泪，那是一个在高原艰苦的野外生存条件下，敢和男同志一样独自跑地质勘查线路的坚强女性不愿服输但又显得无可奈何的眼泪。

六

为民的生意已见起色，为解决以货抵债和资金周转而开办的汽车配件商店无须再开，陈宋可以在家休息了，自然也就可以帮帮尚芳，一家人的日子轻松和悠闲了许多。

2004 年春节，陈宋夫妇、富民一家三口，为民一家三口都挤在一辆小轿车中，他们外出旅游已经两天了。

有富民和霞竹带着女儿月月回家探亲，全家大团圆，别提多开心。一大家人都想着找个什么法子过一个悠闲而愉快的春节。于是富民和为民决定全家出动，自驾到周边的几个景区游玩。

为民专心开车，富民想着如何安排好行程和活动，目的是想让平日里辛苦操劳的父母过得愉快。

尚芳有些晕车，陈宋由于退休前常年坐车跑野外，不但不晕车，还是为民不错的副驾。只不过他这个副驾坐在后排，前排让给晕车的尚芳。这是第一次全家人自驾出游，所有人都很兴奋，其乐融融。出发前，两兄弟就想着既然带爸妈和家人出来玩，那就不要怕花钱，尤其要让爸妈住好、吃好、玩好。

陈宋和尚芳虽然有着不低的退休工资，在平日的生活中对待自己却很节俭。所以，此次出游，夫妻俩高兴归高兴，但也担心孩子们大手大脚，花些不该花的钱。出门前，尚芳就叫陈宋给孩子们说不要铺张浪费。但陈宋考虑到都是做儿女的一片孝心，最终还是没有说什么，反倒是劝尚芳要愉快地接受孩子们的安排，让大家玩得开心。

现在是大年初五，一家人赶往旅游的最后一站，从雅安经川藏公路去喇叭河玩。到达景点并短暂休息后，一家人徒步前往喇叭河后山的银洞海，据说那里有凹陷在石灰岩中的一个不大的湖，湖边有大片大片的竹林，竹林中还有可能看到珍贵的大熊猫。湖边还有一个几十年前就废弃了的银矿洞，以及当年银客们的爱恨情仇和发家史，现在已经成了满足游客寻宝探险好奇心的好去处。

从景点后山通往银洞海的唯一一条小路蜿蜒曲折，被厚厚的积雪覆盖着，有些地方坡陡路滑，有些地方石板松动路基不稳，为一家人徒增了几分冒险的野趣。

富民和为民走在陈宋夫妇二人的两旁，像保镖一样严密保护着他们。特别是尚芳，弟兄俩更是小心地监控着她的每一步，不容有半点的闪失。可陈宋和尚芳却拿出一股不服输的样子，倔强地一个劲往前走，不让弟兄两个在身边碍手碍脚，还一再敦促两弟兄照看好自己的爱人和孩子，生怕摔着碰着他们。

天下的父母就是这样呵护着他们的孩子。陈宋与尚芳把两个儿子当作珍宝，把他们的爱人和孩子视为掌上明珠，在任何时候任何情况下都绝不让他们受到一点委屈和伤害。

到了银洞海，由于天气寒冷湖面结冰，陈宋打算在银洞海垂钓的想法落空了。竹林在微微的风中也曾一回回发出沙沙的响声，但只看见几只斑鸠从林中飞起，不见大熊猫的踪影。由于火把不够多，没有专业导游陪同，又怕在银矿洞中不巧遇到冬眠的黑熊，到矿洞中去寻宝探险，在富民带着大家进洞不到百米时也打了退堂鼓，放弃了。

诸多活动一一落空，玩了个把小时也就够了，大家一边听富民讲述银客们发生在银洞海的情仇故事，一边按原路返回驻地。途中再次看到写有“林中有黑熊出没，请游客保持正确行走路线”的警示牌时，大家多了一个如果有黑熊出现该由谁来吸引黑熊的注意力，掩护大家安全逃跑的话题。谈话中，两兄弟都说他们是理所当然的掩护者，父母妻儿自然是他们的保护对象。富民和为民都表示将以死相拼，从而为父母家人赢得更多的逃生时间。

真正遇到这种事情，不知道富民和为民会本能地做出什么反应，会不会真的如此勇敢，但至少两兄弟现在是这样想的也是这样说的。

尚芳却一半玩笑一半认真地说：“真有危险发生，你们两兄弟带着妻儿先跑，我们老两口来阻挡黑熊的追击。”陈宋补充说：“我们都已经老了，黄土都埋了多半截了，而你们还年轻，日子还长着呢。”

富民两兄弟当然是不会同意的，但他们知道天下父母就是这样，无论什么时候，哪怕是在闲聊的时候，或者虚拟一个玩笑的场景，他们对儿女的爱与呵护都未曾停止，都会真实而自然地流露出来。可以说，他们就是在父母的百般呵护下成长起来的，也许是受到如此细腻而强烈的父爱母爱的影响，他们都逐渐成为一个责任感很强的人，不仅是对待家人、工作和生活，甚至是对待一些不被别人注意的小事，他们都很专注很负责。

回到营地，天色已晚。一家人分住在景区一幢二层小木屋中，一边听着屋外野生麋鹿来景区啃食带有盐巴的草料，一边海阔天空地聊着。

这次旅游显然勾起了陈宋夫妇这两个曾在青海风餐露宿、艰苦跋涉的地矿队员许多关于青春和生命的回忆。月月和晓晨在床上唱着跳着，尽情享受着无忧无虑的那一份童趣。陈宋和尚芳则饶有兴趣地讲述着当年从事野外地质工作的许多往事。

陈宋先给大家讲了年轻时同分队保卫干事在野外同猎豹遭遇，之后又如何安全脱身的故事。还讲了富民小时候到他的分队去玩，结果在晚上睡觉时让远处传来的野狼的嚎叫声吓得大病一场，被匆匆送回大队医治的事情。富民当时已经上小学四年级了，对陈宋讲的这件事当然记忆深刻。

讲到这里，尚芳又指着富民隐藏在眉毛下已经不很明显的一道伤疤责怪起陈宋来。那是富民到陈宋的野外分队去玩，随陈宋跑路线时因为追赶野兔，下坡时刹不住脚一下子撞到山根里的大石头留下的，当时流了好多的血。之后陈宋才告诉富民，在下坡的时候千万不要快速奔跑，由于坡陡向下的惯性越来越大，一旦跑起来就收不住脚。

因为富民受伤这件事，陈宋常常被尚芳责怪，现在提起这件事，他又受到尚芳的责怪。

为了岔开话题给父亲解围，富民提议母亲也讲讲当年的事情。

平日不擅长讲故事更不愿意轻易表露感情的尚芳竟同意了富民的要求，讲起当年在察尔汗盐湖开展普查工作险些迷路的故事。

那是 20 世纪 60 年代在察尔汗盐湖开展地质矿产资源详查时的一个夜晚，尚芳同一位年长的工人师傅从刚刚完成的一个工作面返回十几里外的分队驻地。天气不太好，很黑而且还刮着大风。开始时，她与工人师傅相距不远，两个人一前一后，一边说话一边深一脚浅一脚地往回走，走了一会，两个人因为一天的疲劳就都没了话。

沉默着再往前走了约莫半个钟头，尚芳开口说："老李，听说又有两个人自己要求下放回老家种地，你说他们傻不，回家种地能有多大出息，能有多少收成。"话说完，听不到回答，她才发现李师傅不见了。

年轻的尚芳还不是很有经验，所以她没敢回头去找人，她只是待在原地等着。可是时间一分一秒地过去了，始终不见李师傅赶上来。

由于生活条件和工作环境十分恶劣，确实有不少从事野外地质工作的人主动放弃工作跑回了老家。有的甚至是不打招呼悄悄开小差，不知不觉就跑了。所以，尚芳断定李师傅一定是趁机开溜了。

湖区的夜晚很寒冷，这么等着耗着也很危险。尚芳决定一个人尽快回到驻地。她在黑暗的大风中凭着记忆一步一步向分队走去。突然，前面不远处隐约出现一个又大又黑的东西，好像一动不动地盯着她，隐隐地还在嚎叫。她的脑子飞快地转着，回忆起白天来时的路上并没有这样一个东西，现在有了，那它一定是会走的了，这么又黑又大的一个会走的东西可能只有狗熊吧。尽管干旱贫瘠的大盐滩极不适合狗熊觅食生存，但想到这极有可能是一头熊，她顿时毛骨悚然，吓得在原地一动不动地呆站着。

时间一分一秒过去，尚芳看见那个东西没有采取什么行动，便试探性地慢慢向前挪动步子，一步、两步、三步，黑东西还是没有采取任何行动。她想，狗熊是不是睡着了。于是，她大着胆子绕着弧线快速从那个黑影旁边蹿了过去，最后终于安全返回分队营地。

天快亮的时候，被尚芳误认为是开了小差的李师傅也回到了营地。原来是他走累了就坐了下来，本打算只休息一会儿，也就没有叫住尚芳。但一坐下就不想站起来，耽搁了一些时间同尚芳走散了，他也是壮着胆子从一个又黑又大的东西旁边绕回来的。

等到天亮后，尚芳和分队上的同志带着武器去寻找那个黑东西，想确定那究竟是什么，却在偏离正确路线不到二百米远的地方发现了一个废弃的破汽油桶，所谓的嚎叫声就是风穿过那些破洞发出来的。大家这才断定由于夜黑风大不好辨别方向，尚芳和李师傅在摸索着返回营地的时候偏离了路线，运气好的是他们最终还是发现了远处营区微弱的灯光，回到了分队。

让尚芳虚惊一场的大油桶也成了分队闲谈的一段笑料。不过，分队的同志们还是对尚芳的机智和勇敢表示钦佩。

尚芳讲完故事，陈宋连忙补充说："其实那晚上是相当危险的。如果不是运气好没有太偏离回驻地的路线，还能看到点灯光，妈妈可能就会在茫茫的盐碱滩中丧命。"

几个孩子顿时对尚芳投来敬佩的目光，陈宋看着孩子们的反应继续说："要知道，那个盐湖的地势平坦，没有典型的地貌特征作为参照物，白天在烈日的照射和地面光线反射升腾作用下，酷似树林、村庄、湖泊的海市蜃楼现象很容易让人迷失方向，更不要说是在四处漆黑一片的晚上。在那个盐湖的前期调查中，有一位还很年轻的水文技术员就是因为迷路牺牲的。这位技术员外出工作的当天迟迟没有回来，分队和大队全体人员出动找了他好几天都没有找到，直到几年后有关部门对盐湖进行航测时，直升机才发现了他的遗体，由于盐湖中的盐碱和卤水作用，他的躯体并没有腐烂，而是在烈日下变得又干又黑又硬，当时在场的人看了都很心痛。”

陈宋的补充让孩子们变得紧张和严肃起来，同时也为母亲的勇敢和果断感到自豪。

这次回来探亲之前，富民参加格尔木市的地方文史资料校对工作，恰好看到过一个类似的很真实的故事和人物。故事的主人翁叫廖嘉佰，1959 年毕业于广州中山大学医学系，1960 年 9 月的某一天，由一个钻井到相距 11 公里的另一个钻井时迷路未归。所在分队全部停工寻找了四天没有找到。直到 1962 年 4 月，格尔木市劳改农场的职工在沙柳包中发现了他的尸体，尸体已经干了。他把医药箱中的维生素和补药都吃光了，最终还是没能走出茫茫盐海和广袤的戈壁。

文史资料对这段生命故事的记录虽然不足 200 个字，但却真实又震撼，富民在校对时忍不住多读了几遍，记得清清楚楚。

现在听着父亲母亲讲述，富民就想，这些经历与其说是故事，更不如说是父辈们在人生旅途中演绎出的一段坚苦卓绝的青春与生命的壮歌。

为了缓解紧张严肃的气氛，富民将话题转到此次旅游上来。

尚芳颇有感触地说出埋藏在心中多年的愿望。她说：“年轻时曾想着将来有钱有时间了，一定要去人们向往的中国八大名城旅游。可是，这么多年都在忙工作，忙着拉扯你们两弟兄，一直都没有去成。退休这几年，机会来了，又希望趁着自己还不算老，尽可能帮帮你们，所以等到这次出行才使我的旅游梦有了开始。”

见孩子们好奇地看着自己，尚芳接着说：“哦，时过境迁，处处日新月异，当年的八大名城现在也已经算不得什么了，所以这次旅行就算是计划和愿望中的第一站吧。”说话时带着些惆怅，但也带着几分满足和喜悦。

这样，一家人聊到很晚，然后各自回屋休息。

富民躺在床上怎么也睡不着，他一会儿想着父母年轻时的坚强和艰辛，一会儿想着母亲多年埋藏心底的愿望，一会儿又假想着他们阻挡黑熊袭击掩护大家逃跑的样子。在纷乱的思绪中他再次感到一种强烈的责任感，以及子欲养而亲不待的那种恐慌。更可怕的是他悲凉地感到在不知不觉间，岁月已经将父母渐渐抛在了身后。

“君不见，高堂明镜悲白发，朝如青丝暮成雪……”大学时读的诗句萦绕在耳畔。富民一次一次从这些诗句中想象着父母对着镜子梳理时，望见自己逐渐衰老的面容时的感觉。

为民也难以入睡。头几天，因为开车的缘故，每到晚上住下来，他都很快就睡着了。但是今晚他的脑子异常兴奋也甚是疲惫，一直处于半梦半醒状态。多年的愿望还没实现，父母就老了，变得那么多愁善感了。

进出喇叭河的道路分上午下午单向行驶，上午放进，下午驶出。一家人就在营地打着扑克喝着茶休息。天气也很不错，望着远方山巅的皑皑白雪，太阳却暖暖地照在身上，大家都感到格外清闲和安逸。

陈宋带着富民和为民对阵尚芳她们三个女将。富民和为民的牌技不怎么样，只有不时采取一些赖皮使诈的招数，又屡屡被三位女将抓住，惩罚的惩罚，抵赖的抵赖，惹得一家人哈哈大笑，一派其乐融融的感觉。

直到返程的车辆开始放行，才驾车结束旅行。

七

结束旅游回到家中，为民两口子又开始忙生意，而富民和霞竹一样是陪着父母上街买菜，陪着父母在厨房里为一家人准备可口的饭菜。有空闲时间也陪着父母到附近的果园或河边喝茶，家长里短柴米油盐地聊着。

一周后，富民和爱人订好了返青的车票，上车前尚芳准备了丰盛的午饭为他们饯行。菜上齐了酒过三巡，尚芳看着大家其乐融融的样子又有些伤感，竟在大家面前落着泪说：“一家人像这样高高兴兴地守在一起多好，可惜我活不过68岁，这样的福我享不了多久。”

尚芳这句话让大家都感到很吃惊，再三追问下才知道她两年前遇到一位算命先生，算命先生对她说将有灾难，可能活不过68岁。

大家都看得出来，这其实就是算命先生信口胡言，但尚芳对此事是十分在意的。68这个数字像一块千斤巨石一直悄悄压在她的心里。按照算命先生的说法，时年已经67岁的她惶惶觉得自己时日不多了，这才在今日忍不住说了出来。

一家人都尽力宽慰尚芳。

富民对母亲说：“算命先生也就是随便这么一说，无非是想从你那里骗点所谓消灾免祸的钱罢了。你精神和身体都很好，是个长寿的人，不要因为迷信反而把精神压垮了。”

大家顺着富民的话对尚芳进行一番破除迷信的说教。陈宋直接引经据典地说：“前段时间还在报纸上看到许多在街头为别人算命的所谓神仙半仙，不是被文明办和城管人员抓起来了吗，批评教育不说，好像还被罚了款，如果他们真的算得很准，为什么出门前不给自己好好算算呢，连自己会被抓会破财都不知道。”

富民望着一向不大会说话的妻子，好像是在求救。霞竹会意地对尚芳说：“一年前我也碰到一个据说算得很准的算命先生，很多人都找他算命，他牛得根本不用在街上摆摊摊。所以我也找人带着去为你们还有我母亲各算了一卦，那个先生肯定说你们二老家境不错，心慈面善，是个长命百岁、白头偕老的好面相。”

正反两面的说辞让尚芳转悲为喜，和大家高高兴兴地吃着饭，还当场表示等富民一家人下次回来，由她出钱，一大家人坐飞机去外地旅游，近就是去九寨黄龙吃藏餐跳锅庄，远就去海南的天涯海角。

饭后，为民一家特意开车送富民他们去车站，陈宋送到楼下。出门前，富民只是在屋里同母亲道别，没让母亲下楼，怕看到母亲流泪。

可能尚芳也不想在孩子们面前流泪，她在屋里伸手摸了摸孙女月月的头，想说什么又没说。

一路上，霞竹和吴莹很亲密地聊着，为民也不时插上一句两句。但富民几乎一言不发，他有一种说不出的难受，母亲怎么就老得这么快呢。

富民问霞竹，在饭桌上说的算命一事是真的吗。吴莹抢先说那肯定是编出来安慰老母亲的。霞竹也说根本就没去算过命，那只是灵机一动对老母亲采用的精神疗法，以后千万不能在老母亲面前戳穿。听了爱人的话，富民重又缄口不言了。

探亲到家的头几天，富民其实也感觉到母亲衰老了许多。只是，他不愿承认这种感觉。总想着身体一向很好的母亲前段时间是不是太忙太累，也许过段时间就好了。

现在，富民坐在车上把平日里母亲的一举一动梳理一下。首先，母亲的情绪变得很容易激动，爱发火更爱流泪。其次，母亲的行动要比以前笨重迟缓得多，尤其是她坐着想要站起来的时候很吃力，甚至要用手撑凳子或者双腿才能站起来。母亲的反应也比以前要迟钝一些，还常常把一句话或者一个简单的事情说了又说，唠叨个没完。

特别是母亲衰老的程度远比父亲或其他一些同龄人要快得多。

尚芳看上去的确比陈宋要老得多。一次陈宋陪尚芳去市场买菜，陈宋把找回来的钱顺手递给尚芳，而尚芳当时只是嫌麻烦没有要。卖菜的人却对尚芳说："拿着嘛，难得他有这份孝心。"这件事常常被家人当作笑话来谈。

富民现在想想，在一家人轻松谈笑的时候，母亲又是什么感受呢？那个不祥的卦象是不是更像一个恶魔在母亲的心中游荡，更加猖獗地吞噬着母亲的精神和意志。

富民感到这种种迹象足以说明母亲的伤心和担忧不是多余的，也许隐约还有什么不好的预感和不适被母亲隐瞒着。

进站时，富民第一次严肃地对为民说："抽空带爸妈去检查一下身体，一定要照顾好爸妈。"

照顾好爸妈。这句话是富民说给为民听的，但更像是说给自己听的。他陷人离开父母兄弟远在他乡的牵挂和惆怅。

八

怀旧和伤感是衰老的一种表现，陈宋和尚芳在渐渐衰老。除去牵挂在外工作的富民一家，也怀念过去曾经工作生活过的一个个地方，以及那些亲如兄弟姐妹的老朋友。同所有退休回到内地的人一样，他们对曾经工作生活过的地方，还有在那里共处几十年的人都有着难以割舍的感情，这种情感也许就是对那些共同拼搏的足迹、对那些曾经相互依赖的青春的回忆与搜寻。

1997 年，尚芳因为霞竹生孩子就曾回过西北。

到了格尔木市后，尚芳整天围着霞竹转，洗衣服做饭，照顾霞竹的吃用，学着做孩子的小衣服小被子。但再忙，也不让富民做什么家务。

富民因为要上班还常常需要加班，也少有时间和母亲一同出门。于是，他决定抽空带母亲去走走看看，选择的地点则一近一远。

这天是周末，富民带着母亲来到格尔木市东北角的滩岔头地区。

这个地方原本是一大片地势稍高的河滩地，一条东西向的国道从边缘经过，本市的一条主街道延伸至此，并与国道交叉后分为两条次一点的乡镇公路，如果从天空往下看，几条路在这片河滩边缘成“大”字形交叉，所以人们慢慢就把这个地区叫作滩岔头。但滩岔头在三十多年前被地质职工和一些当地人叫作水院子，主要原因是当时的水文大队、老盐湖地质队、探矿队等地勘单位都驻扎于此，众多的车间、平房和简易房形成了一大片院子。

水院子前面的那条国道经过一条小河通往河西，河西是去往西藏的物资的一个重要转运地，有一个百货商店。那个时候，它是当地最大物品也最丰富的商店，价格也相对便宜，有时甚至可以买到一点不需要凭票供应的所谓次品、损坏品。

富民知道，三十年前，父母亲就在格尔木市工作，就住在这个水院子里。带母亲来这儿，就是故地重游。当然，之前的水院子是啥样他并不知道也没见过，他来到格尔木市的时候，只有地质队少数老职工还把这个地区叫水院子，多数人都已经习惯叫滩岔头了。

尚芳在滩岔头转着，感觉已经是面目全非了。她看到许多外来人员划地为营建起大量的民房，杂乱地盘踞于此。经过多次重组和搬迁，当年那些地质队已经完全撤离，只留下一些断垣残壁和少数十分破旧的土坯房。来此之前，她原本想再看看当年居住过的房子。可是，富民带着转来转去，寻遍整个区域也很难辨认出当年的住处，甚至就连那个住处的大致方位都难以确认。

尚芳既激动又伤感，不停地说："全变了，都认不出来了，怎么会变得这么破烂呢，简直是一片废墟，当年这里可是很红火很热闹。"

富民安慰母亲说："都搬到更好的地方去了，我现在住的就是那些地质单位重新组建后的新址。你也看到了，那一幢幢家属楼和气派的办公大楼，不错吧？就等于是在这些废墟上生出来的，这是一种毁灭，更是毁灭中的重生，正好印证着社会的进步和国家的发展。"

尚芳虽然读过中专，也在外工作了几十年，但退休回家也有一段时间了，思想和思维相对封闭。富民觉得这样的说辞可能会有点深奥，或者说像老朽的文人说话有点酸溜溜的，母亲可能不会懂也不习惯他这样正统说话。也没办法，这似乎已经成为富民这个当老师的职业习惯，讲个什么都会带着说教的口气。

不料，尚芳接着富民的话认真地说："那当然要进步，要发展，要越来越好才行嘛，否则我们这些人当年在这大西北干了大半辈子不就白干了。"

当年的驻地难寻，尚芳说还想去河西的那个商店看一看。

富民便带着母亲沿着原来水院子前面的公路向西走。由于这条路已经扩建，当年要跨过的那一座桥早变成了截断河流的马路，马路一边修了公园，另一边的河床河滩上建起大量的民房。

尚芳不无怀疑地问富民是不是走错了，怎么没有过桥，那座桥在那时候还有点不好走呢。

富民说没有错，这个方位只有这像是你说的那条河。尚芳仔细地看看四周回忆说："当年，你大哥还小，只有三岁多不到四岁。一天，因为我下班回家的时间晚了，独自在家的大哥便跑出院子来找我，谁知走错了方向，竟跑到了河西。好在当时这地方车子也不多，在大家的帮助下，天快黑的时候在河西那个商店附近找到了他，身上的衣服都湿了大半截，一定是过河时摔倒了，真是太危险了。"

这段往事又使尚芳伤感，她叹息着说："现在看，你哥哥命中克水，最终还是淹死了，这个孩子注定是留不住。"

伤感的往事让富民和尚芳一时都没了话。

富民估摸着把母亲带到她记忆中的那个商店。

尚芳先是在周边转了转，又走进去看看说："倒也还有一点当年的样子，但已经是一个很平常的购物场所了，同周边的店铺相比，哪还有当年的那种风光啊。"

富民说："很普通，也没啥看的，咱们走吧。"

尚芳却走到柜台前对售货员说："有没有白糖，给我买一斤。"

售货员用异样的眼光看着尚芳不高兴地说："白糖当然有啊，连个白糖都没有，开什么商店，要几斤，只要一斤吗？"

尚芳一边递钱一边说："只要一斤，能买上一斤已经很不错了。"

售货员更是一头雾水，疑惑地看着。尚芳又说："唉，变化真是太大了，日子都过得安逸了，过去的事恐怕没有几个人记得喽。"

富民这才反应过来，母亲回到了过去，回到了那个生活居住条件极差，但人们却在想方设法追求幸福的年代。现在，那个年代的幸福感被母亲用这一斤白糖牵了回来。

多半天的工夫，富民带着母亲在当年生活工作过的地方走着、寻着、说着。所到之处，尚芳都四处张望，努力地搜寻，也不时摇头。当年的景象与眼前的所见，显然在尚芳的记忆当中已经没有多少能够吻合了。也难怪，从艰苦创业的年代到改革开放的时代，任何一个地方，几十年的变迁凭谁都是无法预料的，更何况格尔木市，地处青海中西部，集战略、能源、资源和交通区位优势于一身。

第二个周末，富民带母亲乘坐汽车经大柴旦镇去甘肃某地游玩。

汽车出了格尔木市行驶在盐湖边的公路上，回想起母亲在夜间将盐滩上的大汽油桶当作狗熊闹出笑话的故事，富民问母亲："当年在盐湖搞地质普查工作一定很艰苦吧？"

尚芳激动地说："那是当然，原本就很艰苦，如果遇到大队的给养没有及时送到分队，没有了淡水和蔬菜，只好饿着肚子干活，你不知道有多难受多艰苦。可不敢用盐湖中的卤水煮饭，这种饭吃下去后腹部胀痛却拉不出屎，站都站不起来，还怎么把当天的任务跑完。"

过了盐湖好一阵子，才到达大柴旦镇。汽车没有休息继续前行，快要驶出大柴旦镇时，尚芳望着公路边不远处一个破旧无人的大院子重又激动地说："那个大院子好像是原来的地质队，因为那个围墙的四个角很有特征，比一般的墙体要厚一些。当年队上有两条很不错的大狼狗，一到晚上它们便分别蹿到围墙角上，成对角线拉开为我们看家护院。"

富民知道，父母毕业后先后在大柴旦镇工作过。

看到这破旧的院子，尚芳的记忆又一次在伤感失落的情怀中慢慢打开。尚芳对富民说："当年我们就在这参加台吉乃尔区域的硼砂矿矿产调查，有一天我不小心陷在硼砂选矿池子里，要不是大家动作快把我捞上来，早就把命送了。"

尚芳把这些事情讲得寻常而简单，直接略去了过程。

富民却为母亲捏着一把汗。一个又一个发生在父母亲这老一辈地质队员身上，关于生命的真实故事在他的面前展开，而这种关于生命的故事其实也曾深深烙在他儿时的记忆中。

富民记得儿时要好的一个伙伴就是因为他父亲意外去世才从江苏老家来到青海的。伙伴姓胡，他的父亲是那种读过书的军人，响应国家的号召从部队转业到地质队，并成为一名出色的地质技术员。一天早上，他父亲像往常一样背着干粮和地质包离开分队营地外出跑路线，当晚迟迟没有回到分队驻地。分队先进行小范围搜索没有找到，第二天分队全体人员集中分成好几个小组，敲着脸盆打着水桶到处搜寻都没有结果。之后，大队也增派了搜救人员，数天后，终于在离分队驻地很远的一个山沟的红柳丛中找到了他父亲，但他父亲已经死去几天了，人们还在附近发现了哈熊的足迹。被找到时，他父亲仰天躺着，身上留着多处被哈熊抓伤的痕迹，地质背包就放在胸口上，两只手紧紧地抱着它。人们猜测他父亲曾几次机智地同哈熊周旋，并成功逃生，但却因此受了伤迷了路。最后，他父亲抱着地质包躺下来想休息一会儿，谁知由于疲劳过度体能衰竭，就这样永远睡过去了。小伙伴和他的妈妈、姐姐好久都沉浸在悲痛中。小伙伴经常给富民讲他父亲在部队上是一位出色的侦察兵，眼睛好得能在夜里看见悬浮于空气中的尘埃。由于在野外工作，小伙伴很少与他的父亲在一起，但却对父亲十分崇拜，每次谈到他的父亲，富民都陪着他流泪。

除了这个小伙伴，富民还有一位小学的同学、一位初中同学，他们的父亲也先后在野外地质工作中牺牲了。还有一位与父亲要好的叔叔也为地质找矿事业献出了生命。他曾在为纪念青海地矿事业发展四十周年出版的一个图册上看到上百个这样牺牲的人，他们的名字就编列在那个图册的最后几页，那是要告诫后人记住这些为祖国地矿事业而长眠在青海的英烈们。

所以，富民有着地质队员关于生命的一个又一个的深刻记忆。

富民向母亲提到了胡叔叔的事，并试探着问母亲："胡叔叔为什么不把地质背包丢了，那样不就跑得更快吗，兴许还能活着回来？"

尚芳用轻蔑的眼光看看富民说："你懂什么，那时候的地质图纸和资料很少，很珍贵，有的图纸和资料全大队甚至是全省才一份两份，丢不得。还有，地质队员的野外工作记录本，那上面记载着整整一个工期也就是半年、大半年的工作资料、草图和数据，如果丢了，可以说这个工期的努力就都白搭了，所以野外地质工作者往往把装着地质资料的地质包看得比自己的生命还珍贵。"

富民再一次无语了。是无语，更是敬畏中的静默。

汽车出了大柴旦镇没有多远，窗外的远处隐约可以看到一大片沼泽和湿地，偶尔还有飞鸟在那上面盘旋飞翔。尚芳眼前一亮，又对富民讲："生活艰苦的时候，我和你爸爸恰好在这一带跑过野外工作，当时每个人每天的定量是很少的，靠那点定量人人都吃不饱。不要说跑野外，就是在队部坐办公室也没多少力气。可是一段时间过后，人们发现大家都面黄肌瘦，我和你爸爸看着没那么惨，知道为什么吗？”

富民不解地回答说不知道。尚芳接着说：“很简单，当时在这些湿地和沼泽里生活着很多野鸭子、野天鹅等飞禽。我和你爸爸运气好，经常可以捡到野鸭蛋或者天鹅蛋，有时还可以捡到落难死去的小鸭子、小天鹅，就是这些东西给我们补充了营养。不过，在沼泽地里捡这些东西也是很危险的，但是为了保住身体活下来，还是值得冒险，而且还增加了我们开展野外水文工作的经验。”

尚芳还对富民讲：“由于生活困难，当时有点条件的大单位都有打鱼队，专门捞湟鱼来补充粮食，可以说是湟鱼在极其困难的年代拯救了成千上万的人。”

说到这儿，尚芳也不无感慨地对富民补充说道：“那个时候没有什么环境和生态保护意识，一切都为了生存，为了工作，弄得现在连个野鸭子、野天鹅都很少见了，湟鱼也吃不着了。”

不知道尚芳这是对艰苦年月的抱怨或者怀念，还是对过去那些不理智的人性本能的忏悔。

汽车继续向西行驶着。于是，关于大头羊露天煤矿、关于花海子、关于星星海的一个个故事从尚芳的记忆中被翻出来。

听着尚芳的述说，富民仿佛走进了父辈们当年的生活，和他们一同感受着那艰苦而浪漫的青春岁月，感受着当年地质队员勇敢顽强的精神，感受着那个年代的人们在极其艰苦的条件下对工作、事业和生活的热爱。

游玩回来一个月后的一天，霞竹生下了女儿月月。虽然是个女孩，当了奶奶的尚芳一样十分疼爱，于是孩子暂时有了个小名叫小公主。生下来只有四斤多的小公主在尚芳和霞竹的精心照料下长得很好。但尚芳还是不满意，在孩子不满五十天时执意要带回老家，她说：“孩子小，底子差，老家的气候好物产丰富些，带回老家才长得好。”

霞竹和尚芳带孩子回四川老家。送站时，尚芳隔着车窗对富民说："要不是为了小公主，我怎么也想不到我还会回到格尔木来看一看。六七年，我从格尔木回四川老家生下你，便调动到了乌兰县，在那的地质队工作，我离开格尔木已经整整三十年了。"

富民随口回应："难怪我与乌兰和格尔木这两地那么有缘啊。"

九

因为父母，富民的确与乌兰县和格尔木市这两地很有缘。

毕业时，陈宋的一位朋友的朋友熟悉分配之道，并在分配中有着一定的便利条件，曾问富民愿不愿意到格尔木市工作。由于富民当时对格尔木市没有什么了解，始终觉得格尔木市太偏远了，便谢绝了。这样，他就被分到了工资福利还算不错的乌兰县盐厂子弟学校教书。

但由于盐厂相对封闭且气候环境很不好，仅仅工作了半年富民就被陈宋调到驻扎于乌兰县的地质队，哈图草原上一个不小的地质队。

之后，他有多次机会可以调回四川老家工作，可不知是什么原因他都没有回去。特别是1990年夏天最后一次往老家联系调动，两边单位都商量好了，这一边愿意随时放人，那一边愿意马上接收。就在对方打算向富民所在单位发调令时，他却突然对陈宋提出不调了。他当时似乎感觉到在这西北的某个地方还有什么人值得他等待，需要他留下来。虽然给父母说不出什么合适的理由，但他就是有着那么一种感觉，就是不想调走。

一向比较民主的陈宋夫妇也就没有执意把富民调回去。

陈宋夫妇把富民调回去并不是想着以后老来有个依靠，而是不忍心把富民一个人丢在西北。在当时，在青海的地质工作者中流传着这样一句话："为国找矿踏昆仑，戈壁滩上献青春，献了青春献子孙。"这句话很真实地表达了一大批来自内地的地质队员当年的豪言壮志和奋力拼搏的一生，以及他们晚年退休回去后想起远在高原的儿女时的无奈。

停止了富民的调动之后，陈宋夫妇对富民很不放心，就想着拜托还在大队的几位好友对儿子多加关照。

老刘是大队的财务和行政主管，当然是不二人选。他的爱人没有工作，被临时聘用到县上的一家银行做饭。当老刘回家说起受托之事，两人都纳闷犯难，觉得富民这个孩子稳重厚道，工作和收入也不错，结交的朋友也没什么问题，还要怎么关照呢。后来，二人一致认为陈宋夫妇就是拜托他们帮富民好好找个对象成个家。而老刘爱人所在的银行恰好有两个参加工作一年多的小姑娘，活泼漂亮，虽然追求者甚多，但其中一个暂时还没有对象。于是，老刘他们决定为富民介绍这个对象。

起初，刘叔叔给富民提出此事并让他找个时间见见面，富民嘻嘻哈哈并不在意，搪塞几句了事。但事隔几天后，富民一个人闲在宿舍读书听音乐，想起刘叔叔他们的话，竟然莫名其妙地有些心动了，便主动找刘叔叔表示愿意。老刘他们自然是十分高兴也格外上心。

就这样，富民霞竹认识了。当然，富民与霞竹的认识和进一步交往也是一波三折。

霞竹从小在四川老家的农村读书，但户口随其父亲落在青海。1985 年她在青海以优异的成绩考取了省城的一所中专，又因为她二哥在格尔木的地质单位工作，八九年毕业分配时就哭着闹着要求分配到格尔木。但不管她怎么努力，也不管她如何伤心洒泪，主管分配的领导还是把她分配到了乌兰的这家银行。

这真是机缘巧合，格尔木对于富民和霞竹来说，一个是当初可以去又不愿去，另一个是当初想去又不让去，他们两人便先后来到了哈图草原上的乌兰县。而富民来到乌兰县后原本有很多机会可以调走却都没有离开。这一切为富民和霞竹能在乌兰县相识创造了必要的条件。乌兰县就像富民和霞竹生命中的一个不容错过的驿站，他们会因为不同的缘故在不同的时间来到这个驿站，并莫名其妙地在这个驿站纠结、等候，直至他们在这个驿站相识。这可能就是人们所说的缘分天注定，有缘千里来相会吧。

开始，刘阿姨对霞竹说给介绍个对象时，也被霞竹一口回绝了。但刘阿姨还是见她一次就说一次，而她碍于刘阿姨的一片好心，不好再直言拒绝，便抬出父亲所谓择婿的标准来推辞。这个标准一共有四条：一是最好找个同乡人，以后回家探亲时可以互相照应，而且饮食习惯相同，在一起生活要合趣点；二是最好找个地质单位的，工资收入不算低，假期也不算短，生活不会太紧张；三是最好找个教师一类的知识分子，知识分子特别是教师有修养有责任，自然可以托付终身；四是要上过学，有学历，最好是大学生。这四个标准中的任何一个其实都并不是高不可及，但是综合在一起，在当时的哈图草原，在乌兰县这样一个小县城显然是不容易达到的。也正因为如此，她才想着以此作为推辞，好让刘阿姨他们知难而退。

但四川人有句俗话叫“傻儿有傻福”，富民就是这号人。当霞竹说出这四个条件后，把刘叔叔刘阿姨乐得合不上嘴。经刘阿姨详细介绍，富民这个大学专科毕业后，在地质队子弟学校当老师的四川人居然符合全部条件。

霞竹当时就傻眼了，尽管如此，她还是没有爽快答应。

刘阿姨这个人办事很执着也很有办法，见霞竹不动心，便在她们单位广泛发布消息说她在地质队找了个对象。一时间满城风雨，弄得霞竹有些生气也有些不知所措。同宿舍的闺蜜便对她说：“要不就见个面吧，大家都说你谈了个对象，结果咱们却还不知道人家是什么样，这不是冤枉吗？”

就这样，富民在刘阿姨的安排下去银行存钱同霞竹见面。第一次见面，富民显得很慌张。霞竹也害羞紧张，她操着带有四川方言的普通话将办好的存单递给富民，并迅速在富民身上打量了一下，对富民并没有什么细致的印象。不过，霞竹的闺蜜作为一个局外人，着实从容地对富民认真评估了一番。

富民拿着存折走后，闺蜜对霞竹说：“个子高高的，好像还是个小白脸，我感觉还可以，如果你没有看清就再约一次呗，反正是闹着玩，一次两次还不都一样。”

刘叔叔又叫富民去存钱。见面时富民与霞竹双方表情都显得自然了一些，可能是因为闺蜜曾对富民有个好的初步评价，这次见面后霞竹对富民也还不反感，没有直接拒绝。

富民真的要感谢霞竹的这位闺蜜能替他说好话，特别是说他好像是个小白脸。其实，富民在南方上大学时由于气候不适应，脸上长了许多的小疙瘩，留下了一些令人自卑的印迹，加上喜欢运动，脸也晒得比常人要黑些。为了在见面时留个好印象，他特地买了一盒在当时很流行的永芳化妆品，一番伪装居然发挥了作用。

谢谢永芳，谢谢霞竹的闺蜜，富民真的很幸运。

两次见面后，富民和霞竹之间略有来往，但关系微妙，像是恋爱又像是一般朋友。对于富民这个没有恋爱经验的人来说，并不觉得这有什么不合适，也不觉得着急。但刘叔叔他们却为富民捏着把汗，认为富民要抓住机会，速战速决，早点与霞竹把关系确定下来。

刘阿姨他们邀请富民和霞竹在周末去家里共进晚餐。其实也就是想利用这个机会逼霞竹就范，进一步明确她与富民的恋爱关系。吃着饭，他们还表示在适当的时候为二人举办一个订婚仪式。

刘阿姨他们的经验和传统思维在关键时刻帮了富民。作为长辈，他们把希望富民和霞竹进一步确定恋爱关系的话说得很直白也很突然。害羞的霞竹一时不知道该说什么，算是默认了。

吃完饭说了一会儿话，富民便送霞竹回单位。富民推着自行车同霞竹并排走着。要出大队家属区时，一条大黑狗突然叫着朝他们冲了过来，富民一把将吓呆了的霞竹拉过来用身体护住。好在这个院子就是富民的地盘，连条看家狗和富民都很熟，已经冲到富民身边的狗并没有咬富民和霞竹，它在富民身上嗅了嗅摇摇尾巴转身走了。一场虚惊之后，霞竹在回单位的路上始终近距离挨着富民。

这应该是突发事件造成富民和霞竹第一次所谓的亲密接触吧。

所以说，富民这个人真是傻儿有傻福，一条凶巴巴的狗都能在特殊的时刻和特定的地点帮上如此大忙。

把霞竹送到单位门口，霞竹邀请富民到宿舍坐坐。富民其实也很想和霞竹多待一会儿，但富民还是客气地说了声不了太晚了，便转身离去。

回到宿舍，富民激动得一夜难眠。他久久回味着和霞竹挨着走在一起的感觉，那种在深秋清冷的月光下心里却暖暖的感觉，以及微风从霞竹一头散落的秀发送来的阵阵芳香。更让他激动的是分手时霞竹的邀请，不懂得恋爱的富民一直认为女孩子的闺房是不会轻易让人进入的，所以觉得霞竹可能已经决定要嫁给他了，而他也第一次有了想要娶妻成家的想法。

其实从读大学到毕业工作的这些年里，富民身边也有过好几个女孩，她们大多对他有好感，有的甚至和他关系好得就像在恋爱。但他每次和她们相处都只是把她们当作朋友，没有过多的想法。只是这次不同了，他竟然一次又一次对自己说霞竹就是自己等待的那个人，一定要娶霞竹为妻。

整整一个晚上，富民坐在炉火边盘算着如何去找行政科的领导要房子、如何收拾房子等事情，不知不觉便到了天亮。

富民开始按晚上的计划忙起来，又是要房子，又是买涂料刷房子，还特意请了朋友来帮忙。一连三天，在霞竹毫不知晓的情况下，他就已经忙得不亦乐乎，好像霞竹明天就会成为他的新娘。

事情基本忙完之后，富民才想起给霞竹打电话。

霞竹得知富民的忙碌后，自然觉得他这个人在恋爱方面傻傻的，但也为他这种认真冲动的傻劲表示感动。只不过感动归感动，理智归理智。霞竹在电话那头很严肃认真地对富民解释说，那晚邀请他上楼坐坐只是出于礼貌，并无更多的想法，况且，两个人相互都还不了解，远没到谈婚论嫁的地步。不过，霞竹对他那晚的勇敢举动还是大加赞赏，坦言他一定是个有责任感可以信赖的人。

在那之后，为了增进了解，富民和霞竹的来往要频繁得多。

霞竹几乎每天下午下班后都来找富民，和他一起吃晚饭一起听歌曲聊天。然后，富民就骑单车送霞竹回单位，霞竹坐在他身后一手搂着他的腰际，另一只手为他打着手电筒。

霞竹的身体都微微挨着富民，富民好像能听见她的呼吸，能闻得到她身体发出的馥郁的馨香，感觉幸福极了。

十

只可惜好景不长。

刚刚恋爱两周，霞竹突然接到了调往格尔木的调令。当年那个主管领导在内部人员调整时竟然想起了她当时的请求，于是自作主张好心把她的人事档案调到了格尔木。

老实说，霞竹和富民虽在恋爱，但毕竟还没有多深的感情。所以，她接到调动通知后还是想去格尔木市，毕竟哥哥就在那里，去了有亲人有依靠。只是，出于对富民的尊重或者说是同情，才勉强向领导表示不想调动。

富民也为此带着霞竹赶车到上级主管单位跑了一趟，一连几天，他每天不是给那位领导打电话就是去领导办公室软拖硬磨。结果，非但没有转机反而惹恼了那位领导。领导态度十分坚决，没有更改的余地，并把电话打到霞竹的单位强调不按时到格尔木报到，那就开除。

霞竹只好调往格尔木。这对她来说是喜忧各半，甚至是喜大于忧。

在旁人看来，霞竹调走后可以走一步看一步，听天由命，甚至可以一走了之。但这对富民来说简直是五雷轰顶世界末日，不知道霞竹这样走后日子该怎么过。他怕从此失去她，他的心情差极了，连送她上车时都不知道该说些什么。直到列车启动渐渐远去，他才向她挥了挥手喊别忘了写信。

富民和霞竹只能频繁地书信来往，在他们的信中各有一分孤独，也通篇流露着对彼此的依恋，这更远的距离反倒拉近了他们的感情。

一天晚上，富民发现霞竹忧郁地站在他面前叫着他的名字。富民伸手握着她的手想说话，她却突然不见了。富民惊慌失措地睁开眼睛看着黑洞洞的房间，才知道这是在做梦。富民赶忙又闭上眼睛努力回味着梦中触及霞竹指尖的那种温存的感觉。

两天后，富民在霞竹的来信中得知前天晚上，她一个人坐在宿舍里一边念着他的名字一边给他写信，就那样度过了 21 岁生日。他一边读信一边回想起那天晚上做的梦，他坚信自己的心早就跨越时空感受到了霞竹莫大的委屈和孤独，想要娶她为妻的愿望更加强烈。

下班回到宿舍，富民就给陈宋夫妇写了一封长信，希望父母尽快想办法把他调到格尔木。在信中他把话说得很坚决，明确表态对于霞竹那是非她莫娶。第二天一早他先把长信挂号寄出，紧接着去大队找领导提出要求调动。

大队领导也是陈宋比较要好的朋友，所以在富民说明情况并求他们能通过各种关系将他调到格尔木时，甚至不知天高地厚地建议叔叔们直接锁定格尔木地矿系统的子弟学校。他认为同一个系统而且不跨专业，一定要好办些。

开始，出于对富民的爱护，领导解释说大队不久就要往省城搬迁，到省城工作生活那该多好，大家都想着往东走，你却争着要往西跑，这样做是不是太傻了，是不是再好好想想。

富民来找领导帮忙之前就已经想得很明白了，为了霞竹，他必须尽快调到格尔木，这关系到他和霞竹一生的幸福。不要说是往西走，就算是无人烟的天边也必须去。

没什么好想的，富民当场表示主意已定非去不可。这些从小看着他长大的人退步了，表示要看他父母的态度，如果他父母不同意，那就老老实实在队上待着，到时一同去省城。如果他父母能够同意，他们就顺便在省局召开的队长书记会议上帮他联系一下。

一切似乎都取决于陈宋夫妇。可见，富民给父母写长信说狠话是十分正确的。其实，他一直是一个做事有主见且思维缜密的人，这样的人生大事，他已经采取了对父母的主动进攻。

陈宋夫妇接到富民的信，前后读了好几遍，被儿子果断的决定和坚决的态度蒙住了，马上开始打电话、写信，托乌兰和格尔木两地的老同学、老朋友为儿子联系调动。直到事情基本明了，只等着发出一纸调令时，夫妇二人才想着看看这个未来的儿媳妇到底是什么样。

他们背着富民给霞竹写信询问情况，并索要照片。

收到陈宋的信，霞竹乖巧地写了回信，并随信附了一张大方得体的照片。陈宋夫妇读了信，看了照片，十分满意。

由于陈宋及各位同学、朋友的人脉很广，一个多月后，富民便顺利调到了格尔木地矿系统的子弟学校任教。

第一次面对人生的大是大非，做出的选择竟是如此坚决果断，如此让父母上心满意。原本极不容易办到的事情，办理得也如此顺利和神速。富民不得不承认自己真是太有福了。还是四川人的那句俗话："傻儿有傻福。"

之后，富民得知，有一年霞竹的父亲回老家探亲，在兰州转车时，曾与怀着他回四川老家生产的母亲相遇，还帮了母亲很大的忙。而且后来，霞竹的父亲就调到了父母曾经工作的大柴旦地质队工作。

真是巧啊，因为父辈，富民和霞竹的情缘仿佛早就在哈图草原，在乌兰县和格尔木这两个人生驿站定下了。

十一

2004 年上半年，富民和为民的生活都相对稳定下来，工作和事业也有了一定的基础，陈宋夫妇的生活清闲了许多。

陈宋决定实现尚芳的梦想，夏日的青岛是他们圆梦旅途的第一站。选择青岛，不仅因为它是尚芳当年所说的八大城市之一，更主要的是在青岛及周边郊县有许多当年的好友和同事。在这些人当中，有与他们一样从事技术工作的地质工程师，有从部队转业后一直从事野外地质勘探的钻井工人，还有从事教育工作的教师。在哈图草原共事几十年，他们与这些人结下了姊妹兄弟般的情义。

8 月初，陈宋尚芳怀着十分激动的心情踏上了去青岛的火车。

退休在青岛生活的鲁川江叫二女儿燕燕开车接站。大家见面后自然高兴万分，有着说不完的话。

陈宋在电话里高兴地告诉富民，川江叔叔一家人把他们照顾得很周到，还安排好了一同游玩和探望其他好友的日程，自然是十分满意。

听了父亲的电话，富民也为他们高兴。

但是，在陈宋到达青岛的第三天早上，富民却突然接到了父亲焦虑的电话："妈妈病了，现在卧床不起。"

安慰父亲并挂断电话后，富民急忙打电话给燕燕详细询问情况，才知道母亲是在头天晚上起来上厕所时摔倒了并摔坏了腰，暂时不能下地走路，自己也无法站起来。

当晚，陈宋和川江他们把尚芳送到医院检查治疗，竟然发现尚芳的血脂和血糖都很高，而且早已高到对心脑血管和神经系统造成损伤的程度。正因为如此，尚芳才会在夜间起解时昏昏沉沉地摔倒。

燕燕在电话中责备富民道："你妈妈一到这，我们就觉得她的精神状况偏差，你们是怎么搞的，为什么这么大意，为什么不定期给叔叔阿姨做健康检查？"

放下电话，富民的心里一阵难过。

其实，陈宋一直都很注意尚芳的身体，富民和为民两兄弟也一样很在意母亲的身体健康。只不过，由于尚芳身体偏胖，加之她的几个哥哥都是因为高血压或心脏病去世的，所以大家把注意力全都放在了她的血压和心脏功能上，而她每次检测血压和心脏功能都是正常的。偏偏就疏忽了对她的血脂血糖例行检测，他们甚至就不知道还要经常检查血脂和血糖。

老实说，陈宋也好，富民和为民也好，这个家庭的每个人对糖尿病都知之甚少，更不了解糖尿病的可怕。直到现在尚芳检查出这个病，才知道严重的糖尿病会造成人体心脑血管和神经系统的严重损伤。

医生对陈宋讲，尚芳现在的糖尿病已发展到了很严重的地步，经常会影响到她的神智和动作协调能力，这也是她摔倒受伤的主要原因。

现在，尚芳生病卧床不起，一家人都为自己的疏忽大意后悔莫及。在此之前，尚芳的身体其实曾多次发出警告信号。

2003 年夏天，陈宋夫妇到格尔木市看望富民一家人。

一天晚上，大家在外面散完步回小区时，尚芳在小区门口曾因抬腿不高，绊着路边的道牙石摔倒过。由于她从成都出发时也摔倒过，所以，大家都习以为常了，并没有细想个中原因，只是叫她走路多注意点。陈宋还同她开玩笑说：“是不是走到哪都要以摔跤的形式留个纪念，人又胖年纪又大，这个纪念可是有点留不起哟。”玩笑惹得尚芳啼笑皆非，自然是对大家一阵怒骂。

还有2003年底回家探亲，富民曾听父亲讲有一天他们正准备出门买菜，妈妈突然浑身发冷，冒着虚汗昏倒在地，幸好及时送往医院抢救才没出什么大事。富民问过父亲医院是如何抢救的，妈妈得的是什么病。父亲说也没什么病，当时的血压和心电图都基本正常，所以只给挂了点生理盐水和葡萄糖就好了，估计是妈妈那几天太忙太劳累了吧。

现在想想这几件事，其实就是糖尿病患者的一些通常表现，甚至是糖尿病患者的一些危险信号。看来，尚芳早就得了糖尿病，而大家却都未能及时发现，还一个劲地责怪她走路不小心。最大的失误就是她的身体在一家人的眼里真的是太好了，在一家人的印象中她从未生过病，也从未听她说过哪儿不舒服，只不过是身体太胖而已。所以，一家人一直愚蠢地把注意力死死盯在她的血压和心脏功能上，以为只要血压和心脏功能正常就万事大吉。

健康意识是极其重要的。但陈宋一家的健康意识实在太差，关于老年人的医疗保健常识就更是一片空白。可是，现在明白这些又似乎为时已晚。

陈宋和川江一家人张罗着让尚芳住进了医院，开始进行治疗。尚芳神志还算清醒，腰椎经过拍片也没发现什么大的问题。所以，大家起初都以为经过短时间的推拿康复治疗，尚芳便可以下地走动，继续旅游访友。富民甚至打电话同尚芳一起算着时间安排了一大堆行程。想起不久将要见到那些在哈图草原一起共事的好友，尚芳也很激动，还不止一次问富民，该给他们买点什么礼物呢。

可是半个月过去了，尚芳也就是勉强可以被人扶着坐起来，其他几乎没有什么好转。陈宋只好一个人由川江陪着去周边郊县探望老朋友。老朋友们得知尚芳也到了青岛，非但未能与大家谋面，反而摔伤了腰卧床不起，也都忍不住落泪，语无笑声，酒无滋味。

尚芳的情绪也越来越低落，显得心事重重。富民打电话安慰母亲，但说到外出访友的事，尚芳惋惜地对富民说："可惜我去不成，共事了几十年，这一退休，见见面叙叙旧怎么就那么难呀！"电话那头传来母亲深深的叹息。

就这样，有病就只能先治着养着。

但既然一直不见好转，陈宋也不好老待在川江家。虽然，川江一家人极力挽留，但为了不给他们添更多的麻烦，陈宋还是草草结束了访友的行程，带尚芳回家。为民专程飞到青岛接母亲坐火车，吴莹在成都车站联系好了专用救护车到站台等候，并直接将她转入县城一家医院继续进行治疗。

没有发现明显的组织和器官损伤，也就没有较为直接的治疗措施。治疗方案仍然以中医针灸和运动康复训练为主，同时采用药物对血糖进行控制。俗话说，伤筋动骨一百天，一家人虽然着急，但除了按照医生的要求进行针灸和运动康复训练外别无他法，只能是尽力把尚芳照顾得周到些，只能等待。

进行针灸和运动康复训练对于一个腰椎受伤动弹不得的人来说是很艰苦的，但尚芳很坚强也很能吃苦。日子一天一天地过去了，由于尚芳的努力，快到年底的时候，尚芳终于可以慢慢下地行走了，也基本可以出院了。

出院后回到家，为了把身体调养恢复利索，尚芳仍然按照医院的康复训练方法坚持锻炼。家里也请了一个四十来岁的保姆，大家都叫她罗大姐。罗大姐精明能干，手脚勤快，除了做饭洗衣收拾家务外，最主要的任务就是陪尚芳去户外活动和锻炼。

临近 2005 年春节时，在大家的精心呵护下，更重要的是凭着尚芳的那份执着和坚强，她的病体康复得很快，已经可以一个人行走和自理生活，但每天到户外活动仍由罗大姐陪同，街头巷尾的公共健身场所几乎是她们每天必去的地方。

尚芳一边在健身器械上活动，一边和罗大姐聊天。陈宋则在她们周边闲转，既要防着尚芳在锻炼时出什么意外，又要抽空给家里买点小东小西，也趁此机会抽几根烟过过瘾。

尚芳渐渐康复，使这个缺乏健康和医学常识的家庭，在经历了一场虚惊后又恢复了往日的欢乐。由于单位有严格的探亲休假制度，加之单位工作较忙，假期要值班，其间还要谋划来年的一系列工作，富民打消了专门请假回家探望父母的想法。

得知富民不能回去，尚芳虽然有病在身，但还是像往年一样同陈宋一道亲手为儿子采购了香肠腊肉，并赶在过节前寄给儿子。罗大姐开着玩笑对尚芳说："你这个老母亲生病了，儿子不回来看望你，你还要赶着给他寄吃的东西啊。"

尚芳却理解地回答说："上班有上班的规矩和难处，我们那个时候还不是四五年才回来一次。他们现在也和我们当年差不多。儿子儿媳都喜欢吃这些东西，赶在春节前抓紧给他们寄去，虽然回不来，但有家乡的味道，我们高高兴兴过年，他们也高高兴兴过年。"

年三十，富民一边和父母通电话一边品尝着美味的腊肉、香肠。富民问母亲身体好利索没有，还能不能到外面去旅游。尚芳很有信心地说，身体基本上没什么问题了。尚芳还告诉富民，明年一定要带着霞竹和月月回来，她要出钱请大家坐飞机去九寨沟和黄龙玩。富民说九寨沟海拔有点高，冬天去还有些冷，遇着刮风下雪的话可能会不安全。尚芳却回敬儿子说："那有啥！当年在青海那么高的海拔，有时临近冬天不照样住帐篷跑野外工作吗？"

听了尚芳的话，原本有些为母亲担心的富民一块石头在心中落了地，神清气爽，充满向往，节日过得很愉快。

正所谓树欲静而风不止，子欲养而亲不待。随着自己慢慢步入中年，在越来越深刻地体会着生活的艰辛，体会着人生许许多多的无奈之后，富民和霞竹，或者说许许多多步入中年的人对生活都已经不那么苛求了。有一首歌中唱道："老人不求儿女为家作多大贡献，一辈子不容易，只图个平平安安。"的确，面对这纷繁芜杂的世界，面对这世界那催人奋进的脉搏，本该继续扬帆起航，乘风破浪，但很多中年人却只想以一种缄默的姿态，去拥有一份快乐的亲情，好让他们的父母享受一点天伦之乐。

现在，富民觉得最大的快乐都来自父母、家人。在他眼里，父母不但乐观积极，还有着极强的适应能力和承受能力，这种适应能力和承受能力支撑着父母跨过了生活中的一道又一道沟沟坎坎。

十二

对陈宋夫妇来说，1968 年是不寻常的一年，但正是由于他们极强的适应能力和承受能力，他们经受住了严峻的考验。

这一年，陈宋和尚芳都出野外，在两个不同的野外作业区从事地质勘探工作。陈宋担任分队的技术负责，营地在青新公路离乌兰县县城近二百公里的一个深山沟的半坡上。尚芳所在分队的营地离乌兰县县城也有一百多公里，工区的气候条件很差，昼夜温差较大，天气变化无常，时而晴空万里，时而暴雨倾盆，时而又雪花飘飞，住的帐篷潮气也很大，温度不好保持，特别是到了夜间，炉火熄灭，帐篷里的温度便急剧下降。

这天早上，尚芳醒来后感觉到自己的脸紧绷绷的，还有些麻木，话也说不出来，顺手拿起镜子一照，她便无力地瘫倒在地。太可怕了，她的脸不知什么时候抽到了一边去，面部极其丑陋吓人，同帐篷的人一边说像是中风了一边跑出去找分队领导。分队及时通过电台与远在一百多公里外的大队取得了联系，大队赶忙派车将她接回县城医院救治。

乌兰县医院的医疗设备条件是很差的，好在主治大夫是从内地大医院下放下来的一位经验丰富的中医教授，他为尚芳做出了及时准确的诊断，并用针灸、按摩加中药汤剂的方法进行矫正治疗。

起初的几天，尚芳的病情不见好转，教授对闻讯从野外赶回来的陈宋讲："几天之内如果不见好转，抽歪的脸就失去了最佳治疗期，这辈子可能都无法矫正了，年纪轻轻的一个姑娘家，落下个这样的后遗症岂不是很可惜。"

陈宋恳请教授尽最大努力治好尚芳的病，不说恢复如初，哪怕能让脸部的错位小一点呢。教授想想对陈宋讲："这种病虽说不好治，但治疗方案照理是不会有问题的，观察她的情况，估计是有什么顾虑，因而从意识上不能主动配合治疗，这在中医治疗上是很忌讳的，对结果的影响很大。”

陈宋来到尚芳的床前坐下。尚芳面无表情地躺着，紧闭双眼不肯说话，中风后的脸因而显得更加难看。陈宋一边轻声轻语地安慰她，一边学着医生的样子为她做面部按摩，言语中丝毫没有埋怨和嫌弃她的意思，动作也做得很认真很规范。

终于，尚芳艰难而发音含糊地问陈宋：“如果治不好怎么办，你会不会离开我？”

陈宋抓着尚芳的手坦诚地说：“我当然希望你的治疗能够取得最佳效果，真的不愿意这曾经被同事们羡慕得要命的漂亮媳妇一下子变成个丑八怪。但你放心，不管治疗结果如何，都丝毫不会影响我们的感情，如果治疗结果不理想的话，我愿回到大队找个打杂的活干，争取更多的时间和机会来照顾你，还要带你到内地的大医院治疗，一定能把你的病治好。”

陈宋还很严肃很认真地问尚芳：“大夫说了，这种病不好治，但不是不能治，最主要的是看你的表现，奇迹会不会出现就看你了。你看着我，也想想在老家的两个孩子，你说奇迹会出现吗？”

尚芳含着泪狠劲地点头。

在陈宋的谈话之后，尚芳的治疗竟然有了进展，似乎每一次针灸按摩后，每一服汤剂服下去之后都会见到好的效果，她开始学着医生的样子自己做面部矫正按摩，在病房里活动锻炼，与病房里的患友谈话聊天，还敦促陈宋抓紧回到野外分队去，不要为了她耽误了野外工作。尚芳对陈宋说：“你回分队去吧，任务紧，时间不等人。”

陈宋耐心地说：“不急，再等几天，等你的病情切实稳定好转后我就走。”

尚芳的病情不断好转。主治医生在查房时不止一次地发出惊叹，简直就是奇迹，照这样下去，完全有可能恢复如初。

果然，在两个月后，当陈宋再一次从野外分队回来看望尚芳时，她和以往一样漂亮地站在陈宋面前，几乎看不出中风的样子，必须仔细端详才会发现她上下嘴唇的中廓线大致留下不到一个毫米的错位。

陈宋问尚芳下一步打算怎么办，尚芳坚决地说：“还回野外分队去，学的就是这些，不回分队去搞技术还有啥干头。”

回到野外分队后，尚芳继续从事着地质技术工作，条件仍然十分艰苦，但有了上次中风生病的经历，在外出做工和平日的起居生活中倒也多了一些经验，没有再发生什么意外。分队领导和大队领导和她谈过两次话，并表示可以把她安排到队部工作。但是考虑到如此将会放弃所学专业，她婉言谢绝了。

慢慢地，深秋已至，尚芳所在分队的野外工作接近尾声。

一天，正当她拖着疲惫的身体从野外回到营地，分队长焦急地告诉她，大队电台通知她马上回去，大队派来的车已经等着了。

听了分队长的话，尚芳意识到一定发生了什么严重的事情，否则不会专门派车来接的。她不由分说坐上汽车，关车门的时候她哭着问分队长：“是不是老陈出事了，老陈是不是不行了？”

分队长犹豫地点了点头，又马上摇了摇头安慰她说：“是出了点事，详细情况不太清楚，估计也没那么严重。”

天黑，回到乌兰县城的尚芳被直接拉到了人民医院，医院里虽然一片漆黑，但她前段时间才在这住了两个多月，对周边的环境自然熟悉。下车后，鲁川江把她带进一间病房，病房里守着几个人，个个面容憔悴，气氛紧张。

陈宋静静地躺在病床上，双目紧闭，头上缠着绷带，像是在昏迷当中。尚芳走到他的床前抚摸着他的脸颊，眼泪夺眶而出，但没有哭声。

川江告诉尚芳：“下午，老陈带着我们几个人骑马复查勘测路线，路边草丛中突然窜出一匹狼，虽然是背对着我们往山梁方向逃窜，但动静很大，他骑马走在最前面，马突然受到惊吓撒腿狂奔，把他重重地摔在地上，当时就站不起来了，回到分队后先是感到头晕，后来就有点昏迷了。因为和大队电台的联系时间已过，分队长带着我们几个人抬着他下山，跑到一个公路养路道班附近好不容易才堵了一辆车送回来。”

这时，分队长对尚芳说：“医生已经为老陈做了全面检查，他的腰椎严重损伤，红肿积水，也有点错位，医院已经打了脱水消炎的针，还进行了矫正处理，他的头部也受到震荡，但神志基本清醒。”

见尚芳不说话，分队长又补充说：“医生说估计不会造成严重的后遗症。经过几个小时的检查和治疗，他很疲惫，睡着了。”

听到陈宋的身体可能不会有什么大碍，特别是要比自己的猜测好得多，尚芳深深地松了口气，平静地向大家表示感谢，并催促大家赶快回去休息。

刚刚从部队转业分配到陈宋分队的小宋对尚芳说：“幸好大家年轻，在那一段山路上没有耽搁，在山下又能碰到个车子，老陈这才没有出什么大事，现在好了，有你回来照顾老陈，我们就先回去，明天还要回分队。”小宋说着话伸手过来与尚芳握手再见。

在与大家握手的时候，尚芳发现大家的手都磨出了血泡，她仿佛看到了这群人是如何抬着担架在崎岖的山路上狂奔。她的感激之情难以言表，只有深深地向大家鞠躬。

接下来，大队便安排尚芳在医院里照顾陈宋。为陈宋治疗的医生就是曾经为她治疗的那位教授。这一次同样显示出教授精湛的医术，加上她的精心护理，半个月后，陈宋的腰椎基本复原，可以自己站起来慢慢活动，便出院回到家中调养。

入冬个把月后，两个分队都完成了全部野外工作顺利收队。尚芳帮着分队整理编写野外地质工作报告，陈宋则在完成了分队野外地质工作报告初稿后，开始着手分队明年的工作设计。

一年下来，陈宋和尚芳的经历的确艰苦而又危险，但日子却过得忙碌而又充实。

在富民懂事以后，曾听陈宋夫妇讲到那一年的事情。富民问过妈妈，当时在病床上听到父亲的那一番话是怎么想的。

尚芳认真地说：“还能咋想，就是赶快把病治好，否则你爸爸就要回大队干打杂的活来照顾我，这太委屈你爸爸了。要知道你爸爸可是很能干，中专毕业前在贵州实习就为当地找到个不小的煤矿。这么能干的人为了照顾我放弃所学专业，干些打杂的事，不知道他会有多失落。”

富民还问过母亲那次赶回去看父亲，在车上为什么没有哭。尚芳一半严肃一半风趣地说：“其实，刚上车不知道是啥情况还是很紧张，但仔细想一想，不可能在一年里什么不好的事情都摊到我们两口子头上。到医院就看他们把我往哪带，如果是往住院病房带，那肯定不会很悲惨，至少人还在。所以，急着哭个啥吗，想着咋个把你爸爸照顾好不就行了，干野外地质工作，有几个人一点不出事一点不受伤呢？”

这就是富民的父母，这就是地质人，乐观、积极，有着极强的适应能力和承受能力。富民在成长过程中努力学习着父母，学习着许许多多和父母一样的父辈们。

富民知道，父母这些极其平凡的品质就是他在生活中创造幸福的法宝。过去、现在和将来，一直都是。

十三

2005 年春节过后，满山的梨花都开了。

从年底到年初，尚芳的身体基本恢复。3 月中旬，为了对她表示庆贺，退休住在周边城市的老同学老朋友专门过来举行了一次聚会。正值春暖花开季节，山里头又在举行一年一度的梨花节，大家玩得十分开心。尚芳的表现也很好，在大家的照顾下爬坡上坎，喝茶打牌，精神极佳，并没有显出劳累和不舒服。

可是，就在老朋友们离开后的第二天早上，陈宋发现尚芳精神颓废，半边身子瘫软麻木，竟又卧床不起了。

为民在电话中对富民讲：“妈妈的病情又复发了，而且看起来更加严重。”

为民是在医院给富民打的电话。早上，他和父亲急急忙忙把母亲送到医院来进行检查，由于没有发现任何功能异常和明显的病理反常，只是血糖不够稳定，所以医院也拿不出什么比较有针对性的治疗方案，只能先安排住院，并按照中医的一些传统方法为尚芳再次进行康复治疗。

喝中药、做针灸、烤灸条、肢体训练成了尚芳每天的必修课。

一段时间过后，尚芳的病却没有什么明显好转。医生、亲朋好友和一些熟人都说，这种病急不得，要慢慢调理和训练。陈宋便把尚芳接回家，除了罗大姐又请了一个保姆蒋大姐来一同照顾尚芳的病情，并聘请了一位有经验的中医大夫每天上门为尚芳理疗。

除了按照医院的一套老办法坚持为尚芳进行治疗外，富民和为民，包括各位亲朋好友及两个保姆，都到处打听为尚芳治病的良药、偏方。每打听到一种，陈宋都谨慎地与医生交换意见，只要确定不会有什么坏处就会给尚芳试一试。

富民的一位同事两年前患了脑栓塞，有些症状与母亲极为相似，但仍然可以继续工作。得知同事用的是一种藏药，对治疗心脑血管病和疏通筋络效果很好，虽然价格不菲，一颗药丸十几元钱，一天还需要服用两丸，但富民还是不断买了给尚芳寄去，一家人自然也对这种药寄予厚望。

一边是医院、医生的正常治疗，一边是不断打听不断为尚芳换方法上新药，虽然收效甚微，但陈宋一家求医问药，坚决治好尚芳的信心丝毫不减。

殊不知，对于尚芳的病情，更严峻的还在后面。

尚芳半身瘫痪后，几乎不再怎么说话，陈宋和为民等人都尽力引导她开口多说，但她更加缄默，偶尔说个一句半句，大多都是叫陈宋给远在高原的富民一家人打电话问平安。

电话接通，富民在电话的这边向母亲问好，尚芳要不就是着急得说不出话，要不就缄口不答。

一次，富民在与母亲通完电话后，对霞竹说妈妈老是让父亲给我们打电话，但她拿着电话又不说话。霞竹体贴地说："你就是一个大傻瓜，妈妈那是担心我们，她虽然不讲话甚至是讲不出话，但她时常都在挂念着我们，要时常听到我们的声音心里才踏实。特别是月月，以后你叫月月在电话里多喊几声爷爷奶奶，妈比啥都高兴。"

霞竹对母亲的理解让富民感到心里暖暖的，但鼻子又酸酸的，有种想要哭的感觉。从那以后，同父母通电话在富民心中有了更加深刻的意义，这也使富民每次都在拨通父亲的电话前犹豫和揪心。

6 月份，富民和几个同事突然接到了去外地出差的通知，按要求于第二天一早来到省城集结，没想到集结后的第一件事就是关闭并上交手机。上交手机之前富民匆忙给陈宋打了一个电话，告诉父亲他要到外地出差，而且按要求要关闭和上交手机，估计得半个多月。陈宋毫不犹豫地对儿子说："去吧，既然有这些要求，你就要遵守纪律好好干活，家里没啥事。"

此后便是半个多月近乎与世隔绝的生活。富民他们二十几个人的任务是为全省的初中毕业生命制中考试题，保密等级属于绝密等级，不但手机要上交，就连工作和一切起居生活都要在负责人的组织下集体进行。

由于担心母亲的病情却又无法取得联系，富民只有把更多的精力放在命题工作上，小组里的几位同事都说他干工作特别上心也特别尽责。其实这不仅仅是因为他们承担的是国家级考试的命题任务，出不得任何纰漏任何问题，还因为他不想有太多的闲暇时间。只要有闲暇时间就会担心母亲的病情，也想着父母年轻时如何为他和为民整日操劳，想着母亲退休后如何为他们的前途和事业默默奉献。

许多人都有这种在外牵挂父母的惆怅，但富民更多的是担心母亲的病情会不会恶化，担心母亲会不会从此完全失去正常的行动能力。

试题命制完毕离考试进行还有一段日子，负责人组织大家来到一个偏僻但风景十分优美的小山村集体休整。走进农家院落，大家便尽情放松开来，打牌、喝酒、赏花、拍照，人人自得一份悠闲和快乐。而富民却闭目躺在一棵枣树下，又一次想着父母，又一次梳理着心事，心境就好比朱自清先生笔下的荷塘月色那样透着些婉凉。

考试的日子终于到了，连着两天半，每开考一科，富民他们这些人当中，就有一个相应科目命题小组的成员紧张地坐在领导对面。领导面部表情严肃，也不开口说话。大家都盯着摆在桌子上那部唯一开通的手机，只要在考试时间内这部手机响起，就说明这个小组负责命制的试题出了问题。小组成员就必须马上对电话里提出的问题或质疑做出合理答复，还要等着事后被严肃处理。这是对他们的业务能力和心理素质的强烈考验。好在时间一分一秒流逝，一个小时一个小时过去，考试科目也一科一科过去，那部手机却从未响过，他们即将顺利完成此次命题任务。

最后一科考试时间即将结束，领导打开箱子为大家发放手机，富民赶忙给父亲打电话。

陈宋告诉富民："妈妈的病情没有任何好转，半边身子还是不能动，医生仍然找不到具体的病因和治疗方案，只能认定为严重糖尿病引起的心脑血管和神经系统损伤，只有像往常一样慢慢调理。"

听父亲这么说，富民的感受难以言表。高兴的是母亲的病情并未恶化，难过的是母亲的病没有一点好转。

7 月，富民抓紧把单位一些要紧的工作处理完，带着女儿匆忙赶往老家。得知富民要回来，保姆问尚芳："大儿子要回来看你，高兴不高兴？"

尚芳竟有些麻利地开口说高兴，当然高兴，还激动得整晚难以入眠。

难怪陈宋和为民不止一次地对富民说："妈妈最想你们，也最希望你们能够回来看她。"

富民也明白，母亲是对留在高原工作的他们不放心。

在赶回家的火车上，月月高兴地玩高兴地吃，玩累了吃饱了就甜甜地睡。富民却没有那份心情，他心急如焚，恨不得立刻飞到母亲身边。列车却一个站一个站地慢慢晃荡，富民想着一些往事来打发时间。

富民想起 2003 年父母来格尔木市看望他们，就在临走的那天晚上，母亲曾和他交谈到深夜。母亲对他说："我和你爸爸也是多年没有上高原来了，知道我们为什么还要冒险跑到这来吗，并不是想着来玩玩来看看老朋友，主要是想知道你们在这过得到底怎样。"

母亲还对他说："说实话，上次霞竹生孩子，我来这看到你们的居住条件那么差，城市环境设施也不怎么样，当时就后悔没有把你们都张罗回去。但这次来看到你们的工作和生活条件都大大改善，你们两个人的感情也一直很好，月月长得又很乖巧，我们就放心了。"

富民想起母亲还很认真地讲过："你爸爸很懂感情，对我和家庭都很负责任，我跟着他很幸福。霞竹对你和孩子也很好，人又贤惠善良，你一定要对她好，不允许你欺负她，不能让嫁到我们家的媳妇受一点点委屈。"

当晚，好像母亲还若有所思地告诉他："我和你爸爸都老了，走不了那么远了，但等你40岁的时候，我如果还健在的话，还要来这一趟，来给你过生日。"

他曾回答母亲说："哪有长辈跑过来给晚辈过生日的，再说，到那个时候，你们来高原不是更危险吗？"

他也记得母亲当时喃喃自语道："要来，要来的，但愿以后还有那个身体条件，还能上得来。"

也是，人再怎么长大，在父母眼里都是孩子。且不说孩子会不会牵挂着父母，但父母永远想的都是孩子，图的也是孩子，更何况富民一家还远在高原，儿行千里母担忧啊。尚芳的一席话常常温暖着富民，那种感觉就仿佛是儿时依偎在妈妈的怀抱，就仿佛是陈宋专门用几日未刮的胡须扎他的小脸，也仿佛是外婆坐在洒满阳光的田埂上看着他在青青的原野嬉戏。

想到这些，富民在火车的晃动中长叹一声。只可惜，他始终没有理解母亲谈到的他的40岁生日。直到现在，他才感到母亲当时说这番话的悲凉，或者说母亲早就隐约感到来自身体各方面的不适，还有那个可恶的算命先生，他在母亲的精神世界里留下一个沉重而又滴血的魔咒。

富民把头往窗框上撞了几下，苦笑着，自己为什么就没听出母亲话里有话呢。

富民带着女儿月月回到老家，一进门就看见母亲仰身躺在沙发上。富民走过去坐在小凳子上向母亲问好。

尚芳用还能活动的右手紧紧握着富民的手，在他和月月的身上来回打量，着急费力地叫保姆赶快给儿子打洗脸水。

保姆蒋大姐逗尚芳说，你不是不说话吗，现在咋个说得这么清楚？

尚芳回道："你个狗东西，最坏了。"

当蒋大姐把洗脸水端来，尚芳抓住富民的手不放，却敦促富民快点洗脸休息。蒋大姐又说："你逮着儿子的手不放，他咋个洗嘛？"

尚芳这才放开富民的手，对保姆还了一句："狗东西，就你最坏，最坏。"

陈宋在旁边像哄孩子一样训斥尚芳不准骂人。他告诉富民："妈妈这段时间基本上不说话，你回来了，她今天的话要多些，平时高兴也好不高兴也罢，最多的也就是讲这句话来骂人。"

十四

这一个假期，富民学着像父亲和保姆一样去照顾母亲，并在照顾母亲的件件点滴小事中体会着父亲对母亲的真情，体会着为民身上承担的重量，体会着母亲时而坚强时而脆弱的极具矛盾而又苍凉的内心世界。

每一天，尚芳都要在早晨起床之前进行一组身体按摩活动，并完成一组肢体康复训练体操，四肢、关节和腰椎都需要大量活动。让尚芳感到最为痛苦的一个动作是平躺在床上，双腿弯曲作为支撑，靠腰部的力量把臀部抬高至少15公分八到十次。她半身瘫痪，连翻身都做不到，完成这组动作的困难性可想而知。起床后，她要人扶着在家里走上几圈，她要用还算正常的右腿做支撑，通过身体的晃动把瘫痪的左腿甩出去，再用本就瘫痪的左腿做支撑来迈动右腿，如此交替着行走，对一个连站都站不稳的人来说也是件十分艰难的事。早饭后，要躺在沙发上进行手掌和十指的抓握训练，还要让保姆拿中药水煮的烫鸡蛋来进行左胳膊上各个穴位的按摩。到了中午，专门聘请的中医大夫要为她进行针灸和按摩。她的头上、四肢关节和一些关键穴位上扎满了银针，身上有好多地方已经被针眼扎得密密麻麻，而后用中药灸条熏烤各个穴位，离得太近或不慎将火头掉到身上，会烫出豆大的水泡。

每天吃完中午饭后午休一段时间，如果天不下雨，陈宋和富民他们还要带尚芳到外面去活动，这一点更不好办。要先给尚芳穿戴整齐，再帮她从五楼走下去，一般都要三个人帮忙才行。要扶着她不让她摔倒，还要帮她一步一步地跨楼梯，与其说是帮她跨楼梯，还不如说是把她的脚一次一次地摆放在台阶上，稍有不正就有可能崴伤脚踝，更有重心不稳摔下楼去的危险。到了楼下才可以让她坐上轮椅到处转转，转完回去，上楼比下楼还要费力还要困难。

晚上睡觉前，又要重复早上起床前的一组训练。

这一系列的治疗和肢体康复训练让尚芳感到很疲乏也很痛苦。特别是由于疼痛，尚芳每一次治疗和训练几乎都是连喊带哭，额头上冒着豆大的汗珠。

有一天富民聊天，尚芳十分含糊吃力地对儿子说："我这个病看来是治不好了，我也不想活了。"

听了母亲的话，富民的心头一颤，这个在他眼里不但乐观积极，还有着极强的适应能力和承受能力的母亲竟然有了放弃的念头。

可见尚芳的内心世界在这场磨难中是何等的备受摧残，是何等的脆弱和悲凉。富民急忙对母亲说："医生不是说你的病正在好转吗，爸爸不是也在夸你有进步吗，我们大家都有信心把你的病治好，你可不能辜负我们的希望。再说，你还答应我们一大家子人坐飞机去旅游，我们还等着呢。"富民还问母亲："上次一家人去喇叭河玩，感觉是不是特别好，喜不喜欢一家人出去旅游的那种欢乐气氛。"

尚芳流着泪对富民说："喜欢。"停顿片刻继续说："可惜没有机会了。"

富民又安慰母亲说："有机会，只要你积极配合医生的治疗，天天坚持训练，要不了多久就会好的，下次回来，我把霞竹也带回来，我们一大家子人再出去好好玩上几天，你说好不好？"

尚芳有些激动地回答说："好，那当然好啊！"

这时，陈宋从外面回来，问他们在说什么，说得那么高兴。富民随口应答说："妈妈说她要坚持锻炼，要早点把病治好。"

陈宋走过来看着尚芳，认真地问："是不是啊？"

尚芳像一个小孩子似地点头说，嗯。

第二天，尚芳在做提臀训练时动作完成得较往常要好得多，她一边使劲一边哭着喊："抬起来，抬起来。"之后，在各次训练的间隔，躺着休息的尚芳也主动要求起来练习走路，表现出来的决心和毅力让大家都感到鼓舞。

富民想，是昨天的谈话在母亲脆弱悲凉的内心世界又燃起了希望的火种，为了大家，为了守护这份亲情，面对繁重痛苦的训练，母亲选择了坚强。

富民不知道有多少人能理解母亲为了守望这份亲情付出的代价，忍受的疼痛。但这就是他的母亲，坚强的母亲。他不禁想起了生长在青海哈图草原的人苦苦菜和它开出的花朵。如果父母是坚强的人苦苦菜，那他和为民就是人苦苦花结出的种子。他不止一次这样想，也不止一次地被感动。

富民学着父亲的样子照顾母亲，帮助母亲进行康复训练。一系列的事情要不了几天就都会了，但让他自愧不如的是没能做得像父亲那样细致，那样恰到好处。

陈宋是家里起得最早的一个。等孩子们起来的时候，他已经根据电视、报刊中的气象信息详细安排好了尚芳一天的生活，各项任务和活动甚至精确到了小时。可能是因为神经和心脑血管损伤，尚芳大小便失禁。有时，她表示要解手，却坐在椅子上半天解不出一点。有时，她正好在进行训练却又突然解便了。陈宋对此从不发火，他甚至每天都要坐在尚芳的身旁耐心等着，还一边鼓励尚芳放松些解干净，丝毫没有觉得臭，也丝毫没有觉得麻烦。就连尚芳坐着解手的椅子也是他精心设计的，高低、宽紧和靠背的倾斜程度都经过了一番仔细琢磨。

为了激发尚芳的大脑思维，防止或者说延缓她的大脑和神经组织衰老，陈宋常常一边给她梳头一边给她讲话，梳头时先要在自己头上试着刮两下，把握好给她梳头的力量和分寸，既要起到按摩头部经络和穴位的作用，又不能弄疼爱人。他的语气也极轻柔，像是在哄自己的孩子，还时不时说点让人发笑的话，想逗尚芳开心。

阳光从窗外照进来，用一缕缕的温柔安抚着两个曾经在青海风餐露宿、历经艰辛，并在平凡的工作生活中创造幸福和甜蜜的老人。每每这时，富民知道就算是有再多的语言都是苍白的，只有像一架想把时空一秒一秒一帧一帧定格下来的机器，静静地坐在旁边看着，仿佛看到哈图草原上两棵枯黄的人苦苦花相互依偎着，它们脚下的土地已经干裂成尘土，它们周身笼罩着阵阵秋风袭来的寒意，但它们依旧高高举着太阳般的花柄，花柄上蒲公英一样的种子在一缕缕温暖的光辉照射下飞走。

太阳悄悄地照着这恬静恩爱的两人世界，凄凉，但更显美丽。

外出休息或购物的时候，富民时常一边回想着这幅画面，一边体会着一些关于情感故事中相濡以沫、白头偕老的情节。当下，那些自认为聪明的人评价一段感情总是说：“与其相濡以沫，不如相忘于江湖。”这么现实的人肯定理解不了何谓“不相忘于江湖，就要相濡以沫”。

一部电视连续剧在收尾时，演绎了国学中关于人生爱情的语句：“执子之手，在漫长的人生中一同慢慢苍老。”两个人从陌路到相识，从相识到相恋，再从相恋到相拥，最后又平静地彼此相伴着渐渐老去，虽然要经历很多的挫折，但又该是何等的幸福。

这样的情节出现在小说里或者电视剧中，常常遭到一些人的质疑。但在尚芳生病的这段日子里，这个情节每天都真实地一遍遍出现在家里，出现在富民的面前。所以，想着那张照片，想着父亲为母亲所做的点点滴滴，他坚信人间真情的存在，坚信忠贞不渝的爱情不是神话，坚信自己会将这样的人间真情和对爱情的忠诚书写下去。

在照顾母亲的间隙，作为哥哥，富民也抽出时间关注为民的生意。

为民的汽配厂生意越来越顺利，但竞争压力也越来越大。材料、生产、销售等方面都在竞争。最麻烦的是员工的稳定，工资福利和人际关系稍有不慎就会造成不必要的人员流失。走一个熟练工人就会影响到一条生产线和生产进度，走一个销售人员就会带走一批客户。国内汽车市场的飞速发展迫使他们不断地进行技术更新和产品升级，所以为民两口子整天都在工作，整天都在学习，整天都在忙碌。

尽管如此，为民两口子还是在父母的身上投入了大量的精力。安排父母一天的冷暖、伙食、出行等自不必提，还要联系医生，联系保姆，购买尚芳的治疗药品和必备的保洁消耗品。下班回来还要了解父母亲这一天的情况，遇到父母烦心的时候要想法开导，甚至还要无缘无故地挨骂。就连为民出差在外也带着尚芳的病历复印件，总是抽空找专家咨询病情，寻访新的治疗方法和药物。

富民问为民两口子：“累不累？无辜挨老父亲的骂，委屈不委屈？”

为民平静地说：“累肯定有些累，但也正常，生意上不累就不忙，不忙就没有生意，没有生意做就没有钱赚。至于照顾父母那更不消说，母亲病成这样，父亲看着心疼，着急了吼我们两声骂我们两句都没啥，兴许还可以缓解一下爸的压力。”

吴莹接着说：“爸骂我们几句还好，怕就怕他不吭声，憋出个什么病来就麻烦了。”

为民还对富民说：“前不久在省城了解到一家医院专门医治糖尿病、高血压、心脏病等心脑血管疾病造成的肢体瘫痪，采用传统的中医疗法辅于先进的康复器械训练。据说康复治疗的效果还不错，过一段时间母亲的病如果没有大的起色就转到那家医院去。”

富民问：“到医院去考察过没有，要不就早点送妈妈去接受治疗。”

为民说：“去是去过几次，其他几家大医院也去咨询过，目前看来只有这家医院要对症些，但床位很紧张，现在住不进。不过已经同他们预约好了，有床位会及时通知我们。”

听了为民的话，富民一时竟不知该说什么。在父母危难的时候做哥哥的理应承担起一切，尽力为父母分忧解难，尽力让兄弟少吃些苦。可他每次却只能靠短短的十多二十天时间尽尽孝道。尽管他把每件事情都做得很认真很细致，可是假期一完，仅仅一张车票就将这份重担重新压在了父亲和小弟的身上，他们挑着这副重担走过一天又一天，走过一季又一季，却无怨无悔。

富民在内心由衷地感激父亲和小弟，他知道十几天的劳作就算再辛苦，也救赎不了他愧疚的心灵，唯有感激。

富民也曾动过一个念头，是不是他和霞竹中要有一个人放弃工作回来照顾父母。但他又不得不考虑一个更加现实的问题，那就是在大病重病面前，最最关键的是钱的多少而不是人的多少。在当前这个医疗保障体系不够健全、服务水平不高的现状下，没有钱，或者说没有更多的钱是万万不行的。听邻居和亲戚讲，一些比母亲得病更晚的患者都已经不在人世了。一个不可回避的原因就是经济负担重，不能给患者及时持续的治疗与护理。母亲现在看病的开销很大，虽然通过医保可以报销一部分，但未能报销的部分、必需的专门卫生护理用品，再加上两个保姆的工资，每个月需要父母自己额外承担的费用都已在万元左右。目前，主要是由父母的工资和一点积蓄来支付，他们两兄弟分担的尚不算多。但照此下去，要不了多久可能就需要他们这些做儿女的来承担这昂贵的开支了。到时，两个人上班显然要比一个人上班的收入高一些。

自私说，富民也想到了自己的小家庭。两个人工作，他们一家子过的可能就是人们时下所说的真正的生活，若只有一个人工作，加上要贴补母亲看病的费用，他们一家人可能只是时下人们吐槽的所谓活着。他不怕吃苦受累，但他不能看着爱人和孩子受委屈，甚至在别人面前自卑，抬不起头。

其实，从尚芳得病开始，富民和为民就开始一次次往里垫付各项开支了，少到三天两头花个一二百元购买保洁消耗品、非处方药品和营养品，大到去医院结算动辄几千元的阶段医疗费用等。

还有就是，给尚芳治病这件事反而让富民感觉到，年轻时在工作或创业中如果没有一定的积蓄，到时老来一旦得了大病重病，沉重的医药负担将会影响到上下两代人甚至更多亲朋好友的生活质量。

这样的想法打消了富民或者霞竹放弃工作回来照顾尚芳的念头，虽显得自私，但也是面对社会现实的无奈选择。这其实也是一个社会问题，看个病难，看个病贵，特别是这种重大疾病，更贵。稍微好点的药品的医保报销比例不高，甚至不在医保报销目录中。

就这么看着、做着、感动着、思考着，十几天一晃就过去了，富民又该回去上班了。

为民送站。富民无奈地说：“家里就全靠你了。”

为民轻松回答说："放心吧，家里我晓得咋做。"

直到火车开出老远老远，富民都在想为民的话。为民当年连挂面都不会煮，在外地上学还曾把换下来的衣服带回家让母亲洗过一次。现在是什么改变了他，变得这样沉稳和乐观。

十五

五一节过后，省城预约的那家康复医院尽力为尚芳安排了床位，尚芳住进这家康复医院开始了新的治疗。这是一家在神经内科疾病治疗和肢体运动性康复训练方面颇有影响力的中医院，还设有相关的研究机构，有不少医学专家做后盾，还有一批在帮助患者进行运动和肢体功能恢复训练方面经验丰富的护师团队。

为了在治疗期间给尚芳最大的关照，陈宋和保姆罗大姐也一同住进了医院。由于尚芳的病情较重，情况较为特殊，日常起居和按摩、换洗等需要一个相对私密的空间。院方破例把一间条件较好有两个床位和一个独立卫生间的病房全部腾了出来，在床位极其紧缺的情况下没再往里安排其他病人，好让陈宋和罗大姐能够随时照看尚芳的起居，也便于他们这些人休息。

入院后经检查和专家会诊，制定出的治疗方案同在县城时大体相同，而且院方一开始就表示像尚芳这样的情况，他们不能保证治疗的效果。但看到各位专家对尚芳严肃认真的态度和医护人员相对规范耐心的操作，陈宋和为民他们还是抱着极大的希望。

富民远在青海，多次打电话了解母亲在那里的治疗效果。陈宋都在电话那头说感觉还好，很有希望。当富民详细询问母亲接受治疗的变化和反应时，陈宋都乐观地说至少妈妈的病情没有继续恶化。不进则退，相反，不退则进，这回妈妈也许会慢慢好起来的。

听了陈宋的话，富民心里还是隐隐地对母亲有些担心。

日子在大家的企盼和祈祷中一天一天地过着，尚芳也在整个治疗过程中表现出了极大的努力。正是陈宋他们无微不至的关怀给了尚芳力量，相信尚芳也一定还记得去年夏天与儿子的一番谈话。

很快到了年底。尚芳的病情从表面上看是要好些了，不但和来时相比没有什么恶化的迹象，好像话也说得多些，虽然口齿较为含糊，基本听不明白她想说什么，但她有时会吱吱呜呜地说。陈宋觉得这表明她的大脑思维活动还在。

但是，尚芳这段时间常常在夜间哭号，有时几乎是整个晚上都在有一声没一声、高一声矮一声的哭号。大夫们也没能检查分析出原因，只能继续观察。

开始，其他病房的患者对此抱以极大的谅解，再后来是抱以无奈的忍让，直至他们的亲属们忍无可忍，遂向医院和陈宋提出了抗议。陈宋只好找主治医师谢大夫看看有什么办法可以让尚芳在夜间尽量安静一点。谢大夫告知陈宋，要想让尚芳安静下来需要注射或者服用少量的镇静类药物，虽然是少量，虽然能让她安静些，但不一定对康复治疗有利，不主张陈宋的要求。

陈宋只好作罢。

又这么挨过几天时间，面对其他患者及其亲属更加频繁的埋怨，陈宋明白，要不就中断康复治疗离开这个医院，要不就使用镇静剂让尚芳不去打扰或者少打扰别人的休息和治疗。

最终，医生同意了陈宋的请求，在尚芳的治疗中适当加入了少量镇定类的药物。

果然，尚芳逐渐在夜晚安静下来，不闹了。

几天后，陈宋发现尚芳其实几天都没开口讲话了。

就这样，尚芳的病情再次变得严重，不但在肢体的运动性康复训练上没有大的进展，她还从此闭口不言，目光也失去了移动和追踪目标的意识。一双眼睛就那么睁着，一样是那么的清澈秀美，但心灵的窗户似乎就此关闭了。

富民在外地工作，帮不上什么大忙，陈宋和为民也就没有把尚芳病情再次恶化的事情如实告诉他，以免他和霞竹担心。

2007 年年初，富民再次探亲见到尚芳时，尚芳已经躺在省城的另一家大医院里了。这是一家部队医院，也在心脑血管疾病方面有着深入的研究和丰富的临床经验。

转院那天，由于长期生病，身体虚弱，抵抗力较差，加之时值寒冷的严冬，尚芳在转院过程中患了感冒，陷入昏迷。

陈宋告诉富民："妈妈病情恶化后，那家医院的多位专家进行了几次会诊和讨论，但发病的原因不得而知，一时也没有更好的对策。我和为民虽然对院方一贯认真负责的态度和提供的各种便利条件深怀感激，但还是在多方打听和充分咨询后将妈妈转到了现在的这所医院。想依靠这所医院新采用的先进仪器设备为妈妈再做个详细检查，希望找到更利于妈妈治疗的新方法。"

富民带着霞竹和月月站在尚芳的病床边，听着父亲介绍。

尚芳仍在发着高烧，神志不很清醒，瘫软无力的双手略显弯曲，还不时抽搐着。一根导管从氧气瓶通到尚芳的鼻腔，许多导线把尚芳和两台监控仪器连在一起，各项数据和忽高忽低的变化曲线让富民一家人感到在电影电视剧中才有的那种担心和恐慌。

富民还看见一根用于向母亲体内人工注入流食的塑料管从母亲的鼻孔插进胃里，代替了母亲张嘴、咀嚼和吞咽的功能，也使母亲失去了正常人在进食时能够品尝到的万般滋味。母亲的下身还蔽藏着一根导流管，这根管子支撑着母亲的生理循环和代谢。

母亲的左脚用一根带子拴着拉紧了固定在床尾的金属栏杆上。这是大夫交代的，如果不这样，尚芳的腿将越来越弯曲，就算是将来某一天她的病大有好转，恢复了运动支配意识，也不可能再下床活动和站立行走。

说实话，为了尚芳的康复，从院方到陈宋一大家子，都不想放弃任何希望，也不敢忽略任何一个有可能对将来造成不利影响的细节。

看到母亲的这般情形，富民就意识到母亲其实已经完全瘫痪了，不仅是母亲的身体，更可怕的是母亲的神经和思维可能也瘫痪了。

富民和霞竹轻轻地喊着妈妈。月月被病房里的气氛和那么多的仪器吓住了，半个身子躲在富民的身后伸出头来望着奶奶。

在富民的敦促下，月月乖巧地叫了几声奶奶。

听到孩子们的呼唤，尚芳的脸虽然麻木地朝着天花板，却努力把眼睛的余光慢慢扫过富民和霞竹，停留在月月身上，突然号啕大哭起来，眼角竟然也流出泪花。

霞竹赶忙为尚芳拭去泪花，自己也忍不住落泪。不料陈宋却高兴地对富民说："这是近一个月来妈妈第一次有反应，第一次哭，这说明你妈妈还是有思维有感觉的。"为民也在一旁激动地不住点头。

第一次哭，第一次有反应。

尚芳如此简单悲凉的反应竟然会让陈宋和为民感到高兴和满足，可见她这段时间经历了什么样的危险，可见陈宋和为民这几天来承担着多大的压力。富民和霞竹都感到揪心的痛。

为民告诉富民，为母亲治疗的是一位女主任和一位身材高大但却很和善的中年男子，是两位军官也是两位教授。

趁着陈宋逗孙女月月的时候，为民陪富民来到教授的办公室详细了解母亲的病情和下一步的治疗方案。

两位教授神情凝重，兄弟二人心情更加沉重。那位女大夫也就是科主任直截了当地对两兄弟说："你们妈妈的康复治疗现在还来不及考虑，当务之急是你们必须在两个问题上先做出选择。第一个问题是你们妈妈当前的发炎发烧问题，目前已经用了几天的普通抗生素进行退烧治疗，但收效甚微，如果再不能退烧，恐怕会引起其他并发症，甚至引起部分器官的功能衰竭。但如果进一步采取退烧措施，就要上一种目前效果最好的抗生素，不但价格昂贵，而且只能控制在三天八针的安全范围内，到时还不能退烧，就只能再减到普通抗生素上，而那个时候用普通抗生素基本上就不起作用了，一样有可能引起其他并发症，甚至引起部分器官的功能衰竭，造成生命危险。所以，用不用这种有风险但也可能是最为有效的抗生素，愿不愿意花这个高价钱，你们必须做出决定。"

科主任看着兄弟俩，稍事停顿又接着说："第二个问题是检查发现你们妈妈的肺部有半个拳头大小的一块阴影，目前从影像学分析看可能是肺部肿瘤，但真的是不是，要在你们母亲退烧后进行细胞活检，如果检查出确实是肺部恶性肿瘤，就需要你们决定是进行保守的药物治疗还是积极进行手术和放化疗。”科主任讲完后继续看着兄弟俩，说最多给他们一天的时间去商量考虑。

估计是考虑到陈宋的年纪大了，经不起惊吓和打击，所以科主任和医生并没有把尚芳的详细病情告诉他，而是乘着富民回来的机会把情况告诉兄弟俩，也好有个商量。

陈宋也不知道兄弟俩见了医生，他此时想的是富民一家人刚刚回来，旅途劳顿，需要休息，便叫为民先把富民他们带回去安顿好再说。

富民考虑到爱人和女儿没有必要留在医院，而他和为民也需要好好拿个主意，便依陈宋的意思先回到县城。

到家后，稍事洗漱，富民和为民两家人便来到城边公园的一个茶座。富民把尚芳的情况以及医生的说法告诉了霞竹和弟媳吴莹。决断很艰难，四个人各自陷入沉思。

富民在回县城的车上早已把两个问题想了好几遍，权衡来权衡去，觉得怎么做都有些冒险。对于第一个问题，愿不愿意花高价钱的问法其实不存在，为了给母亲治病，花多少钱都是应该的，而且也远未达到他们兄弟二人或者他们这个大家庭不能承担的地步。但治疗中抗生素要不要上个等级，采不采用新药就不好决断了。

如果不用，治疗没有丝毫进展，就这样拖下去是很危险的。如果用呢，又不知三天内会不会见效，不见效的话，再减到现在用的抗生素上，按照医生的说法，就等于把两条路都断了，母亲也会有生命危险。

对于第二个问题，假如到时活检确诊母亲的肺部阴影是恶性肿块，如果采取保守治疗，虽然暂时会风险小些，但母亲现在的身体状况拖不起，其他的康复治疗也不可能同步进行，长期这样耗着，治疗效果不容乐观，也没有任何生活质量可言。而进行积极治疗虽然可以尽快使母亲摆脱癌症的折磨和威胁，但依照尚芳现在的身体状况，却也有着太大的风险，据说放化疗是很伤身体的。

沉默良久，吴莹看着茶座周边说：“几年前我们一家人就是坐在这个位置喝茶打牌过的正月十五，从今往后，一家人可能再不会那么愉快地聚到一起了。”

霞竹看看玩得高兴的女儿和侄子也颇有感触地说："那次虽然大家都在，但两个孩子还小，拉屎尿尿抢东西，哭的哭闹的闹，没玩好，现在孩子大点了，爸妈和我们都可以放松玩，却又出了这么大的事，再要一起放松了玩不大可能了。"

听了霞竹和吴莹两人的谈话，想起一家人在一起其乐融融的样子，富民断然决定尽快使用抗生素升级，如果抗生素升级见效，则接着进行细胞活检，至于是否做肿瘤切除和放化疗，等检查结果出来再说。富民希望母亲快点脱离危险。

富民将这个想法说了出来，竟然和为民的想法一致。为民补充说："我也觉得要抓紧用那种最好的抗生素，抓紧把妈妈的烧退下来。之后，如果确实是恶性肿瘤，估计要进行手术切除和放化疗。现在，据说这种积极治疗的效果还可以，见效也快一些。"为民停下来喝口茶接着说："不过，这种积极治疗伤身体，而且费用比较高。但正因为费用比较高，如果我们打算保守治疗的话，老父亲会不会认为我们这些当儿子的不孝顺，舍不得出钱呢。先不说老父亲，至少很多亲戚朋友会这样认为，会在背后戳我们这些儿女的脊梁骨。"

"养儿防老，这个时候就是对我们弟兄的考验，为民说得对，不要说老父亲在看着我们的孝心，就连各位亲朋好友也一样在看着我们啊。"富民也认同为民的说法。

霞竹解释说："其实不必顾虑那么多，爸是很开明的人，到时给爸讲明白，他只需要决定采用什么治疗方案，不要他考虑钱的问题。保守治疗也好，积极放化疗也好，需要我们这些做儿女的出钱，我们保证钱随时到账，相信爸会理解的。"

吴莹帮着霞竹说："霞姐讲得对，爸难道还不知道你们两弟兄是啥人，到时采取什么治疗方法他都不会误解你们不孝顺。至于亲戚朋友，也不是个个都像那种只知道拿钱来说道的人。"

话讲到这个份儿上，大家的意思也统一明确了。

第二天一早，富民和为民驱车返回医院，把医生的谈话和兄弟二人的决定告诉了陈宋。陈宋抽了两根烟说："就这么办吧，与其这样麻木绝望地躺着，还不如冒些风险拼出点希望来。"

陈宋随即把他们的决定告诉了科主任和主治医生，为民也抓紧把所需的费用打到了住院卡上，以确保新的治疗随时可以开始。

院方按照陈宋的决定开始调整尚芳的治疗方案。富民和陈宋、罗大姐留下来继续照看尚芳，为民两口子忙中偷闲，抓紧回厂里去处理一些要紧的事情。富民特意告诉他们："好好打点厂子里的生意，不用天天往医院跑，有事我会给你们打电话。而且，我们大家的工作、收入稳定，老父亲才更有依靠。"

富民之所以这样说，一来是看着为民他们连日奔波操劳，很让他心疼。二来他很明白，大家都工作稳定收入稳定也是对现在这个大家庭的贡献，不但可以为母亲的治疗提供坚强的经济后盾，也免得父亲在这个时候为他们分心担忧。

十六

从决定使用新抗生素的这天开始算起，再过 11 天就是 2007 年春节了，到处已经开始洋溢着春节的气氛。但接下来的一个星期，却是富民一生中感觉最揪心、最艰难、最漫长的七天，也是他在成人之后对父母恩情理解最为深刻的七天。

2 月 15 日，第一天。

医生们做着使用新抗生素前的检查和准备。

富民一大早就跟罗大姐学着为母亲做护理，还学着为母亲加工流质的食品。一些常规的康复训练富民两年前就基本掌握了，但由于母亲处于病危状态，主治大夫认为目前暂时没有必要去做，取而代之的是更加繁杂的护理和病情观察。

陈宋是个极其细心的人，他每两个小时测量一次尚芳的体温，每一个小时记录一次监测仪器上的血压、心率、心电曲线变化等信息，每天随时记录尚芳输入的药物种类和液体总量、注入流食总量，以及尚芳每天排出的尿液总量等。每天早上首先要在尚芳进食前测量和记录下血糖值，便于医生决定这一天为尚芳控制血糖的药物用量和次数。

富民知道，医院其实也按惯例为母亲建立了治疗观察记录，并且由专业的护士进行，对母亲的治疗极为负责。所以他认为父亲的这些做法有些多余。

但陈宋却坚持要这样去做。

罗大姐悄悄告诉富民由着陈宋这样去做。罗大姐说："面对病重的爱人，自己却无能为力，什么也做不了，你爸爸心里很难受。所以，我们就顺着他的要求去做好了。这样，大家都能为你妈妈做点事，你爸爸也就会感到踏实些。"富民对父亲多了一些理解。

虽然以往的康复训练不再进行，但怕尚芳的肌肉萎缩，进而完全丧失运动功能，陈宋又在医生的指导下为完全不能动弹的尚芳编排了一套肢体活动和肌肉按摩的简单体操。每天早、中、晚都要顺着尚芳的手脚给她做这套体操，如果陈宋认为哪一个动作的节拍不够或动作不到位，大家都会受到他的责怪甚至责骂。父亲对他们的严厉要求富民也能理解，是怕大家的些许疏忽给母亲日后的肢体运动康复带来无法弥补的遗憾。

富民终于用一天的时间学会了这套体操。富民也必须学会，否则看着年迈的父亲弯着酸痛的腰，咬着牙拖着不十分方便的手为母亲活动肢体和按摩肌肉穴位，他真的很心疼。

为了尚芳的病情能够尽快好转，陈宋似乎从不知道疲倦，除了做好以上事情外，他只要有空就拿棉签给尚芳仔细擦洗口腔、润湿嘴唇，还要为尚芳一遍又一遍梳头。他认为这样会刺激尚芳的大脑神经，也有助于疏通头部血管，恢复尚芳的大脑思维和记忆。

看着父亲戴着老花镜仔细为母亲梳头的样子，富民被父亲这份细致耐心的真爱所感动，主动按照父亲的要求和做法尽心而为，一遍又一遍地做着那些琐碎耗时的事情。

富民曾多次感到远在外地工作的他对父母的愧疚，所以他怀着一颗赎罪的心努力干着每一件自己认为该干的事情，希望以实际行动给父亲支持和安慰，也希望母亲能够感觉到儿子的一片孝心。他想，母子的心灵是相通的，按摩中，会不会有一股带着他深深呼唤的暖流抵达母亲的心头，让她知道，大家都在等着她脱离危险，不断康复。

为了采用新的抗生素尽快给尚芳消炎退烧，早日从半昏半迷的危险状态走出来，医生护士为她再次做了常规检查。富民就陪在身边，他看到母亲消瘦的身体、松弛的皮肤和明显萎缩干瘪的左腿，特别是养育了他们兄弟三人那原本丰满的乳房变得那么扁平，富民心如刀绞，一种近乎绝望的悲哀久久挥之不去。

2 月 16 日，第二天。

今天开始为尚芳使用新抗生素。

早上起来，富民为母亲做着各种事情，并有意识地给母亲说着话，说他小时候过生日犯错误挨打的事，说他拿到高考成绩单到办公室说谎想要气她的事，说她和父亲在哈图草原的往事，也为她讲女儿月月的一些趣事。他想，这些事情应该深深地烙在母亲的记忆力中，或许会刺激她的思维，让她听着想着过去的幸福时光慢慢苏醒过来。

其实，富民也以此打发着在医院里紧张而压抑的时间。

上午和下午，医生在输液的液体中分批次加入一定剂量的新抗生素。到了晚上，没有看到什么效果。陈宋的记录本上，一连串体温记录数字没有丝毫下降的趋势。

大家心里有些慌了，都知道医生讲的三天八针的期限，都在为此担心，心里害怕三天八针用完了不见效不退烧咋办。为了不给父亲和罗大姐增加心理负担，晚上为母亲擦洗清理完毕并做完肢体活动和穴位按摩后，富民安慰父亲说："今天才两针，不会立马见效，明天估计会有一定的好转。"说着，他催促父亲和罗大姐各自到别的病房或康复治疗室找个地方休息。

富民没回来之前，陈宋和罗大姐，包括为民他们几乎都是连轴转，确实疲倦难熬。所以陈宋和罗大姐也就没有过多推辞，各自去别的病房找空床位睡了。

富民一人在病房里盯着尚芳的眼睛看了好久。母亲到底还认不认识我啊，母亲到底还有没有思维意识啊，此刻的母亲有没有感到身体的不适和疼痛呢。

尚芳的眼睛同她年轻时一样清澈秀美，但眼神却显得那样的黯然，仿佛一片美丽宁静的湖泊被重重迷雾笼罩。

富民故意做出一些动作弄出一些响声，还在尚芳耳畔叫了几声妈妈。他多么希望母亲会有什么反应，可母亲始终望着上面的顶棚，眼神和面部表情没有什么变化。富民不能接受这样的现实，他不希望母亲感觉不到大家对她的关心和爱护。所以，他又像父亲那样一边说话一边为她梳头，还不时用棉签为母亲润湿一下嘴唇。

尚芳的目光好像移动了一下，很快的一下，以至于富民几乎怀疑自己是不是看错了。于是，富民目不转睛地看着母亲，又看了许久，可惜，再也没有看到母亲的任何动静和反应，特别是那扇心灵的窗户，始终没有开启。

说实话，在陈宋夫妇的关爱和庇护下，富民几乎没有吃过什么苦，回来这两天富民一直在努力照顾尚芳。所以，到了夜深人静的时候，他也感到疲惫难支，做好相关记录后躺在旁边的床上闭上了眼睛。

睡梦中，富民听到了母亲喉咙里发出的断断续续的咕噜声，他赶忙起来看了看仪器上的各项监测数据，并没有什么异常。他伸手梳理母亲的头发，咕噜声小些了，他又上床躺下。睡梦中，他被更大的咕噜声吵醒了，他打着哈欠起来看看仪器上的各项监测数据，还是没有什么异常，他又伸手为母亲梳理头发，咕噜声又小些了。

可是当富民刚躺在床上闭上眼睛，尚芳又发出了咕噜声，一声接一声。于是，他有些不耐烦地大声对母亲喊道："妈妈，能不能小声点，这么晚了，让人家睡会行不。"

话音落后，尚芳的咕噜声小了，每次发出的声音虽有些突然，但间隔时间略长一些了。一下子，病房里显得安静了许多。也正是这样的安静反而打消了富民的睡意，他起身来到母亲床边，看见母亲的脸似乎有些发红，额头上渗着小汗珠，嘴角挂着吐不出来的痰。富民赶忙为尚芳擦汗清理口腔和嘴角的余痰，这时，富民才发现刚才母亲的头不知什么时候已经微微转向他的床那边。

富民恍然大悟，母亲一定有着缓慢而不被人发觉的意识，她一定是喉咙有痰憋得难受，她的头微微侧向自己一定是希望得到儿子的帮助。而母亲有些发红的脸和额头上渗出的汗珠，一定是因为受到自己的训斥，尽力不再发出声响而憋屈的。

尚芳刚才那间隔时间略长又突然响起的咕噜声可以证明富民的这种猜测。富民的眼泪禁不住流了下来。妈妈，慈爱的妈妈，对儿女向来是溺爱有加，逆来顺受。就连现在这十分危急的时刻都在潜意识中迁就着她的儿子，一个没吃过苦也极不懂事的儿子。

富民伸手打着自己的脸，眼泪止不住地流。他干脆抓起母亲瘫痪的手扇自己的脸，之后，又抓着母亲的手为自己拭去泪水，眼泪擦干了又流了出来，又抓起母亲的手拭去泪水。富民相信，如果母亲没有生病，或者没有病得如此严重，她一定会亲手为这个自私无知的儿子擦去眼泪的。

2 月 17 日，第三天。

为尚芳使用新抗生素的第二天，各项治疗在有计划地进行着，陈宋父子和罗大姐也按部就班地为尚芳做着各项康复训练。表面上一切都显得自然和平静，但整整一个白天却是在父子二人以及罗大姐焦急的期待中熬过去的，新抗生素又用了三针，八针已经用去五针，但是尚芳的高烧依然未退。

陈宋和罗大姐显得更加焦虑和疲倦。晚上，富民还是劝说执意要通宵陪着尚芳的他们去别的病房休息，但他们中途还是来看了两次，然后失望地回去睡觉。医生和护士也来看过，富民看着他们神情凝重地离开。

尚芳又在半夜出现了和头天晚上一样的状况，但这次，富民再也没有犯那愚蠢而不孝的错误。他在尚芳床边的小板凳上坐下，又给母亲讲过去的事，讲哈图草原。

尚芳一直看着天花板，一动不动。富民感觉母亲似乎在静静回忆往事，那些平常得不能再平常但却令人难忘的往事。他甚至顺着尚芳的眼光望去，仿佛看到了生长在贫瘠土地上的人苦苦菜，它枯黄的枝叶托起一蓬蓬晶莹的蒲公英一样的种子，瑟瑟的秋风不停地吹，一阵更比一阵猛烈，但人苦苦菜强撑着不愿倒下，就那么站在时空中，包括它们散发出的一缕缕太阳色的光辉。

2 月 18 日，第四天。

使用新抗生素的第三天，上午掺和着其他药物又用去一针新抗生素，尚芳仍然没有退烧，神情和意识看着更加萎靡，跟昏迷没有区别，甚至可以说就是一种浅度昏迷。

为民从县城开车过来，他呆呆地站在尚芳的床边木木地看着母亲，然后和陈宋出去了一会儿回来对富民说要带父亲回县城一趟。

陈宋坐在尚芳身边，握着她的手，为她梳着头说："你的病已经稳住了，要不了多久就会好起来，所以我也该回去一趟了，你在这要配合医生的治疗，有儿子陪着你，要听话啊。"然后和为民转身出门，并交代只要病情有变化就及时告诉他们。

父亲在这个节骨眼上离开，为民也是刚来又忙着要走，而且说话时神情严肃。富民似乎知道他们这是要回去干什么了。

陈宋和为民走后，富民和罗大姐很少说话，各自干着认为该做的事，但他们其实都很紧张很担心。

下午医生给尚芳又用了一针新抗生素，新抗生素掺和在其他液体里一滴一滴地在导管里滴漏，溅起一个个微小的水泡。富民看着那些滴液震动出的水泡，多么希望它们是声声惊雷，荡涤笼罩在母亲身上的阴霾，震撼并唤醒昏睡的母亲。

但是，一个下午过去了，尚芳的病情仍旧没有什么好转。

晚上，科主任和主治医生随护士一同来查房，把第八针配在其他药水里给尚芳挂上，并对富民和罗大姐说这是最后一针，如果到晚上 2 点钟还不见效，可能就没有希望了，明天也就只有减为原来的普通抗生素了。同时又安慰富民说："不到最后时刻，我们大家都不要放弃希望，前面几针至少稳住了病情，希望最后这一针会在你母亲身体里出现奇迹。"

时间一分一分地过去，富民和罗大姐一会儿希望时间过得快一点，希望药早点打完，希望尚芳的烧跟着就退下来，一会儿又怕时间过得太快，怕 2 点过后，尚芳的高烧仍然退不下来。

但是，时间是任何人都留不住的，不到 10 点，药水全部挂完了。医生护士也来看过，因为没有起色，照旧安慰了富民一番，回办公室去了。护士说科主任和医生今晚本来是例行休息，但他们今晚都不回去，要在这随时观察尚芳的治疗结果。富民心里十分感激，但由于过度担心和不安，护士出门时富民什么谢谢的话都没说出来。

10 点半的样子，走廊里变得嘈杂起来，罗大姐出去看了回来说外面好几个当兵的抬着一位武警战士，浑身是血，已经送进急救室了，那些当兵的在走廊里哭，有人和医生吵架，也有人跪下来恳求医生一定要救活他们的战友。

11 点多，外面来的人更多了，哭声也更大了，富民和罗大姐都没敢出去。见护士来查房，便问她那位武警战士抢救得怎样了，护士摇摇头叹着气说那位战友伤势太重，牺牲了。

想想这只有电视里才看到过的抢救英雄的场景，再望望高烧不退不省人事的母亲，富民忽然觉得一出戏其实就是一段深刻的人生，只是很多时候很多人都以局外人的身份去看戏，去怀疑这出戏的真实性，直到有一天，自己至亲至爱的人突然成为这出戏的主角，他们才会真正体会到那些不被别人所知的牵挂、不舍、悲壮与凄凉。

富民和罗大姐一左一右呆呆地坐在尚芳的床边，丝毫没有睡意。约 12 点钟，罗大姐看看尚芳，一边说孃孃的呼吸好像要均匀些，一边伸手去摸摸尚芳的额头，而后她激动地对富民说："弟弟你也试试，你妈妈的额头是不是没那么烫了？"

富民赶忙摸摸母亲的额头，感觉真是没有那么烫了。

他们赶忙给尚芳测体温，五分钟后，罗大姐看看体温计说："弟弟，我是不是看错了，孃孃的体温好像是不到 38 度，你看一下。"

富民接过体温计仔细又仔细地看，果然是不到 38 度。

就在刚才护士查房时，尚芳的体温还在 39 度多接近 40 度。富民赶忙把医生和护士找来，他们也很认真地为尚芳测了体温，确信体温降到了 38 度以下。医生高兴地对富民说："简直有点不可思议，几乎是在最后两小时才开始退烧。不瞒你说，我正在办公室里想着烧退不下来，下一步又如何办呢？正在一筹莫展的时候，奇迹出现了，再过一个钟头，应该还会退下来点，慢慢会接近正常值，那就太好了。”

又过了一小时，医生和护士着急跑过来再次为尚芳测量了一下体温，38度以下但接近38度，对一个正在退烧的人来说基本趋于正常了。医生又一次激动地对富民说：“简直是个奇迹，你妈妈有很好的身体素质，这么多天都让她给扛过来了，晚上你们注意观察，希望不会有反复，我明天还有手术要做，要去办公室睡会儿，如果有什么事快点来叫我。”

医生在出门时又交代富民：“病情是不是真的好转了还不能肯定，你父亲年纪大了，先不要告诉他这里的情况，让他担点心总比让他空欢喜一场要好得多。”

富民顺从地点了点头。好在后半夜尚芳的体温没有再升高。

2月19日，第五天。

早上，当富民和罗大姐被推门声惊醒时，天才蒙蒙亮。陈宋和为民提着两个大包袱进来焦急地问：“妈妈还没好转吗？”

富民伸手摸摸母亲的额头说：“昨晚12点多开始退烧的，现在基本接近正常值了。”

陈宋赶忙丢下手中的包袱，一边伸手去摸尚芳的额头，一边亲昵地对她说：“老婆婆，太不够意思了，我在这守了你几天几夜都不见好，我一走，儿子一来，你就好了。”说完，他在尚芳的额头上深深亲了一下。尚芳还是没有什么反应，但大家都沉浸在喜悦和感动中。

为民悄悄地把两个包袱塞进床底。

整个上午，陈宋争着为尚芳做活动做按摩，总是让罗大姐帮忙，却让富民去休息。

这就是天下父母，只要有点喘息的机会，就会心疼和关爱孩子，甚至是溺爱。

午饭过后，富民再次叫为民把头发凌乱胡子拉碴的父亲硬是拉上了车，带回去好好洗漱休整一下。

下午，几位专家来给尚芳做了一次会诊，之后决定将尚芳的治疗转入一个小的恢复调养阶段，目的是为下一步解决尚芳肺部的肿瘤问题培养元气。富民自然不会轻轻松松地去休息，终于有时间关注母亲的饮食了。

尚芳是依靠通往胃里的导管来注射流食，加上每天都要注入降糖药来控制血糖，所以陈宋和罗大姐严格控制了尚芳的食物成分和数量，主要是苦荞粉、蛋白粉和牛奶的调和物，没有蔬菜和其他的东西，也根本没有油荤和盐味。他们大家都认为，油荤和盐味对一个严重的糖尿病患者没有啥好处，况且，这个时候尚芳也吃不出来。

现在，富民却认为母亲的饮食结构可能也有问题。加上发炎内热，母亲不便秘才怪。

富民找出尚芳在这段时间的各种检查表，认真找医生分析后，从医生那得知由于要控制母亲的血糖和血压，父亲他们为母亲调配的食物营养单一，母亲摄入后电解质成分偏低，不利于恢复体能增强抵抗力，也不利于肌肉组织活力的保持。

医生建议富民在尚芳的食物中适当补充动物蛋白、植物纤维、维生素和盐分，还可以适当添加主食。于是，富民按照自己的想法大胆为母亲制定了新的食物配方，买来一些食品蔬菜，按照这个配方加工出流食，在晚饭时喂给母亲吃。

所谓的吃，当然还是利用针管通过胃管注入流食。

从白天到晚上，尚芳的体温也一直保持在 37 度多，应该是正常了。尚芳吃了富民新调配的食物，起初没有什么明显的反应，后来隐隐能听到她的肚子偶尔在咕咕作响。

夜晚降临，按照常规为尚芳擦洗完身体做完按摩训练后，富民便敦促罗大姐到别的病房去休息。罗大姐在这些天里一直都在陪着富民忙个不停，陪着大家担惊受怕，也显得十分疲倦，也没有太过推托，只是说有事叫她，便出去找别的空床位休息。

尚芳静静地躺在床上望着天花板。富民一会儿呆呆地看着监测仪器和那上面的各种数据，一会儿有一句没一句地跟母亲说话，一会儿又给母亲梳梳头。一股睡意袭来，他和衣躺在床上睡着了。

不知什么时候，富民听到了母亲的呻吟，赶忙起来查看，各项数据正常，测了一下体温也基本正常。富民用棉签为母亲润了润嘴唇，又给母亲喂了一点温开水，但母亲还是在呻吟，那神情就像头两年在家养病时要解手的样子。富民急忙掀开被子检查，果然是母亲拉在床上了，由便秘转变成闹肚子拉稀了。

看着尚芳两腿间那稀糊糊臭烘烘的一大摊，富民犯难了。

尚芳有些胖有些重，不可能先把她抱在旁边，再给她擦洗身体和床单。也不能让她完全趴着，那样会使她呼吸不畅，甚至窒息。所以，在平时要两个人才能为她换洗收拾，先要慢慢用力把尚芳的身体推来侧靠着，再迅速为尚芳擦洗和更换尿不湿，而擦洗和更换尿垫这种又脏又麻烦的事都是罗大姐来做。

可是现在富民怎么办，是去叫罗大姐还是自己一个人做。去叫罗大姐又不忍心打扰她休息，再看看呻吟的母亲，自己深爱着的母亲，他决定还是一个人抓紧为母亲收拾干净。

富民先将所有要换要用的物品放在床边伸手能够得着的地方，再把毛巾和水盆放在床边的凳子上，然后慢慢用力将母亲的身体推来半侧着，用几个枕头垫在她的背后作为支撑，再用额头顶着她的髋部，脸离那些粪便近在咫尺，他斜着眼伸手为母亲抽去脏东西，擦洗干净，再垫上干净的成人专用尿垫，让母亲平躺着，顺便为她活动活动四肢，盖上被子。

富民看了看母亲，母亲似乎感觉好多了，也停止了呻吟。

富民关了灯，躺在床上闭上眼睛。想起被为民塞到床下的两个大包，又打开灯下床拖出包袱，蹲着打开来看，全是为母亲准备的寿衣。看来，前两天父亲和为民已经到了绝望崩溃的程度，他们很不情愿地为母亲做起后事准备。当然，在很多地方都有为病危的亲人做寿衣的习俗，认为这样可以把命悬一线的亲人从鬼门关前拖回来。

富民回到床上躺下，睡意全无。一个人从小到大，父母不知为他做了多少事，而他在父母的有生之年又能为他们做点什么呢？在富民的记忆中，母亲是不会让孩子为她做什么的，更不要说那些她认为又脏又累的事。有一次，还在上大一的大哥利民要为母亲洗袜子，母亲不但不让，还迷信地用老家话说这样会把儿子霉着了。还有一个夏天，富民坚持要最后一个冲澡，好在冲完澡后顺便把母亲、弟弟换的内衣裤洗了，结果遭到了她的严词拒绝，还是老样子，母亲最后一个洗澡并把他和为民换下的衣服洗来晾上。那一次，母亲也半开玩笑半认真地说："让儿子洗内衣内裤，不吉利，要影响儿子的前程。"

如今，尚芳静静地躺在床上看着天花板，不知道她晓不晓得富民刚才为她做的事情，也不知道她有没有感觉到做儿子的一片孝心。

但富民感觉很幸福，一种迟来的救赎良心般的幸福。

2 月 20 日，第六天。

尚芳仍处在一个小的恢复调养阶段。

罗大姐和富民照例为尚芳做着这样那样的事，尚芳除了动作和意识没有什么变化外，其他情况感觉都在进一步好转。不过，尚芳还是有些拉肚子，有罗大姐在，擦洗收拾起来也就轻松多了。富民也把昨晚一个人为母亲擦洗换尿垫的事讲给罗大姐听，但没有说那些细节。罗大姐怪富民没有去叫醒她来帮忙，让富民这么个大男人做这些事，实在不好意思。

富民则说为自己的母亲做什么都是应该的。

因为尚芳还是拉肚子，罗大姐问富民是不是恢复原来的饮食配方。但富民观察到没有昨晚上拉的那样稀，便坚持采用新的食物配方。他认为新配方至少可以治疗母亲的便秘，更希望新配方能为她提供必要的营养，使她早日恢复体力和抵抗力。

尚芳显得安静了许多，很少哭，也很少出现神经和肌肉的抽搐。

起初，富民和罗大姐只是感觉尚芳的手脚冰凉，他们给尚芳换了几次热水袋垫在她脚底下，但她的脚还是冰冷的，额头上却不时冒出一些小汗珠来。给她测体温，体温正常。

到晚上，尚芳的手脚仍然冰冷冰冷的，很少哭也很安静。富民和罗大姐仔细观察尚芳，发现尚芳其实又变萎靡了，甚至是前几天那种浅度的昏迷。富民突然意识到母亲的血糖出问题了，她在昨天早上测过血糖后，今天和昨天都用着相同剂量的降糖药，但她从昨天晚上到今天一直在拉肚子，这种情况下采用相同剂量的降糖药会不会起到一定的负面作用呢？

富民急忙叫来护士给尚芳测血糖，并说出了他的猜测和想法。果然，尚芳此刻的血糖值已经低于正常值很多，血糖过低其实也是危险的。

在护士打电话向医生反映尚芳病情的时候，富民先去买了一把挂面回来，抓紧煮了一小撮挂面加上少许牛奶、白糖打碎了喂给尚芳，还给她适当补充了一点果汁。

半个小时后，当主治医生特赶到医院时，富民的这种此长彼消的应急做法得到了医生的肯定。慢慢地，尚芳的手脚不再冰冷。又过了一阵子，尚芳头上的汗收干了，手脚有了一点点温度。于是，尚芳又开始时不时地哭闹，也偶尔出现和往常一样的肌肉抽搐。

仅仅在几天前，富民还对尚芳的这一系列小动作表现得极不适应。但在此时，富民突然觉得能听到母亲时不时的哭闹，看到母亲偶尔的肌肉抽搐应该也是踏实和幸福的。因为，这一系列的小动作或许是母亲给大家的一种信号，是母亲在与病魔抗争，也是母亲对生命的一种无言的坚守。

夜深了，富民同样安排罗大姐去别的病房休息，但罗大姐说什么都不肯去。她说嬢嬢今天的状况把她担心死了，她怕大家努力了几天还是留不住嬢嬢，她要守在嬢嬢的身边。就这样，罗大姐坐个小凳子在尚芳的床边趴了一晚上，她一只手握着尚芳的手，另一只手摸着尚芳的脚。两个人的样子极像串联在一起的两块电池，只不过她们传递的不是一般的电流。尚芳或许会感觉到罗大姐想要推入她身体的力量，而罗大姐通过尚芳手脚不时的抽搐会感觉到生命本能的存在。

富民躺在旁边的床上，看着被人们叫作保姆或护嫂的罗大姐。想起在家养病时，母亲可能是心疼钱，对请保姆一事表现得十分不情愿，起初总是对罗大姐不满意，有时甚至不给罗大姐好脸。真是，患难时刻方知真情的温暖。

2 月 21 日，第七天。

高烧退下来，又调养了几日。两位主治医生要安排尚芳做一次全面检查，为的是进一步分析诊断尚芳肺部的那一块阴影。

这一点，陈宋父子都是知道的，他们既盼着早点确诊病情，又有些忐忑不安，不知道如何面对将被检查出来的严酷结论。毕竟70岁的老人了，又几乎瘫痪在床，如果还要接受抗癌症肿瘤治疗，怎么承受得了。

富民和罗大姐一大早就开始按照医院的安排做检查准备，陈宋和为民也早早来到医院。他们推着尚芳在一栋栋楼房里进进出出、上上下下，一项一项地查，一次一次地等结果。一些检查项目做完后，两名护士把尚芳推进了放射检验区，其余的人就在外面等着。富民没有陪尚芳做过全面检查，所以对各个检查项目的时间长短没有概念。罗大姐和为民却又一次紧张起来，他们知道以往把尚芳推进放射检验区要不了多长时间就会出来，而这一次却让他们等了很久，而且两位主治医生也在中途匆匆走进了检验室，这种异常让罗大姐和为民感到紧张，陈宋也皱紧眉头。

检验室的门终于打开了，两名护士把尚芳从检验室推出来，医生只是交代把她送回病房好生照顾，别的什么都没说。陈宋焦急地问检查结果怎么样，医生若有所思地回答说下午会通知的。

回到病房，安顿好尚芳后，大家只好等着。富民和为民还有罗大姐都不敢说话，整个病房的物品和空气仿佛都凝固了，时间过得好漫长。只有陈宋不时为尚芳做点这做点那，还看着尚芳说："老婆婆，你真了不起呀，刚检查过了啥都正常，这么严重的病都挺过来了，可以安心过年了。"陈宋还幽默地对尚芳开玩笑："今年是第一次在医院里过春节，你可是创造了一个节日消费的新理念哦。"

由于不知道检查的结果，或者说大家感觉到检查结果似乎很差，所以都没心情做饭吃饭，只是按点按量给尚芳推注了一些流食。

好不容易熬到下午上班，陈宋父子急忙向医生办公室走去，却在走廊里碰到科主任和主治医生。刚要开口，就被科主任严肃的眼神打住，只好眼看着科主任跟随一位满头白发但精神矍铄的老者进入办公室。一位护士在办公室门口对陈宋父子说："你们回病房去等着，我一会儿会叫你们。"说着话，她随手关上了办公室的门。

陈宋父子回到病房，为民看看富民，嘴巴微微动了动，却没有开口，富民摇了摇头也没有开口。

大约半个小时后，护士推开病房的门看着陈宋很轻松地说："大爷，你们三个跟我来。"当然，由于紧张，富民并没有看到护士说话时的那份轻松，或者说即便是感觉到护士说话时的轻松又能说明什么呢！她只是一名护士，她整天面对着这样那样的患者，甚至面对着死亡，早已经麻木了，根本没有必要为一名患者的检查结果做出相应的表情和反应。

陈宋父子来到医生办公室，除了科主任和主治医生外，还多了一位教授，也就是他们在走廊里看到的那位老者。父子三人走进办公室，那位教授仍然专心看着各种材料和上午检查时拍的片子，应该是尚芳的检查结果。办公室静悄悄的，良久，那位老教授对陈宋说："恭喜你们，经过反复观察和分析，患者的各项检查指标都基本恢复正常。"

科主任忙介绍说："这是咱们医科大的专家，也是我们这一行的绝对权威，是我们专门请来为孃孃会诊的。"

父子三人赶忙对那位老者点头问好。老教授看着陈宋停顿了一下说："更重要的是，从拍的几张片子看，患者肺部的阴影已经消除，基本上找不到了，可以确定，患者的肺部没有任何问题，更不用担心生没生什么肿瘤。"

接着教授的话，科主任又告诉富民在春节这十多天要细心照顾好母亲，调理好身体，节后要重点分析和治疗瘫痪问题，有大的专项检查，甚至有可能还要做大的手术。

主治医生补充说："患者这几天的饮食结构调配得很好，以前较低的几项重要生理指标都跟上来了，对患者的体能康复和提升免疫力大有好处，要坚持这样做。"

此时，富民看到父亲向他投来赞赏的目光。

回到病房，陈宋父子感到格外轻松，什么癌症不癌症，什么发烧感染等节外生枝的烦恼也一扫而光，只等着春节过后为尚芳检查和治疗瘫痪了。

于是，富民决定让父亲回县城去继续休息。陈宋原本不想回，但稍想片刻后答应了富民的安排。走之前，他对罗大姐做了交代，要求罗大姐在这几天按照富民的新配方，为尚芳加工流食，还要求罗大姐记住富民每天都在哪些菜市场为尚芳置办哪些食材。

度过这艰难的七天，马上也就要过春节了，看到婆婆的病既然大有好转，基本没有什么生命危险，霞竹决定带着女儿月月回文星老家过年，这对霞竹来说也是时隔四年后一个难得的探望母亲的机会。

霞竹的母亲在川东老家随大哥一家生活，父亲在月月出生一周后去世。他弥留之际曾说："霞竹终于有了自己的孩子，富民这个人也靠得住，我对女儿也没什么牵挂的了。"

真是上苍和命运捉弄人，当它给予富民和霞竹一个活泼可爱的小宝宝时，却又带走他们一个至亲至爱的人。

霞竹原本希望富民也和她们一起回老家过年。因为，公公婆婆的经历让她更加感到亲情的可贵，感到一家团圆的可贵。

富民也知道，岳母的身体已经大不如从前，常常被疾病困扰，虽没有什么较为严重的疾病，但也常常呼吸不畅、腿脚绵软、力不从心。爱人给岳母打电话时，她老人家一老挂在嘴边的话就是："我怕是活不过半年了。"所以在回来探亲之前，爱人希望一家三口这一次可以好好陪她母亲过个年，还希望富民能回去为她们母女婆孙拍点音像视频留作纪念，深恐如果有一天母亲突然离世，也还有些个念想。

得知妹妹霞竹一家人今年要回来过年，除本就在老家的大哥、大姐两家人外，在外地工作生活的二哥、三哥也打算争取时间回家，大家好好聚聚。霞竹的妈妈对此更是十分期待。

其实，霞竹的母亲不仅牵挂她的子女儿孙，也很希望富民回去。俗话说，女婿如半子。她对富民非常好，跟自己的儿子没有什么差别，甚至还要好，还要格外关照。她也常在亲戚朋友面前夸赞说："这个女婿，我是看对了的。"

照理说，霞竹每四年才回去探望母亲一次，富民这个女婿说什么也该一同回去，陪伴岳母左右，问寒问暖，跑前跑后，以尽半子之孝。但此时此刻，富民实在无法满足岳母和爱人的愿望。

看到婆婆病得这么严重，看到公公为了婆婆日夜操劳而憔悴疲惫的面容，霞竹只有把她的愿望埋在心里。不需要富民解释，独自带着女儿回老家去了。

十七

富民留在医院照顾尚芳，有罗大姐帮忙，一切都顺顺当当。

富民认为父亲对罗大姐的要求也很有必要。否则，等他假期结束走后，谁来做好母亲的饮食。

罗大姐很上心，每次富民买东西回来她都要看看买了些啥，还要问问是在哪里买的。富民为尚芳加工流食的时候，罗大姐也不时抽空来看各个步骤，特别是火候、数量、咸淡等细节。

当然，为尚芳购买和加工流食是十分考究的。需要没有脂肪和筋骨的瘦肉，搭配一些含有丰富维生素、粗纤维、低糖度的蔬菜，洗净，分别煮熟后，切细，再按照一定的比例掺上适量的主食、苦荞粉、蛋白粉、牛奶等放在粉碎机中打成尽可能碎的糊糊。如果买的瘦肉中有筋骨，极易损坏粉碎机的刀片，还有可能卡在针管里，无法为尚芳推送到胃管里，针管也可能报废。如果买的蔬菜缺少粗纤维，则有可能导致尚芳便秘。如果添加的主食多了或蔬菜含糖量过高，极易使尚芳的血糖值上升。由于加工起来比较繁杂，每回都是一次就把尚芳一天三顿的用量全部加工好。所以，从食材采购到流食加工，还要把量控制好，少了，会饿着尚芳，多了会造成浪费。

富民每次都是在头一天晚上谋划好明天的采购计划，第二天必须早早赶到菜市场，如果在这个菜市场看不到理想的食材，还有去另一个菜市场找寻的机会和时间。富民每次先把母亲的买好后，再把他和罗大姐一天的肉食蔬菜买好。分开买，主要是考虑经济承受力，算小账。母亲需要的量不大，但极其精致，光肉食就要买新鲜的鸡胸脯肉或者牛肉里脊，价格自然也就比较高。而他和罗大姐的需求量要大一些，如果也和母亲吃的一样，长年累月，是一笔不小的开销。他知道，给母亲治病，用钱的地方多着呢，该省的一定要省。

也别说，在尚芳的饮食上，富民不但发现了原先的不足，还做了合理改进，彻底解决了便秘、微量元素不均衡、体能不支等棘手的问题，并把这么复杂的事情做得有条不紊、得心应手。要不，为什么陈宋对富民十分赞赏和依赖呢，他觉得这个孩子遇到事情肯动脑子，也敢想敢干，果断而不蛮干。

腊月二十九这天，按照民俗早已经开始过年了，害怕人多东西抢手，富民一大早就赶着去菜市场为母亲采购那些必备的特殊食材，以及他和罗大姐两个人的年货。还计划适当多买点，否则，明天便是大年三十了，大家都在家忙着过大年，三十到初二这几天的食材怕是不好买，还会贵很多。

这个春节一定是在医院度过了，富民一边往菜市场走一边思谋着这几天的人员安排。按照习俗，年三十是一家人团圆在一起吃年夜饭的日子，谁都不想在外滞留，不想错过。所以，富民决定让罗大姐今天下午或明天一早回家去过年，但只能给她两天的时间，初二早上必须回来。为民一家也没有必要来医院，医院就不是个过年的地方，再加上弟媳妇的父母兄弟一大家也要团圆。所以，富民决定只留他和老父亲在医院照顾母亲，陪母亲过年。

富民打算让父亲留下，一是父亲可以给他搭把手，二是春节由父亲陪在病重的母亲身边，对这一对情深义重、不离不弃的老人来说也是一种幸福。在他认为，这种幸福陪伴的场景放在春节这样一个特定的时间节点上，弥足珍贵，非但不凄凉，反而显得美丽温馨。

富民一边盘算着一边买好东西回到医院，8 点刚过。

罗大姐为尚芳擦洗梳理，富民在旁边帮忙。大夫还没来查房，不知道医院会有什么安排和要求，富民暂时没有提及过年放假的事。

洗漱梳理完毕，富民和罗大姐三口两口把早饭吃了，便开始为尚芳做康复训练。训练接近尾声，科主任和主治医生一同来查房，不等富民开口，他们一边为尚芳做详细检查，一边把过节这几天的安排对富民做了详细交代。

尚芳的病情控制得比较好，没有什么反复，所以在过节这几天就是维持现在的常规，每天打针用药等由值班护士逐一进行，吃喝拉撒等则需要富民来负责。医生也特别交代在尚芳的饮食方面要坚持现在的做法，保持一定的营养，以便更好促进尚芳的抵抗力和体能恢复，为节后的进一步检查和可能要做的大手术打基础。

就在医生查房的时候，为民和陈宋来到医院。陈宋对医院平日的时间流程十分了解，想必是专门赶着点来的。已近年关，为民同一些客户在节前的礼尚往来是必须要做的，先忙着去送礼还礼，等下午再回来。

看看医生对春节期间的安排，富民觉得他这几天的人员安排是可行的，便把想法给父亲和罗大姐讲了。罗大姐听后表示这几天就不回家过年了，当初答应来这里照顾孃孃时就把这个问题与家人谈好了，家里也把一家子过年团圆的时间调整了一下，如果可以，她只需要初四回去一天就行了。仅仅从这一点也能看出罗大姐是一个负责任、守信用、奉献忍让的人，同时也是一个干事精明、利落、有主见的人。所以，富民一家人没把她当保姆看。

陈宋听了富民和罗大姐的话，先没有表态。他坐在尚芳的床前和往常一样一边亲昵的同她讲话，一边为她仔细清洗口腔、湿润嘴唇、修剪指甲、梳理头发。末了，陈宋对尚芳说："明天就是大年三十了，两个儿子、罗大姐他们好多人都想留下来陪你过年，你看好不好啊。霞竹已经带着月月回外婆家了，那面也有一大家子要过年，好几年都没有团圆了，女婿回来了却没有回去是不是不好啊。你看这样行不行，我们先让儿子回岳母那去陪大家吃团圆饭，初三回来后，再让罗大姐回去和一家人过年好不好？"

稍事停顿，陈宋一边看着爱人一边幽默地讲："对了，你不能讲话我都搞忘了，这样，你如果不同意就连眨三下眼睛嘛。"

尚芳现在这个样子根本就不知道陈宋在说啥，即便听到了，即便不同意，她也无法控制自己连眨三下眼睛。

陈宋停下手中的活，对罗大姐说："家里过年的事安排好了没，你们真的改在初四团年吗？"

罗大姐说："早都和家人商量过了，昨天又打了电话，我初四回去团年要两天就可以了。正好，春节头几天我家老头子还想多跑几天三轮，这几天好多跑三轮的都要在家过年，三轮车少了，而出来耍的人又多，他感觉可以多拉几个人多挣点年钱。"

陈宋接着问："那过年的东西不买吗，初四的酒席不置办啊？"

"东西，老头子这几天边跑三轮边采购，置办得差不多了。初四办酒席老头子在行，还有我家哥哥嫂嫂和娃儿们帮忙，没得问题。"

"给尚嬢嬢采购东西，加工流食这些学会了没有，好不好弄？"

"这几天我跟弟弟学了，不难，就是繁杂些，保证没得问题。"

一番问答，陈宋放心地点了点头，对富民说："你给霞竹打个电话，看看家里的团年饭是啥时候，明天一早动身回去赶得上不。赶得上，你明天一早就回去和他们一起过年，但不能给你太多时间，初三必须回来，不能耽误罗大姐回家团年。这还要感谢罗大姐和她的家人，这么通情达理，否则还真不好办。"

富民一时不知道怎么回答，不知道自己走还是不走。走，他不忍心。不走，霞竹、月月和那面的一家子人也在盼着。

陈宋见富民有些为难，便对他说："至于我，你就更不用管了，前几天我原本就不想回去，但考虑到过年这几天的人员安排，我还是回去休息了这么多天。而且啥子事情基本上都是罗大姐做，我又累不着，你就安安心心去那边过年。"

富民马上给霞竹打电话了解家里过年的安排。霞竹回答说家里的团年饭安排在明天，大家都希望他能回去一起过年吃顿团年饭。并一再追问能不能回去，如果能回，大家就等着他。

富民打完电话，陈宋让富民抓紧去买明天一大早的车票，明天争取早点到家，不要让大家等他等得着急。

考虑到父亲年岁已高，过春节都不能在家休息，还要在医院操劳，也还缺少帮手，富民还是有些犹豫。

陈宋带着命令的口气对富民说："你走你的，就算你不走，我也不可能回去休息，妈妈在这住院，你们让我回去干啥，回去我能吃得开心、玩得轻松吗？至于罗大姐，在答应继续来这照顾你妈妈之时，我们就把春节有可能在医院值班的情况考虑进去了。所以，初四之前罗大姐也不回去，她家里也是按这个时间表安排过年的。这样一来，多留你一个在这也没有多大的意义。岳母那面还等着你回去，你就回去好好陪他们过个年，初三要按时回来，回来后有你忙的，还怕没有尽孝的时候啊。”

听了父亲的话，富民决定去买车票。

出门前，陈宋又说：“把东西收拾一下顺便带上，如果有今天晚班或夜班的卧铺车，你就直接走吧，何必要专门等到明天走呢。”富民顺从地带上随身物品出了门。

来到长途车站，富民被售票厅和候车厅黑压压的人群惊呆了。好不容易排到窗口一问，由于大家都想赶在年三十前回到家，所以哪怕是当天夜间的加班车也没有票了。当天是不可能走了。富民赶忙买了一张第二天最早班的票，那也是第二天剩下的为数不多的车票。

走出售票厅，富民提着行李有些犹豫，是回医院还是就在车站等着明天走呢。心里有些犹豫，人却不知不觉走到了电车站，挤上了开往医院的公交电车。

回到医院，陈宋有些失望地问：“咋了，去晚了，没买上车票吗？”

富民说：“今天的没有了，抢了一张明天一早的票。”

陈宋听后，安排罗大姐抓紧准备晚饭，并多炒个肉菜。他对富民说：“好傻哦，明天一早的车，你还跑回来，明天你能按时赶到车站吗？你就是起得再早，没有去车站的车或遇到堵车又咋办。一会儿就吃饭，吃完饭你就去车站找个地方住下，不要耽误明早赶车。”

富民点点头，和父亲一边聊天，一边为母亲做点事。

晚饭后，富民又抓紧赶公交车回到长途车站。由于是投入使用没几年的新车站，所以周边几乎没有价位适中的小旅馆，有几个大酒店，一看就十分昂贵，他也不打算去大酒店。他进入候车大厅找个板凳坐下，打算在候车室混一晚上。可是，临近最后一班车发车时，车站的工作人员开始清理候车厅乘客，要关闭候车厅，除了持有夜间卧铺车车票的乘客，不允许其他乘客在候车厅过夜。

富民无奈走出候车厅，经过售票厅时，发现有个侧门和楼梯通向楼上，根据旁边的提示牌，楼上提供住宿，有人正往上走。富民便加紧步伐赶在他们前头上楼排队，轮到富民登记床位，被告知只有在电梯口打地铺了，也是剩下的唯一一个床位。迫于无奈，富民还是抓紧定了下来，而排在后面的几个人竟然无此幸运，只好摇着头叹着气另找住处去了。

晚上不到9点，旅社的服务员便为富民在电梯口一块不大的地方打好了地铺，排在富民前面的小伙子也是睡地铺，他和富民两人两张铺分在电梯进出口的左右两边。床铺很简陋，摸上去又湿又黏，显然是好久都没有清洗晾晒，一股酸不酸臭不臭而且有些发霉的味道。

总比没有地方去好。当然，如果贪图舒服享受，完全可以去那几个大酒店。可此时的富民，实在舍不得一个人去铺张浪费。

床位虽不怎么样，但服务还是很贴心的。服务员一再交代他们晚上睡觉头不要朝着电梯口，别让进进出出的人踩着。还交代如果晚上实在感到冷的话就说一声，可以为他们插个小太阳取暖。

听着服务员贴心的话，富民和衣而卧，却辗转难眠。除了被褥那股味道外，他还闻到了自己身上发出的夹杂着医院消毒液的汗臭味。掐指一算，回来到现在十多天没有脱衣服睡过觉，更不要说好好洗头洗澡了。各种味道交织在一起，让他感到身上又痒又臭，很不舒服。

时间在难熬的夜里一点一点地过去，旁边那个小伙子已经开始打起呼噜来。富民在登记时观察了一下，小伙子年纪不大，拎着两个简易蛇皮口袋，装得鼓鼓囊囊的，像是从外地赶回来过年。早就从电视和报纸等看了很多关于打工仔的信息，知道这些人在外打工其实十分辛苦，也很艰难。所以像今天这样的住宿条件小伙子并不觉得有什么不好。看着小伙子睡得那么香甜，富民十分羡慕，富民也试着紧闭双眼，一遍一遍地数着数字，还是难以入睡。

富民想着父亲的安排，对他的迁就。富民估计，罗大姐也许就没有和家里人商量好，或者说，即便和家人商量好了，但如果非让她回去和家人一起过三十初一，她和家人也一定会欣然接受的。但在他和罗大姐两个人是谁留下来照顾母亲这件事上，父亲自私地选择了给自己的儿子放假，让自己的儿子轻松过年。

陈宋夫妇和天下所有的父母一样，不论在什么时候，不论孩子长多大，他们都在迁就着孩子，尽可能满足着孩子一个又一个的愿望。即便孩子不说，他们总是能够明察秋毫，并把事情想得那么周到，安排得那样细致，绝不让孩子为难，更不会让孩子受委屈。

过节这几天，一个疲惫的老人静静地坐在另一个老人的病床前，相濡以沫，无言以对，身边没有儿孙的踪影，没有节日的欢乐气氛。那种想象中的孤独感觉让富民的心情极差，他将自己蜷缩在潮湿的被子下面，任两行热泪流淌。

养儿防老啊，尚芳病重住院需要照顾，富民却像一场大仗来临时的逃兵，他不知道父亲的心底会不会有着难以言表的悲凉。

十八

初三下午，富民带着霞竹和月月回到医院。为民又开车把霞竹、月月和罗大姐接回县城。富民接替了罗大姐，陈宋则继续留下来。

富民为尚芳调制流食当然不在话下，但为尚芳梳洗和进行保健按摩就没有罗大姐那样利索了，所以陈宋也没有前几天和罗大姐搭班那么轻松。但是，七天的春节长假很快就过去了。

初八上午，陈宋父子三人旁听了几位主治医生的讨论会，各位医生大致推断尚芳的脑部血管中有一定的大块栓子，大脑局部血管通道狭窄或不通，脑部器官和神经组织严重缺血、功能衰退，导致失忆和肢体瘫痪。而且各位医生大多认为从尚芳近乎瘫痪的症状看，这种被大块栓子阻滞的血管应该有多处，所以用脑部血管造影技术进行检查的同时，还用聚焦刀技术清除可以看到也可以够到的栓子，再用酷似伞状漏斗的血管支架将狭窄血管扩充疏通，以恢复大脑的正常供血，进而逐渐恢复脑器官和神经组织的功能，这样才有可能让尚芳逐渐恢复语言和肢体活动功能。

这所医院在激光聚焦刀技术方面走在同类医院的前面。

这么先进的医学技术，父子三人看到了希望。

初八下午，大家配合医院为尚芳做了一次必要的检查。检查结果是尚芳的体能恢复不错，各项指标符合手术条件，随时可以接受手术检查治疗。

主治医生再次对陈宋父子普及说："到时候经过血管造影检查，确实属于心脑血管斑块形成的栓阻，小点的可以通过激光聚焦刀打碎清理，但如果是血管栓阻引起血管壁狭窄，就只能安装支架了，需要安装支架的也许一处，也许两处，甚至更多。"

陈宋回答说："检查完，需要装几个就装几个，只要能够改善治疗效果，我们都没有意见。"

"问题是支架比较昂贵，且不说用进口材料的，仅仅国内材料稍微好点的，一个支架也在三万左右。而且按照当前的医保规定，安装支架形成的费用报销比例不足百分之四十。等于说装一个支架你们就要自己额外承担约两万的费用，你们看能不能承担得起。"

"费用是比较高，但如果治疗需要，多少我们都愿意承担。"

"那好嘛，医院就按照你们的态度开始准备手术，并预备国产中高档材料的支架。东西比较贵，今天的谈话也就算是一个口头协议，我们将记录在案，到时候在手术中我们会根据具体情况同步安装支架，并通知你们及时把钱打到账上。"

陈宋父子同时点头，一致表示同意。

回到病房，陈宋戴着老花镜整理记录，那上面一页一页一行一行记录着尚芳住进来之后每天的血压、心率、血糖值，还有吃药、打针、进食、补水的次数、用量，以及每天的尿液排出量和排便次数。

这些天来，富民也改变了当初对这项工作的看法。在医院伺候母亲这些天来，他发现父亲的这个土法记录对观察母亲的治疗过程、检验治疗效果、调整饮食等都是一个很好的参考。所以，父亲不在医院时，他也按照父亲的方法坚持记录，并在每天晚上将当天的记录与头天的记录进行比较。这样一来，不但能够大体知道第二天医院会为母亲做哪些常规治疗，还能对母亲的食谱做必要的调整。

陈宋大致翻看了一下这几天的记录，又把下午的一些情况记在上面，合上本子，摘下老花镜，拿出棉签蘸着纯净水开始为尚芳清理口腔、湿润嘴唇。陈宋一边干着活一边亲昵地对尚芳说："老婆婆，这几天表现不错，经过检查，你的各方面都很正常。医生说隔两天要给你做个手术，把堵塞在脑壳里那些乱七八糟的东西清一清，再弄一两个支架把血管管给你撑起来，你就听得到我们说话了，慢慢也可以下地走路了。你现在的任务就是好好吃饭、好好睡觉、养足精神等着手术，千万不要再感冒再发烧哦。"

尚芳还是和平常一样看着天花板，眼睛一眨不眨，没有任何反应。陈宋一边说一边充满怜爱地看着爱人，说完这番话后，还在爱人的额头上深深地亲了一下，又拿出梳子轻轻为爱人梳理头部经络。

富民和罗大姐就在旁边陪着，觉得好温馨，好恩爱。

富民通过挂在医院走廊的宣传图片，了解到一些用聚焦刀和激光手术治疗心脑血管导致患者瘫痪或局部瘫痪的病例。老实说，属于新技术、新材料、新科研，不能打百分之百的包票，有的患者由此取得了良好收效，也有的患者由于种种原因没有取得什么可喜变化。所以，富民一边期待着这台手术，一边在心里为母亲祈祷。

但是一连三天都还是常规治疗，一直没有安排手术。这其间，富民也蹑手蹑脚地跑到那个挂着聚焦刀激光手术室牌子的门前看过，有时里头会亮着灯，但看不见什么动静。

正月十一那天早上，陈宋沉不住气了，趁着医生们来查房的时候问了一下，被告知那台设备在术前检查中发现了一点问题，正等着设备销售方派专业人员来维修调试。

大家都只好耐心等待，很着急，富民则更加着急。

富民眼看假期就要结束了，霞竹还要赶着回单位参加在省城召开的职代会，单位电话通知她务必提前返回并做好开会准备，不允许请假。原本以为初八九就可以做手术，所以富民在节前就订好了正月十五返回青海的火车票。这条往返青海的线路平时就人多拥挤，加上正值春运返程高峰，这两张火车票，也是老家的表叔动用各种关系好不容易掏高价弄来的，关系都快走到站长办公室了，欠了朋友很大的情面。到时，如果走，母亲进行手术治疗需要人手怎么办。再说，不知道母亲的检查治疗结果，就算走也会走得心里没着没落。但如果不走，好不容易弄来的票就白费了，再要重新弄两张车票又谈何容易呢。

下午，为民也因为尚芳手术的事赶来医院。来之前，陈宋已经把情况告诉了为民，但他还是在下班后抓紧赶来。

留下罗大姐照顾尚芳，父子三人来到住院部雷倩的小花园。

“也不知道设备到底是不是出了问题，有时，里面是亮着灯的。”

“应该是出了问题，我好像没有看见哪个患者进去手术。”

“问题是目前就只有咱们需要手术，当然看不见别的病人了。”

为民则若有所思地提醒说：“是不是他们在等着我们送红包呀，电视上不是经常曝光，患者在手术前给医生送红包已经成为一种心照不宣的惯例了吗？你不送，什么时候做手术不好讲，即便上了手术台，效果怎么样，会不会留下什么后遗症都不好讲。”

听了为民的话，陈宋说：“不会吧，我看这几个医生挺正直的，工作又认真，待人又和气，应该不是那种人。”

“这几个医生看着是不像那种人，但我们还是送点吧，有备无患，只不过不要送太多，多了怕他们不敢收。再说我们要用钱的地方也多着了。”

富民考虑了一下说：“也是，拉拢一下感情，对妈妈的手术应该有好处。不行，一会儿我们就去给每个医生送个红包。”

为民又说：“送红包这种事，知道的人越少越好，爸一个人去吧。”

“我去啊，一个老人家，即便想拒绝，也不太好驳你的面子。”

第二天上午，陈宋用了一个多钟头，找种种借口一次次出入科主任和主治医生的办公室，总算是挑没有旁人的机会为科主任和主治医生各自送上了几百元的红包。

待罗大姐不在跟前，陈宋对儿子说："各位医生都坚持不要，我只好硬放在桌子上扭身就跑。你别看广播电视上把一些医生说得那么贪婪那么没有医德，收受红包就像家常便饭。今天这么一送才感觉到，去送红包并让医生能够接受这个红包还是很不容易的，且不用说他们一个个都严词拒绝，就连我都有一种对各位医生大不敬的感觉，我都不好意思正面看他们。"

富民随之一笑，心里踏实了许多，对手术也更加期盼。

当天下午，护士叫陈宋父子去医生办公室一趟。陈宋心想，是不是红包起作用了，很快要给尚芳安排手术了。

父子二人来到医生的办公室，看到几个医生都在，科主任等他们进来后随手把门关上说："把你们叫来是要解释一下，迟迟没有安排手术真的是设备在术前检查中查出了点问题，要等销售厂家的技术人员来更换零件，还需要重新调试。你们不要误会，不要以为我们故意拖着不做，我们也知道大家都很着急，再次打了电话催厂家的人快点来。对方说最迟后天就可以赶到，到了就着手维修调试设备。所以，还希望你们耐心等两天。至于这些红包，你们一定要收回去，我们承认现在有一些医生医德不正，趁火打劫，吃拿卡要。但是请你们相信，不是所有的医生都是这样，至少在我们医院在我们几个医生身上绝对不会发生这样的事情，到时嬢嬢的手术也请你们务必放心。"

主治医生顺着科主任的话把那几个红包递到陈宋手上说："老人家点一下，看里面的钱对不对。"

陈宋还想推辞，又有一位医生跟着说："请你们尊重我们的职业操守，也请你们放心，手术我们会认真准备，全力以赴。我们也期待在手术治疗下，尚嬢嬢的病会出现好转，让聚焦刀激光治疗法有更多取得良好收效的临床病例。"

陈宋不好再推辞，只好收回了红包。离开医生办公室时，富民向几位医生几乎是鞠躬般地点了点头，很尴尬地退了出来。

回到病房，陈宋有些不好意思，但却很轻松。他对富民说："都是为民出的馊主意，弄得我在几位医生面前都不知道说啥好。我就说这几个医生根本不是那种人嘛。”

富民对父亲说：“为民是开厂子做生意的，在生意场上习惯这一套了，很多时候也不得不用这一套去解决问题，谁知道这一套不是在任何时候任何场合对任何人都管用。”

陈宋点头说：“设备有问题，那只有慢慢等了。”

当然只有慢慢等。陈宋又坐在爱人尚芳的床边为她梳头，一样是一边梳头一边给她讲讲过去的事，讲这几天的事，动作舒缓，语言亲切。讲着讲着，陈宋好像想起了什么，抬头问富民：“你们订的是不是十五的票，几点的呢，我差点把这件大事忘了。”

“是十五那天中午十二点多发车，这还麻烦了，妈妈的手术还不知道啥时候才做。”

“这有什么麻烦的，到时候你们走你们的，手术有我和为民在。”

“不知道手术时间长不长，但愿能让妈妈的病情好转。”

陈宋期盼地点了点头。

谈到安装支架，富民很认真地问父亲：“如果检查出有好几处需要安装支架，加上手术的常规费用，那就要马上把十多万打到医院的账户上。这么一大笔费用，你那里肯定不够，我先让霞竹取两万给你，其他的等我回去再想办法给你倒账，这次回来卡上剩下的钱不多。”

“先不用取钱，我和你妈妈现在还有一些积蓄，到时候要个十万八万的也问题不大。再说，就算钱不够，还有为民嘛。哪一次他不是带着钱到医院来的，只要碰到缴款催款，他都抢着把钱交了，一交就是两三千、三四千。所以，钱你和为民都先不用取不用留，需要的时候我会给你们打电话要。”

陈宋又交代富民这几天多买点喜欢吃的东西回来做着吃，回来一趟还没怎么玩没怎么吃就又该走了。

等着手术这几天，陈宋和罗大姐都在，擦洗、梳理、换尿布等事情也就基本上不需要富民跟着做，他主要负责采购、做饭和每天早晚两次的康复按摩训练。除早上到市场采购外，待中午陈宋和罗大姐照顾尚芳午休的时候，富民也抽空去四处走走。

说实在的，尽孝归尽孝，忙活归忙活，放宽心也好，积极应对也好，毕竟尚芳一直瘫痪在床，没有任何动作和反应，接下来的检查和治疗效果怎样，又还是个未知数。这种情形下，大家表面上看都很积极乐观，但在内心都很沉重、很压抑。富民每天都会让父亲出去走走，换换空气和心情。他也会抽空出来走走看看，让自己放松一下。

走在街上，正月十五未过，到处还充满着节日的喜庆气氛，但凡有过几次交往或者见过几次面的人，这个时候都像老朋友一样互相拜年问候，带着一张充满微笑的脸说着一大堆吉祥如意的话。富民在这样的街道和市场中，一会儿感受着人们相互问候的那种惬意，一会儿想着母亲生病的模样。市场和铺面里依然是琳琅满目的年货商品，但这些对他这个往日地道的吃货却诱惑不大。不知道母亲会不会恢复大脑感知和意识，不知道一家子还有没有机会聚在县城过年。现在自己真的要求不高，哪怕是母亲经过治疗后依然不能够下地走动，但只要能够恢复大脑感知和意识，能听懂大家说话，能够简单表达自己的喜怒哀乐，他们大家就知足了。

如此简单的一个愿望，能实现吗？经过一次手术，经过一个月，经过一年，或者再稍微久点，母亲会有好转吗？想到这些，任它春风拂面、锣鼓喧天、酒红歌甜，富民都不会为之动情，他更多的是一种近乎压抑和迷茫般的期盼。

在这节日的喜庆气氛中还有一件让富民高兴不起来的事情，那就是钱的问题。虽然陈宋表示还有一定的积蓄，不需要他担心。但他觉得这种担心不是多余的。

事实上，自打尚芳生病以来，陈宋的开支就一直比较大。即便是不在这些大医院住院，就在家里养着，也是一笔很大的开销。两个保姆的工资就是两千多三千，每月要给尚芳买好几百元的特护用品，要付给天天上门为尚芳治病的医生近一千元的辛苦费，要买好几百元的医药用品。由于在家养病而不是住院，这些费用不可能通过医保按比例报销，都必须由陈宋自己承担。

除此之外，尚芳每天还要服用两粒治疗心脑血管病的藏药，一盒八粒就要近一百二十元。富民一次次买了药寄回来，先是想方设法把医保卡上的钱刷完，再不够就掏现金。

从去年五月尚芳住进医院治疗后，费用就更高了。保姆的工资就不用说了，各种检查、治疗、用药、床位等都要钱，由于要全天候照顾尚芳，病房没有安排其他的病人，整个病房的费用都要陈宋按月支付。

富民回来这些天曾和为民聊过此事，为民告诉他因为是康复治疗，所以按规定报销的比例很低，他们自己每月要贴进去两千多三千块钱，加上保姆的工资、三个人在医院的生活费，妈妈的特护用品等，父母一个月的工资基本上是全部用完了的。

从康复医院转到这家医院时，尚芳感冒引发肺部感染和低度昏迷等情况，治疗的费用更高。两兄弟每次往医院的缴费卡上充上两三千元，一般也就是到第二天下午最多第三天上午，护士又会告诉他们该去缴费了，否则有的药就要停了。

富民也明白，虽然父母是从高原退休回来的，两个人的工资加起来也有六千多，但如果不是他和为民分担了一部分费用，父母的工资在目前就已经入不敷出了。

这一点，陈宋比谁都明白。现在的费用高是特殊情况，但如果病情得不到改善，需要维持现在的这种治疗，特殊情况不就变成常态了吗，如此高昂的费用就要长期负担。他们的退休工资入不敷出，只有动用那点积蓄来贴补了，那些积蓄又能补贴多久呢？这不，过几天尚芳就要接受激光手术治疗，也许还要十万八万。如果这次手术真能找到导致瘫痪失忆的原因，治疗方法对症，这十万八万甚至再多点都没啥，也不在话下。且不说还有一些积蓄，就算没有，两个儿子也会把这笔钱承担起来的。

相反，最最让富民担心的是如果此次手术没能查出真正病因，或者查出了病因却没有什么更合适的治疗办法又该咋办呢。要知道，多少像母亲这样的患者，又有几个是医好了的，还不大多都是在瘫痪中没有任何生活质量地走到了生命的尽头。富民担心母亲从此会就这么没有动作没有思维地躺着，任由医生护士和他们这些关爱她的人摆布，冷暖不知、疼痛不言、喜怒不表。如果真是那样，正所谓病急乱投医，他们一定会更加努力地为母亲治疗，国产的也好，进口的也好，但凡感觉会有点用，新药好药、新方法新设备都会尝试，那将是一个漫长的过程，也必将是持续的大笔开销。如果这样，钱就很成问题了。同时，父亲要长时间承受这种巨大的压力，要常年操劳，身体健康就成了更大的问题了。

这个忧患意识比较强的人，每次说是抽空出来散散心，但每次都会想到这些令人难过和心烦的事情。他无法控制自己不去想，他也不想在这种现实中逃避。为了不增加父亲的负担，他也只是独自在街上一边乱走一边乱想。由于分神，甚至没有注意到路口的红绿灯，有一次差点被车撞着。打那以后，富民出来闲逛都尽量不走大马路，少过人行横道，也告诫自己不要去想那些没有眉目的事情。但他就像一个强迫症患者一样，不得不想，也无时不想。

只不过，想着想着，富民会下意识地突然打断自己，晃晃脑袋，给自己一个微笑，告诉自己要坚强要乐观。

正月十四这天下午终于等来了维修设备的技术人员，护士告诉陈宋，大致安排在正月十六上午十点左右为尚芳做手术。听到母亲后天就可以做手术和治疗，富民很高兴。但是预定了明天的返程车票，他没法等母亲做完了手术再走。

陈宋问富民走前是不是回县城去休整一下，富民说不用了。然后，陈宋打电话把尚芳做手术的时间告诉为民，让他明天一早把霞竹和月月送过来。为民却在电话那边说他们已经在来的路上了，打算来医院一起提前过个十五，也算是一家人团聚。

等为民他们到医院，陈宋叫罗大姐照顾尚芳，便带着孩子们就近找了一家火锅店围起来过年。这是他们这一大家子这个春节的第一次团圆。大家虽也互相祝福，但话少多了，甚至出现冷场。这是肯定的，少了尚芳和他们在一起，不但少了很多欢乐，还多了很多牵挂。

聚会自然是没有多久就散了，医院也挤不下那么多人，除了陈宋、富民，为民和其他的人又回县城。

第二天上午，霞竹和女儿月月来到医院时，陈宋和富民还有罗大姐正在为尚芳梳洗按摩，霞竹赶忙在旁边搭手帮忙。

按摩收拾完毕，富民开始收整行李，霞竹和月月站在尚芳的床前默默望着。月月把手伸向奶奶，快触摸到奶奶时又缩了回来，犹豫片刻之后还是伸手握住了奶奶的手，并用另一只手在奶奶的手背和手臂上按摩。

霞竹说："这就对了，是爷爷奶奶把你和小弟带大的，你和小弟调皮不听话，让爷爷奶奶受了不少累。"

这时，大滴大滴的眼泪早已经从月月的眼中涌出来，她拿出一根棉签学着爷爷的样子蘸水为奶奶湿润嘴唇，哽咽着说："奶奶，你快点好起来吧，我一会儿就要走了，但是我好想听你亲口说句话。"

而尚芳和往常一样望着天花板，很久才眨一下眼睛，没有哭，没有闹，更没有任何反应。

陈宋先是慈爱地摸了摸月月的头，为月月拭去眼泪。然后握着尚芳的手说："儿子和霞竹假期到了，今天就要带月月坐火车回去，现在你有没有啥要说的啊？"问完，他又揉一揉爱人的手自问自答说："噢，喊他们注意安全，这你就放心嘛，我都跟他们交代好了。怕路上堵车，现在就喊他们走，你就不要送了，我代表你送他们下楼。"

完了，陈宋干脆地对富民说："走，东西拿好，弟弟送你们去车站，到车站后好好吃顿饭，去候车室找个音乐茶座休息。"说着话，牵起月月的手走在前头。

月月脸上还挂着泪，她抬头望着陈宋说："爷爷，照顾奶奶很辛苦，您要注意休息，多多保重身体。"

陈宋忍着眼泪勉强笑着对孙女说："有罗嬢嬢在，爷爷没多辛苦，不过爷爷会注意身体的。乖孙女，不要为爷爷担心。"说着，把月月抱上车。

陈宋点燃一根烟，目睹富民一家人坐车离开。

第二天中午，列车快到省城车站，为民打来电话语气低沉地说："妈妈的手术刚做完一会儿，通过聚焦刀激光手术反复检查了两遍，没有发现血管壁有什么严重的栓塞，而是大脑血管的各个细枝末节都有不同程度的栓阻，到处都是，所以不可能通过激光来打碎清除，也不可能安装血管支架来帮助疏通了。"

“不应该啊，叫我想，如果是脑血管的细枝末节栓阻，不应该影响血管主流，怎么会导致这么严重的瘫痪呢？”富民不解地问道。

“检查结果，我也没办法像医生那样专业地讲给你听，我理解就是这个意思。”

“怎么会是这样呢，这不就等于没有办法了吗？”

“医生也感到意外，表示通过积极的手术治疗是行不通了，下一步只能摸索着用疏通心脑血管类的药物来慢慢治疗，希望通过药物治疗和人工康复训练能有一定的疗效。”为民还对富民说：“医生说，药物治疗和人工康复训练取得疗效也不是没有可能。”

富民听得出为民这是在安慰他，通过下一步治疗取得好转等于是盼望奇迹出现。

富民赶忙问：“父亲的反应怎么样？”

为民说：“老父亲很失望，但反应还算平静，看样子注意力已经开始转向下一步的药物治疗加康复训练上了。”

挂断电话，霞竹急忙问检查的结果，女儿月月也懂事地看着富民。富民苦苦地摇了摇头，什么也不想说。尽管他在此前就曾想到过这个结果，但还是接受不了。

人常说，凡是往最坏处着想，往最好处努力。这样的结果，陈宋其实也设想过。所以他此时就一个想法，守候在爱人身边，想方设法为她治病，关心她，照顾她，和她说话，和她回忆过去，一同挽着过去幸福美好的时光去面对未知的明天。

所以，富民能从电话中感受到父亲心里有多失望有多苦，但他更能感受到父亲的坚强与执着。还是电视剧中柔情演绎的那句国学台词：“执子之手，在漫漫的人生路上一同苍老。”只是，没有真正经历这些病痛，又有几个人能够理解这句刻骨铭心的话，又有几个人能真正知道一生不离不弃需要一种什么样的担当。

富民又下意识地打断自己的思绪，晃晃脑袋，给自己一个微笑，要相信母亲一切都会一点一点地好起来。

十九

时间的钟摆走到了2007年。

这一年，注定尚芳又要在陈宋及家人那可怜的祈盼中度过，他们这些人想方设法为尚芳治病，寻医问药，东奔西走，努力推开不断像潮水般涌来的绝望，全力寻找希望。尚芳当然对这些全然不知，还是那样一动不动地躺着，一双仍然秀美的眼睛望着天花板，每每让陈宋在心痛与怜爱中陷入对往事的回忆。

为民出差到外地的时候带着母亲的病例复印件，抽空去一些大医院咨询，希望能找到什么新方法、新技术或者新药。

富民身在西部高原，没有其他的办法可想，只有把周围一些朋友推荐的感觉对症的药买了寄回去。青海独特的藏医药技术对很多疑难杂症有着很好的疗效，这些年他为母亲买的大多都是一些藏药。每次抱着希望把药寄回去，在长达几个月或者半年的等待之后，不见母亲的病情好转，他又四处打听，看还有没有更好的药。

年初，富民打电话了解尚芳的病情，说到四处寻医问药一事，为民说某大城市一位教授和他的科研团队好像正在研究这样的治疗病例，好像是打算用患者或亲属的神经干细胞移植来修复心脑血管和神经损伤，类似于在白血病的治疗中采用骨髓移植来恢复和增强患者的造血干细胞功能。

为民说："具体有没有这回事，我也说不清楚，只有等过段时间去那里尽量打探一下。一共就我们两兄弟，如果真有这么回事，肯定需要对我们进行细胞配型比对，到时你能及时回来不？"

"你尽管去打听，如果真有其事，哪怕是处于试验阶段，我觉得咱们也可以大胆一试，到时我会及时赶回来的。"

"那好，那好，我抓紧去了解一下再给你打电话。"

在白血病的治疗中采用骨髓移植来恢复和增强患者的造血干细胞功能，这样的病例经常听到也经常看到，技术已经比较成熟，唯独让人揪心的是能够为患者提供骨髓配源的人太少。不要说一般的工人、农民和老百姓，许多有见识有阅历的机关事业单位工作人员、国家干部，甚至是医疗工作者都没有几个人愿意抽出和捐献自己少量的骨髓。毕竟是从自己的身体当中拿去一些正在用着的东西，许多人都怕缺了这鲜活的一部分东西会对自己的身体造成伤害，怕这种伤害会潜伏在自己的体内，慢慢发酵慢慢恶化，直至发展成为什么意想不到的绝症。

富民知道为民是怕他有什么顾虑，不敢或不愿意做这种细胞配型实验，才在电话里试探他。所以，他的回答很干脆。身体发肤，受之父母。如果这样一种方法能够治疗他的母亲，要他做啥都心甘情愿。即便这项技术尚处于研究阶段，他也打算说服父亲为母亲大胆尝试这种移植实验。他感觉在这一点上，老父亲可能会保守一些，但为民估计会和他的想法一致。

上次怀疑尚芳肺部的阴影是癌症肿块的那场虚惊和讨论中，富民和为民就一致赞同采用积极的疗法。他们认为与其让母亲没有意识、没有知觉、没有情感，也毫无生活质量地活着，还不如放手一搏，大不了还是现在这个老样子，但一旦取得好的收效，母亲今后的生活质量就会大为改观。

和为民通电话后，富民用了好一段时间重点关注有关神经干细胞移植治疗方面的信息。报刊电视上几乎没有此类消息来源，多数信息均来自互联网搜索。通过浏览，他对神经干细胞移植方面的医学技术发展状况有了相对多的了解。

在医学上讲，人的神经细胞后天是不会再生的，但是神经干细胞作为神经系统的“源泉细胞”，能够对中枢神经系统也就是脑和脊髓的损伤进行修复。由于神经干细胞在正常成人中枢神经系统中含量甚微，因此人类一旦发生脑出血、脑梗死、脑外伤、脊髓损伤等疾病后，受到损伤的神经功能很难自我修复，大多会留下严重的后遗症。

富民还在一篇网络文章中了解到，自从 90 年代神经干细胞被发现并可以在体外大量培养以来，国内外的科学家都异常兴奋，认为找到了治疗心脑血管疾病导致神经和肢体瘫痪的金钥匙。但由于国内外在治疗中枢神经损伤后遗症方面缺乏行之有效的方法和手段，仍有众多关键性的理论和技术难题尚未攻克。

所以，尽管许多科学家对神经干细胞移植在将来应用于临床医学救治方面充满了信心，但他们不得不面对的现实是，当下的认识和研究距离成熟有效的临床应用，还很遥远。

三个月的阅读与关注之后，富民的心又凉了，盼望母亲通过神经干细胞移植获得治疗好转的梦想又几乎破灭。

富民与为民多次通电话沟通此事。为民说他也就神经干细胞移植治疗咨询了几位教授，得到的回答也十分谨慎保守，表示目前在世界范围内哪怕是那些起步较早的科研团队，对神经干细胞移植治疗的研究也还处于实验室和动物试验阶段，尚未在人的临床医疗上加以实验，更别说应用了。

既然如此，为了规避风险，此事只好就此打住。

尚芳于 5 月中旬重新转回到原先那家中医院，在一大堆的药物治疗和矫正训练中无声无息地过着日子。罗大姐继续跟过去一样照顾尚芳，陈宋依旧天天在医院守着。陈宋每天所做的一切事情几乎都是围绕尚芳进行，并对医院采用的一整套中医矫正治疗，包括借助器械开展的肢体活动性训练寄予厚望。

富民几次和陈宋通电话，感觉电话那头的父亲都很乐观，他也因此感到稍微好受些，对老父亲放心。

但富民常常在想，别看人类好像掌握着越来越多的科学技术，攻克了许多疑难杂症，取得了许多惊人发现，仿佛可以改天换地，但事实上，无论是在大到望不尽的宏观宇宙，还是在小到看不见的微观世界，人类有时候是那样的无知，那样的无能为力，是那样的渺小，那样的微不足道。

可不是吗？陈宋父子不论有着什么样的想法，也不论做出什么样的努力，尚芳依旧是那样躺着。转来转去，医来医去，甚至没有人能够准确告诉他们尚芳究竟是因为什么瘫痪的，也没人敢说他的治疗方法一定有效，他们的付出更没有得到些许回报。

2007 年，日子一天一天地过着，尚芳一天一天地躺着，陈宋一天一天地守着，罗大姐一天一天地忙活着，儿子儿媳们的心一天一天地揪着悬着，他们每个人也一天一天地盼着，都在努力寻找希望。

2007年，让富民感到揪心的还有内地的房价。仅仅一个小县城在几年间就由七八百元一平米飚升到两千多一平米，而且继续上涨的势头明显。他十分犹豫，一方面不知道母亲在继续治疗中会不会有大笔的开销，如果有，他必须能拿得出钱来。另一方面，不知道这房价会涨成什么样，现在不买今后怕是更买不起了。几番矛盾之后，他决定先抓紧为今后退休准备一套房子。

富民与霞竹商量，霞竹却希望能拿出这笔钱来炒基金股票。眼下的基金股票红火得很，涨势比房价还要猛烈，就连平时过日子极为谨慎的那些大叔大妈们，竟然也把所有的养老钱都投在基金股票，花个一干二净，就跟抢钱一样。

霞竹一半认真一半玩笑地告诉富民，如果把买房子的钱拿给她炒基金股票，年底至少可以再挣回来半套甚至一套房子，一份钱变成双份，到时房子有了，给婆婆看病的钱也不会少。

霞竹的设想似乎极具诱惑，富民一时竟左右为难。

这就是烦恼，一些随时会赶来添堵凑热闹的烦恼。当然，这些烦恼不仅是富民有，其实生活在这俗世的俗男俗女都会有，偶尔一个烦恼来了，尚可从容应对。一堆烦恼接踵而至，那就会交织成一张重重的网，让你抬不起头，也挣脱不了。

富民知道，除了母亲的治疗问题，其他的问题和烦恼都不必太过纠结，不能优柔寡断。他最终还是通过为民在老家物色并买了一套房子，而且是一次性交清全部房款。

这样做的理由很简单。富民认为，就算是以后身无分文，出去要饭回来总还有个窝吧。另外，从父母的经历和现状来看，早点为将来着想是对的。父母就是早早解决了退休的住房问题，虽然在买房的当时生活有些紧张，但后来的日子就越过越轻松，还能小有积蓄，可以适当帮扶一下遇到困难的孩子，不至于在年过半百时同时应对住房、子女、病痛等多个花钱棘手的问题。特别是当下，富民害怕房价会继续大幅度上涨，你多攒一年的积蓄还赶不上商品房上涨一年的差价，如此一来，你再多攒几年也还是白搭，买同样一套房子还是会让你把更多的钱贴进去，甚至倾其所有。那还不如趁着母亲看病还暂时不需要大笔开销先买一套房子，接下来每攒一年的钱都是自己的，都可以贴补到母亲的治疗上，而不是交给房地产开发商。

富民把房子买好后，手上也就没有太多的闲钱了，霞竹自然也就断了继续往基金股票投钱的念想。陈宋抽空去看了看富民的房子，告诉他感觉很不错，并表示他的决定是对的。

其实，多少年前陈宋和为民就建议富民要抓紧买套房子。当时，富民觉得自己还年轻还无须考虑此事，一推就是六七年。几年前，为民开玩笑地对他说每隔两到三年就相当于损失了一辆小轿车。当然几年前为民事业刚刚有点起色，开的是六七万的国产轿车。房价过个两年差不多就上涨四五百、五六百，一百平米左右的一套房子可不就相当于一辆小轿车吗。这也印证了富民在房价不断上涨的大趋势下做出的决定是正确的，尤其是得到父亲的赞同，让富民感到高兴。

显然，在尚芳治病一事上，陈宋暂时还没有过多的资金压力，不会责怪儿子不把钱留给母亲治病，却自顾自去买房子。

房子是提前解决了，但母亲的病一直没有好转，时常会让富民感到难过，有一段时间他甚至常常感到心口紧绷绷的。

人到中年，需要牵挂的还有很多，让人烦恼的事更多。

对富民来说，首当其冲的就是事业进退。而他在这方面的烦恼很大程度上受父母为人处世的影响，脾气倔、腰杆直、嘴巴硬。

在青海工作的时候，陈宋夫妇踏实上进。尚芳连年获得先进生产者荣誉，家里有好多茶缸挎包之类的奖品，直到富民大学毕业都还有得用。陈宋勤勤恳恳，精益求精，在业务上坚持自己的看法，绝不屈从和苟同于领导的权威与偏见。担任分队长和分队技术负责，年年保质保量完成各项任务，全局的第一台金刚石钻机就是在他的分队上马投入实验检测的。在地质系统逐步由计划经济向市场经济转变的那个艰难阶段，他靠着自己在专业技术上的威望以及较好的人缘，东奔西跑，把本已分到别的大队的地勘项目硬是变更为两个大队合作的切块项目，一次次为大队争取到更多的地勘经费，扩大了大队职工的工作机会，避免了一些职工被迫编余下岗。

这样的能力和表现，原本有着很多的升迁机会，但是陈宋一不喜欢溜须拍马、阿谀奉承，二不愿意屈从和看领导的眼色行事，直到临近退休都改不了一身的倔强脾气，依然会因为工作上的不同意见在中层干部会上拍着桌子同大队领导、总工争辩。结果，退休时也只是一名主任工程师，业务上拿得起放得下，有着很高的威信，却谈不上任何更加体面的职位和待遇，交上去的入党申请也一直没有批准。

鉴于这些，富民知道父母的人生追求无非三件事：一是认真钻研业务不服输，做一个技术骨干，这样谁都会对你高看一眼，哪个领导都不会把你放在一边不用，更不可能让你编余下岗。二是勤奋工作但也不图名利，这样不会有人防你整你，也不必在朋友同事当中钩心斗角，更不必在领导面前点头哈腰，正所谓无欲则刚。三是抽出时间教育好孩子，不说让孩子将来有什么大的出息，至少能有一份体面稳定的工作，在今后的生活中大人小孩都会少很多负担。

毕业 20 年来，特别是离开陈宋的庇护调到这个陌生的城市后，富民都像携带遗传基因一样秉承这样的信条，踏实工作，钻研业务，诚实待人，不求名利，把时间放在工作、学习和家人亲情上。这样的做法使富民的业务不断提升，赢得了许多业内同行及学生家长的赞许和尊敬。但这样的做法也给他的发展造成了很大的负面影响，他自十几年前走到学校中层干部岗位后就一直原地踏步。

这就是富民的烦心事，三十而立嘛，而富民人到中年尚一事无成。他想，是，我是不求名利，但所谓不求名利，只是我不想刻意追求名利甚至不择手段，可我也希望自己的能力得到领导的赏识和认可，给我一个发挥作用和才华的更大空间。他认为，一个人以不溜不拍、不跑不要的方式追求上进是对的，没什么不好意思，更没什么见不得人，何况希望职位得到提升并不是贪图虚名。他在十多年的中层管理工作中不止一次地感觉到，在中层管理岗位上，许多干事业的想法和计划是无法实现的，尤其是对一所面临大好发展机遇的薄弱学校来说，抓住机遇推动发展，需要超前的思维和大胆的尝试创新，也需要一定的管理权威。一些领导经常在大会小会上强调“有为才有位”，但这些领导完全忽略了“有位才会更加有为”。在当下这个管理层级分明、官大一级压死人的现状面前，大多数管理工作都是停留在“在其位谋其政，干什么岗位发什么话”的定律上，想法多，干的事与你的职位不相称，一些人会善意地提醒你越位了，一些人则会在背后骂你太张狂，不知天高地厚，还有一些人会认为你威胁到某人的位子了，他们替领导操心，处处提防你，打你的小报告，甚至给你穿小鞋。

这些年，陈宋一门心思为尚芳治病，没有时间过问富民和为民的事情。但兄弟二人，一个从教拿工资，有机会就奔仕途，一个经商挣钱甚至宏图大展，这其实还是基本按照他的设想和规划来的。为民的厂子在这几年倒有些眉目了，生产、销售和收入都还说得过去。但富民的事情就不一样了，不但仕途无望，就连老师也越当越不想当了。

这天下午，罗大姐出去采购食材，病房里只有陈宋夫妇。陈宋打电话给富民询问近况。

富民说：“当时你让我报师范，毕业后我也试图做一个好老师，谁曾想现在这个社会对教师的看法变得如此之差，谁都希望自己的孩子有个好老师去教，但似乎谁都看不起老师，随便一个什么人都可以对老师横加指责，破口大骂，甚至大打出手。”

陈宋戴着老花镜一边为尚芳梳头，一边说：“也是啊，这到底是咋了，不论教师的收入高低，从事的可是教书育人的事业，是太阳底下最光辉的事业，为什么反要低人一等呢，更何况收入也不算低呀。”

“所以，我这个老师当得窝火。”

“你不要管外界对你们怎么看，在学校先要挺得起来。”

“这更不容易，我只知道干活，情商太低，跟你当年差不多。”

陈宋担心的正是这个。在青海工作时，有人好心奉劝他不要那么直来直去，不要光顾着干活，活干得再好充其量说也就是打了一个好底子，还要抽出点时间去拉拢关系贴近领导，只有这样做才有可能上得去，才能有个一官半职，才有机会取得更得大的成就。当年，他听了这些善意的劝说都不以为然。但现在他很害怕儿子受他的影响，步他的后尘。

陈宋担心地说：“跟我一样，会吃大亏，一定要改。”

富民倔强地说："我改不了，我也不怕吃亏。"

陈宋为儿子倔强的说法感到无语。富民却发着牢骚："二八现象的一种解释是百分之二十的人要干百分之八十的事。当然，这百分之二十的人也就要挨百分之八十的骂。我打算跳出这操心费力不讨好的百分之二十，做那百分之八十的庸人。"

陈宋赶忙劝说："我觉得不妥，你要考虑清楚。"

富民不想顶撞父亲，回答道："好吧，我再好好考虑一下。"

但是，挂断电话后，富民想起平时没日没夜地操劳，想想上下楼梯都在和时间赛跑般的辛苦忙碌，想想因为坚持原则而被人误解甚至怨恨的委屈，想想为了工作而少有顾及家庭的愧疚，再想想久病在床的母亲，想想需要帮手和子女陪伴的年迈的父亲，想想爱人下班回来拖着有病的身体操持家务的身影，他的感受已经不是那种简单的职业倦怠了，更多而且更深刻的想法是厌倦和退缩，强烈的厌倦，执意地退缩。

也是，毕业 20 年，富民都在不停地打拼，都在兢兢业业干工作，付出的太多了，甚至是在严重透支身体和精力。人这一辈子真正能好好干工作的时间也就短短三个十年，他已经实实在在拼了两个十年，还把后一个十年的身体和精力提前透支给了这二十年，导致现在的身体每况愈下，记忆力严重衰退。后十年还照这样拼下去，迟早会倒下。一旦倒下，并不会对单位产生什么影响，地球离了谁都会继续转，但这对家庭和父母的打击就太大了，不论大家还是小家，主心骨顶梁柱就都没有了。

二十

2007 年 6 月下旬的一个周六，初三学生中考完毕已经离校，小学毕业班还在补课迎接统考。富民检查完班级上课情况后坐在办公室望着窗外，整个校园除了上课的两个班师生就只有他一人在，好似这个学校是他一个人的，就只有他一个人应该加班应该这样操心付出。孤独和委屈像一股寒气笼罩着他的全身，心冷，难受至极。顿时，他再次强烈感觉到不能再继续过这样的日子。

7月初，孤独难受的感觉还在持续，但是各项工作不能耽搁，没有帮手也没有多余的时间，好些事情都需要他加班加点独自去做。好在毕业班的中考成绩下来，一干人连夜在计算机上录入、测算。结果这一届毕业生在各位老师的通力合作之下打了一个漂亮的翻身仗，这让富民感到略微好受一些。这可是他盼望了整整两年的一份惊喜。为了这份成绩，他和老师们投入了太多的精力，还在这两年多的时间里忍受了太多的白眼、太多的委屈。

两年前的毕业生中考成绩很差，而那也是他们在实行基础教育课程改革后迎来的第一届毕业生，为了这一届课改毕业生，老师们投入了大量的精力和热情，原本想借着上一届学生刚刚夺得全市中考状元的良好势头再创佳绩，无奈迫于各种关系和大大小小领导的压力，一些兄弟学校的差下生、学困生打着慕名而来的幌子大量拥入学校，加之过于人性化的义务教育和课改政策，一些差下生不仅是学习很差，其行为表现更差，旷课上网、打架闹事、顶撞教师等事情时有发生，而学校只能对其进行批评批评再批评。批评之后那些学生还是一而再再而三地犯错误，之后，学校还是只有一遍接着一遍进行批评教育，除此之外不可能采取更加严厉的处罚，更不可能将其停学或开除。这种苍白无力过于迁就的学生管理制度让这些学生和家长都明白，只要不犯法不被抓起来，就是捅个天大的篓子，学校也拿他没什么办法，也照样得收留他在这个学校读书。至于这些学生，不想来上课的时候自然可以不来，但哪天他们想来上课了你还必须接收，否则，你这个学校就是违法，学生和家长去告你一定是一告一个准。

富民曾在一些同事和领导面前这样分析过问题，领导们大多都不愿意听，觉得是学校管理工作不到位，觉得他这是过分强调客观原因而将主观原因避而不谈。但他知道这就是现实，过于人性化的学生管理制度不但约束不了这些差下生，反而像一张挡箭牌一样让这些学生肆无忌惮、胆大妄为，严重影响到班级的教学秩序，致使毕业班的班风学风越来越差。

相比之下，其他一些兄弟学校所谓管理到位，无非是通过各种手段把那些学困生、差下生请出了学校，他们甚至假装心怀善意地建议这些学困生、差下生来富民所在的学校就读。而那些被别的学校请出来或者说推荐出来的学困生、差下生以及他们的家长，也是挑软柿子捏，虽然拿那些优势学校没有办法，但面对富民所在的学校却来势汹汹，志在必得。家长们心里比谁都明白，已经从那些优势学校出来了，如果再不能把这所受气的薄弱学校拿下，他的孩子就无书可念了，就只有在社会上瞎混了。所以，他们一边假装慕名而来，一边又动用各种关系对你施加压力，找个科长主任办不成就找个局长副局长什么的，如果还不行，就设法找个更大的领导打电话写条子，不怕你不接收，谅你也得罪不起那么多有来头的人。

谁都明白，在这种情况下，任你老师再敬业再会教，都不可能考出什么好成绩。就算能教出一些尖子生，在平均分面前，那高出来的少量分数也填不了差下生挖的大坑。

两年前那次中考成绩的汇总分析出来之后，富民在向校领导汇报时顺口说主要是差下生太多。他其实是本着事实说话，却引起领导的误解和不满，受到领导的严厉指责甚至可以说是训斥。领导很不高兴地说：“说什么差下生太多，有你这样推脱责任的吗？就没有老师的责任吗？人家的老师是怎么教的，咱们的老师是怎么教的？”领导的语气很重，就像在骂人。

富民本没有推脱责任的意思，只是说到了成绩很差的一个真实原因而已，加上他在每天早晚的检查中看到了老师们如何敬业、如何努力，也看到了许多老师面对那些学困生，面对那乱哄哄的课堂时的无奈。不要说老师们早出晚归起早贪黑干工作，就连他本人不也是早早来晚晚走，坚持查班查教师查教学，坚持找差下生、问题生谈话，帮助班主任和任课教师开展学生思想行为教育吗？那毕业班旁边的水房不就是他每天蹲点和教育学生的专门工作室吗？那几个最最调皮的学生不就是他主动承包下来的吗？他和老师们如此地付出却招致领导的责骂，按照他的脾气自然不能忍受，他没有好脸地对领导说：“老师咋了，咱们的老师们每天起早贪黑、兢兢业业，是咋干活的我当然知道。”说完，他把门一甩离开了领导的办公室。

富民和领导其实没有什么个人恩怨，在平时还是比较佩服也比较配合这位领导，有魄力，有主见，能吃苦，能带头。他也知道领导对他很支持，很信任。但这次从领导的办公室出来，他没有为二人的争吵感到后悔。相反，他很生气，很为自己和老师们感到委屈。

当时，在教育界流行一句时髦话，“没有教不好的学生，只有不会教的老师”，这句话在主抓教育的领导和一些校长当中最为流行，被视若至理名言来加以引用。但是广大一线教师对这句话持赞同态度的就太少了，甚至招来一些教师的辩驳和骂声。

富民对这句话也极不认同，认为这句话只能是在特定环境、特定条件下从个别教师身上总结出来的个案，不是放之于四海而皆准的定律，不可能用来评判每一所学校、每一个教师。就像现在，必须承认差下生及其一系列不良行为对整个教学环境、教学秩序和学习风气的影响。面对那么混乱的班风学风，说实在的，老师们虽然付出了更多的精力，承担了更多的精神和心理压力，但考出这个成绩是在每个老师的预料之中的事。未承想，看事情一向理智客观，对老师们一向关心理解的领导这回也会如此官僚，把原因简单归结到各位老师头上，单单用这么一纸成绩抹杀了教师们所有的努力。

富民也知道领导拿着这一纸成绩的感受，以及她要面对的来自各方面的压力，也为领导担心。毕竟自己没把这件事情做好，或者说是他没有能力把这件事情做好。

努力去做了却没做好，不但不能为学校和领导分担压力，还把学校和领导推上风口浪尖。所以，在两年前，富民在感到愧疚的同时也萌生了退却之意。累了，厌倦了。

现在好了，富民拿到了还算令人满意的中考成绩。如果继续干下去，压力越来越大，委屈越来越多，身体越来越差。但如果不干，则一下子风轻云淡，心平气爽。不如凭着这个翻身仗见好就收，略带体面地从教学管理岗位上退下来，不至于像前几次那样引咎辞职，批不批都把自己搞得灰溜溜的。

想到这些，再想想父母的处世原则，想想自己当下的处境，退意由强烈转为坚决。他开始有计划地准备辞去教学管理工作，主要是抽空整理这些年的档案资料。那些资料原本不乱，只是按照义务教育和课程改革的要求来看，分类不够细致、科学、规范，有一些还需要添加小标题和备注。

要知道，这些档案即便不用重新整理，富民要用哪些材料也是随手拈来。但如果他不干了，换个新人，就不一定了。为了他的下一任可以顺利开展工作，他认为整理这些年的档案资料还是很必要的，同时还有个想法，要让下一任明白教学管理的日常工作应该怎样去做，可谓事无巨细，井井有条。

富民一边整理档案资料，一边组织开展其他年级临近期末的复习和考试检测工作，依旧是忙得上下楼梯都在跑步。恰在此时，一些风言风语传来，说有人因为这次中考四处邀功，这更加坚定了他辞去教学管理工作的决心，他不想人们在自己和领导之间挑拨离间，说三道四，当面一套背后一套，要让大家明白四处邀功的不是他。

富民也试着向领导明确表明了辞职的想法，领导依旧不同意，同时也没忘了继续对他大加赞赏和期望一番。

富民既然去意已决，辞职的事只有另想办法。

7 月中旬，学校放暑假了。富民没有像往常一样匆匆赶回家里，而是先带着爱人和女儿出去旅游，把回家探望父母的时间安排在临近 9 月份开学。先带着爱人和女儿出去旅游，是想让一家人都放松一下。

这么多年，霞竹一直在银行网点当主任，也过得很累。她可以说是临危受命，把一个排名倒数第一的脏乱差网点提升到全行前几名，为此投入了极大的精力，也在利益分配和休息时间等方面付出了很大牺牲，常常是接连几天都白天坚持工作，晚上躺在社区医院里一边治病一边打点滴补充能量，以此来支撑第二天的工作。尽管如此，她还是一有空就在家里操持家务，把家里收拾得清爽整洁，把富民和孩子收拾得干干净净。再忙，她也不让富民干什么家务，对富民的工作给予了全力支持。

由于富民夫妻两个人都比较忙，女儿月月也受了很多委屈，有时生病了只能一个人独自躺在社区医院打点滴，打完点滴就在医院里跟护士阿姨玩着等爸爸或妈妈下班来接。

加上尚芳生病住院，霞竹也跟着富民担惊受怕，女儿也跟着他来回奔波，每次回去后还要暂时离开他寄宿在为民家。这些艰难而平常的琐事也常常让富民感到内疚，所以他决定再忙也要带着爱人孩子出去旅游，一家人好好说说话，玩一玩，放松一下心情。

富民把回家探望父母的时间安排在临近9月份开学，则是为了造成新学期没有人具体负责开学工作的困境，迫使领导批准他的辞呈，起用新人。

外出旅游回来后，8月下旬的一天，富民把自己多年积攒下来的个人教学资料收拾到几个纸箱子里，暂时放在办公室的一角，再次把办公室简单清扫干净，望望空荡的办公桌和档案柜里一排排整齐的档案，关上办公室的门转身离开。他给校领导发了一个请假短信，并在短信中再次表明了自己打算辞去管理职务回到教学一线的决定。

富民知道，这样做就辜负了领导对他的信任和厚望，也会让领导的工作一时陷入被动。所以，和他预料的一样，暂时不会得到领导的回复。或许是领导还有些犹豫，还在想着如何挽留他继续干下去。但他更希望领导已经考虑好了新的人选，这样对大家都有好处。

不论领导怎么想，富民都无须等待回复。他把办公室的钥匙交到值班师傅手里，便踏上了回乡探母的归程。

临上车前，富民对霞竹说会先去老家看望岳母，顺便把那边打听到的一种新药给母亲买点试试。霞竹对富民要先回去看望自己的母亲并没有表示出高兴，而是有些忧虑地问："为了辞去一个小小的中层职务，不至于回家躲避吧，你是不是要回去做手术给妈移植神经干细胞？"

霞竹这样问，让富民感到有些意外，富民和为民是想过这个办法，但最终还是放弃了，这一点爱人应该是知道的呀。

富民回答说："不是，那个技术目前在我国还很不成熟，几乎没有进入临床治疗阶段，风险太大。"

"正因为风险太大，我才担心你和为民会瞒着我们去冒险。为了自己的母亲，你要这样去做我也不想阻拦，我就是担心弄不好你会留下什么后遗症，到时，你垮了，我和孩子怎么办。我的身体不好你是知道的，孩子还小而且对你又那么依赖。”

“相信我，回去真的不是为了做神经干细胞移植手术，这么大的事，我会十分谨慎，没有一定的把握不会冒这个险。而且，即便是要做我也绝不会瞒着你。”

“那好吧，路上小心点，在车上多睡觉多休息，在医院干活勤快点，买东西主动点，让爸好好休息休息。”富民点点头踏上了火车。

火车慢慢开出站台，霞竹和月月挥手相送的影子越来越小，越来越小。富民坐在车窗边望着窗外的昆仑山，伸手拭去就要滚出来的眼泪，他不想为了这样的小事落泪。列车熄灯好久了，他都一动不动地坐着。

富民自嘲地摇摇头。这就是生活，因为心中有真爱，平凡人为一些平凡的事而相互感动。

二十一

岳母已于5月份跟着大儿子一家人搬到县城生活。富民在这个不大的县城待了两天。每天，陪岳母外出走走，坐在广场上说说话。

这是一个典型的留守城市，大街小巷，特别是几个城市广场很少见到年轻人，到处坐着的都是上了年纪的老人。他们大部分时间都聚集在广场上，有的独自一人，有的二老相携，有的还带着尚不懂事的孙儿孙女，满眼一幅留守老人和留守儿童相伴相依的孤独景象。由于孤独，这些老人更容易结识，更容易沟通，也渴望着有人与他们说话聊天。所以，不管旁边的人互相认不认识，只要坐在一起就能聊开来。聊着聊着，会发现彼此还是来自同一个镇同一个大队，甚至是仅仅隔着一个河湾或是一道山梁的同姓本家，像见着亲人一样亲切和激动。

这些老人聊天的时候，富民一般插不上嘴，便借此机会去把岳母和舅哥打听到的新药买了。这种新药的疗效被推销人员夸大到极致，价格自然不菲。但不论价格如何，也不管它的疗效到底有多好，富民在自己的知识范围内感觉这种新药没有什么大的毒副作用，便毫不犹豫地按照标识的剂量给母亲买了半年的。先用上半年，如果有好的疗效就继续买，没有就只好作罢。

当然，富民也打算为岳母添置点衣服物品。

富民专门陪着岳母转了几条街，没有相中一件，只是在往回走的时候看上了一把大小合适的藤椅，岳母坐上去感觉到高低宽松都合适，很舒服。但当他打算付钱时，岳母又不要了。

富民陪着岳母继续往前走，没走多远，以上厕所为理由回头把那把藤椅买了。当他提着藤椅赶上岳母，岳母说："坐着还是很舒服，买就买了吧，我本来就想买把这样的椅子，只是自己行动不便，一个人找不到这里来，买了也搬不回去。"

"那刚才找到了，为啥又不买了呢？"

"家里有坐的，花那个钱干啥。"

"价格又不高，再说了，我难得回来一回，给你买点喜欢的东西是应该的。衣服本来就没买着，椅子你也不要，我这个女婿回去也没法向你闺女交差了。"

"你们有这个孝心就行了，不管你们这些孩子有没有钱、有多少钱，挣钱都不容易，花你们哪个孩子的钱我都心痛。"

"拿工资的，没那么辛苦，钱花了下个月还会来。"富民一手拎椅子一手扶着岳母往回走。

两天后，回去看望父母。坐在长途大巴上他又思绪联翩，想岳母说的话，想母亲的病情和父亲的操劳，想兄弟的不易，也纠结自己工作上的一些烦心事。

在父母、岳母还有已经过世的岳父这些老人身上，富民常常看到很多吃苦耐劳、把持公正、生活简朴的人生品质。但他不知道他们这些晚辈，以及他们这些晚辈的晚辈将来会继承多少。面对这种平凡的人生，面对这种优秀的品质，像他们这一代人也许大多数还会为之感动，至于他们这代人的下一代就难说了，不要说感动和继承了，恐怕理解和认同都不容易。

就拿买藤椅来说，许多已经年迈的老人花孩子一点小钱都心痛。而许多已经成年本可以自食其力的孩子大把花着父母的养老钱、血汗钱却还嫌不够。两种现象的对比之中有着多么深刻的寓意。

所以，作为一名教育工作者，富民时不时有一种莫名其妙的忧虑，他常常把教育传承细微的人生品质上升到社会、国家层面。也许大多数人都会认为他这是在杞人忧天，但他真的很忧虑。要知道，平凡生活中点滴的人生品质汇集着一个民族的伟大精神，维系着一个国家永远发达的希望。

汽车在高速公路上行驶，富民看着车窗外想东想西。看见两个头发剃得像鸡冠子的纨绔子弟，开着敞篷跑车从超车道飞驰而过，摇头晃脑大呼小叫一副玩世不恭的样子，跑车的高音喇叭也甩下一串摇滚乐刺耳的超重低音。他对此很反感，更加觉得他的种种忧虑不是多余的。

好多人在昏睡，富民继续想着心事。大巴减速了，惯性让富民的身体向前伸了一下，他望着越来越近的终点站收回思绪。管他的，这个中考翻身仗多少为自己保留了一点尊严。等再回到学校，在课堂上全身心演绎教师职业的真正价值，那将是一种新生活。

但眼下的任务是尽孝道。

富民辗转来到医院已是午后，陈宋对他这个时候回来略感意外。陈宋说："马上都开学了，现在跑回来，工作不干了？"

富民顺着陈宋的提问把其中的大致缘由讲出来。陈宋理解地说："这样也好，妈妈这边本就让你放心不下，还要忍气吞声没黑没夜地干工作，太累。不如当一个普通老师，不操那些闲心，有时间多休息，多关心照顾一下霞竹和月月。对了，她们两个怎么样，你可要把她们两个给我照顾好。你妈妈说过，嫁到我们家的媳妇不能受委屈。"

富民把新买的药递给父亲并回答说："她们都挺好的，月月的学习还不错，不需要大人操心，霞竹还是那么忙。这是霞竹她妈妈打听到的新药，据说治疗瘫痪和全身不遂的效果很好。"

陈宋点了点头，接过新药。

这时，在走廊打扫卫生的一位护工走进来向富民点头打招呼。陈宋对富民说："这是新雇的莫大姐，每天打扫完医院的卫生后，就和我们一起照顾妈妈，给我们帮了大忙了。"

莫大姐对富民说："听你爸爸说你们工作比较忙，本以为你要年底才回来，咋个今天又跑回来了？"

"既然放假了，肯定还是要回来看看，只不过这回有点事情耽搁了，回来最多待个十天八天又要走。"

在病房照顾尚芳的罗大姐说："回来就好，有个十天八天也行，正好带你爸爸回去休息休息。"

富民点头表示同意，罗大姐接着说："你爸爸几个月都没回去过，喊他走他都不走，弟弟专门来接他几回他都没走。当然，莫大姐也才请了没几天，之前你爸爸真要是回去耍两天，我一个人还有点对付不过来呢。"

陈宋便开着玩笑说："那不就对了，我一走，你一个人要是忙不过来，还不亏待了这个老婆婆啊。"

罗大姐笑着说："大爷，你就放心好了，我照顾尚嬢嬢都这么久了，就跟自己家的人一样，我一点都不得亏待她。"这一点，陈宋点头表示认可。

二十二

下午，富民把药品用法用量等向父亲详细讲解了一遍。陈宋又戴着老花镜认真阅读了新药的说明书和宣传材料，然后对富民说："那就从明天开始给妈妈用这个药，每次用多少，怎么调配等，你先按照他们的说法试着弄，搞明白了就教给两位大姐。"

"怎么做我基本上是听懂了，就是不知道疗效怎么样，不一定像他们说的那样神奇，也不能完全确定有没有什么副作用。"

"没事，看了说明书，药物成分都是些中草药，说白了主要是一些松树的松果、松花什么的，不会有啥毒副作用，充其量是厂家用一些面粉豆粉假冒松果、松花骗人，生产厂家也不会傻得来专门弄些有毒有害的东西，那不是给自己找麻烦惹官司吗。先不要考虑效果，放心大胆地用，总比没有办法强吧。”

看得出来，那种藏药用了多年无用，陈宋对这种新药抱着希望。

当然，陈宋一直对尚芳的病好转抱着希望，哪怕是面对她依旧不能动不能说话的现实，也从未失望和放弃。

富民一次又一次想，什么叫执子之手，与子偕老，那可不单单是一个健康的老人牵着另一个健康的老人浪漫地走到生命的尽头，更为艰难深刻的是，一个年迈的老人长时间坚守在病床前，陪着自己深爱但早已不省人事的爱人，在严酷的现实中慢慢苍老，直至油尽灯枯。所以，真正的不离不弃不只是浪漫的想象，更是无言的坚持和陪伴。

望着这间病房，望着尚芳，望着陈宋，望着如同照看家人一般勤快细心的两位护嫂，富民感觉到这看得见的人、物品、空间和看不见但却无时不在的忧虑、沉默、亲情、友情搭建起来的立体画面，充溢着人生的真爱。他觉得自己有时仿佛游离在这个画面之外，像一名忧心忡忡的苦行僧，远处传来的暮鼓晨钟是永远的牵挂。他有时又感觉自己真真切切地穿越到画面当中，像一个永远也长不大的孩子，依旧需要被父母温暖的手牵着，才知道如何在困境中坚守希望。

每次回来都会感动，每次都要在感动中面对现实。

下午快下班时，为民进城联系生意顺便来医院看望父母，见到富民回来自然很高兴，三人一同在附近的小餐馆吃了一顿晚饭。问及富民为什么这个时候才回来，富民又简单把他的想法讲了一遍。为民想了想说：“你在那个位子上打拼了那么多年，也算是打了个很好的底子，有一定的圈子和人脉了，下一步很有可能往上走，辞了有点亏啊。据我了解，我们这面的一些学校，这个位子的权力和实惠也不少，很多人扁着头都想当呢。”

“你不知道，我其实就没有把这个位子当成权力来用，相反，我在这个位子上除了干活操心，还要在这样那样的领导、关系面前忍气吞声干不情愿的事，还要遭到个别人的忌恨，也没什么可惜的。”富民说着话端起茶杯与父亲和为民碰了一下。三人都不会喝酒，只有以茶代酒举杯庆祝这次小聚。

富民一边吃着菜一边接着为民的话题说：“当然，在这个位子上照理说也会有一点实惠，但要看你愿不愿意贪那点小便宜欠人家的人情。我是不管谁找我办事，办成办不成，我都不会收他们一点东西。你想嘛，条件好点的人在给你送东西的时候也有一种想要收买你的感觉，他认为有钱能使鬼推磨，结果你正好把东西收了，相当于把你的人格给卖了。条件差的人，生活本就艰难，不为人家分忧解难，还让人家破费，又于心何忍呢？”

听着富民的话，陈宋和为民都不约而同地点了点头。富民继续说：“至于再往上走，这是根本不可能，十多年的教育教学管理工作中，要坚持原则，要检查考核，还要推陈出新。遇到教师紧张的时候还要让人家超负荷上课，肯定会让一些利益受到影响的老师误解甚至忌恨。虽然我带头干重活的做法得到了多数老师的认同、支持和配合，但毕竟得罪的小人也越积越多。这样一来，干得越久群众基础就越不好。再从领导的角度来讲，我的性格和脾气你们也是知道的，不管领导在选人用人方面如何坚持原则，作何考虑，单从我个人来说不可能去做那些低三下四溜须拍马的事。你看嘛，前后几任局长，对我的评价都不错，但我只主动去找过两次局长，一次是学校的成绩考得不好，我去主动承认错误，免得领导到学校检查工作时逮着我批评个没完，当着那么多人让我的脸往哪里搁。第二次就是这回动身之前去局长办公室交了一份辞职报告，照理说一个小小的学校中层干部辞职完全由学校说了算，但我怕学校不同意还拿局领导当借口，干脆先找局领导打个预防针。”

为民说：“像你这样光知道做事不懂得做人肯定不行，按现在的时髦话说就是情商太低，不可能有啥子好的前途。而且，得罪了小人，只需要为数不多的几个，他们的能量爆发出来你就招架不住，把你整得灰溜溜的那都是小事，还有可能让你身败名裂。”

江山易改，本性难移，富民就是那个脾气，所以他也知道自己的情商太低，做不成什么大事。但是让为民这么一说，还是有些不好意思，也有些不服气。陈宋看在眼里，开口说：“大哥不要说二哥，你们两个的脾气都跟我一样。你们两个，一个从商挣钱一个从教拿工资，从商的不可能违法乱纪挣昧良心的钱，从教的不可能混日子误人子弟，也不可能去拍领导的马屁。”

为民本无埋怨责怪富民的意思，他顺着陈宋的话端起茶杯和富民碰杯，喝了一口说："对嘛，对嘛，照我们家现在的情况，二哥辞了也许是件好事，一家人跟着轻松，也可以好好陪着爸回去休息几天。"

富民对为民说："吃完饭你就回去，我和爸在这待两天，等罗大姐她们知道新药咋用了，我们就回去休息。"

回到医院，两位大姐正在为尚芳梳洗做按摩，富民要把罗大姐替换下来，她又不肯。陈宋对罗大姐说："儿子难得回来看妈妈，你就让他做嘛。"

要做的和半年前大致一样，富民做起来倒也轻车熟路。陈宋趴在尚芳的床边看着她说："有没有感觉到有点不一样啊，今天可是儿子为你做按摩，他的动作还不够熟练，感觉到哪边没那么舒服，儿子就在哪边。"尚芳当然还是没有任何反应。

听着父亲的话，富民鼻子酸酸的，努力撑着眼皮不让眼泪掉下来。

接下来的两天，富民按照说明书和销售人员的讲解为母亲调制新药，并把新药添加到流食中喂给母亲。陈宋则开始观察和记录服用这种新药后爱人尚芳的反应与变化，那个记录本上每天都多了几行字，那字里行间一定写满了陈宋对尚芳的爱，写满了他们这些人对尚芳病情好转的期盼。

为尚芳洗洗涮涮的事，两位大姐自然不会让富民去做，早晚为尚芳按摩的事她们也不让富民去做，她们说富民刚回来不会弄，没轻没重的会让嬢嬢感到不舒服，也会影响按摩的效果。所以，富民只有把每天的采购揽下来，采购回来，就到治疗病房陪着母亲。

尚芳的康复治疗其实很复杂。先后要通过好几种医疗辅助器械来做肌肉的拉伸、骨骼和脊椎的复位矫正，以及神经组织的唤醒刺激。对于全身瘫痪的她来说，就是一次又一次被绑在各种医疗器械上，或站、或仰、或静、或动。在各位医生看来，这一整套的治疗手段对她的康复是十分对症十分必要的，每天参与这一整套治疗的医生护士也十分认真尽心。尚芳虽然没有什么意识不能讲话，但各位医生护士还是不时亲切地与她进行单方交谈，说一些关心鼓励的话。

这一整套的康复治疗全部做下来，尚芳很疲倦，会出一身的汗。

做这套治疗的中途，尚芳偶尔也会哭几声。仅仅这几声，都让富民感到十分心疼，恨不得停止治疗让母亲就那么安安静静地躺在病床上。可是，陈宋和罗大姐似乎已经习惯了，尚芳在哭，他们却在一旁鼓励尚芳坚持。他们甚至会认为尚芳做出的这种反应说明治疗起到了作用，让她有了一定的知觉。

每到这个时候，富民只有默默地站在尚芳身边，看着母亲，一边用手指为母亲梳头活动经络，一边为母亲擦汗擦口水。

其他一些接受治疗的患者，病情比尚芳要好许多，他们都是局部的肢体运动或神经障碍，康复矫正治疗程序单一。他们中的一些好心人每次治疗完后，都到尚芳这边来看看，还会说一些感觉到尚芳的面部表情、手脚等有点好转的话来宽慰陈宋。陈宋听了都高兴地向他们点点头。不管他们说话是否客观，但真的很感谢这些关心支持他们的好心人，这都是希望，是坚守的力量。

回到医院这两三天，富民与几位医生就母亲的治疗前景进行过沟通，情况简单总结起来就是具体症结不明，只能根据目前的主要症状，按经验全力摸索着治。他因此知道，母亲的病只能这样慢慢治慢慢等，急不得，急也没有用。

这两三天，富民也在悄悄观察父亲的精神和身体状况。怎么说呢，父亲确实比半年前变多了。不但头上多了许多白发，精神状况也要差一些了，说起话来没有原来那么有气力那么有条理，也没有原来那么诙谐幽默。毕竟，年龄增长，压力也在增加。

的确，别看陈宋嘴上说得很轻松，一派乐观积极的样子，但面对这种久治不愈，甚至找不准治疗方法的现状，看着心爱的人就那么一动不动地躺在病床上，他很焦虑、很难过。只不过，他是一个很坚强对爱很执着的人，他要把不服输不放弃的劲头展现给大家，传递给每个治疗、照顾和关心尚芳的人，要把大家拧成一股绳。

富民隐隐感觉到，在没有人的时候，或者到了夜晚熄灯睡觉之后，这一切的担心难过，这一切的忧虑一定像一块巨石压在父亲的心上，一定像一把利刃不断刺痛着父亲的大脑和神经。像这样，能不加快父亲的衰老吗?

这几天，富民还观察到一个细节，就是父亲抽的烟档次已经降到最低，一盒烟最多不过两块钱，那种烟闻起来很呛，尼古丁和焦油含量都很高，对身体更为有害。从这点看，父亲感到了更大的资金压力，开始一笔一笔算小账了。

半年前富民就替陈宋算过账，知道刨除大的手术治疗费用不说，单单是维持一般的治疗和生活开销就让他们的工资入不敷出，更不要说现在又多了一个保姆，一个月又多出一千多块钱的开支，当然会更紧张了。

二十三

两天后，为民特意开车来接富民和陈宋回县城休息。罗大姐已经知道那些新药如何配比，莫大姐干事也很踏实。

路上，富民盘算着如何利用这几天好好陪陪父亲，让父亲尽量放松心情舒缓一下终日紧绷的神经。但是，到底能和父亲一起在县城休整几天，他心里还没有数。他不知道父亲离开病重的母亲究竟能放心地待几天，他也不知道学校会给自己安排些什么课，如果安排的课多或者重要，就不能待久了，待久了会耽误学生。

富民也在车上反复分析着母亲的病情。他感觉母亲这几年的治疗其实并没有什么效果，第二次辗转来到这家医院后，治疗效果其实也不理想，一些在大家口中所谓的病情好转了，其实就是全力以赴的行为表象寄托着内心的美好愿望，由此产生的心理期待效应，掩盖了治疗毫无进展的事实。但是，这种现实连他都不愿承认，他觉得，不要说这样下去有没有可能把母亲的病完全治好，哪怕是能让母亲的思想意识有所恢复，让她或多或少能感觉到大家对她的呵护关爱，或者她开口讲话的功能有所恢复，能让大家多少知道她的一点冷暖疼痛。再或者能让她不再依靠那根导管来吃饭进食，自己慢慢吞咽感受一点饭菜食物的滋味，他们大家都会感谢上苍对一个善良人的怜爱，对生命的眷顾。

富民常常在网络上查看这样的信息，知道没有什么更好的办法，不能着急但更不能放弃，只有坚持着摸索着积极进行康复治疗，慢慢期待奇迹的出现。他也看到个别关于长期瘫痪失忆的患者在十几年后出现转机，肢体动作或者大脑反应有所恢复的案例，虽然是少得不能再少的个案，但这就像一针强心剂鼓舞着他。

这少有的个案当然也鼓舞着陈宋，他和孩子们一直在坚持。但是，陈宋为此付出了全部的时间和精力，已经到了完全忘我的境地，这也就成了富民兄弟二人的一块心病。母亲已经成了这样，如果父亲又拖垮了病倒了，到头来会不会两个老人一个都没有保住呢。兄弟二人平时通电话也常谈到这件事情，也为这件事情忧虑，认为折中的办法就是继续把母亲留在医院治疗，并交给保姆全面照顾，父亲则回到县城休息，而且要尽量放宽心思，该去喝茶就去喝茶，想去钓鱼就去钓鱼，只在有要紧事情需要处理的时候去趟医院就行了。

富民和为民是这样想的，但却不好这样同陈宋讲。做儿子的，在这个时候自己不能陪在母亲身边出力尽孝，还不让父亲陪在旁边，这样的话怎么跟他老人家讲，又由谁去讲呢？要知道，如果不被父亲理解，说这样的话一定会受到父亲的责骂，还会让父亲生气。所以，一向很尊重父母也很听话的两兄弟十分为难。

现在，看看专心开车的兄弟，富民决定还是他来说吧，谁让他是哥哥呢。这次回县城休整就是一个好机会，要把握住。

回到县城的家中，为民就去忙厂里的事情。

富民和陈宋洗漱完毕，又大致弄了点东西吃。富民提出去看一下年初买的房子修成啥样了。他春节回来时整栋楼房还在装填地基，房屋结构和外观都还是一张图纸，之后，陈宋回县城办事曾来看过，并给富民发过几张尚未完工的照片，到处搭着脚手架，塔吊也还在。

在母亲得重病住院治疗的时候，花了一大笔钱给自己买套房子。富民一直为这事耿耿于怀，怕父亲说自己不孝，怕父亲不高兴。所以，提出去看看买的房子，既是好奇想知道自己的房子到底怎么样，也是想试探一下父亲的反应。

陈宋换了双轻便点的鞋穿上，找来两顶遮阳帽出了门。

那个小区其实并不太远，陈宋带着富民一边走一边说：“房子是买对了，为民早就喊你买房子，你就是不听，否则你还可以少花好几万块钱。”

"前几年我们的工资收入也不高，没攒下多少钱，而且总觉得人还年轻，奋斗几年再买。"

"这个房价涨得也确实有点吓人，现在买了也不迟，越往后越花钱。听为民讲，你这种花园式小区基本上找不到了，现在修的差不多全是电梯高层，绿化和环境比你那个小区要差好多，物业费却贵很多。"

陈宋讲着话，发现并肩走着的儿子完全暴晒在太阳下面。他心疼地对富民说："你跟着尽量走到树底下，太阳好大，晒得受不了。"然后，又饶有兴致地说："吴莹讲，你那个房子还没有完全修好，但是看上的人很多，很多人都追着问想不想出手，现在如果出手就可以多赚五六万，而且是付现金。所以说抓紧买房子是对的，你们在外地工作，房子也是一件大事情，房子买好了，啥时候退休回来心里都不慌。"

富民听着陈宋这样说，感到心里踏实了些，再看看父亲讲话时那种轻松而又满意的表情，他确定父亲并没有在买房子这个事情上觉得不妥，更没有责怪他的意思，反倒是为他买到了好房子而高兴。原本隐隐有着的心结一下子也就解了。

富民跟着陈宋走进小区，来到二期工地他买房子的那栋楼前观看，只见脚手架和塔吊等都已经拆除，但是楼体的内部安装还没完成，楼前楼后的硬化和绿化也都还在抓紧进行。在周围转来转去却看不到房子里头具体是啥样，他心有不甘，但是施工人员一再阻止他进入楼里看。

陈宋见状说："为了安全，不可能让我们进去。不过光看看这个外观布局和环境配套，就相当满意，这种绿化面积很大的花园式小区当真再不容易买到了。"

为了不让陈宋太累，富民找个树荫同父亲坐下来。

除了这最后的三栋楼外，其他的楼房和小区的道路、绿化等基础设施都早已经全部做完，水泥道路平整宽敞，移栽的各类树木远近高低搭配适宜、郁郁葱葱，花园和草地一片欣荣。看到这种景象，陈宋再次对富民说："早点买房子是对的，接下来攒点钱买辆车，想到哪去都很方便，但就是开车要特别注意安全。”

“买车子还早得很，也要花好多钱，要攒一阵子，不过车子不像房子那样一个劲地涨，而且是可有可无的东西，不着急。”

陈宋听着富民说话，掏出一根烟点上有些忧郁地说：“当年没有把你和霞竹张罗回来，我和妈妈都有些后悔，也感到委屈了你们。原本打算等弟弟的生意稳定后，帮补你们些钱买辆小汽车，哪怕先买个便宜的，也可以开着到处耍嘛，就当是练技术，等以后你们再根据自己的经济实力换个好点的。”

陈宋停下来狠狠抽了几口烟，接着说：“没想到，弟弟的生意刚刚有个好势头，家里杂七杂八的事情刚刚理顺，妈妈就病了，开销越来越大，帮不到你们了。”

不等富民开口回答，陈宋又接着说：“你在青海把霞竹和月月她们带好，安排好大家的生活，一家人平平安安比啥都好。工作上也不要那么拼了，在单位上拿工资的人，收入是稳定些，但再拼也不可能挣大钱，妈妈看病我还是有点积蓄，加上分期报销的医药费还是可以接连滚着走，你们也不要担心。”

说完话，陈宋伤感地望望四周，又拿出一根烟接着抽。那低档烟在他的两根手指间燃烧升腾，他的两只手也显得苍老了许多，已经有些皱巴的皮肤上分布着一些老年斑。

看到父亲为母亲治病都操劳衰弱到了这个地步，还在为没能让儿子一家人过得更幸福而自责，富民的眼泪在眼眶里直打转，他为父亲母亲在晚年这种悲凉境地中还百般疼爱孩子而感动，也感到更加难过。但他努力控制着不让眼泪掉下来，也不敢正眼去看父亲。他怕父亲看到他流泪，更怕自己看到父亲伤感的眼泪。

富民其实也早就有买车的愿望，每次回来探亲都是为民开车接站送站，让他感到有个车子很方便。再加上每次回来探亲都要为火车票发愁，要等时间要四处求人还要掏高价，不如自己开着车想走就走。特别是那次自驾出游，他特别享受一家人在一起那种想走就走、想停就停、有说有笑、其乐融融的感觉，有车真好。但他知道买车养车要花不少钱，加上霞竹觉得开车很不安全，故而作罢。

陈宋讲到儿子买车的事情绪低落，但富民觉得自己不能跟着父亲一同伤感，必须尽快把父亲从伤感和无端的自责中拽出来，让父亲放宽心好好休整，这才是陪父亲回县城的目的。

富民顺手摘一片不知是什么花的叶子闻了闻，轻松地对父亲说："在青海工作也挺好，从小在西北长大，干啥都比较习惯。人家八字先生不是说我是土命，适合在西北生活吗？再说，如果我想回来，你们不早就都把我调回来了。"

"你这个孩子也真是的，调了好几回，你就是不回来。"

"如果调回来，就不可能找到霞竹，你们也不可能有月月这个乖孙女。再说，霞竹很贤惠也很会持家理财，虽然买了房子，但如果再想买个车，钱也还是有，你和妈妈不用想着帮衬我们，反倒是我们这些做儿女的该好好孝敬你们。"

富民这么说，陈宋收起自责伤感的表情，略微放心地对富民点点头："我现在主要就是看着妈妈治病，其他的顾不过来，霞竹和月月你给我照顾好，你妈妈说过嫁到我们家的儿媳不能受委屈哟。"

看来陈宋真的老了，就尚芳这句话他不知道重复了多少遍。当然，也有可能是他觉得这很重要，故而一次又一次地交代儿子。

富民会意地点点头，提议去附近找个茶园喝茶。陈宋知道附近就有一个很大的茶园，原来一家人常去，便起身带路。

这个茶园富民当然来过，只是他自己找不到路。茶园三面环水，翠竹成林，虽然已经来了些客人，但环境依然幽静。富民挑个地方同父亲坐下来，要了两杯花茶。阳光从竹叶的缝隙一缕缕一针针地照过来，让人在大片的阴凉之中却也有着很阳光的心境，再看看周边水岸悠闲垂钓的人，父子二人都感觉到少有的轻松。

前几年，在能够聚齐的节假日，陈宋带着一大家子人也常在县城周边喝茶、聊天、钓鱼，度过了一些欢乐幸福的时光。每次坐下喝茶，陈宋都端起茶杯左右晃晃，深深地闻上一闻，再轻呷一口烫烫的茶水咂吧咂吧，一股涩涩的清香沁润肺腑，再看看杯中悬浮的新鲜茉莉花仿佛是游弋在绿波中的白天鹅，又仿佛是在碧水中沐浴的圣洁仙女。他还会把茶杯举到眼前，透过茶杯逐个端详他的家人，慈祥体贴的老伴、漂亮端庄又大方的两个儿媳、积极向上的两个儿子、天真顽皮又聪慧的孙儿孙女，所有的家人全都透过茶色收入他的眼底，他很享受这种家人团聚的氛围。茉莉舞姿荡漾，杯中绿意盎然，与透着金黄的液体相互融合的视觉，有一家人被绿色的生机和金灿灿的未来所包围的幸福感。而且，每次举杯端详，他都觉得一杯茶就是一段没有开始也没有结尾的光阴，杯中有茶水的一半高度，像他和尚芳的过去，能让他和尚芳一起不厌其烦地去回忆和品味，而杯中没茶水的一半高度，则是这些孩子们的未来，留给孩子们去谋划和憧憬。

这是一种久违的味道，也是一种久违的景致。

等服务员端上茶水，陈宋又把茶杯举到眼前端详，但此刻，他只能在不一样的心境中陷入沉思。

富民端起茶杯深嘬两口，一边嚼着茉莉花和茶叶混在一起的香涩滋味，一边拨通为民的电话吩咐他们早点下班来这吃饭，然后便去点菜提前安排晚饭。安排妥当后，他特意在吧台要了包硬盒的中华烟给父亲。他知道这种烟父亲还算喜欢，只是这几年，除了他和为民在逢年过节整条买给父亲外，父亲平时很少自己买来抽，哪怕是一包。吧台的价格要高得多，他打算就这两天到烟草专卖店去给父亲买上一条，一条就够了，买多了父亲也舍不得抽，不如再买上一两条价格在二百多三百的其他烟，父亲更乐意接受。

富民不抽烟更不懂烟，他把烟递给父亲顺便问这个烟不会是假的吧。陈宋接过烟闻了闻，又整包轻轻捏了捏，再拿出一根点上吸了一口回味着说应该是真的。

富民为父亲续上茶水说："你现在抽的烟档次有点低哦。"

"很多人都喜欢抽那种烟，我也买了两包试试，感觉还可以，有乡下的老辈子们抽的烟叶子味道，那种味道我从小就喜欢闻。"

"但是这种低档烟的尼古丁和焦油含量要高一些，更不利于健康，还是少抽点这种撇烟，就这两天我给你买两条好点的烟吧。"

“花那些钱干啥，我现在根本抽不出好坏来，也就是随便点根烟混混时间，再说一天也抽不了几根。”

富民知道父亲不可能承认自己资金紧张需要精打细算，便岔开话题与父亲聊自己的工作。那天回到医院，他只是简单地向父亲讲了一下自己要求辞职去教学一线教书的事，一些细节和深层次的想法并未详谈。难得有一个下午的闲暇时间坐下来聊，他觉得应该给父亲好好讲讲，也不知道父亲认不认同他这个决定。当然，从拒绝调回老家到执意调往西部，再到恋爱结婚，在人生的几个关键节点都是他自己拿主意自己决定的，这次辞职一事虽不如前几次那么重要，但毕竟关乎自己将来的发展方向或职务升迁。他在辞职时虽然是绞尽脑汁义无反顾，但从他踏上回家的火车一直到现在，都时不时地为此事纠结。有时，他各个角落搜索自己应该辞职的种种理由，越想越佩服自己解决此事的笃定和果断。但有时，他又为自己这十多年的付出和努力竟然会走到这个地步而憋屈，有着一种怀才不遇的失落，甚至觉得这样做确实有些可惜。俗话说，万丈高楼平地起，这个岗位虽不算啥，但这毕竟是将来发展的第一个台阶，舍弃了这个台阶，就好像光脚走在无边的沙漠上，很是虚空。

富民坐下来，喝口茶像父亲那样透过茶杯环视四周说：“刚才学校来电话了，辞职请求被批准了，回去后到班上去教书，安排的课程有我的专业课，也有一门非专业课。专业课没啥说的，另一门课从来没有教过，要多下点功夫。”

“那不是一样累啊，辛苦了这么多年，他们就不知道给你少安排点课照顾照顾你，没有功劳也有苦劳嘛。”

“不指望，也不需要他们照顾，同意我辞职就谢天谢地了，教这点课比管全校的教学要好得多，至少不用加班加点，不用那么操心，不用面对这样那样的家长，也不用为这种摆脱不了应试教育束缚的现状忍受煎熬。”

富民喝口茶接着对父亲说：“像现在这样挺好，只需要尽力把自己的几个班教好就行了，这一点从我个人的角度看是没有任何问题的，从事教学管理的这么多年在专业上没有丝毫放松。与其自己的一些想法和抱负得不到实现，与其一天到晚都忙着干活却又出力不讨好，与其为了学校的工作自己去得罪这样那样的人，不如站在讲台上把这么多年来研究教学和教材的经验都倒出来，把课给学生讲好讲透。”

富民对陈宋讲这些话是因为他相信自己绝对不会误人子弟，绝对是一个受学生喜欢的好老师。但陈宋听了却有些忧虑地说：“说白了，现在还是应试教育那一套，不光是学校就算是每个学生家长的眼睛都只盯着分数，不管你会不会讲也不管你讲得咋样，学生考不出成绩拿不到名次你就不是个好老师，二十多年的老教师了，你就不怕考差了丢人啊。”

“当然怕啊，但这个教学不是教师一个人的事，你再会教再勤奋，遇到心思不在学习上的学生，遇到不重视不配合的家长，或者学生基础太差根本听不懂你在讲些啥，成绩肯定会受影响的。如果一个班习惯好而且有灵气的尖子生少之又少，而那些学困生、差下生又比较多，出成绩想都不要想，考个倒数几名反倒是基本已成定局，丢人得很。”

陈宋一边抽烟一边担心地看着儿子。

富民则无奈地摇摇头说：“遇到那样的事，那也没有办法，别人不会听你解释，你也没有必要去解释，当下流行一句话叫尽人事安天命，凡事对得起自己的良心就对了。”

陈宋跟着儿子的说法略微点了点头，好像在想着什么。

富民打电话给为民，确认他们过来吃饭的时间，又起身给父亲续上茶水，茶水的颜色有些淡了，茉莉在几道开水的冲泡下花色也由白转黄，有的已经沉到杯底。父子二人都端起茶杯看看，又把茶杯捧在手里无意识地把玩着，一时没了话说。

陈宋觉得人生如茶。一开始虽然苦涩，但内涵丰富色彩浓郁，最是迎合人的索取之心，最是催人奋进，也最是让人回味的。随着时光的推移，青春和容颜不再，理想和斗志消退，不论事业大进、小成，抑或是一事无成，只要家庭尚且稳固和睦，奋进之心就会慢慢转为倦怠，苦涩时光会慢慢转为恬淡，一切将变成一杯冲淡了的白开水，但你还是一口接一口地喝着，因为你还是希望这其中或多或少留着最初的味道。就连杯中的茉莉花，陈宋都觉得与人生的沉浮有几分相似。

可能因为自己最终也是在万般无奈之下提前退休，加上爱人尚芳得此重病，近来陈宋的心境确实有些伤感消极。但他也是个很理性的人，他不想用这种消极失落的态度去影响孩子们。他一边说茶水已经没味道了，一边喊老板重新泡两杯新茶。

老板跑过来说重新泡茶是要再收钱的呦。富民说：“收钱就收钱，你只管泡你的嘛。”老板高兴地端着两杯旧茶离开，不一会儿两杯新茶摆上来，杯中色彩光鲜，景致怡人。陈宋依旧是端起茶杯左右晃晃，深深地闻了闻，再轻呷一口烫烫的茶水咂吧咂吧，对富民说：“照理说，你不该辞职，都苦了这么多年，也打拼了这么多年，也许要不了多久就会有转机，机会永远都是留给有准备的人，更是留给懂得坚持的人，你恰恰在这个时候放弃了，不说半途而废嘛，至少还是很可惜的。”

富民看看陈宋，回答说：“不会有转机的，我跟你一样，业务上不输给哪个，但只知道干工作，不善于走上层路线，更不会溜须拍马讨好领导，哪个领导会用我？”

富民的回答果然与陈宋的担忧有些一致，他认真地对富民说：“我就是怕你跟我学，结果你为人处世还真的就是我这样的个性和脾气，这是要吃大亏的。当然，这一点我在工作的时候就是想不明白，现在退休了也想通了，也觉得在单位上与人相处特别是与领导相处，不能要个性，更不能太坚持自己的原则，甚至不能太在乎自己的面子和尊严。否则，你在保住那点面子和尊严的同时，会失去一些本该属于你的东西，而且有可能是至关重要的东西。”

陈宋见富民在认真听，他紧着抽两口烟又喝了口茶接着说：“我现在觉得，有时候见了领导，你对他略微点点头甚至弯弯腰，再笑一笑，有事没事的去领导办公室照个面聊两句，或者在节假日去拜访拜访都是必要的。俗话说水往低处流，人往高处走，和领导拉拢拉拢感情表明自己追求上进的意愿，不丢人。”

听父亲讲完，富民端起茶杯深嘬两口，还是那样习惯性地嚼着茉莉花和茶叶混在一起的香涩滋味说：“不行，叫我那样低三下四地求人，我真的做不到。

通过这么多年的打拼与坚持确实有个很好的底子，这对于那些十分想往上爬的人来说确实重要，但我现在并不想往上走，有的人往上走是为了荣耀，为了一点既得利益，而我往上走是为了实现我在办学方面的一些想法，但那都是毕业之初的理想，都是把教书当成一种事业来做才有的理想。现在看来那些理想太纯粹也太乐观了，当前这种功利的社会背景下不说无法实现，至少阻力特别大，需要很大的勇气和闯劲，这种勇气和闯劲我前几年都还有，这两年就找不到了。”

陈宋的一根烟已经燃到指尖。富民从烟盒里拿出两根烟，一根递给父亲，一根自己点着抽了两口有些憋屈地说：“人有时候变化也太快了，我原来也是有理想有抱负的人，当年我按照老校长的安排走上教学管理岗位，我眼里装着的是整整一所学校，明知是一条充满挑战和困难的路，而我却敢于迎面而上，并竭尽全力从不畏惧。在地矿系统改制波及学校，学校举步维艰、濒临解散的时候，我敢给上面写信提出自己的一些积极想法和中肯建议，丝毫没有消沉和退却，也没有一点害怕。在学校成绩考差了的时候我愿意一个人去找局领导承认错误，绝不推卸责任。可是现在，回想起这些就感到心烦，就感到害怕。再不想那样劳神费力了，再不能那样不知天高地厚多管闲事了，现在眼里只有那三尺讲台和几十个学生。你说，这是不是变化太快了？”富民一边说话一边望着陈宋。

陈宋抽几口烟，让烟在口腔周边慢慢缭绕扩散，开口说：“有时候想到你们兄弟两个可能会受我的影响，我还是有些后悔。这种脾气和性格还是要不得。也怪我，这两年光顾着给妈妈治病，你个个假期都回来，我却没有把这些事情给你讲明白。”

富民见父亲又在自责，便开口说：“这一点都不怪你，是我自己考虑了好久才做出的决定。我这样做也不光是退缩，也是对自己价值的肯定。”

陈宋抽了口烟，有些不解地看着儿子。

富民解释说：“我认为，一个人的价值如果非要当作一种商品来估算，那你兢兢业业、殚精竭虑地干工作，并在工作中展现出你的修养、能力和才干，却得不到公正的认可，得不到重用，甚至还招人白眼招人责怪，这个时候你如果还要坚持下去，那你的价值就让自己当作萝卜白菜便宜出卖了，甚至比萝卜白菜还要低廉，这就有点妄自菲薄、自轻自贱了。这个时候不如停止售卖，不管别人咋个想，你只管守住心中那条价值底线，敝帚自珍，也算是自己给了自己一点尊严吧。”

见父亲点头表示理解，富民憋屈的心有些释然，也有种倾诉的畅快。他接着对父亲说：“其实我觉得你当年提前退休也不仅仅是身体的原因，有本小说中这样讲，但凡有些本事的人大多都恃才自傲、桀骜不驯，这其实就是人在不被理解不被重用，或情势不在自己这边的时候对自己的保护，绝对不要苟同他人，绝对不要委曲求全。咱们虽然没有那些高人那么有本事，但也不是靠关系和人情世故混饭吃的人，没必要自轻自贱，让自己活得那么卑微。”

陈宋很严肃地看着富民，他在想，时间过得真快，一眨眼，他和尚芳就满头冰霜、老态龙钟、病体缠身。富民也已经变成一个似乎看破红尘、满腹牢骚的中年人。同时，他更觉察到富民也变成了一个有深刻思想也更有个性的人。他知道从现在开始，同意不同意、自责不自责、说与不说、劝和不劝，他的观点或者说教对这个儿子的唯一作用就是参考参考。他开口对富民说：“你讲的也有几分道理，事已至此，下一步就想着如何让自己过得轻松快活点吧，但有一点，你是教师，再怎么着也不能误人子弟。”

富民点头说：“那是自然，做人的底线和起码的职业道德还是有的，但我只能保证自己百分之百的努力，不能保证一定能考出个什么好成绩。还是那句话，教学和考试不是我一个人单方面能够掌控的。”富民还顺便开玩笑说：“教书，不是人有多大胆地有多大产，也不是说没有教不好的学生只有不会教的老师。”

父子二人会心地笑笑，陈宋起身去看别人钓鱼。

不到 6 点，为民带着爱人吴莹和儿子晓晨提前赶来。富民招呼服务员给大家倒茶，寒暄几句，饭菜上齐，陈宋起身落座。

富民先给父亲盛了一小碗酸萝卜炖老鸭汤，接着给兄弟和其他人盛上。这是富民专门为父亲点的，并交代厨师炖得烂一点，酸萝卜的咸味淡一点。母亲原来常常为一家人做这道菜，而且每次都是把鸭子肉炖得烂烂的，入口即化，酸萝卜的咸味也恰到好处，汤喝起来很鲜也很开胃。所以，一家人都喜欢这道菜。特别是陈宋，对爱人尚芳做的这道菜回回都是赞不绝口，饭吃得多，汤也要多喝两碗。

陈宋夹了一块鸭肉尝尝，咂咂嘴说："还行，挺烂的，味道也炖出来了。"接着，他又喝了一口汤，品味着说："到底是开饭馆的，味道做得不比妈妈的差，就是有点咸，不敢喝多了。"大家也都动筷子吃着，觉得饭馆做得还是很不错的。

陈宋夹起一块鸭腿肉放到孙儿晓晨的碗里，对孙子说："多吃点肉，味道还可以，但是汤比起奶奶做的就咸一些了，等奶奶的病好了才能喝到那么好的老鸭汤。"

关于尚芳的病，讲起来当然话题有些沉重。所以富民陪父亲聊了一个下午都在小心回避。为民一家赶来吃饭也不打算主动提及此事，怕父亲难过，休整不好。

但是，陈宋还是才喝了几口汤就想起了卧病在床的爱人。也是，一同生活了几十年，也恩恩爱爱几十年，现在爱人还躺在医院，陈宋不可能换个地方就能忘记，就能轻松起来。

听了陈宋对晓晨说的话，想着尚芳的病情没有明显好转，大家一时不知道说啥，各个低着头，连吃饭都怕吃出点声音。

为了打破僵局，富民再次起身为大家添汤，并提议大家都端起汤碗以汤代酒，共同碰杯祝愿老母亲早日康复。陈宋毕竟是好长一段时间没有与这么多的家人在一起，他虽然惦记着爱人，但自打爱人生病住院，这样的家庭聚餐也是难得，更何况这也是孩子们的一片孝心，想让他高兴。所以，陈宋接过富民的话端起汤碗说："对嘛，我们干一杯，一起祝愿妈妈早日康复。"说完，陈宋把汤一饮而尽，然后尽量放松心情，一边吃饭一边与孩子们东拉西扯天南地北地聊。

倒是富民觉得有些过意不去，自己点菜时考虑不周，一道酸萝卜老鸭汤又让老父亲伤感。所以吃着吃着，富民反而话越来越少。弟媳吴莹看在眼里，找机会端起茶杯说："我们再以茶代酒碰一个，一是感谢二哥从大老远跑回来，给我们创造了一个陪老父亲吃饭的机会。二是感谢二哥点的这道菜，不管我们在干什么，不论我们离开多远，妈妈菜的味道是最难忘的。我们共同努力，为妈妈治病，为妈妈祈福。”

听了吴莹的话，陈宋赞许地看看儿子富民，又端起茶杯看看大家说：“‘妈妈菜’这个词用得好，为了这个味道，为了妈妈的康复，我们当然要再干一杯。”这样，大家就更高兴了。

吃完饭回到家，大家坐下来一边看电视一边聊天。富民问为民：“你们明天有没有时间，我们陪爸爸到周边找个地方喝茶钓鱼，大家都懒懒散散地玩它一天怎么样？”

“前几天约了个客户，正好明天到厂里现场考察下订单，上午是没得空了，下午可能会争取点时间一起耍。”

“厂里忙，就由我陪爸去，你们就不用管了，也不用专门挤出半天的时间，客户来了不招待好，反而撵着人家走，那生意还咋做？”

“也行，明天一早我先把你们送过去，再回厂里接待客户，啥时候完就啥时候去找你们。”

对于陈宋来讲，爱人在医院里躺着没有知觉，虽有两个保姆照看，不管她们多有耐心干得有多好，就算是拿她们不当外人，但毕竟不是真的一家人，他怎么能完全放心呢？所以，除了在医院陪着爱人看病，其他的什么都不想干，就是玩也提不起精神。听着两个儿子商量明天带他出去玩，陈宋开口说：“明天就算了吧，我哪儿都不想去，我现在对钓鱼也不怎么感兴趣，在家里待两天就回医院。”

这一年多，陈宋是又盼着儿子回来又怕儿子回来。儿子不回来，他想儿子，甚至觉得这个儿子不孝，连爸爸妈妈都不管了。但儿子回来干涉他，打破他在医院陪爱人一起受罪一起难过的心境。他已经把陪着爱人一起受罪一起难受当成自己的最大责任，当成了一种快乐。他甚至觉得自己必须忘掉喝茶、打牌和钓鱼等兴趣爱好，以往有爱人尚芳陪着，有一家人一起分享，这些兴趣爱好都是幸福和快乐。但现在，爱人在经受病痛的折磨，他不能独自去享受那些幸福和快乐，忘掉快乐，忘掉医院外面的生动世界，才对得起病床上的爱人。

富民和为民隐约看出了陈宋这种近乎自虐的想法，更觉得有必要把父亲从母亲生病治病的阴影中解脱或者解救出来，他们要让父亲保持一个健康的心态。这也是富民执意要陪父亲去钓鱼的原因。

为民早就猜到父亲没心情出去喝茶钓鱼。这又不是第一次第二次了，好多时候专门开车去接父亲回来休息，父亲都在医院稳着，舍不得离开母亲。他也知道，要不是二哥回来了，老父亲这回也不会答应回来休息，父亲是怕他不回来二哥也就只好待在医院。他对父亲说：“难得二哥一年半年才回来这么几天，让他陪你耍个一两天嘛，隔两天他就走了，要想陪你喝会儿茶钓会儿鱼又要等个半年一年。”

陈宋仍然想开口拒绝，富民见状对父亲说：“爸，你明天就和我去耍嘛，放松下心情，调整下状态。再说我们两弟兄还想和你坐在一起慢慢聊聊。你想嘛，妈妈的病基本就是那样，医学技术就只能达到这一步，我们大家都在努力，但也只能走一步看一步，根本急不得。”富民这么开导父亲一通又停下来，他是想看看父亲的反应。

要知道，陈宋可是这个家庭的绝对权威，也是个倔老头，平时除了尚芳可以顶他几句，家里再没有哪个敢不听他的。但在此时，富民发现父亲一边抽着烟一边和气地听他说话，并没有发火的意思。他有点得寸进尺，接着对父亲说：“面对现在的治疗，我们急与不急，理智或者不理智，关键就看我们的心态。我们如果感到压力大，或者自己给自己施加更多的压力，就会心情沉重，就会感到压抑，甚至对医生和保姆发火，医生不高兴，保姆不高兴，我们自己又不停地生气，这样对妈妈和大家都没有好处。还不如适当抽空放松一下，让医生看到你老人家的和蔼，让保姆看到我们的信任，最关键的是让我们不感到长期压抑和难受，这样守着妈妈，治疗的效果可能会更好。”

陈宋略有所思地点点头，依旧抽着烟。他知道，每次富民回来都要和为民一起给他做思想工作，都要想方设法让他放松让他开心。也是，自从爱人得病后，医过来医过去，爱人的病非但没有好转，反而越来越重了，这种情况下，他确实感到压力越来越大，心情越来越不好。这些变化做儿女的肯定是看在眼里的，肯定会开导他，有些话，哪怕是顶撞或者冒犯他，孩子们也是要说的。特别是富民，他每年就回来那么一两次，每次也就陪他和尚芳十几二十天，当然会抓住机会与他面对面沟通。儿子的话也是为了他们两个老人好，他还能骂儿子吗？

陈宋把烟头丢进烟灰缸，起身对为民说："去把我的那几副渔具拿出来，好久没用了，要好好收整一下，要不然，明天钓不到鱼。"

为民很快拿来三副渔具。陈宋戴上老花镜把鱼竿、鱼线、鱼钩等认真检查了一下说："还好，明天都可以用。就是富民用一般的鱼饵料肯定钓不上鱼，明天要先去买点大红蚯蚓。"

为民回答说："可以。明天我早点去买蚯蚓，然后回来送你们去枣花溪那家有大鱼塘的农家乐。"

陈宋说："那好嘛，我先去好好睡上一觉，养养精神。"

就这样，大家都各自回房休息。

二十四

大家都早早起来，为民赶着去渔具市场买蚯蚓和鱼饵。富民说："这么早去买，人家可能都还没开门吧。"

陈宋说："放心，为了方便那些夜钓、早钓的人，渔具市场开得很早，有的甚至是通宵都可以买东西。"

富民说："我在那面也有几个朋友喜欢钓鱼，还送了我两根鱼竿，哪天也去配上几套鱼漂鱼线，回去也学着钓钓鱼，我还不会呢。"

陈宋听儿子这么说，立刻对为民说："我和你一起去，既然二哥想钓鱼，就去帮他配几套鱼漂鱼线，我那还有那么多鱼竿，到时再挑一副送给他。"

为民说："那我们三个一起走，买好鱼线鱼饵，顺便在外头吃点早饭就直接去鱼塘。"

陈宋点点头，带头出门。在车上，富民望着黎明前还有些灰蒙蒙的窗外，想想一家人曾经多少次在这样灰蒙蒙的清早踏上愉快的旅途，更觉得如今车上这三个人是那么的形单影只。再看看老父亲，他更是觉得心酸。

是啊，富民每隔半年一年才回来一趟，而每趟回来也只有短短的十几二十天。如果父母都健健康康的，他每一次回来都会为父母家人增添许多的欢乐，每次离开也都会为下一次的相聚留下无限的憧憬。可是现在这个情况下，他每次回来又能给父母家人带来多少欢乐呢，再一次离开之后又会发生什么样的变故呢？

但陈宋此时似乎没有这么想。他一边与渔具店的老板寒暄，一边给富民挑选和搭配鱼漂鱼线。富民看到父亲脸上流露出专注又轻松自信的笑容，这种笑容富民在小时候经常见。

小的时候，由于物质生活条件匮乏，加上舍不得花太多的钱给孩子们买玩具，陈宋常常自己动手给孩子们做玩具。小到入冬后的滑冰车、正月十五的花灯、春天在天空飞翔的风筝，大到简易的地震报警装置、小马达带动的轮船模型、野外盘旋的滑翔机，甚至音质逼真的二胡乐器。每次只要陈宋答应为孩子们做什么东西，什么东西就会在陈宋的手中神奇地出现。这个过程中，富民他们先是按照父亲的要求四处寻找材料，然后就蹲在父亲身边好奇地看着他的一举一动，看他怎么把找来的一堆废料变成像模像样的玩具。在这个过程中，尚芳一会儿在灶台边忙着为一家人做饭，一会儿也忙中偷闲两手揣在围裙下站在旁边看，渐渐投来从怀疑到赞赏的目光。当然，每到这个时候，尚芳和孩子们看得更清楚记忆更深刻的就是陈宋脸上那种专注又轻松自信的笑容。

虽然后来的物质和精神生活极大丰富起来，早就不用为孩子们做玩具了，富民他们也都长大了，在外各自忙各自地工作和事业，但仍然可以在一家人谈论人生、休闲娱乐时看到陈宋这种专注又轻松自信的笑容。

直到尚芳生病之后，这种笑容从陈宋的脸上消失了。

而现在，这种笑容又自然流露出来。富民像儿时那样站在父亲身边静静地看着，为民也站在父亲身边像儿时那样静静地看着。

陈宋自顾自的摆弄着鱼漂鱼线，对两个儿子的举动浑然不知。但兄弟二人此刻的心里升起一缕阳光，比外面即将破晓的天边还要明亮，他们感到暖暖的，他们近乎痴呆地沐浴在这一缕阳光之下。

买齐东西，父子三人就近找了一家早点铺坐下。铺子不大，但生意红火，食品较有特色，就餐的人络绎不绝。陈宋一边吃饭一边对为民说："把我和二哥送到鱼塘你就抓紧回厂里去，和吴莹两个好好忙你们的生意，中午就不要管我们了，下午也不用急着过去接我们，到时候电话联系，不行我们打车回。"

来到山沟里的一处农家乐，陈宋带着富民径直来到鱼塘边，他围着鱼塘这看看那瞧瞧，又在鱼塘边的几处阳伞下试着坐坐，选好了休息和垂钓的地点。为民便喊来老板询问垂钓的收费，又问陈宋和富民喝什么茶要什么水果，等茶和水果上来后把钱付了，打声招呼便匆忙开车离去。

在陈宋两口子的教育下，两兄弟对待家人都比较大方，要是一家人出来玩耍，两兄弟都是争着掏钱。但是，富民今天没有和为民争，小弟今天忙着与客户洽谈，陪不了父亲，再不让他掏钱他会过意不去。

陈宋还是像往常一样叮嘱为民在山里开车要多加小心。然后，他叫富民拿上渔具来到池塘边，在看好的水域撒了些鱼饵打窝子，一边撒一边教富民如何选择打窝子和钓鱼的地点。

陈宋说："那么多人都喜欢钓鱼，好多人钓不上多少鱼，就是因为这里头有学问。"

富民随口说："这个鱼塘里有的是鱼，要不了什么学问，还不是随便钓都能钓着。"

见儿子不以为然，陈宋接着说："当然，在鱼塘里钓鱼和野外江河里钓鱼确实难度大不相同，但还是要掌握一些基本的方法和技巧。要不为啥同在一个鱼塘，有的人不停上鱼，有的人却半天钓不到一条。"富民应付着点点头。

陈宋拿起鱼竿手把手教富民拴鱼钩、挂鱼线、调鱼漂、和饵料，又把和好的饵料放在一边，接着教富民往吊钩上挂蚯蚓。陈宋一边教一边对富民说："同样是钓鱼，用蚯蚓还是用自己和的饵料还是有区别的。用蚯蚓，简单方便，鱼还容易上钩，但就跟用傻瓜相机照相一样，没什么技术含量，显示不出垂钓者的水平。”

富民接过父亲为他挂好蚯蚓的鱼竿朝着水面冒气泡的地方一甩竿说：“就是挂蚯蚓，我也不一定钓得到鱼。”

陈宋把自己和好的饵料挂在鱼竿上，甩出去，又调整了一下鱼钩和鱼漂的位置，把鱼竿固定好。对富民说：“今天，可能你那边会先上鱼，你钓的也可能比我钓的多点。”

富民扭过身子对父亲说：“那也不一定，你差不多算高手了，我还不会，哪赶得上你？”

陈宋凝视着前方的水面，又不时用眼睛的余光看着富民那边的鱼漂说：“你看啊，为了多钓鱼钓大鱼，是不是要做一些准备工作，今天面对这个池塘，并不知道水面下有些啥鱼，也不知道有多少鱼。所以，我为你这个初学者准备了小钩和红蚯蚓，这种简单的准备就很容易让你钓到鱼，很容易让你获得成就感。但这种办法很多人都学得会，不管是大鱼小鱼，成就感主要是依靠蚯蚓来获得的，对你自己没有多大的挑战性，慢慢地你也就不稀罕了。而且大鱼一般是不会挂这种小钩的，即便挂钩了，你一个初学者也降服不了它。我就不同了，我是根据观察，自己调和饵料来赌一下，饵料的味道如果和这个鱼塘的鱼对味，不比你用蚯蚓来得慢。不对味，一两个钟头甚至半天一天都很难钓到鱼。而且，我还用了大钩，一旦钓上了就是条大鱼，我靠的是调饵料和用大钩降鱼的技术，那种获得感就大不一样了。”

话音未落，陈宋三步两步跑到富民跟前抢过鱼竿左拽右晃地从水中提起一条不算大的鲫鱼。富民把鱼从钩上摘下来丢到鱼兜里，高兴地说：“还真是我先上鱼，这么大一条，这个红蚯蚓就是好使。”

陈宋随口说：“不大，只有一丁点儿，一两都不到。”富民对此不置可否，他对一两二两或者几两的鱼有多重多大根本没概念。

看着富民挂上蚯蚓再次抛竿，陈宋回到自己的位置坐下，顺着鱼线鱼漂看看水面，拿出一支他平时抽的撇烟，闻闻又放回烟盒，换个口袋掏出一支中华烟点上，眯着眼狠狠吸上一口，一缕烟子从他的口腔、喉咙、肺叶到鼻腔循环而出，仿佛所有与香烟有关的感官和神经都受到了刺激和满足。接着用眼睛的余光瞟着富民那边的鱼漂说："听说过钓鱼好比品人生，大鱼好钓，人生难品吗？"

富民扭过头来疑惑地望着父亲，莫名其妙。

陈宋也扭头看看儿子，又抽了一口烟接着说："当一个人长大成人，一次一次面对今后的工作和生活，渴望着不断获得成功，就像我们现在面对这片未知的水面，甚至是大江大河，并向这水面或者大江大河索取我们需要的东西。那么，我们凭什么本事来索取？刚参加工作或刚刚想要进入仕途的时候，要索取的东西、要达到的目标并不大，具备基本的条件，掌握基本的技术就可以了，就好比用蚯蚓和小钩钓起一条小鲫鱼。"

陈宋正说着话，富民那边的鱼漂有了动静，不等他开口，富民一下把竿提了起来，一条鲫鱼被提出水面拼命摆动，接着就掉进水中消失了。富民一边嘟囔着一边挂上蚯蚓把钩甩到水里。

陈宋接着说："太急了，太直接了，到手的小鱼又跑了。所以，不管是刚参加工作还是工作好多年，如果没有点小本事，基本业务都不娴熟，想要达到一个小目标也不容易。而且，即使是小目标，也不能操之过急。"

陈宋说完，把鱼竿仰起来看看鱼钩上的鱼饵还在，又甩到水中，抽着烟看着鱼线和鱼漂，顺着鱼漂隐约看到鱼线在水下折射向更模糊的深度。在这个深度，不知道有没有大鱼，即便有大鱼，也不确定是否会上钩。当年那份始终未被批准的入党申请书在他脑子里闪现：获奖的野外地质报告、先进生产者的大红花、锣鼓喧天的欢迎场面、大儿子设计的高楼、尚芳康复出院的样子、为民红火的生意，以及富民坐在会议室里主持工作的模样等，都在脑子里闪现。好多条大鱼啊，有的在鱼篓里，有的就在鱼钩旁打转，还有的连一点影子都没有。陈宋愣在那里，沉默了。

富民先前还一边钓鱼一边听父亲说话。随着父亲的沉默，他将注意力全部集中到鱼漂鱼线上，不大一会儿工夫，他眼睁睁看着两条鱼在提起来后又脱钩跑了，当然也先后将好几条鱼收入囊中，好像悟到了起鱼不脱钩的一点点技巧。他不停地挂蚯蚓、甩竿、起竿，收获不断刺激着他。又一条鱼被他钓上来，他扭头晃晃手里的鱼说：“爸，爸，这条鱼还可以吧，算不算条大鱼？”

陈宋被儿子这么一喊，回过神看看富民手中的鱼回答说：“这条还可以，但也说不上大，等会我钓一条让你看看什么叫大鱼。”说着仰起鱼竿来看看，鱼钩上只剩下一点点鱼饵贴在上面，估计是刚才分神没有发现有鱼在啃食，否则以他的水平也许可以把鱼给挂上来。他重新挂上鱼饵，略微调整位置麻溜甩竿抛钩，自言自语。

富民听不清楚父亲在说啥，但估计是钓鱼的事，他不时看看父亲和那边的鱼线鱼漂，漂抛得要远些，在水面上不好搜寻。

陈宋也不时瞟儿子一眼。

一段时间过去，富民瞟见父亲的鱼漂终于开始晃动，是那种有鱼咬钩的晃动，本想问父亲是不是有鱼在咬钩。结果父亲已经开始起鱼了，忽左忽右，松一松又紧一紧，足足用了几分钟才把鱼提出水面。富民赶忙过去用抄网接住，小心把鱼钩卸掉，扣着鱼鳃掂量掂量说：“这条鱼真大，有个两斤多吧。”

陈宋重新挂好鱼饵甩到水里，稳稳坐下来点上一支烟说：“估计有个两斤多，但还不算大，看一会儿能不能真正钓一条大鱼。”

富民在池中把手涮涮又在衣服上擦擦，到阳伞下端了一杯花茶递给父亲。陈宋接过茶杯像往常那样抬到眼前看着说：“是该喝口茶了，你那的鱼有个十多条了吧，但是加起来估计也没有我这一条鱼重。工作和生活也跟这钓鱼一样，目标小，想要达成也就相对容易，基本的能力和简单的修为就可以。达到大目标就不容易了，不但要有更加过硬的本领和精进的修为，还要看机会和运气，要学会等待。这里面也是水深得很啊！”

“水深得很啊！”富民回味着父亲的话，既感觉父亲有些牵强附会，根本没必要把工作生活与钓大鱼钓小鱼联系在一起，但同时又觉得这句“水深得很”很有意思，很让人琢磨。他想起自己参加工作这二十多年的经历，一样是在努力和等待中获取，前十年拼得的荣誉和成绩不少，却始终不能让自己满意，就好比是在浅水中钓小鱼。而后十年在业绩和职位上要求进步的欲望更强烈，拼得更凶，甚至拼到严重的身心透支，非但没能更进一步，还从一个不起眼的位置上退了下来，感觉努力了二十多年竟回到起点，一事无成，这不就是在深水区钓大鱼吗？无奈自己本事不够，蹚不了这浑水。

想到这儿，富民走到池塘边提起自己的鱼兜抖一抖，自嘲着说："好个钓鱼如品人生,钓鱼已经小有收获,事业却是一事无成,也罢,就图个家庭幸福吧。"

富民所说的家庭当然是他和霞竹、月月组成的小家庭。在这个小家庭里，夫妇二人收入稳定又不需要风吹日晒出汗下力，自己在同行中腰杆也还挺得起来，爱人善良贤惠里外都是一把好手，女儿聪明伶俐学习也还不错，这不就是一般人一般家庭所追求的幸福吗？

想到自己的小家庭，富民也很快想到了父亲带着他们全力维系的这个大家庭，不说有多幸福，就眼下图个平安完整都那么不容易。他开始担心起生病的母亲，更担心日渐衰老的父亲。

但这种担心又很快被富民打住。不是打算利用今天这个机会好好陪父亲，好好开导父亲吗？这快半天的工夫，怎么反倒是父亲用一句"钓鱼好比品人生"来给自己上了政治课。他自嘲地摇摇头，决定改变话题，也做做父亲的思想工作，看看能不能让父亲别天天待在医院，多留在家里休息，隔三差五地出去喝喝茶钓钓鱼，干些平日里喜欢干的事情。

富民扭身走向父亲，正好看见父亲又钓上了鱼，比刚才那条大得多。

陈宋得意地看看儿子说："在鱼塘里钓鱼，这也算大鱼了，该有个四五斤吧。看来我调和的饵料还是可以，等着，我再给你钓条更大的上来。"他一边说着一边往鱼钩上挂饵料，脸上又露出专注而轻松自信的笑容。

富民看见父亲有这种好心情，觉得机不可失。他过去给父亲续上热茶放在旁边，但没敢坐在父亲的身边，而是回到自己的位置拿起鱼竿站在池塘边扭身对父亲说："爸，我觉得你是不是考虑一下，不要每天待在医院陪着妈妈。医院的食宿条件不好，气氛也很压抑，对你的身体不利。你应该把照顾妈妈的事直接交给罗大姐和莫大姐，自己待在家里干点平日喜欢干的事情，就像今天这样。”

富民知道父亲的脾气，也知道父亲轻易不会离开母亲一个人回家待着。所以他虽然侧身对父亲讲话，却没敢直视父亲。

陈宋本来钓鱼正在兴头上，经富民这么一说，笑着的脸一下子沉了下来。他把鱼竿放在地上，拿出一支撇烟点着狠狠抽了几口，干咳两声，望着池塘对面不再出声。

看到父亲的表情，富民知道自己闯祸了。他开始后悔不该在父亲高兴的时候提出这个问题。于是，他也呆呆地看着水面，不敢向父亲那边看。

两个人各自望着前方，陷入僵局。此时如果有一个人能够上鱼哪怕是上鱼又脱钩了，也许就可以打破这个僵局，富民更是在心中念叨父亲那边快点上鱼吧快点上鱼吧，可是说也奇怪，时间一分一秒地过去，水中的两副鱼漂足足半个多钟头没有动一下。

“算了，算了，这个鬼天气，钓鱼有啥子好耍的，腰又酸脚又痛，眼睛都看花了。”富民在僵持中急得头上冒汗，正努力想着找个什么借口缓和一下气氛，陈宋却骂骂咧咧地把鱼竿往池塘边狠劲一丢，自顾自朝枣树下的阳伞走去。

富民赶忙收起鱼竿，再把鱼兜收紧口子固定在池塘边，小心翼翼地跟着来到阳伞下坐下。看见父亲闭着眼睛斜靠在藤椅上不理他，便看看手机试探着说：“都 12 点多了，我去叫他们准备午饭吧。”见父亲没有回答，便闷闷不乐地起身向百米开外的餐厅走去。

富民身后的阳伞下，陈宋并没有睡着。今天出来钓鱼，他原本不想来。爱人尚芳还一动不动地躺在医院，接下来的治疗估计也没多大效果，已经有些自虐心态的他哪有心情钓鱼，哪能待在家里干点自己喜欢干的事情？跟爱人相比，他觉得这样就是犯罪，就是对尚芳的背叛。后来之所以又答应出来喝茶钓鱼，其实也有他的考虑。儿子昨天下午在茶园讲的话虽然有几分道理，但正所谓当局者迷旁观者清，人活一世，脚下的路还长，儿子总不能就此没了斗志没了追求吧。为此，陈宋这才决定出来，想借着钓鱼和儿子好好聊聊工作，聊聊人际关系，聊聊未来。且不说好好聊聊人生这个大课题，至少可以帮助儿子梳理梳理过去的因果得失，再由此探讨一下今后的发展思路。

所以，从一开始钓鱼，陈宋就按照“钓鱼好比品人生”这个话题有预谋地为儿子“洗脑”，他自己也觉得效果不错，多少会刺激儿子去思考，去重新审视自己的未来。

但是，富民也有着自己的打算，他果断跳出了陈宋的洗脑圈套，还对父亲说了那样的话。陈宋觉得儿子这样考虑妈妈的事太过简单，甚至有些不负责，不够孝顺。所以，当然不会回答富民。依着他平时的脾气，没有直接训斥富民已经不错了。

不过，听着富民走开的脚步声，陈宋张开眼睛看着儿子，佝着背，耷拉着肩膀，耷拉着脑袋，脚都提不起来，在地上一步一步向前挪。那个走起路来让人感觉有些飘逸的儿子什么时候变得猥琐了？陈宋心里一阵难过。是啊，几年了，儿子每个假期都是陪着他陪着妈妈在医院度过的，陪着小心想着法子让他高兴，陪不了多久又要走，一走又是半年一年，人是走了，但尚芳的病和他的身体还不是让儿子时时牵挂着，而此时的儿子在工作上又那么不如意，真让人心痛啊！

心疼儿子，眼泪在陈宋的眼眶里打转。陈宋点支烟狠抽两口，靠在藤椅背上仰着头，不敢眨眼睛，但还是流出两行热泪。

此时的富民也在背着父亲流泪。不是因为父亲发火，而是父亲对自己那段话做出的反应让他又一次印证了父亲的心态变化，父亲现在已经习惯用孤独自闭来强迫自己、虐待自己，让自己与爱人同样承受痛苦和煎熬，以求得内心的安稳。他心疼父亲，也担心父亲长此下去，精神会崩溃，身体会彻底垮掉。

此时此景，父子二人，两个坚强的男人，都在为爱落泪。

富民来到餐厅，眼泪已悄悄拭去，但心情尚未平静，有些心不在焉地拿着菜谱翻来翻去不知道点什么菜。况且，就他和父亲两个人吃饭，味道要好又不能点多了。老板娘见状，走过来建议他把钓的鱼拿几条过来做，并推介说他们家做的鱼味道很不错。

富民点点头又朝池塘边走去。手机响了，拿起来听，为民问道：“二哥，你们咋样，爸开心不？”

“鱼还是大大小小钓了一些，爸本来还算开心，一边钓鱼一边开导我。”

为民在电话那边抢着说：“那就好嘛，爸现在最缺的就是开心和放松。”

富民赶忙接着说：“但是，我趁机建议他不要天天待在医院里，这不一下子把老父亲惹着了，鱼也不钓了，坐在椅子上不理我也不吭声。”

“那你现在在干啥，你们吃饭没有？”

“我现在到池塘边拿几条钓的鱼给老板娘准备午饭，正好让老父亲先一个人静一静，看一会儿吃完饭是不是就不生气了。”

“强迫自虐这个问题我有好几回都想给老父亲说破，就是怕他发火。要么我赶过去陪你们吃饭钓鱼，三个人在一起聊天，我们两兄弟可以互相和和稀泥，调节一下气氛。”

这样当然好啊，但富民怕耽误了兄弟的生意，便说：“不用，你先忙你的，下午我见机行事。”说完，富民挂断电话来到池塘边挑了几条鲫鱼拿去做。

富民拿着鱼一边往餐厅走一边扭头看看父亲，看到父亲和刚才一样斜靠在藤椅上，像是睡着了。富民便决定让厨房做饭做慢一点，等老父亲多休息一会儿，也让自己好好想想吃饭的时候或者下午该怎么打破僵局。就不要继续劝老父亲待在家中了，只要能哄着老父亲高高兴兴钓鱼，多少有那么一点放松和开心就行了。既然老父亲不听劝，那就放松一天是一天，高兴一天是一天。

让厨房慢慢准备饭菜，富民便斜靠着屋角的椅子上打盹，睡意朦胧中又想起老父亲没有盖衣服会着凉，他一激灵站起来朝父亲走去。来到身边，他拿一件很薄的外衣给父亲搭在身上，自己在旁边的椅子上坐下来。

此时的陈宋已经睡着了。富民去餐厅的时候，他还在生气，还在因为心痛儿子落泪。但是整日在医院陪着爱人确是身心疲惫，又上了年纪，精力明显不够用，在这炎热的夏天静静地坐着，瞌睡自然也就上来了。儿子走过来盖衣服他不知道，儿子坐在旁边椅子上发出的声响也没惊动到他。

富民调整一下姿势斜靠在椅子上，本想也趁着这个机会打盹休息，可是眼皮却眨个不停，睡意全无。他索性扭头看着老父亲，看到老父亲斑驳的头发、苍老的面容，看到老父亲不再灵活的双手长出很多的老年斑，富民仿佛看到哈图草原上枯黄的人苦苦菜，它们相互依偎着，它们脚下的土地已经干裂成尘土，它们周身笼罩着阵阵秋风袭来的寒意。富民不觉心头一酸，泪水又冒出来。

生活中，人人都会为了这样那样的事落泪，但是男人和女人落泪有着很大的不同。女人会很容易落泪，也不区分什么场合，大概是因为这个时候需要周围在场的人来哄，更是常常需要在亲人或爱她的人面前声泪俱下地倾诉以获得安慰。但是，男儿有泪不轻弹。男人遇到什么伤心难过的事，一般都压在心里，心里再憋屈，也会克制着不当面掉眼泪。因而，男人其实更有大哭一场的冲动。

在风景秀丽的农家喝茶钓鱼，常人眼中看到的应该是满满的快乐与幸福。但是，今天，陈宋落泪了，此刻的富民也在落泪。

既然已落泪，富民就不打算擦去和收住自己的眼泪。怕父亲醒来会看见，他把头扭向另一边，闭上双眼，让眼泪尽情地流。泪水把富民一段时间以来的担心、压抑、孤独、委屈和失意都一股脑释放出来，他能感觉到泪水留在脸上的热度，能感觉到泪水渍痛面颊，能感觉到泪水在嘴角的咸涩味道。这些感觉在此刻让富民感到痛快，他也在这种痛快的感觉中变得恍惚。

这个时候，太阳的光芒也透过枣树枝叶的缝隙停留在这对父子身上。停留在过去景象中的一缕缕阳光已经变成了旧光阴，停留在当下的一缕缕阳光也像一个无声的滴漏，时间正从那里不住地流淌。

“喂，那边那两爷子，你们的饭好了，过来吃嘛。”随着老板娘的喊声，富民和陈宋同时被惊醒。富民坐起身给父亲端起茶杯说：“饭好了，喝口茶稳一下，我们去吃饭。”

陈宋慢慢坐起来晃晃颈子和胳臂，端起茶杯喝了两口，咂吧咂吧嘴边走边说：“我睡了多久啊，都有些饿了？”富民跟在后边回答：“也没有多久，不到一个钟头吧。”

富民只点了一个鱼和一份西红柿蛋汤，点多了两个人吃不完，浪费钱不说，还有可能又让父亲生气。这家农家乐做的鱼的确很有特色，味道也很不错，老板娘几番炫耀，加上富民主动与父亲说话，为父亲夹菜，陈宋的脸色也就好看多了。

富民胃口很好。陈宋则吃得不多，他盛一碗西红柿蛋汤，一边抽烟一边看着儿子吃饭。显然，西北的饭菜不如家乡的地道，或者说儿子在西北也很少抽出时间这样放松了玩、放松了吃，倒不是儿子一家生活不易，而是太过紧张忙碌。陈宋顿时觉得刚才不该那样对待儿子，他慈爱地对儿子说："慢慢吃，好生不要被鱼刺卡到了。"说话的语气就像是在哄七八岁的孩子。倒也是，富民再大，不也是他陈宋尚芳的孩子吗？这个孩子小时候最不会吃鱼，尚芳老是提醒和帮助他。

吃完饭，富民起身结账，试探着对老板娘说："你家的鱼做得不错，这样的味道还是第一次吃到，不知是咋个做的，好不好学。"老板娘毫无保留地全部道来，还自豪地说："做法告诉你们也不关事，掌握不好油锅和炖煮的火候，味道也只能做个大概。好多人回去做几道过后，还是要回我们这来吃这个正宗的味道。而且，我们开鱼塘又开特色鱼餐厅，就是让大家现场钓，现场做，吃新鲜，享清闲。"

陈宋接过来说："家里的叶大姐可能会做，今天不是钓着有鱼吗，带回去叫她学着做，多做几次味道也就差不多了。"

说着，父子二人来到枣树下。陈宋对富民说："你睡会儿，这还早得很，等会再多钓几条鱼多要会。"

"那你睡不睡会儿？"

"我刚才睡着了，现在不困，不过中午的太阳太大，鱼要么在水面打滚，要么沉到水底睡觉，基本不咬钩。我坐这喝点茶，难得这么悠闲。"

富民起身喊老板娘给换两杯新鲜的茉莉花茶，专门嘱咐老板娘用玻璃杯冲泡。

茶端过来，陈宋端茶闻闻茉莉的清香，又浅浅喝两口咂吧咂吧，习惯性地把杯子举到眼前看着。

富民看着父亲的动作，闭上眼睛休息，起初还思绪万千，最后还是在乡村鸡鸣犬吠的一片宁静中睡着了。等他醒来，看见父亲不知什么时候又开钓了，静静地坐在不远处的池塘边，戴着他早年为钓鱼精心挑选的遮阳帽，帽子有小孩子用的小雨伞那么大。富民伸手去端茶喝，发现两个茶杯上都盖了一片大枇杷树叶，想必是父亲怕虫子掉进杯子或者爬到杯子里。在富民的杯子旁还有三枚黄中略带红色的鲜枣。他拿起一枚鲜枣尝尝，水分很足，已经有些甘甜。他起身看看茶座旁边垂下来的枣树，枝条上爬满了一串串尚未成熟的枣子，寻找这几枚基本成熟的枣子不知父亲费了多大工夫。

由于心中的牵挂和压抑，刚才看着父亲在池塘边垂钓的背影还有一点“孤舟蓑笠翁，独钓寒江雪”的悲情，现在的几枚鲜枣却让富民那点悲情的感觉荡然无存。再望望父亲的背影，背影那边的面孔，是不是又露出了专注而轻松自信的笑容呢？小时候，带着这种笑容，父亲像变戏法一样为他们兄弟几个变出许多美好的童年记忆，甚至变出几分追求艺术和科学的欲望。带着这种笑容，父亲刚刚又为他把潜意识中挥之不去的悲情和隐忧变成了一个好心情。

富民再次围着茶座周边的枣树转了几圈，好不容易找到两枚更大更红的鲜枣。他走到父亲跟前，父亲扭过头来看看他说：“睡醒了，我已经钓一会儿了，还钓了一条不大不小的草鱼。”

富民点点头把两枚枣子递给父亲说：“这两个更大，你尝尝甜不甜？”

陈宋右手把着鱼竿，左手把夹着的小半截烟往地上一杵，接过枣子在衣服上随便擦一擦咬一口说：“还不错，但还没完全成熟，我们这边的枣树品种是晚熟型的，熟了甜得很，但等它熟了大量上市，你都回去上班了。”

富民拿起鱼竿说我们那也有鲜枣，只是水分没有这么多。

陈宋不再对富民讲“钓鱼如品人生”的话题，富民也没有再劝父亲，但两个人都不完全是在专心钓鱼，其实都或多或少地在想着心事。当父亲的想着儿子的处境和下一步打算，当儿子的想着父亲的近况和今后的健康问题。父子俩又都在想着生病的尚芳，想这一家人的付出与坚守。手中的一根鱼线在平静的水面撩起微微的波澜，时光闲暇的一道夹缝在脑海里挑起万千思绪。这不正是手中的鱼竿，心中的人生吗？只是，心中的人生远没有手中的鱼竿那么好把握。

过不多久，为民开着车过来，他和二哥通电话后心里一直不踏实，与客户把重要事情商量妥当，交给吴莹和销售人员去应付，自己就赶着过来，一边往这里赶还一边设想着和稀泥打破僵局的若干种可能。

来到鱼塘，陈宋怪他不该这么早来，哪有忙人将就闲人的。富民则叫他先喝口茶，再钓上几杆试试。

为民发现，僵局已破。跑到车上拿来一副鱼竿轻松加入钓鱼行列，但水平不比富民高明，陈宋和富民不时在帮他，三人有说有笑。一阵忙活，太阳西斜。陈宋起身拎一拎鱼兜说："可以了，我们回吧，这么多鱼，给吴莹爸妈送几条去。"

第二天，富民怕连续外出活动老父亲吃不消，就陪着父亲在家里看电视聊天，聊着聊着，想起昨天看见父亲的渔具外套有些破了，便去找出来，带上顶针一针一线地缝补起来。

在陈宋夫妇二人看来，就富民更多地保留着一家人在哈图草原时的勤俭节约的习惯，一手针线活到现在都没有丢。陈宋戴上老花镜，跟着在旁边一副一副倒腾着鱼竿鱼线，也不时满意地看看儿子。陈宋脸上带着几分慈祥，更带着孩子般的依赖和期盼。真是岁月不饶人，孩子们早已不需要陈宋为他们做什么了，而他则越来越需要孩子们的帮助。

等着父亲午休完，富民提出到河边走走活动一下，陈宋便和儿子漫步来到河边。这里有很多人钓鱼，还有人将七八个甚至十几个鱼竿沿着河边栏杆一字排开，坐在旁边的树下静候鱼线上吊着的铃铛响起。这里也有很多人在乘凉。富民陪着父亲这坐坐那看看，消磨着时间，过不多久又把父亲带到附近的超市，径直走到香烟柜台叫服务员拿出两条软中华，准备付钱。陈宋明白了儿子大热天要到河边走走的真正意图，赶忙问："是给我买的吗？"

富民说："是啊，很少回来，儿子买两条好烟孝敬你老人家。"

陈宋知道这烟不便宜，急忙说："抽不惯这种烟，太硬太呛。"

富民当然知道父亲这样说只是一种推辞，不容分说，把钱递给服务员。陈宋看到儿子是一定要买了，自己就是再不愿意也不好在这么多人面前和儿子拉拉扯扯，只好指着他以往常抽的那种一条两百出头的烟对服务员说换两条。陈宋觉得，这样既能让儿子表表孝心，又不花儿子太多的钱，还比这段时间抽的烟好多了。

富民觉得买这样两条烟哪能算是孝敬父亲呢。既然父亲心疼钱，不如换稍微便宜点的。他便叫服务员把两条软中华换成硬中华，正这么说着，眼睛一扫，发现居然还有牡丹烟卖，三百多一条，这种烟也是父亲所好。于是富民要了一条硬中华一条牡丹烟，不容父亲开口就把钱付了。

走出商场，富民打开牡丹烟抽出一包递给父亲说：“爸，你抽一根看看真不真，超市里不会也有假货吧？”

陈宋一边说今天买的烟都太贵了一边点燃香烟深深吸了一口，待烟子完全吐出后点点头说：“没问题，是真的。我原来也到这个柜台买烟抽，没买到过假的。”

富民闻到了一股熟悉的香味，这种香味在儿时过春节、国庆才能闻到，凭票供应，男职工一个人最多一包甚至半包。还有就是父亲去南方出差碰到过，不要票，但要出高价。这种香味在母亲刚退休那几年也能闻到，是母亲逢年过节给父亲买的。现在已经是久违了。

富民对父亲说：“这两条烟你不要舍不得抽，发霉了坏了可惜。”

“一下买两条，就是买多了嘛。我一包烟要抽两三天，再说我也不可能天天抽这种好烟。”

富民其实也知道父亲不会天天抽这种烟，妈妈没有生病的时候，虽然他们拿着不低的退休工资，父亲也没有这样奢侈过，更何况现在父亲处处需要精打细算。

富民说：“那就放在冰箱头，再买点稍差一点的烟掺和着抽，但不要买那种十几二十元钱一条的，对身体的危害要大一些，人家还瞧不起你。”

“要的，放到冰箱头慢慢抽。不过我现在抽的烟也可以，我很喜欢那种味道。至于别人怎么看就不用管了，我们在医院看病一个月万把块钱的开销都能承担，还雇两个保姆，除了那些高官和大老板还有谁会看不起我？”陈宋一边说一边对儿子笑一笑，语气坚定、目光自信。

老父亲这种依旧不服输而又阳光回暖的心态，让富民感到高兴。

其实，为民这个时候也在为老父亲买烟，半条软中华。他和二哥都知道父亲对中华烟和香气独特的牡丹烟情有独钟，没看到牡丹，就买中华吧。他也一样知道父亲勤俭节约惯了，好烟买多了又舍不得抽，放坏了可惜，所以只买了半条。

吃完晚饭，一家人坐下来聊天看电视，陈宋点一根牡丹烟抽着。为民闻到香味对父亲说："咦，好像是牡丹烟，味道很好闻，也给我一根。"

为民参加工作后才会抽烟，没有什么烟瘾，一般都是为了生意上的应酬。但闻到这熟悉的香味，还是想抽。他抽的不是烟，一样是这久违的美好的记忆。陈宋递支烟给为民，又递支烟给富民，为民顺手给二哥把烟点上。过往的好时光以及当下难得的惬意随着香气升腾起来，暖暖的幸福在弥漫。

"爸，第一次闻这个烟味好像是你从广州出差回来吧，铁罐子的牡丹烟，五十支一罐子。"为民一边说话一边从沙发上的老板包里拿出半条软中华交给陈宋。

陈宋不知道是不是两个儿子提前商量好的，但可以肯定是自己最近抽的烟太撇，让兄弟两个担心难过了。他拿着烟说："这是啥日子呀，一下子买了这么多好烟。"

两弟兄相视一笑却不知道怎么回答，吴莹在旁边说："虽不过年不过节，但是老父亲和二哥都回来了，也算是难得的好日子嘛。"

兄弟二人不住地点头。吴莹又略微收住笑容说："但这都不作数，等哪天老母亲病好了，嫂子跟月月也回来了，一家人聚在一起那才是过大年。"

陈宋一边点头一边重复着说："是，是，是，等到妈妈和我们一家子都聚齐了，那就是更大的好日子，过大年。"

说着话，陈宋又对为民说："明天你去办两件事，一是再找一家环境和味道好的农家，二哥难得回来，让他多吃点地道的家乡味。二是去给二哥订大后天的返程车票。他们那面已经开学了，早点回去。"

为民说："我和吴莹今天也抓紧安排好了厂里头的事情，明天就是打算一起出去耍，地点也选好了。车票让厂里的销售人员打电话预定就可以了。但不知道后天还有没有票，如果没有就只能往后推。”

富民这次回来虽然有为了辞职而采取迂回策略的成分，但也是牵挂父母探望家人。身心疲惫，心灰意冷，加上不能多多照顾父母的愧疚，他这次确实还没有考虑返回。他看看父亲，开口说：“先别急，我还打算多待几天。”

陈宋却说：“回来看看就行了，教书不比其他的工作，那些娃儿耽误不起，早点回去上班。你好好教你的书，为民他们好好办他们的厂，我好好陪着妈妈看病，大家都各司其职、各尽其责，我们家才不会乱，钱才有得花，才有机会好好过个大年。”末了，他又以命令的口气说：“看电视的看电视，洗澡的洗澡，早点休息，养起精神明天要高兴。”

富民只好作罢，去拿换洗衣服准备洗澡休息。

二十五

几天后，富民回到学校上班，身份已不再是什么主任了，被大家称作老陈，一些尊重他也很为他感到惋惜的人就改口称他为老主任。但如何称呼他都不介意，觉得这样无官一身轻的也挺好，双休日、节假日，还有许多的下班时间、夜晚时间又重新属于自己了。

这一天，富民坐在办公室一边哼歌一边改作业。坐在斜对面的于老师有些认真地问他：“师兄，你真的就这么退下来没啥追求了？”

富民不紧不慢地改了两道题抬头半开玩笑半当真地说：“让师妹见笑，师兄我厌倦了。退下来多好，不用逼着你们补课，逼着你们加班，我少挨多少白眼啊。也不逼自己干不情愿的事，轻松自在啊。”

于老师还是认真地说：“这不是真的，不符合师兄的性格呀。”

富民还是半开玩笑半当真地回答：“好好当个老师就行了，不需要看那些领导和家长耍派头，倒可以在你们这些师弟师妹面前耍耍个性，以后有什么对不住的地方，还望你们多多担待啊。”

正说着，又有老师进来，于老师便一边笑着说我还是不信，一边起身离开。

于老师来这所学校也有七八年了，当初她从外县乡下联系调过来，是富民带人听试通过的。面试前，她就对富民有所耳闻，对这个主任的为人和业务能力有所了解。面试后她得到了富民客观公正又恰到好处的评价，既可以让她顺利通过面试留下来，又能让她感觉到进入这所学校后的压力。她对富民由了解转为佩服，常常把富民称作师兄，只要富民开展教研活动或者开办学习讲座，她都会积极参加虚心学习，加上她自己原本功底扎实、勤奋好学，业务也越来越强。当然，在这个教学相长、合作共事的过程中，她有时也感觉到这个师兄很不容易，既要想方设法提高教学质量，扭转所谓的质量不高给这所薄弱学校发展带来的不利局面，还要以身作则带头干重活、教差班。周而复始，一年又一年干下来，没有迎来鲜花和掌声，反而得到很多的质疑、责备和怨恨，扛着这样的压力孤独前行，却听不见师兄诉苦，也看不到师兄抱怨。这真是自古英雄多寂寞啊，这个师兄虽算不上什么大英雄，但也是个不惧怕困难的人，更是个不服输的人。

然而，师兄却突然辞去主任职务搬回组里来了。不应该啊，观察了好几天了，她这才有此一问。

于老师走后，富民放下手中的笔，随手打开课本无意识地翻着，也打开了思绪。离开家返回青海的那天，他还是冒着挨骂的危险再次向父亲提出不要天天待在医院，要多注意自己的身体。出乎预料，父亲没有骂他，而是点头对他说："放心吧，你们两弟兄也是为我好，我心里明白，不过不能完全把妈妈交给两个外人来伺候，她们就是再勤快再有爱心也不可能把妈妈当成自己的亲人。所以，我基本上还是要待在医院，但我每天会多抽点时间到外头喝茶打牌，也会经常回家休息。只有我心情好身体好，妈妈看病才更有依靠。"

那天，父亲的回答让富民感到很意外，不知道父亲是不是因为他要走了才这样说话来宽他的心。别的不说，光是说每天多抽点时间到外头喝茶打牌，这一点就不太可信，父亲舍得花那个钱吗，抽的烟都变成二三十元一条的了。顶多是抽空出去一个人走走，会不会越走越孤独、越走越压抑呢。他真的很为父亲担心。

走的那天，父亲没有重提“钓鱼如品人生”的话题，但送给他一副鱼竿，并对他说：“回去后钓钓鱼，静下心来好好想想你今后该咋办。有没有职务也就是一个表象，并不意味着你就没了更高的追求，就算是当一个教书匠也要当出点名气来。”

“教书我已经小有名气，输不了几个人，回去我会更用心的。”

“那你当初的理想呢，以后真的就把教书当成养家糊口的行当，不当成事业来做了？”

“当初太年轻太幼稚，其实当老师没有几个人能干出一番事业。”

“我看见报刊电视里有很多老师要比你出色得多，付出也比你多得多。你走回头路也好，另辟蹊径也好，总之，你应该还有很大的发展空间，当然，我指的不一定是职位升迁，只要能更好体现你的价值，教好书的同时再为教育多发挥点作用就好，更何况你当初是有理想的。”

当时，富民听到父亲说再多为教育发挥点作用，觉得这话有点酸啾啾的。这个老同志，都什么年代了，还用这样的思维教育人。不是我不发挥作用，而是没有发挥作用的舞台，更或者说你儿子我就根本没有那本事站到台上去。

现在，经于老师这么一问，富民又重新回味着父亲的那些话。一个小小的主任，一个操心费力又不讨好的岗位，辞了以后，原本让他觉得是一个轻松而明智的做法，却被于老师和父亲两个人质疑，似乎既为他感到惋惜，又希望他不要就此放弃。

这样一想，富民不觉也有些后悔了。是不是自己的决定和做法有些冲动和不妥呢？别看多数老师还主任长主任短地把他叫着，但被他得罪的小人看见他时的眼神、说话的口气已经不一样了，对他说话有些放肆，甚至开始责怪他当时不该这样做不该那样做。他愤愤不平又有些自我解嘲地说：“真是，人情淡薄啊！”

这么想着，富民不免又有些庆幸：“多亏是我自己要求辞职的，如果是被上面撸掉的，还不知道那些人会怎么踩着鼻子上脸。”

于老师这么一问，富民又这么胡思乱想一通，觉得有些心烦意乱。他站起来倒了杯水，打开手机的音乐播放器。手机里存着一组他最喜欢的草原歌曲，歌曲从七八十年代一直到现在，跨度很大。他平时一直通过草原歌曲粗犷豪放又好似天籁般的声音来调节自己的心情。高兴的时候，这些音乐可以让他得意、悸动的心情恢复平静，给他带来更多的快乐。难过的时候，这些音乐可以把他灰暗阴冷的心情抛向远方，甚至能给他带来斗志，正如那首歌曲所唱的“告诉我，勇敢向前”。

只是，今天这悠扬婉转的旋律并没能平复他的心情，他仍然思绪万千。今后到底应该怎么办，一个老师、一个同事都在为他着想，都在质疑他的做法。而老父亲从喝茶到钓鱼到最后送他上车，给他谈了那么多，多么希望他是一个有理想有担当的人。虽然他仍固执地认为辞职并不是没有担当，有没有那个位置并不重要，但他知道下一步就这样消沉下去，或者就这样把教书当成养家糊口的手段，父亲一定会失望的。他不由想起去年，几个老朋友来医院看望母亲，临走时一位叔叔拍着他的肩膀对他说，小伙子很不错，都当了几年主任了，还要继续努力，要好好干，不要让爸妈失望。

看得出来，小小一个主任，在父母和这些父辈人眼里，就是他人生的一块最重要的基石，有了这块基石，万丈高楼才会平地起。

这样想着，富民不得不承认现在的做法让父亲失望了，至少是担心了。如果母亲现在跟父亲一样清醒的话，母亲会不会对他感到更加失望呢？因为母亲常常说，我们家富民看着憨憨的，但实际上很有潜力，还是很有能力的。

富民觉得应该认真考虑父亲的话，认真谋划一下未来，不能真的去过每天拿着几根粉笔一本书去上几节课了事的生活。当然，每天拿着几根粉笔一本书去上几节课，而且把这几节课上好是一名教师的本分。能做到这一点，再无他求，对于一个教师来说也无可厚非。但目前富民要上好课暂时也非易事，他这十来天已经对所教的一个班有了全面清楚的了解。思品课并不像他在老家和父亲讲的那样容易，并不是他想象的读一读教材文本再展开讲一讲那么简单，正所谓隔行如隔山，不要说把课本上每一框的内容展开来讲，光是准确解释课程文本引用的一些学科术语、经典古文、政策法规，他这个数学专业的老师就很不容易了。一天到晚拿着课本四处求教，花的功夫远比数学要多。而那一个班的数学就更不好提升成绩了，尖子生少，学困生多，学困生的学风更差。

好在富民已经有了一些扭转现状的想法，倒不是很担心。除了教学，如果想要在别的方面有所作为，就像父亲说的那样进一步体现自己的价值和作用，就很为难了。

为难是为难，但也不是没有突破口。因为富民还有着令他感到尴尬甚至憋屈的身份，那就是一名政协委员和党外代表人士的身份。被确定为党外代表人士两三次近十年了，担任本市政协常委也是二届十年了，这为他参政议政、建言献策、展示才华提供了更好的机会、更大的舞台。职业所限或者说职责所在，他在参政议政、建言献策的过程中当然是更加关注教育上存在的问题，为此提出了一些有建设性的提案，在这些提案的立案办理过程中也得到了主管领导的赏识。

但令人尴尬甚至憋屈的恰恰也是这个党外代表人士身份，一度成为富民被提拔任用的拦路虎。他清楚地记得早些年，就在他把各方面工作干得风生水起，深得领导和师生好评的时候，校长就曾很含蓄地讲某某领导让你要把队站对了，队站得对，下一步大有希望，队没有站对，活干得再好再漂亮也不好说。且不说这位领导说的“下一步”到底有多大诱惑，明面上的话就是说，富民你这个人本来就是个犟脖子，见了领导连句软话好话都不肯说，还不积极要求上进，你还想啥呀，还折腾啥，就在那老老实实干活，默默无闻教书吧。

所以，辞职的事，除了厌倦和身体吃不消，感到灰心和憋屈是富民的又一个真实想法。但这一点他未与别人提及，就连老父亲也没有讲。上学期末，好几个副主任都被提拔上去，而他们几个自认为勤奋踏实、独当一面、工作有成效的老主任还是原地不动，甚至连参加公开招考的各项要求都与他们不搭嘎，像是为避开他们而量身定制的。

这还有啥可说，这就是现实。而在这种现实面前，要不就认命，要不就反抗。认命倒是好办，无非就是继续默默无闻地干活，没完没了地干，领导会换了一茬又一茬，你总会有干不动的时候，那时你估计还是原地不动，累死你也还是原地不动。反抗就不好说了，你又能干点啥，打小报告、告黑状、恶意中伤，甚至进行人身攻击吗，那都是小人行径，富民当然不可能那样去做。能够坚决辞职，高看自己一眼，不要把自己按白菜价继续出售，已经是沉默中的反抗所能爆发出的最大力量了。

富民这样的做法陈宋不完全认同，身边有的同事也不这样认为。现在，就连他自己也觉得不能简简单单辞职了事，下一步还是要有所作为。他想，政协委员和党外代表人士这两个令人尴尬的身份也许可以帮助他另辟蹊径，以别的方式发挥自己的长处，展现自己的能力和水平，也让人家知道他并不是一个默默无闻、简简单单的教书匠，而是一个更有思想、更有责任担当的人。

有老师喊："主任，主任，把你刚才那首歌再放一遍呗，我觉得这首歌静下来听挺好的。"

富民这才回过神来，他看了看手机，把上一曲来了个单曲重放，并跟着哼唱起来，感觉很轻松的样子。那个老师说："主任，心情不错啊。"

"没啥，也就是想唱唱歌，我也觉得这首歌老归老，但好听，旋律好，词更好。"事实上，当富民想到自己还能多做一点事情多发挥点作用，一股曾被强力压制着的力量又在体内鼓动。

富民一边哼着歌曲，一边在心里对自己说："这就对了，人还是要有追求，还是要好好干点事情。"当然，他觉得这样做才会让父亲感到高兴。父亲不在乎他的职位，但在乎他做人做事的态度，在乎他的底气和心劲。

二十六

富民走后到现在，陈宋的生活并不轻松。

陈宋在富民走后第二天就回到了医院。那天，他送富民时说要在家里好好休息几天是怕富民为他担心。其实他早已经决定第二天就回到医院，回到自己心爱的人身边。可以这样说，富民回来这几天确实让他得到了一定的休整，他知道孩子们关心尚芳的病情，更关心他的身体。虽然两个保姆对尚芳就像对待自己的亲人一样，但他觉得不管别人对尚芳有多好，只要他不在尚芳的身边陪着，那么他就对不起尚芳。或者说，如果尚芳的潜意识里还有一点点感觉，还有一点点思维的话，尚芳能够随时看到他，心里一定会感到踏实。

抱着这个想法，陈宋在富民走的第二天早早就回到了医院。平日所做的那些事情照旧，对尚芳的担心、牵挂也依旧。每天陪着尚芳，看着尚芳，盼着尚芳的治疗取得进展，陈宋又回到了原来的那种担心、压抑，近乎自虐的生活。

嗯，还不止这些。陈宋看到了儿子的颓废，为儿子感到担心。但他又觉得儿子也许会从低谷中走出来，担心都是多余的。他认为，他老陈的儿子，读了这么多年的书，不会是这样一个轻言放弃、碌碌无为的人。还是那个想法，职位要不要都无所谓，但不管干什么都要显示出自己的能力来，别让人小瞧了，他老陈是这样做的，他的儿子也应该这样去做。

转眼间，国庆已过。

格尔木市的秋天已经来了，树叶变成金黄色，预示着一个收获的季节到来了。天上的云淡淡的，稀疏而惨白，既为美好季节的短暂表达忧伤，也为冬天即将到来而渲染恐慌。

此刻，富民就站在窗前看着落叶和窗外的云。他的心里并不像窗外的落叶和云彩那般忧伤、恐慌，但也有些七上八下。今天，他要给学生上一节别开生面的数学课。这节课的具体内容与他所教的数学没有关系，但也许能消除学生在数学学习上的一些问题心态、一些消极因素、一些厌学情绪。早些年，他曾经用类似的方法引导和制止过高中生的早恋问题，也曾经用这种方法解决过学生在高考前的焦虑、浮躁和消极问题。

上课了，富民拿着一本又小又薄的书走进了教室。同学们都好奇地看着他。只拿了一本薄薄的书，这不是他的风格呀。

富民并不在乎孩子们的反应，他在黑板上写下了一串音符：3331 2227，并转身打开 PPT 课件的音乐播放器，调大音量。

直到下课铃响，《命运》交响乐都响彻教室。

富民轻松地回到办公室，沏上一杯茉莉花茶，打开了手机的音乐播放器。

一曲未终，斜对面办公室的张老师跑过来带着故作惊讶的口气看着富民说：“你不是数学课吗，怎么上成音乐了？看来你还真是多才多艺，主任干得了，数学教得了，音乐也整得了。”

干得了、教得了、整得了，三个不同的动词显然是张老师有意排出来的措辞，尤其一个“整”字，一定是精心斟酌的，很有些玩味。听着张老师这种讽刺挖苦的语气，富民一边看着他一边笑着说：“唉，主任我没干好，数学也不会教了，音乐也是试着教一下，也教不成，看来我也就只有滚蛋回家了。”滚蛋回家被富民加重了语气，显然是回敬给张老师那个“整”字的礼物。

知道张老师是个尖酸刻薄、斤斤计较、唯恐天下不乱的另类，于老师和其他几个人也一起把目光投向他，有的像是在责怪他不该那样跟富民说话，有的像是在鄙视他，也有的像是在为富民的回答叫好。张老师自觉尴尬，打着哈哈往外跑：“哎哟，不得了，马上要上课了，我得去准备准备。”

富民抿着嘴笑笑，又摇摇头。张老师是在他调动到这个学校的头一年分来的，和富民都算得上这个学校的元老了，共事以来，既是朋友也是竞争对手。最初，两个人的学历相同，业务也都差不多，都属于初出茅庐的新手，就好比在同一起跑线上赛跑的两个选手。区别是，富民的忧患意识比较强，为了立住脚打开局面，工作上任劳任怨，没少在学习和钻研业务上下功夫，之后，抓住各种机会参加各种比赛拿到一些奖牌和荣誉，也得到了领导的赏识，走上了教学管理岗位。而张老师则过于计较、牢骚满腹、懒懒散散，且不说教学和业务下不下功夫，单单在参加业务比赛这件事上就一个劲往后退，自己不主动争取，别人拿奖还眼红。所以张老师与富民和周围一些老师都存在着不对称的竞争关系，这也让他更加在意别人的言行和得失，别人有什么收获他就会难过甚至心慌气短、愤愤不平，别人出了什么状况或者有什么过失，他就会感到轻松愉快，而且这轻松愉快还会驱使他去找当事人说上两句风凉话，或者到人群中去帮着当事人当一回义务宣传员。这不，张老师又要去尽宣传员的义务了，还有那么多办公室那么多人不知道学校有个数学老师上了一节音乐课，这可是全校师生都需要关心的一件大事，好好宣传宣传是必须的。

不过，富民和张老师相处这么多年，早已习惯了他的一贯做法，自然不会跟他计较。既然辞职，就要面对这样那样的人、这样那样的事。走自己的路，让别人去说吧，这是富民这段时间经常想到的一句话。

二十七

近几日，陈宋正担心一个问题。

半个月前为民硬要把陈宋接回去休整几天，他也就跟着儿子回去住了两天。回去之前，保姆莫大姐对他说不想干了，想回老家去。她说在外面打工干的活不少但挣的钱不多，还不如回去种种地给孩子带带娃儿。保姆罗大姐也在头天早上对陈宋说原先当保姆干活的那家主顾找过她，希望她去帮着照顾八十多岁的老母亲，而且开出了在老人去世以后就把那套不算大的房子赠送给她的条件。

如果是这样，爱人尚芳谁来照顾啊？陈宋顿时有些不安。

不过，在说出不想干了之后，两个保姆又都接着表示陈宋对她们不错，待她们比较和气，开的工资也还不低，所以她们暂时还不会离开，还会留下来照顾尚芳一段时间。陈宋也觉得自己对两个保姆很不错，开出的工资也比医院里别人雇的那几个保姆要略高一点，她们应该不会轻易离开吧。特别是罗大姐提到的房子，更让陈宋觉得不可信。在这个大城市即便是一套不大的房子少说也值个二三十万吧，一般人是不会轻易把二三十万赠送给保姆的。还有莫大姐，她应该知道真回到农村去会有多难，光种种地带带娃儿哪来钱花，靠外出打工的孩子寄钱回来吗？陈宋摇摇头，也不怎么相信。那些外出打工的孩子其实也很不容易，一年到头也寄不了多少钱回来，即便寄回来，那也是为数不多的一点生活费，留在老家农村的老人和孩子们依靠这点钱日子过得也清苦。甚至还有一些人把老人孩子丢在家里，一年到头不闻不问，更不要说寄钱回家了。这些老人和孩子待在农村，种地没有壮劳力，收成不如从前，又等不到定期打过来的生活费，老老少少的日子过得就更拮据。要不，国家为什么会越来越重视留守老人和留守儿童。

所以，当时陈宋对两个保姆说的不想干了并不怎么在意，至少觉得问题还不是那么紧迫。

回家休息那两天，陈宋除了早上出去随便走走，剩下的时间就是在家看看电视报纸，喝喝茶，再拾掇拾掇花草。连着两天，报纸上都有关于农民工用脚投票的文章。大体意思就是，原来各地的劳动力市场都不缺劳动力，用人单位想要招人比较容易，与各种劳动力和工种对应的报酬也就相对低廉。但是，现在的劳动力市场逐步出现了劳动力短缺的情况，哪个地方的报酬高农民工就往哪里流动，工厂和企业挑人选人的局面正慢慢被农民工挑老板挑单位的态势取代。这种用脚投票的态势首先在东部沿海地区上演，使劳动力变得紧缺，劳动力薪酬工资上涨，产品和企业成本上涨，已经导致那里的一些企业、加工厂关停了部分生产流水线，甚至关门、破产、跑路。

那天吃完晚饭，一家人看电视的时候，陈宋问为民厂里用人的状况。

为民说："厂里最近的人员流动比较大，尤其是一些骨干人员很容易被人挖走，挖走一个骨干就意味着被挖走了技术或者一大批客户。为了稳住这些骨干和熟练员工，我们前两天刚刚小幅上调了员工的工资。"

吴莹接着讲："这样就增加了产品的成本，但是为了稳定客户，产品的销售价格一时还不敢同步上调，所以估计年底的收入可能会减少两成还要多。另外，那些新招的工人还没有归属感，他想干就干，想走就走，哪怕人家一个月多开个几十元钱的工资，他们都有可能跳槽。前两年，他们走了就走了，你到劳务市场转两圈或者给劳务中介打几个电话，要找的人就到位了。现在不同了，人不好找，有知识懂技术的人更不好找，你开出的工资待遇低了人家连面试都懒得来。"

为民又讲："现在的农民工在外面打了几年工，手里有点闲钱，在老家也盖了楼房，已经不像十年八年前那样穷得吃不饱饭穿不暖衣服了，国家政策又好，也不存在孩子读不起书的情况，所以工资低待遇差了，很多人宁愿回乡坝头耍着。"

现在，陈宋掏出一根好烟点上，靠在住院部的小花园里，深深吸了一口，脸上有些忧虑。在外打工的农民工变得紧缺了，因而劳动力的报酬会不断上涨。两个保姆不就是说她们也打算用脚来投票吗？你加钱，票就投给你。你不加钱，票就投给别人。

对陈宋来说这就是个大麻烦。两个保姆跟他和尚芳都比较熟，比较了解尚芳的病情和护理流程，有她们在，尚芳少受罪他也少操心。如果是换新的保姆，先不说人好不好招，至少她们要有个适应过程，在这过程中尚芳无疑是要受很多罪。不想她们走，就要给她们加钱，不说主动给她们加钱，至少在她们提出加钱的时候你必须答应。况且，新招的人估计也不是现在给的这个数了吧。但让陈宋为难的是他现在已经快入不敷出了，再涨工资就可能真的不够花了，得动用老本。

10 月下旬的一天晚上，陈宋把这个月的工资递给两位保姆。当时请她们来的时候商定的是每月月底最后一天发工资。但是陈宋习惯提前几天就把工资付给她们，一来是两个保姆都有孩子在外打工也都有孩子在上大学，需要用钱。陈宋觉得乡下人居家过日子手头少有活钱，也少有能够随时支配的稳定积蓄，早点把工资发给她们，便于她们提前安排好一家人下个月的开销。二来陈宋不是一个刻薄小气的人，只要她们对爱人尚芳好，工资不会推后只会提前。除了工资，平时在晚上和两个保姆打打扑克斗斗地主，假装着反应不过来让她们赢几块小钱也是常事。陈宋想偶尔输个十块八块钱，也就是出去买包好烟喝杯花茶，爱人躺在医院里受罪，喝再好的茶抽再好的烟也没啥意思，不如把钱输给她们，让她们高高兴兴地把爱人照顾好。

其实，不管是同事之间、领导与下属之间、朋友与朋友之间，或者雇主与保姆之间，人与人的交往就应该是相互尊重，以心换心。至少，陈宋和保姆之间在此之前是这样的。但是，这种相互尊重、以心换心的融洽关系大多建立在利益与价值、付出与回报相对均衡的基础之上。如果一方甚至双方都觉得利益与价值、付出与回报不均衡、不对称的时候，和谐融洽的交往关系就会被打破，甚至会产生矛盾。而这类矛盾可以用适量的钱来解决。只要给付出一方加薪，加到她们基本满意甚至十分满意，问题也就迎刃而解了。

那些用脚投票的文章出现前前后后已经有个十天半个月了，陈宋知道他与两个保姆之间均衡、对称的利益关系将会被打破，多则半个月一个月，少则几天。到底哪一天，陈宋也懒得去猜，今天发工资比以往又提前了几天，就是要看看她们的反应。

果然，两个保姆接过钱时并不像以往那样高兴，她们你看着我我看着你，手上随便干着点没有必要的活，嘴上支支吾吾欲言又止。这些都被陈宋看在眼里。陈宋为人处世、待人接物向来干脆直爽，不喜欢遮遮掩掩、拖泥带水。他问道："你们是不是有啥事情要讲，有就对直讲，我们相处这么久了，有啥子事情不好讲。"

既然陈宋这么问了，两个保姆也就顺水推舟打开了话题。先是罗大姐开口说："那天，我给你讲了原先那个主顾喊我去照顾他老母亲，说实话，工资跟你开的差不多，只不过人家答应等他老母亲百年后把那套房子送给我，我暂时还没有回复他，因为我在这照顾孃孃这么久了，大爷你对我也不错，就跟一家人一样，所以我想大爷你如果能给我加点工资，那面我就谢绝了，还是留下来好好照顾孃孃嘛。"

陈宋一边听着罗大姐说话一边拿出烟来闻闻。他习惯在处理问题的时候吸烟，而且是先深深吸几口，好像只有在体内循环窜动的烟能够调动他思考的细胞。但这是在医院在爱人的病房，他是不会让那些有害的气体冒出来的，他只能一下一下地闻着，解决这样的问题似乎闻闻烟味就够了。

陈宋先不急着回答，他转向看着莫大姐。莫大姐开口说："老家打电话来讲家里缺劳力，如果挣钱不多就回去算了。你和尚孃孃都是好人，我也有点舍不得，所以大爷你如果能给我们加点钱，我也跟罗大姐一样安心留下来照顾孃孃，我们两个本身配合得也不错。"

问题都在意料之中。陈宋不假思索地问道："那你们觉得加多少合适呢？"他一边问一边看着罗大姐，他知道两个保姆中罗大姐更精明些。

罗大姐看看莫大姐说："怎么也要个百把块钱吧，能加个二百块钱就更好了。当然，加多加少还是看你老人家。给孃孃看病的花销也很大，我们也不想给大爷你增加太大的负担。"

陈宋对着她们点了点头，还是没有马上回答她们。莫大姐见状尴尬地说："到月底还有好几天，大爷你先想想，隔两天告诉我们也行。"

本来大家相处融洽，却要站在一起谈论钱的事，不说伤感情吧，至少也的确有些尴尬。罗大姐说："对对对，你老人家也不要着急，慢慢想想，隔几天再跟我们讲。这根烟都闻了好久了，大爷你出去走走，抽根烟放松放松。"

陈宋点点头走出病房，来到医院后院。事情在他的预料之中，也不感到意外和突然。只是这个问题已经摆在眼前，必须要解决好，最好有个人商量一下。他拿出手机看了看时间，已经十点多了，估计孩子们差不多休息了，还是明天抽空再打给他们。于是，他把手机收起来，把烟点着抽了一口，却被呛得好一阵咳嗽。咳完了，缓口气又抽了一口，徐徐把烟吐出来，面部表情由刚走出病房时的凝重变为舒展。显然，给不给保姆加工资和加多少工资他基本拿定了主意。

上班也好，开商店办厂子也好，打工干零活也好，还不都是为了多挣点钱嘛。尤其是现在，既然劳动力出现短缺，既然农民工对自身的价值有所觉醒，哪怕是暂时盲目的觉醒他陈宋都只有直接面对。重新招人，两个新手需要一段时间来学习照顾爱人的生活起居，其间要让爱人多遭多少罪啊，自己又要多费多少力多操多少心。而且，按照现在的标准根本就招不上人。好在两个保姆提出加钱的数额也不太大，不如加钱把她们留下来，一切图个稳定。

当然，陈宋在这几天已经算过好几次账了，开销确实很大，治疗费、医药费、护理费、病房和病床额外占用费、四个人的伙食费、两个保姆的工资等，每个月都要花个一万二三，他和爱人的工资六千多不到七千，医保报销个五六千，有的时候一个月基本持平，有的时候一个月下来要倒贴点钱。所以，接下来再一个月给两个保姆涨个一二百，一年也就是多开个三五千块钱，也还是勉强可以承担的。但不能动不动就加钱，否则他就要动用他和爱人的积蓄了，用完积蓄，就要靠孩子们贴补了。虽然孩子们很孝顺，但他却不想这样。他和爱人一向节俭，原本想给孩子们多攒点钱，结果又花在给爱人治病上，给孩子们留下点钱看来是做不到了，但最好也不要让孩子们贴钱，尤其是贴很多钱。很多家庭都是因为家庭成员得了重病，耗尽了整个家庭的财力物力，因病致贫或者因病返贫。他和孩子们虽不至此，但让孩子们贴补太多就会影响到他们的生活质量。他不想这样，他知道如果爱人还有意识还有思维也不会让他这样做。

有的时候人之所以会感到孤独，那是因为他的爱与责任。此刻的陈宋，作为丈夫，作为父亲，在困难和压力面前他选择了独自承受，他在近乎无能为力的状态下却仍然想着为孩子们付出。

一根烟抽完，陈宋做出了决定，涨点就涨点吧。明天跟两个保姆讲清楚目前先加一百元，如果新的一年她们还继续留下就再加一百元。一直担心的事情终于挑明了，也有了主意，不管两个保姆明天接不接受都让陈宋感到轻松。

他又拿出一根烟点上。医院个别办公室和部分住院病房的灯光透出来，给这个不大的后花园洒下一点点昏暗的光亮。这种昏暗的光亮如果出现在公园，会给那些缠绵的情侣带来多少浪漫，这种昏暗的光亮如果出现在谁家的客厅，会给享受天伦之乐的一家人带来多少温馨，这种昏暗的光亮如果出现在夜行的列车上，会给疲惫的旅人带来多少回家的渴望。但此时，陈宋孤单地坐在一棵银杏树下，烟头的火光被他吸得红亮亮的。在这昏暗的光亮下望着火红的烟头，陈宋想起了在哈图草原住的平房，每年深秋从野外收队回来的晚上，爱人都要做一顿好吃的饭菜犒劳犒劳他，饭菜被炉膛里红亮亮的火苗烤得满屋飘香。吃完饭，说说话洗漱洗漱也就到了大队统一熄灯的时候了，一家人躺在床上听他讲野外发生或遇见的新鲜事，当然也有某个队员险些迷路、险些与野兽遭遇等地质队员必须面对的危险。爱人一只胳膊搂一个孩子，不时插上一句话，那又担心又体贴的话语让他到现在都还记得。这些幸福温馨的往事像红红的火头烙在他的心底，时刻鼓舞着他坚守在爱人身边，不离不弃。

二十八

富民刚上完课回到办公室，于老师告诉他校长传话说局长让你去办公室一趟。富民怕自己听错了，反问是局长还是校长让我去一下。于老师很肯定地说校长带话让你去局长办公室。富民自言自语道："什么事要到局长那去，难道我教书还教出啥问题了，即便是教出啥问题也不劳局长亲自出面，如此兴师动众干吗？"

"局长让你去你就去一下吧。"于老师一边说话一边看着富民，眼神很淡定，仿佛对富民很有信心。也是，于老师太了解这个师兄了，不管之前当主任还是现在当老师，工作和业务都没得说，不要说去局长那就算是去市长那也没啥可担心的。

富民洗了个手，不慌不忙地喝了几口茶，走出办公室。

去教育局大楼的路上，富民想这是怎么回事呢，局长找我一个已经辞职的人干什么，难道有人在后面嚼舌头打小报告，一些无中生有的事惊动了局长大人，局长大人要循着莫须有的罪名给我个秋后算账吗？想到这儿，富民感到有些无奈。毕竟干了十多年的主任，哪有不得罪人的，况且一个人的身边不可能全是君子，小人是必然会有的。落井下石、煽风点火、见风使舵，往往是那些小人更懂得趁势而为。再说自己能保证做的每件事都是对的，都是合情合理的吗？

一边想一边走，已经看得见教育局那熟悉的办公大楼了，干了这么多年，打了这么多的交道，还有哪层楼哪个办公室他不熟悉，不但熟悉，而且熟悉到了令他厌倦的地步。那天，交了辞职报告从局长办公室出来，他就决定尽量不再踏进这大楼的门。如今，为公事踏进这座大楼的门自然是不必了，为私事也不可能。他绝不会为了个人的一点私事去求人找领导，一个人但凡有所求就少不了看人脸色甚至低三下四、点头哈腰。

没想到，这么快就要再次踏进这座大楼的门，而且有些莫名其妙。他挺起胸脯自语道："去他妈的，老子不做亏心事，不怕鬼敲门！"

富民近来说话有些粗鲁，或许是在此之前为了起到表率作用，因而谨小慎微，顾虑太多，自己也过于克制和压抑。现在把担子卸了，情绪需要释放。可不，有责任，就需要诸多隐忍，而无责任，就可以随性一些。

走进局长办公室，办公室里除了韩局长没有别的人。

身体怎么样，带哪个年级的课，感觉还行吧，等等等等。

寒暄几句后，局长面色沉重地转入正题。他问：“富民啊，你也是老教师老主任了，你跟我说实话，最近有没有听到大家对局里提拔用人的什么传言，哪怕是对我们局里选人用人的意见或者建议？”

“没有啊，再说了，我现在就教我那点书，待在办公室里很少跟大家聊天沟通，跟外面接触就更少了，不知道啊。”

“有的老师说局里任人唯亲、走关系，甚至说局里用人存在很多问题，你是怎么看的？”

“有没有人说这些我真不知道。至于如何用人，用谁不用谁，局里自然有其用人之道，我不敢妄言。”

韩局长既不点头也不摇头，眼睛却紧紧盯着富民，似乎想在富民的眼睛里寻找那种闪烁或者躲避的神情。人们常说当一个人撒谎的时候，他的眼睛会出卖他。韩局长是混迹官场的老手，阅人无数，这一点自然是懂的。

当然，这一点富民也是懂的。看到韩局长不甘心，富民说：“我想，你们领导用人不可能草率，一定会深思熟虑、全面考察、通盘考虑。再说了，如果你们领导任性提拔一个没有能力的或者不好好干事的人，他工作拿不下来，不但自己很尴尬，你们领导也很打脸，这种事领导是不会干吧。”说这些话时，富民一直与韩局长的目光对视，甚至有些逼问的气势。

韩局长收回那咄咄逼人的眼光，点点头，哈哈一笑，转身给富民倒茶。他知道这就是富民的性格，不整事，也不怕事。

两个人原本是站着说话，接过茶杯，富民顺便在沙发上坐下来。仅从前面两个问题就让他意识到这是一次很长的谈话，站着说话不解决问题。

富民的举动对于韩局长来说是求之不得。这次用人风波中，他把在这个节骨眼上辞职的富民列为重点谈话对象。他甚至猜测那些反映局里存在用人问题的东西有些一定是出自富民之手。这几天，他被上学期末调整干部队伍的投诉搞得很狼狈很被动，党委政府的一把手和教育主管领导不停轮番找他谈话，把相关举报信和网络舆情甩在他面前，还责成他就此展开调查并进行说明。说明倒是好办，那些提拔调整的人虽然以他的意见为主，甚至是他一个人说了算，但他把工作做到了组织考察程序之前，提拔的人最终都是经过局党委会研究通过的，有几个甚至是通过组织部门的相关组织程序产生的，而且文件已经下发，人员已经到岗履职，推翻重来是不可能，所谓说明无非是冠冕堂皇走走形式，让局机关去做就行了。他倒是觉得查清楚是谁在背后说话找事更为重要，而且必须由他亲自出面才好。每次从那些大领导办公室出来他都在心里骂道："他妈的，老子要是能查出那些投诉出自谁的计算机 IP 地址，能查出是谁的字迹，叫老子知道是什么人在搞事，老子整死他。"

通知富民来办公室之前他就像小学生背课文，或者说像一个战士在出征之前宣告誓言一样把那些骂人的话在肚皮里又嘀咕了一遍。当然，这也不仅仅是针对富民，他只是把富民这个确有真才实学、有能力、有个性，没有被提拔反而辞了职的人列为重点谈话对象。这几天他每通知一个人来他办公室他就先背一遍"知道是谁，老子整死他"，这样做，或者这么怀恨在心，连他自己都觉得简直不可思议，就跟强迫症、神经病一样。

看着富民喝几口茶，韩局长接着问道："那你辞职是怎么想的呢，你为啥……"不等局长问完，富民就抢着回答说："我辞职跟各位领导没有关系，跟各位同事没有关系，这些我在辞职报告里写得很明白，我只是因为身体的原因，确实感到身体很差、力不从心。而且我也想到教学一线去好好教两年书，这些年在教学管理过程中有一些启发和体会，我想用到具体教学上。"说完，富民很真诚地看着韩局长。

这时候，韩局长又点了点头，但仍心有不甘地接着问富民："我听说你曾经给上面写过信？"

对了，这才对了。富民知道这才是最让局长心里犯嘀咕的事，但他故意回答说没有啊。

韩局长诱导着说："很多年前，当时你们学校还没有交给地方管理，我听说你曾给上面和上面的上面写过检举信。"

富民把杯子放在沙发扶手上，坦然一笑说："哦，这封信是写过，但不是检举信，而是一封反映我们学校和老师当时的窘况，提出保留学校坚持办学的若干设想，特别是设想移交咱们地方政府管理，为当时在职的三四十个老师谋出路的建议信。局长，是建议信，类似于政协提案。”

虽然心中坦然，但富民的语速还是越来越快。每次想到这封信和这件事，他都有些激动，在他认为那就是通过自己的努力来决定自己前途命运的明智决策、勇敢举动。

富民停下来喝口茶平复一下情绪接着说：“而且把同样的信寄了三封，一封寄给当时主管教育的副总理，一封寄给时任教育部部长，一封寄给省政府。不过从后来的情况看，副总理和教育部我们这些寻常百姓都够不着，估计真正起到作用的应该是省上。据我事后了解到的情况，也不确定是不是寄给省政府的信起了作用。因为我也曾以无党派人士的身份参加了某个民主党派省委来我市开展的调研座谈，就此事发过言，他们回去后在内部刊物上刊登了我的建议信，还以此向省政协提交了相关提案。”

韩局是后来转到教育上的，但富民所说学校移交地方政府管理一事他多少有些了解。而且当初听到这些事后，他对那些有移交地方管理意识并努力争取实现移交的人还是很佩服的。这不，富民他们可是开了格尔木市教育的先河，目前全市各中小学，近半数是从企事业单位改制移交给地方政府的，如果当时没有把这些学校和老师留住，现在格尔木市面临的教育压力是无法想象的。那封信他也有所耳闻，还一度好奇地想了解那封信的内容。现在，写信的人就在面前，但此时就不一定是好奇和佩服了。他想那时候你富民能给上面写信，这回你就不会给上面写信吗？辞职，不要说你个人会后悔，就连我身边都有好几个人对你感到可惜，你难道就没想着整点事发泄一下吗？

有所猜忌，但尚不能证实，韩局长继续不动声色地说：“当时怎么会想到写这样一封信，这个事情搁在谁身上都是很难解决的。”

富民更加明白，这是把他当成背后捅刀子的小人了。他严肃地对局长说：“地矿部撤了，对我们这些学校的安排就是停止招生，三年内自然解散。这种让我们自生自灭的做法太不合理，太不负责任了，所以为了三四十个人的前途、三四十个家庭的生计不得已而为之。写信容易，写好后犹豫了好几天迟迟没有投递出去，怕投出去后没有音信，更怕引起误会甚至挨领导收拾。是很揪心，也很难做决定，但最终还是发出去了。能不能解决问题权且不谈，至少我们要让上级领导听听我们的呼声，我们不愿做任人宰割的羔羊。我们也要让上级领导知道我们的设想和建议，反思一下他们决策的科学性、合理性。”

韩局长一边听富民说话一边不由自主地点头。早就听人讲富民这个人不整事但也不怕事，果然如此，紧急关头，这家伙胆子还真大，还真是敢想敢干。又转念一想，给上面的上面写信他都敢，给市领导写点东西告个小状还不容易啊。想到这儿，他那疑惑猜忌的眼神又落到了富民身上。

富民也在看着局长，而且早就猜透了他的心思。富民严肃地对局长说：“至于局里如何选人用人，传言我其实多少也听到了一点。但局长你放心，我是不会干这种事的。我可以为三四十个人的生存站出来，但绝不会为个人的一点点私利搞小动作，甚至侮辱他人的人格。这样做太卑鄙。我还是那句话，辞职是我个人自愿，不怨各位领导，也不关其他人什么事。当然，我也挡不住别人拿我说事。”

话都说到这个地步，已经没有再继续下去的必要。韩局长起身拍拍富民的肩膀，笑着说：“对对对，干了那么多年的教学管理工作了，又是个老教师，这点觉悟肯定会有的。我就是了解下情况，对事不对人，你也别往心里去，先回去忙你的吧。”

“树欲静而风不止，我也不多说了，局长有啥事可以随时叫我，但不是随叫随到，我只能上完课再抽空过来。”富民说着离开。

看着富民离开，韩局长点上一根烟抽上两口，满意地躺在老板椅中晃着。他感觉今天这个谈话还是比较真诚的，不像此前那几个人那样言辞闪烁东躲西藏。干部调整之前如果不是这些人找这个领导打招呼那个领导写条子，他情愿把富民这种人提起来，思维缜密踏踏实实，关键时刻有想法敢冲锋，这才是他用人的本意。但有时候事情是不会依照他的本意来的。可不是吗，树欲静而风不止。

富民一边往家走一边回味着局长的话，无风不起浪，最近一定有人在拿局里选人提拔干部说事儿。他富民在这个时候提出辞职，肯定会引起领导怀疑。想到这儿，他挺了挺胸脯，步伐轻盈地往回走。你领导相信也好，不相信也好，别人拿我打比方说三道四也好，但咱没有干那见不得人的事，身正不怕影斜，也不怕人说。走自己的路，话让别人说去吧。

但客观地说，在局里用人上富民感到有些委屈。一个男人嘛，肯定是希望自己在事业上有所追求有所成就，哪怕是一个普通的教学岗位，他也希望能够做到更好，做成一个坚实而又光明正大的跳板，凭自己的本事由此拾级而上。事实呢，别看几任局长都对他的表现和能力大加赞赏，但是这么多年的努力没有得到相应的回报。如果职务得不到提升，领导的那些赞赏就是一钱不值的白条，甚至就是哄着人卖力气干活的洗脑汤。

你们看不上老子，老子还不想干呢。

这是富民考虑辞职那段时间最常骂的一句话。但是今天走进家门他改成了“妈的，辞职的人了，还叫老子去局里”。显然，今天局长叫他去谈话让他心里很不舒服，局长怀疑他是背后捅刀子的小人，这是对他人格的侮辱。

爱人霞竹说：“被领导叫去谈话又咋了，你当初辞职就应该考虑到这些后果。现在社会上不是流行一种说法吗，你如果想干，你要去找领导溜领导，否则顶多原地不动。你若是不想干了，更要去找领导溜领导，否则领导会报复你对他的不满，给你穿小鞋。在这两点上你都是一个不开窍犟脖子的典型分子。想上想干事，你空着手等，不想干辞职了，你甩屁股就走。领导不找你找谁，不收拾你收拾谁？”

富民开口犟道：“反正老子就不吃那一套！”

“你要是吃那一套，你还会是今天这样吗？你要是吃那一套，你还是你吗？改变不了自己，就化气愤为食量吧。”霞竹一边回答一边把热着的饭菜端上桌子。富民没有辞职的时候总是起早贪黑、加班加点，等不到人回家吃饭。辞职后，还要热着饭菜等他回来，简直是无法理解。但看霞竹的口气，这回是原谅他了。进不容易，其实退更不容易。

二十九

这几天富民在忙着搞调研。当主任的时候就发现很多学校乃至全市都存在教师配备不足的问题，已经严重影响到当地的教育发展。一是教师配备比例太低，用人紧张，很多学校都拉不开栓。二是经教育局考试聘用的老师工资待遇过低，留不住人，留下来的老师迟迟不能转正进入正规编制，晋职晋级都没希望，心里没着没落的。至于学校想额外校聘教师就更麻烦了，上面政策不允许，学校资金也很吃紧，想偷偷摸摸聘个人也因开出的待遇太低招不到。

这已经是普遍现象，应该得到改变。但这种改变可不是随便找人聊聊，随便找个领导说说就可以实现的，必须要有翔实的材料，要有切实可行的方法建议，要具有说服力。最好的办法就是先调研，再建言。作为一名政协委员和党外代表人士，富民具有这个优势。

从这个学校出来又进那个学校，向这些老师了解完情况又听那些老师提建议，富民一直在忙碌。那些老领导、老朋友以及一线教师，有的人坦诚相待，对他的这个课题表示支持，希望面临的教师困境能够有所改变。也有人当着富民的面只是发牢骚，除了牢骚没有一点办法。也有人说着风凉话，你连主任都不当了，就一个教书匠，有你的岗位不少你的工资就行，还搞什么调研，教师够不够关你什么事？

有的人甚至开着玩笑说这些关你屁事啊。遇到这样的人，富民只是莞尔一笑或不置可否。他心想不管当不当主任，我要做的事情就一定要做，而且还要做好。如果遇到个别摆架子牛哄哄的领导也这么说风凉话，他还会在心里回敬几句："有情况说情况，有想法谈想法，没有就谢客，讲那么多屁话干啥！"

你看，当一个粗人说几句脏话其实很容易。富民也不例外，他可以对人谦虚礼让，也可以对人粗鲁。面对不同的人说不同的话，完全随性随心。

当然也有人知道局长曾找富民谈过话，虽然不知道谈话的内容是什么，但他们猜想局长找一个不得势的教师谈话自然不会是什么好事。至于局长在调查投诉告状的人，大家慢慢也有所耳闻，甚至传言局长说若查出此人看不整死他。所以这些人把富民当作嫌疑人，生怕稍有不慎会受到他的牵连，干脆在富民电话预约时就以种种借口拒绝。

对这些人的反应也能理解。毕竟人心隔肚皮，祸从口出。站在哪个队列里，与谁保持一个阵营，对那些比较势利或者说政治头脑比较清醒的人来说是极其重要的，来不得半点马虎。而且你想做什么事，人家是不一定能够理解的，而人家会不会跟你说真话，同样也需要你自己有一双慧眼。

不管怎么说，经过富民的一番努力，了解到大量翔实的资料，接下来的工作无非是统计和分析。这对富民来说并不是难事，这些年这样的工作干得还少吗，每年要写研究报告，要写工作总结，要写各种情况分析，甚至还要回复一些家长发到政府网站的投诉。采集数据、统计分析和各种文本写作已经成为他的一项基本功。

进入分析整理阶段，时间分配上就相对自在一些。富民打电话了解母亲的病情和父亲的身体状况。几次打电话，电话那边的父亲都是一副乐天派的样子。但富民还是觉得问题没有这么简单，父亲的心态听起来虽然还是那么乐观，但是声音明显要迟缓一些、苍老一些。

富民觉得应该从两位护嫂那里探探口风，这当然要避开父亲。

这天上午，估摸着父亲应该已经离开医院外出，富民逐个给两位护嫂打电话询问父母在医院的情况。莫大姐话不多，富民问什么她就答什么，而罗大姐则是问一句答十句，一股脑把陈宋夫妇在医院的情况道出来。末了还对他讲："弟弟，你不晓得你们爸妈有多不容易。嬢嬢还是老样子，平时啥动作反应都没得，但每回在做康复训练时都要哭几道，这个你也是知道的，你假期回来也看到了，那些康复训练对嬢嬢来说也太折磨人了。而大爷每天陪在嬢嬢身边，又担心，又劳累，又压抑，吃不好，睡不好，我们感觉他的身体也没得那么好，这样下去怕是快吃不消了。"

挂断电话，富民心情沉重。他仿佛又听到了母亲的哭泣声，他在假期陪母亲进行康复训练时听到过这种哭泣声，他当时心疼母亲，甚至试着给父亲说不要让母亲受这份罪，就让母亲躺在病床上静养算了，兴许那样反而对母亲的康复更加有利。

但是陈宋当场就否定了。陈宋认为儿子这样的想法太幼稚太天真，不进行必要的康复训练，尚芳浑身的筋骨和肌肉都会变得僵硬，还会患上运动功能协调性遗忘，即便哪一天恢复了大脑和神经活动，四肢也不受支配，就是一个不能动弹的木头人。更何况哭就意味着大脑和神经在刺激中是有一定感觉的。这个观点几位医生都不置可否，也没有找出一定的病理依据来支持这个观点。但至少陈宋是这样认为的，他甚至还指望着通过这样的康复性训练进一步冲击阻塞爱人血管末端的那些栓子，激活神经细胞原的反应功能，进而慢慢康复，慢慢动起来。

富民感到很难过。人都说孩子就是母亲的心头肉，现在母亲更像是富民的心头肉，那遥远的哭声就像一把尖刀戳在他的心上。

富民的眼前还有父亲憔悴的面孔在浮现。母亲的病情没有好转在预料之中，父亲的心态很好这也是意料之中，但父亲的身体被拖垮了，这是他最不愿意接受的现实。不过，陈宋这种强撑着的状态让富民既心疼又钦佩，年迈的父亲尚能如此坚守如此执着，而他遇到一点点挫折和压力就选择了退缩，选择了安逸，真的太让老父亲失望了。

这几天富民老是这样想，老是感到内疚，只有调研工作可以让他心里好受些。调研可以让他冠冕堂皇地认为自己并没有被现实打倒，也没有在现实面前屈服，他是一个从正面战场迂回到了游击阵地的战士，他还在继续战斗。

所以，富民认为数据分析和撰写报告要更加尽心，但他每天都望着调研搜集的各种资料发呆。特别是晚上，他专门避开电视跑到小书房，提前还泡上一杯提神的浓茶做好挑灯夜战的准备，之后却望着那些摊开的资料发呆。一眼望过去，那些资料上仿佛就没有什么文字，只有父母憔悴衰老的影子。他眨眨眼，拍拍脑门，笔记和资料依旧看不进去，更不要说分析问题，提出科学合理的建议。

连着几天都是这样。一天晚上，富民又这么把自己关在小书房里，但却没什么效果。统计表中的数据还是几天前的那些数据，草稿纸上的调研提纲还是几天前随意写下的几个干条条。他一会儿拿起那些调研数据看看，一会儿又拿起调研笔记看看，但目光却很难落到那些文字上，越是想把思路集中到材料分析和报告梳理上，脑子越像是有无数的疯马在向四处逃窜，后脑沉沉的，耳朵里灌满了蜂鸣。他使劲眨眨眼睛定定神，再次拿起那些材料来看，但与那些材料之间仿佛隔着一层迷雾，迷雾中两棵枯黄而孤独的人苦苦菜在风中战栗，风很大，卷着尘土飞扬的咸涩味道，但它们相互依偎着，挺立在那里。

富民眼含热泪，但他觉得这样恍惚下去，无疑是在向着抑郁的人生靠近。他挺直腰使劲摇摇头，在自己的额头上狠拍几下骂道："看你个没出息的样，遇到一点事就稳不住了。老父亲都那么乐观，你个不出力少操心的人还在这装什么脆弱！"他一口气把一杯浓茶灌到肚子里，打开电脑开始录入数据和资料，反正撰写报告时这些东西都要敲到电脑里。

光标闪烁，文字跳跃，午夜已过。富民对自己说很晚了，明天还有明天的事，睡吧。

躺在床上，富民却没有丝毫睡意，尤其是今晚，他感到非常的疲倦，但就是睡不着，闭着眼睛也无济于事，故意想要放空大脑什么都不去想，但就连这一点也做不到。他想起几天前罗大姐在电话里说父亲给她们每人涨了一百元的工资。因为当时罗大姐赶着说话，一口气说了好些个事情，他一时插不上嘴，这件事就被岔过去了。现在翻来覆去睡不着又想起来，而且让他有些忧心忡忡。知道父亲的经济状况应该是快入不敷出了，对农民工用脚投票的事情也有所了解，他觉得一定是两位护嫂借着这个投票事件要挟要钱。

这在富民看来可不是一个小事。如果仅仅是父亲的经济状况有点入不敷出还好解决，有他和为民帮衬着，涨点工资不是太大的问题。但问题的关键在于涨工资背后的"用脚投票"，这其实是一场随时都可能在各地全面爆发的用人危机，这种危机必然导致劳动力薪酬上涨，而且涨价潮可能在媒体的炒作下愈演愈烈、没完没了。广播电视上报道一次，她们就要求涨一次。那么，父亲就会面对一次又一次的涨工资要求，涨个一百二百的当然一时不觉得资金有多紧张，但如果涨几个一百二百的，父亲每月需要填的坑就很大了。到那时，父亲同意还是不同意？如果同意，资金负担将越来越重，要填的坑越来越大；如果不同意，她们也许真的用脚投票跑去照顾别的患者。

的确，改革开放十多二十年，有那么多人的收入不断增长，还有那么多的人迅速富了起来，有钱人有的是。涨点工资，在富民和陈宋他们眼里是越来越重的负担，是个黑洞，但在那些有钱人眼里，这正好是可以掏钱购买的优质服务，可以把自己的生活品质与那些勉强可以承担，或者想都不敢想的人区分开来。

不过，陈宋到目前也没有开口向儿子们要过一分钱。报纸上电视上常看见一些家庭因病致贫、因病返贫的报道。在大病、危重病面前，不要说那些生活本就拮据艰难的人家，就算是他和尚芳这两个拿着较高退休工资的人也会被掏空的，最终变得难以承担是毫无疑问的。特别是从爱人目前的治疗看，好转的希望不是没有，但很渺茫，估计会在这种高投入中一直不好不坏地耗下去。所以，他决定通过自己的精打细算、控制开销来全力维系收支平衡，尽量不要让自己被掏空被耗尽。这样，除去那些难以预料的突发事件外，不需要举全家之力来维持尚芳的治疗，也不会影响孩子们的生活质量。

陈宋的这些想法两个儿子是能够感觉到的。尤其富民，他躺在床上瞪着眼睛把这一切梳理了个透实。再想起罗大姐说父亲的身体大不如前，他感觉心口一直被一块石头压着。但为了和父母兄弟一起承担，他也不想独自把这块石头卸掉，仿佛他的胸膛甚至包括他的脸、眉毛和额头都不该舒展开来，他必须与父亲和兄弟很小心很紧促地呼吸。

第二天，富民给为民打电话，希望他去医院看看父亲，多了解医院的情况，特别是父亲的开销和饮食情况。为民说去过好几次了，基本情况就是父亲和往常一样乐观，母亲的病情也和往常一样没有任何好转，感觉似乎还不如从前，虽不能说现在的治疗意义不大，但至少应该是一场持久战。为民还说父亲这么耗在医院，身体和精力大不如从前，感觉衰老多了。

富民叹息着说：“前两天给罗大姐打电话，她们也说爸爸老多了，主要是妈妈不见好，爸爸守在身边太操心太忧虑。”

“我也试图劝父亲不要天天守在医院，多在家里休养，把照顾母亲的事直接交给两个护嫂。结果父亲呢，不但不听，反而有些发火。”

“这个事情，我也给父亲提过，也让父亲生气，所以让父亲直接在家休息暂时就不要提了，你呢就是隔三岔五地往医院跑，去了就找些理由或者哄着老父亲跟你回去休息，哪怕是休息个半天一天也好。”

为民说好吧，现在也只能这样。

想到父亲的资金问题，富民又问：“老父亲给两个护嫂涨了点工资，你知道不？”

为民回答说：“我也是这几天才知道的，不过现在不涨工资也没得办法，沿海和东部发达地区农民工用脚投票，事情被宣扬得沸沸扬扬，结果到处的农民工都涨价，像我们这些地方虽然涨得还没那么厉害，但不涨点没有哪个想干。”

这些富民当然了解，即便是地处偏远的西北，他预感也会因农民工用脚投票而掀起用工荒和涨价潮，只不过在偏远的西北一开始可能不会有太大的幅度。他对为民说：“就是因为这些，我感觉到父亲的资金状况有点吃紧，应该是入不敷出了，这方面你要多观察，有啥特殊情况或大笔用钱的时候，我们两兄弟要及时出手，不能等着父亲开口，老父亲很要强，他轻易是不会开口问我们要钱的。”

“我去结过几次账，老父亲都说不用结，他有钱，所以我只能见机行事。”

“对嘛，平时你适当帮爸结点账，假期回去我再帮着结点账，这样老父亲一年下来差不多收支平衡。”

“好的，好的。”为民说着挂断电话。

小弟对父母一直都很孝顺，而他两兄弟之间的感情一直也很好，没有因为长大成人和组建家庭而疏远，更没有为经济问题计较过，这让富民感到安慰。通过电话之后，他心情也平静多了。既然父亲那边一时插不上手，那就把调研的事干好吧。

年底将至，富民完成了一份自认为很有说服力也很现实的调研报告。他在等待机会让这份调研报告发挥应有的作用，希望这份成果能够得到相关领导的重视，能够切实改善那些临聘教师的工作和生活问题，为当地教育的未来留住一些人才。也就是说，他不愿看到教师用脚投票的现象在这个城市发生。

三十

2008年初的一天，富民接到年度人大、政协“两会”召开的报到通知。这是预料之中也是他所期待的，去年下半年的调研就是为这个会议做准备，在两会上讨论和立案的委员提案才会得到更多领导和部门的重视，提出的意见和建议才有可能交由相关单位认真办理。

以往，富民在“两会”上相继提出了很多提案，这些提案大多都能得到立案办理，也能起到实效。但相比之下，以往那些提案所针对的问题宏观性、全局性不强，所需的资金不多，这种“短平快”的提案更容易通过提案委员会的审查立案，办理起来也相对容易。但是这次不同，涉及劳动人事问题，也涉及大量的资金，而人事和花钱都是提案委员会审查提案时最头疼最难做决定的事。

富民觉得仅仅靠一个人的力量，将要递交上去的提案是很难立案的。于是，他提前拿着调研报告拜访了一些熟悉的政协委员朋友，请他们阅读，与他们商讨，最后有几个人觉得这份调研报告很现实很有价值。同样也指出报告转换成提案涉及人事和大量的资金，估计不会立案。不过，几个委员表示如果需要可以把他们的名字一同列上去，届时交一份联合提案或者集体提案，以突出和增加提案的分量。

这么一来，一切准备就绪，就等着在两会上讨论和提交相关提案了。富民又抽空把提案的事由、内容和建议等反复推敲了几遍，力求做到万无一失。

这一天下午，按照会议日程开始进行分组讨论，主要是讨论政协工作报告和政府工作报告，也结合两个报告就全市经济和社会发展的重点、热点和难点问题展开先期讨论，为委员参政议政、建言献策和撰写提案做准备。富民当然知道这个环节的重要性，也知道在这种讨论会上，先开始发言的大多要戴上个大帽子说些对过去五年取得成绩的肯定和赞扬的话，也要说些面对未来五年的期待和振奋人心的话，再表表决心。这些话，他以往开会也要说。每一届政府、政协班子都会带着使命、任务、干劲和热情扎扎实实干工作，都会取得前所未有的成绩，也会牢牢把握大局，顺应未来发展和百姓的需求提出未来五年的目标任务。所以，这样说也并不唯心。

只是，今天富民的重点不在于此。所在的这个小组里，刚好有提案委员会的成员，提案审查和立案全指望他们。小组里还有好几个局长副局长、主任副主任，这些人的发言和态度也是很有影响力的。

富民故意把自己发言的时间压后。前面发言的多数委员照旧唱着赞歌表着决心，也有个别委员结合两个报告提出了一些观点和建议，引发了大家的讨论，大家你一言我一语，仁者见仁智者见智，或认同或质疑，把分组讨论推向一个小高潮。

富民觉得时机到了，去掉那些帽子话直截了当说他的调研报告，并指出："全市教师队伍存在严重的人员紧缺和待遇过低问题，尤其是教育局招录的临聘教师的工资待遇太低，留不住人，这些问题如果不能得到重视，如果不逐步提高局管临聘教师的工资待遇，在短短几年之内会再次出现教师青黄不接的问题，会严重影响到全市的教育事业发展，也会影响到大会提出的教育强市战略。"

陈述和提出这些问题的时候，富民留意着几个提案委员会成员、局长副局长、主任副主任的反应。发现提到教师紧缺的时候，他们都还自然地点头认可，但提出要继续招录教师，要逐步提高临聘教师的工资待遇的时候，他们则在摇头。

有几个委员表示现实的确如此，应该提高临聘教师的工资待遇。但这几个委员没有担任什么领导职务，而那些局长副局长、主任副主任在这时好像集体哑言了，显得很谨慎。

富民对此感到有些失望甚至有些不满，他拿起笔在便签上毫无目的地画着圆圈，稍等片刻，把笔往桌子上一扔。抬头看着几位领导，就好像在追问他们的观点。

就在这时，小会议室的门被推开，几位市级领导走了进来。这是每年"两会"

中必不可少的环节，各位市领导要分配到各个小组参与讨论，而所谓讨论其实也就是代表市委市政府说一些宏观的话、一些关怀的话、一些希望的话，也就是做指示。

显然，几位领导来得真不是时候，今天的讨论已经不会有结果了。好在明天会继续开展讨论，而且在明天上午的小组讨论之后，提案征集将截止，明天下午就要召开提案委员会的提案审查会议，委员们递交的每一份提案是否通过审查得以立案将变成定数。

富民知道明天上午是他最后的机会。

晚上，富民同此前共同探讨过调研报告的几个委员通电话，得知他们也把这个问题提了出来，但是大家的反应并不强烈，似乎没有人把注意力放在这个问题上。

看来希望还是要放在自己所在的小组。富民决定明天放手一搏，脸皮薄胆子小是不行的，不管能否得到大家的认同，至少要再次表明自己的观点，据理力争。当然，他也知道这样的话，一定会得罪人，会冒犯一些领导的，就意味着今后也许会在不知不觉中被人穿小鞋，被人投了反对票。

霞竹在一旁对富民说在会上随便讲讲就行了，认不认同和解不解决是他们的事，跟你一个普通教师没有关系，你也没有必要为了这件事去得罪人。况且，你就算给他们那些老师争取到一定的利益，让他们的工作生活得到一定改善，他们也不知道是你做的。但如果你得罪了某些领导，领导们可是知道你姓什么叫什么在哪儿工作，以后有的是机会收拾你，最终受伤的是你自己，这是何苦呢？

富民点点头，顺口说这个我知道，我会注意的。事实上，他仍然想着在明天要放手一搏，据理力争。

第二天，富民来得有点早，先找个偏僻点的座位坐下，之后把各小组昨天讨论的简报迅速浏览了一遍，想看看其他小组是否关注他所关心的问题。浏览的结果有些令人遗憾，每个人从事的职业和专业不同，生活环境和条件也不同，因而关心关注的问题也不同，其他几个小组的简报都没有提及他所关心的问题，就连自己小组的简报也只是一句概括说某某委员对教育问题进行了发言。他对这个问题的一些深刻的看法、一些详细的数据，特别是他就这个问题紧迫性和重要性的陈词并没有摘述。

怎么会这样呢？这么重要的一个问题，牵扯到千家万户的孩子的教育，牵扯到那么多基层老师的生活甚至是前途命运，怎么会没有人提及呢？他感到气愤，但这种气愤当然要站在他的立场上才会有，不能指望别人。他决定一会儿抓紧发言，把这个问题谈透，争取得到大家的认同和支持，争取把这个问题通过提案的形式摆上市委市政府的议事日程。为此，一定会有一番言辞激烈的辩驳。

富民起身挑了一个居中显眼的位置。对，就坐在那几个领导的对面，今天的讨论会有针锋相对的可能，就坐他们对面，不但不要怕冒犯和得罪他们，而且还要争取让他们开口，让他们的表态对提案得以立案起到支持作用。

小组召集人环顾四周看着与会人员陆陆续续到位，喝两口茶清了清嗓子，围绕报告说了一些提头带帽的大道理，算是今天讨论的开场白，接着要求昨天没有发言的委员今天积极发言，把自己的观点和想法讲出来和大家一起分享，更好地履行参政议政职责。

有人提出了一些想法和建议，引起一次次热烈讨论。其间也有人继续说着一些不疼不痒的大话套话，其他人也很有礼貌地点着头附和，并给予掌声鼓励。

一阵掌声之后，富民开口了："不知道各位委员各位领导对我昨天提出来的那个问题还有没有印象，我市现在面临着教师紧缺、临聘教师工资待遇太低问题，我已经撰写了相关的提案，要求给局管临聘教师提高工资待遇，最好是逐步实现同工同酬，还建议继续大量招聘教师补充师资力量，大家认为这个提案有没有价值？"说完话，环顾四周，等待着各位委员的发言，甚至有点眼巴巴地。

有几个委员说通过他们的了解，这的确是个大问题，特别是局管临聘教师的工资待遇，他们做了了解，觉得这些临聘教师的工资待遇确实偏低，可以说低得可怜。

发言的是几个来自社区和乡镇的委员，这些来自基层的委员讲话更接地气，富民心里感到安慰和踏实，点头对他们的理解表示感激，说明他的调研和提案是有人支持认同的。但是仅仅这几个委员的发言还不能让富民满意，无论是集体效应还是决策影响力都差得远。

几个委员发言之后出现了暂时的冷场，富民把目光投向对面的几个领导，他这时候已经不是那种眼巴巴的目光了，而是有种追问或者说逼问的感觉。

于是，某副局长打着官腔说："教师紧缺这个问题不是年年都在提吗，我们不是年年都在解决吗，总不能没完没了啊。"

富民解释说："是年年都在提，光我都提了几次了，而且也确实年年都在解决，但我认为每一年都没有解决好，加上每年退休、退职、转行当公务员等造成的空额得不到及时补充，年年出现教师紧缺问题是必然的。换句话说，我们提了几年也办理了几年，但是就没有形成一个保持教师队伍稳定优质发展的长效机制。这种机制没有形成之前我肯定会年年提，年年说，除非我不当这个委员了。"

为了缓和气氛，富民又开着玩笑对那个领导说："不信咱们打个赌，如果这次会议没有重视和解决这个问题，明年的这个时候你一定还会听到我在这里说同样的话。针对这个问题，我今天要递交的提案涉及人事、教育、财政多个部门，甚至需要市委或市政府牵头，这么有难度，按照一事一案、一案一议的审查办法很有可能被搁置。但试想一下，我今天如果又提交一份办理单位相对单一，时间跨度不大，花钱不多的提案，就算立案，能解决好这个大问题吗？所以，希望通过这一次能形成全面优化教师队伍发展的长效机制。我这个人，脸皮厚，头发硬，问题解决不好不罢休，不可能因为说过一次两次就不好意思再说了，我会死磕到底的。"

富民这么笑着一说，既表明了他的态度，也给那位领导下了个台，那位领导也笑着点点头，不再开口。

某局长接上话茬说："这个教师紧张我们也是了解的，肯定会想办法招聘一些教师来缓解这个压力，但是提高局管临聘教师的待遇这个问题就不好办了。

据我了解，这些临聘教师一个月也有1000多块钱的工资吧，几百号人，工资都是咱们地方财政支出的，应该说地方财政在这方面的压力已经很大了。”这位领导说完，有人跟着点头，并且你一言我一语地讨论着，有人说一个月也有个1000多块钱的工资，不少了。还有人说如果再涨，地方财政又要支出好大一块，怕是不好办。

要的就是这种气氛，大家都能开口。但这些人的论调很让人生气。

富民毫不客气地进行反驳：“对的，各位领导说的1000多块钱的工资的确是有的，但是我想给各位领导算两笔账。第一就是大家所谓的一千多，其实也就是在一千左右而不是一千六七、一千八九。一个高中的临聘教师扣完三金拿到手不超过一千一，而一个初中或者小学的临聘教师扣完三金拿到手只有七八百块钱，所以我们有时候会被含糊的文字或数字骗了。这第二笔账，我想问各位委员，知不知道在商场站柜台或在餐馆里洗碗端盘子的工资是多少，昨天我还去重新了解了一下，他们的工资都在1800上下，而且基本上是包吃包住的。我们这几百号局管临聘教师一个月拿着一千出头甚至七八百的工资，还要自己解决吃饭住房问题，有的甚至还要从中挤出钱供弟弟妹妹读书，大家算算这样的日子艰难不。”

很多事情都这样，不算不知道，一算则吓一跳。富民这两笔账算得明明白白，让很多委员安静甚至沉默下来。开玩笑，谁都知道按照现在的这个物价水平，七八百块钱要解决自己的住房、穿衣、吃饭等全部生活问题，在这个快速发展的城市还是很困难的。

这种陈词叫什么呢，应该叫作诱导性倾向吧？富民看到自己的发言还是有效果的，于是他接着话题说：“这么艰难的生活，为什么这几百号老师还能站在讲台上坚守，我想无非是两点：一是这些人对教育事业的热爱，对教师职业的热爱。这一点可能大家不爱听，好像在说大话，但事实是如此。二是他们心中都有一个梦想，都期盼着市委市政府会逐年提高他们的工资待遇，尽快把他们纳入正规的教师编制，最终拿上一份稳定正规的教师工资。如果不是热爱教师职业，如果不是心中有希望，他们早就离开这个行业了。去洗个碗端个盘子也比干教师收入高啊。农民工都知道用脚投票，这些老师就是傻子吗？当然，我这样讲并不是看不起那些站柜台、端盘子的员工，我一直强调一个人只要是靠自己的劳动获取报酬，干什么都是光荣的，都是值得尊重的。我只是打个比方而已，是在强调这些教师的专业优势和教育价值。如果他们放弃了这份专业优势和教育价值，放弃了坚守讲台，还能留下多少教育人才，我们市的教师队伍还有优秀的后备力量吗？”

在其他人眼里，或许这只是一个政协委员在发言。但富民说这番话时仿佛有几百个临聘老师的生活窘态在眼前浮现，还有几百个临聘教师期待的目光在晃动。他有些激动，一吐为快，停不下来的快感。

这样，谈话又跟进了一步，更多的委员在点头。

富民觉得离他的目标还有差距，特别是对于那些领导，他期待的结果似乎还没明显表现出来，必须乘胜追击。

富民话锋一转，言辞激烈地说：“再讲最后一点，假如这几百个临聘教师里头就有我们在座各位的孩子，你的宝贝儿子，你的宝贝闺女，他们租住在简陋的棚户区里，夏天蚊虫满屋，冬天舍不得烧煤，起早贪黑干着繁重的教学工作，一个月只能得到七八百块钱，最多也就是一千出头，你们会让他或她在讲台上继续站下去吗？我想不会吧，你们的第一想法是不是哪怕在家待着也不去受那份罪。所以我想说的是，很多事情只有我们设身处地去想，感同身受，才会有拿下它的勇气和办法，不怕啰嗦，不怕反复，也不怕花钱。”

很明显，富民这段话的爆炸力还是很强的，有更多的人不住地对他投来理解赞许的眼光，几位领导也不住地点头表示认同。于是，他趁机拿出提案说：“所陈述的问题和建议已经写在上面了，希望能够得到大家的支持。”

话音刚落，有几个委员就站起来表示没问题，把提案的提案人修改一下，加上他们的名字，作为一份联合提案交上去，希望能够得到党委政府的重视。

小组召集人顺势说像今天这样最好，讨论非常热烈，大家能够开诚布公，也能够深入关切百姓生活的难点问题，更能体现咱们委员的参政意识和履职能力，希望大家在今后的讨论或者政协活动中能够坚持这样去做。

走出会议室，富民松了一口气，对今天的表现非常满意。

两天过后，富民得知他的提案通过了审查立案，还被列为一号提案重点交办。一个月后，富民得知，他的提案上了市委市政府的工作会议，会议研究出台了一个逐步提高全市局管临聘教师待遇的《办法》，并即将按照《办法》付诸实施。

这样的结果，让富民感到满意，但并不意外。什么问题，只要你肯下功夫，只要你准备充分，只要你是通过正规的渠道合理提出建议，一定会得到解决，这是必须的。其实，早在那次会议的闭幕大会上，作为政协常委的他在主席台上遇到了同为常委的韩局长，韩局长带着肯定和赞赏的语气说这回的提案比以往大，但是提得好，提得更有价值，所以上面很重视，下一步，解决影响全市教育发展的人才和待遇问题估计会有大动作。

三十一

这一天上午天气格外炎热，到中午已有些压得人喘不过气。5 月的天气有这样的温度，让陈宋感觉到有些憋闷。他昨天被为民连说带拉给接回来休息。本来不想回来，但儿子说不是进城办事顺道看他，而是专门去接他，这才答应回来，并说好了只待个两三天。

儿子儿媳依然在厂里忙活，中午是不回来的，孙子在私立学校上学，只有周末才回来。所以陈宋让保姆把午饭做得简单一些，年纪大了，做多了也吃不了，而且就只有他和保姆两人，没必要吃那么好，要用钱的地方很多，还是节省点好。

吃过午饭，保姆抓紧时间收拾碗筷和卫生，之后出门忙她自己的事情。陈宋也不想干涉她，虽说是个保姆，但也不能说整天在雇主家拴着，出来干点活挣点钱不容易，不能就为了挣这点钱，家里的什么事都不顾了，如果这样的话叫谁都不会出来做保姆。所以她只要能把这一家子的吃喝、换洗和卫生等杂事做好，空余的时间想干啥就干啥吧。除去那些小气抠门甚至刁钻刻薄的人，多数人都明白，只有这样对待保姆，保姆心里才畅快才会对雇主家的事上心尽力。

保姆走后，陈宋坐在沙发上看电视，一段连续剧之后就是没完没了的广告，连续剧也拍得不怎么样，但这个时间除了电视里头叽叽喳喳杂七杂八的吵闹就没有别的声音。陈宋闭着眼睛昏昏欲睡，但又不想睡，他认为自己待在家里除了睡觉就是睡觉，太没意思了，如果待在爱人身边多少还有点事做，至少还可以给老伴讲讲在哈图草原上的那些个事情。

“嗨，哈图草原的那些个事情，那些个朋友，我不经常给她讲着点，恐怕她都快忘完喽。”陈宋一边自言自语一边站起来打开电风扇，5 月的天气就这么热，今年夏天怕是要把人热死。然后，他又把自己的身体放回到沙发上，身体软绵绵的，被无聊的电视节目推入浅睡状态。

不知过了多久，他听到了一种声音，就像在家里的各个角落里都有人在敲击地板，又像是有人把干竹子扭得咔哧咔哧响。陈宋起身来到卧室看了看，没啥，又跑到厨房看了一看，厨房里也没有人，但咔哧咔哧的声音还在响。再想去别的屋子看看，双腿已经有点不听使唤了，似乎还有一种头晕恶心的感觉。正当他想伸手扶着墙站稳，地板已经开始抖动，电视突然也没了声音。他马上反应过来，地震了，这是发生地震了。

楼梯上已经有人在往下跑，陈宋顺手抓起手机就往门口跑，费了很大的力气才把防盗门打开。他边往下跑边想，是地震了，动作再慢点门就变形打不开了。

跑到楼下，楼下已经聚集了很多人，大家都惊慌失措，你望着我我望着你，嘴里不停地重复地震了，太吓人了。

稍微定定神，陈宋拿起手机准备拨打电话。其他人也在拨打电话。只听见大家喂喂哇哇地喊了半天，电话就是打不出去，有的手机上的信号显示为零，有的手机提示呼叫方不在服务区。

陈宋还是不停地给为民拨打电话，没人接。给吴莹拨打电话，还是无人接听。他又给护嫂罗大姐莫大姐拨打电话，一样没人接。其实，他的电话显示直接就没有信号，根本拨不出去。

而此时，为民也在给陈宋拨打电话，吴莹在给她自己的父母拨打电话，一个都没有拨通。

刚才，吃完午饭，吴莹跑回办公室去忙着检查厂里的收支账目，检查今天的销售明细。这些琐碎的事情为民是不会去干的，他跟平常一样跑到办公室躺在沙发上午休。眼看要进入梦乡，一阵剧烈的晃动差点把他摔到地上，为民爬起来看见办公室的灯在晃动，座椅也都在抖动，他第一反应就是地震了，马上起身往外跑，边跑边喊地震了。

其实不用他多喊，已经有很多员工跑了出来。

吴莹也拎着电脑跑出来，一边跑一边喊地震了，地震了，还有没有人没有出来，都搞快点。

地震的震感很强烈，显然大家都有些惊慌失措。

为民在哈图草原曾经历过两次地震，虽然那时他还小，但也学习积累了一些防震救灾的知识，比大家要冷静一些。他一边给父亲打电话，一边叫吴莹马上清点员工人数并准备搜救。

吴莹不一会儿就清点完了，跑着告诉为民全部员工都撤出来了。然后，她拿起电话联系她父母，一样打不通。她的哥哥跑过来说，不用打，根本就没有信号。

想到了独自在家的父亲，为民对吴莹说："厂里的员工交给你，先让大家在厂房前的空地上集中，暂时不要进厂房进办公室，我要抓紧回去看，叫你哥哥也抓紧回去看看你父母。"

看着吴莹点头，为民转身去开车，这时候他又想到员工中有很多都是本地人，肯定会为家人担心，他招招手把员工聚集在一处，看着有些担心有些紧张的员工大声喊："请大家安静，目前还不知道是哪里地震了，也不知道有多严重，但是政府肯定会及时发布信息的，等得到准确信息后，我们再做进一步的安排。现在电话不通，但大家还是要时不时地给家人打电话，及时了解家人的情况。外地的暂时待在厂里，先不要进厂房和宿舍，本地的人有想回家看看的现在就回，但是路上要注意安全，也许还会发生地震或余震，回去后要设法与厂里头保持联系，是什么情况有什么困难告诉厂里，大家一起面对。"

为民说完，七八个本地员工马上往家赶，有的骑电动车，有的开车，还有两个没有交通工具。为民让他们上车，两个员工说："我们就不坐你的车了，带着我们就要绕圈子，会耽误很多时间，我们有办法，你直接回去吧。"

惦记家人的安危，为民不多说，交代一声路上小心，开车往家赶。并打开车窗对着吴莹喊："员工就这样安排，交给厂办小张负责，你赶快给儿子的班主任打电话，打不通就赶过去看看，也不知道他们那里地震了没有，应该不会有事，学校的建筑物要更坚固。"

厂区离家也就是不到十公里的路，平时走起来很快。但是今天这个地震的确很严重，进入城区有些地方的电力受损中断了，路口红绿灯没有了，而且街上都是东奔西跑行色匆匆的人，造成交通堵塞甚至车祸。为民心急如焚，但是车子很多时候都只能一步一步地往家挪，他试图打电话回去，但自己的手机还是显示没有信号。

为民感觉这样开车还没有走路快，打算找个地方把车停下来，然后步行往家赶。放眼望去到处都是车到处都是人，乱成一团麻，没有一个地方能让他把车停下来并且不影响到他人。一些司机打着喇叭，不停地打，好像就只有他有急事。这个时候谁不着急啊，但为民知道看眼下情形着急也没有用，谁都不想在路上挡着，但再打喇叭也飞不过去，越急越抢道就越堵车。

快到家了，为民看了下时间是三点二十几分。当时地震的时候他本能地瞟了一眼时间好像是两点多。现在地震已经发生一个小时了，其间好像还有余震，在车上都能感觉到，这让他更加担心。好在已经看到小区的大门，加快速度在小区外的路边停车。

小区花园那一块不大的空地站满了人，为民刚跑进去就看见父亲很惊慌地向外张望。

其实，在回来的路上他已经发现整个城市的房屋损失并不严重，尤其是楼房几乎就没有看到倒塌的情况，他急着往家跑主要是怕父亲年岁已高，经不起这样的惊吓，也怕父亲下楼时摔着。

现在好了，父亲没有事，为民松了口气。

陈宋也看见了为民，他走上前去问："吴莹在哪里，吴莹怎么样？"

“你怎么样，那么高的楼你自己跑下来没摔着吧？”

陈宋还是重复问：“吴莹在哪儿，怎么就你一个人跑回来了，没事吧？”

为民这才对父亲说：“吴莹在厂子里组织大家躲避地震，暂时没有事情，吴莹的哥哥也赶回去看他父母，具体是啥情况还不知道。”

“晓晨呢，他不是还在学校吗，学校是啥情况？”

“已经叫吴莹联系，如果联系不上，她就去学校。也不知道他们那里地震了没有，应该不会有事，学校的建筑物要更坚固。”

“那就好。感觉有些吓人，但看样子咱们这破坏和损失不大。”

一番对话后，两父子这才把心放下来，稍微稳了稳神，陈宋对为民说知不知道这是哪里地震了，感觉我们这不是震中，应该是其他什么地方发生大地震波及我们。

为民一边拿出电话一边对父亲说我们离成都这么近，这儿的震感这么强烈，那成都也差不多，不知妈妈那里怎么样，我的手机没有信号。

陈宋说我刚刚打了没打通，你再打一下。

为民又给保姆罗大姐拨打电话，打不通，手机信号很微弱，几乎没有，但他不甘心，想继续碰碰运气。

陈宋父子猜得不错，这个时候成都也发生了地震。

这天中午，罗大姐和莫大姐像往常一样，喂尚芳吃午饭，给她做康复按摩。之后，罗大姐到卫生间把给尚芳换下来的衣服泡上，又抽这个空当准备尚芳的晚饭。因为是加工流食，选料精细，加工复杂，需要提前慢慢做。

莫大姐则利用这个时间把医院一二楼再做一次卫生清理，这是她负责的卫生区，必须随时保持干净。刚刚清理到一楼，她感觉到脚下在抖动，人也在晃。

脚底下在抖动，罗大姐也感觉到了，案板上的锅碗瓢盆也在抖，抖出叮叮咣咣的声音。她的第一反应就是地震了，她撒腿就往外跑，刚跑到大厅又想到了尚芳还躺在床上。略有迟疑，她又赶快跑回病房，一边跑一边喊莫大姐，莫大姐，快点过来。正喊着，莫大姐也冲进病房说快点，快点把孃孃弄出去，这边地震了。

这时，尚芳身上只穿了一点贴身的内衣裤。天气热了，像她这样常年卧病在床的人很容易长褥疮，所以每天中午擦洗按摩完，都给她少穿一点，透透气。

莫大姐喊快拿衣服来。罗大姐一边说穿衣服来不及了一边扯过来一床毯子把尚芳裹住。莫大姐的身体要比罗大姐的身体壮实一些，赶忙伸手去抱尚芳，但是尚芳身上还有一根导尿管连接着接尿袋，接尿袋又用两个小别针别在褥子上，罗大姐想解开别针，但是有些恶心腿软，手不听使唤。就在这个时候，护士长趔趄着跑进来，一把从褥子上扯下接尿袋喊快，快，抬到轮椅上，快走。

人多力量大，三个人三下两下就把尚芳放在轮椅上，推着跑出去。

住院部楼前的小花园挤满了人。三个人推着尚芳是最后从住院部大楼跑出来的了，大家看着她们出来，都心有余悸地喊搞快点搞快点，也有人向她们投来了敬佩的眼光。一位护士两个保姆推着轮椅上的患者奔跑，几个人在危难时刻的这份责任这份坚守被晃动的时间定格，被惊慌的人群那一双双眼睛定格，也在一阵赞扬的掌声中定格。

罗大姐和莫大姐环顾四周，看到小花园旁边平时用来存放自行车的车棚已经坍塌下来，自行车和电动车被压在里头，警报器不停地响，给这个紧张的院子增添了更加紧张的气氛。罗大姐说好悬啊，要是再大一点的话，我们可能就都被埋在里头了。听罗大姐这样说，莫大姐两腿不停地发抖，她蹲下来抱着尚芳哭了起来，受她的感染，罗大姐也弯下腰来抱着尚芳和莫大姐哭，她不停地说："嬢嬢，嬢嬢，我们躲过了地震，刚才地震了，你知道不？"

有人过来安慰。也有人更关心地震。有人说是哪里地震了，这么大的地震我还是头一回碰到。也有人说这不像是成都地震了，应该是别的什么地方发生强烈地震波及我们。大家把眼光投向医护人员，医护人员也一脸茫然。但毕竟是训练有素，他们将小花园大致划分出几个区域，把不同病患的患者安排在不同的区域，并根据不同的病情交代他们临时需要注意的事项。

院长拿着电话，在人群中喂喂地吼了一阵子，对大家说现在电话打不通，所以地震的具体情况还不清楚，因此我希望各位患者听从医生护士的安排，不要着急也不要到处走动，除了医生护士谁都不要进入大楼进入房间。末了，又看看大家说请大家就在这个小花园里休息，有什么进一步的消息，我们院方会及时通知大家，我们的医生护士会尽全力照顾好大家。

大家都向院长点头，罗大姐和莫大姐也赶忙向院长点头，因为嬢嬢的情况更特殊，更需要得到医生护士的关照。

尚芳对这一切没有任何反应，她也不知道发生了地震，她像往常一样坐在轮椅里，目光呆滞地看着前方，似乎连头都有点支撑不起来。

三十二

等吃过午饭，富民要陪爱人霞竹去街上买衣服，天气慢慢转热，爱人想买两件换季的衣服，需要为她参考。但是他和爱人很少能够在同一天休息，经常都是爱人自己去逛街看衣服，而他则总是忙工作忙工作。现在好了，主任不当了，不用加班值班，也不用时刻想着在大家面前做个守规守纪的模范。他想，既然是看衣服，那就多点时间陪着爱人慢慢看。

这本来也是霞竹的意思，但她知道富民是个守规守纪的人，利用上班时间陪她逛衣服，怎么可能，即便是太阳从西边出来了他也不可能这样。所以，下班后，她催着富民吃饭快点，好利用午休时间陪她上街，这是昨天就说好的。

富民一边有滋有味地吃饭一边说："不急，一会儿慢慢逛，给你一个下午的时间够不够？"

霞竹简直不敢相信自己的耳朵，她怀疑地说："一个下午，你能陪我一个下午？"

富民点头说："对呀，只要你走得动，一个下午都陪你，给你当参谋，外带搬运工。"

霞竹先是高兴地点了点头，又看着富民："为了看衣服请一个下午的假不好吧？"

富民放下碗，又喝两口汤淡定地说："这有啥，遇着急事，我们本来一个星期就可以请两节课的临时假，很多人都请，没事都请，拿这个假当福利，而我很少请假。”

“那你也不能请一次就请这么久，别人不说你啊？”

富民端起碗扒拉一口饭嚼着说：“我请的是病假，谁会说我？再说了，我原来没黑没夜加班加点地忙工作，怎么没人说？他咋没有到处去说我不该把那么多时间花在工作上？过去我奉献出了那么多的时间，现在请点假也问心无愧。”

霞竹还想说啥，富民制止道：“行了，行了，以前我陪你的时间少，一是工作的确很忙，二是要起个带头作用，怕人说。现在不一样了，我就是一个普通老师，上好课是我的本分，其他就不要对自己要求太严格了，否则，人家反而要说我还拿自己当领导。一个小小的主任，当时他们也没把咱当过领导。”

霞竹说，好，那我下午就慢慢逛。

说是那样说，霞竹逛起来还是有些着急，她还是想早点让富民回到学校去上班，不想爱人来个 180 度的大转弯，变成一个吊儿郎当、不求上进的人。她其实一直都佩服爱人的为人，正直、勤奋、能吃苦、有责任。她觉得有这样的爱人这辈子才能有依靠，这是人所需要的一种品质，与有没有职务以及职务高低都没有关系。

看着爱人有点走马观花，富民显示出极大的耐心，故意放慢脚步，不停地劝她慢点、慢点，看仔细。还不时指这指那，给爱人提出参考建议，什么肥了紧了、花色老气了等。

霞竹又一次想，富民辞职是对的，连自己的生活都跟着变得轻松了。自己作为一个网点的负责人，工作和生活的节奏本身就很快，时间安排得很紧，而老公又天天加班加点，让他们两个的生活节奏变得更快，都快喘不过气了。

霞竹专心地为自己挑着衣服。

富民毕竟是外行，虽然一回回说着自己的看法，全力当好参谋，但他的参考大多时候都是不作数的。所以，他开始有些心不在焉，眼睛漫无目的地东张西望。他发现很多人都在看手机，并在手机上戳戳点点的。富民心想，那么炫耀干吗，不就是拿着一部好手机吗？

他并不知道，拿着好手机的人这时候在网络上看到了四川汶川发生强烈地震的消息，他们在手机上继续搜寻着后续的消息，得知地震很强烈，在四川成都、绵阳、南充等地有强烈震感，甚至周边的甘肃、陕西部分县市也有强烈震感。

大约4点，富民回到学校上班。刚走进办公室，于老师就对他说："知道不，你们四川发生了地震，网上说是很大的地震，周边受到波及的地方震感都很强烈。"

"地震在四川什么地方，有那么厉害吗？"

"说是四川汶川地区地震了，地震真的很强烈，成都、广元、南充还有甘肃、陕西很多地方都有强烈震感。"

一旁的牛老师关心地说你们老家不就在成都吗，家里没事吧。

富民赶快拿出手机往家里打电话，他一边打电话一边说我们老家就在成都边上。一连给父亲、为民和保姆拨了几个电话，但是都没有拨通。他变得十分着急、焦虑。

接下来的时间，富民干什么事情都没有心思。消息不断传来，但大多都是说汶川地区发生了强烈地震，至于地震的强度还众说纷纭，大体上可以确定发生了8级左右的地震，震中虽然在四川汶川地区，但是成都、广元、南充等地震感强烈，甚至遭受不同程度的破坏和损失。

富民不断地给兄弟和父亲拨打电话，回音不是拨打的电话暂时无人接听就是不在服务区。富民也给霞竹打电话，要她抓紧给家里打电话询问情况。

不一会儿，霞竹回电话说他们老家也有强烈的震感，但是母亲和家人都平安无事。富民心里更加着急，连爱人老家都能打通电话，偏偏就是成都打不进去。

同事们安慰富民说应该没有事情，毕竟震中不在成都，造成道路交通和通信设施损坏中断是有可能的，但不可能造成大的房屋倒塌和人员伤亡。

富民也安慰自己说离震中那么远，应该不会有事。但他还是着急地在屋子里转来转去，要知道，妈妈还在医院里躺着的，也不知道两个护嫂在地震时把妈妈丢在屋里自顾自跑了，还是把妈妈给带到了安全的地方。

于老师灵机一动说，你老打不通电话，为啥不试着发个短信呢，也许短信就能收到。

“地震了，你们都还好吧？”富民赶忙拿出手机发出短信。他把短信发给了为民，因为他觉得父亲年纪大了，经受不起折腾，而且在这个时候可能会束手无策，一切都只能依靠为民了。

不一会儿，富民的手机传来为民的回信：“我们和爸都还好，现正赶往医院，妈妈那边一直打不通电话。”富民回复：“罗大姐那边我也一直打不通，咱们保持短信联系，到了医院抓紧把妈妈的情况告诉我。”

短信消息让富民知道小弟一家和父亲都没有事，悬着的心略微放松了一些。你想吧，小弟和爸爸都没有啥事，母亲那边也应该没啥大事，医院、学校的建筑设施一定要比其他建筑设施牢固一些，在建筑设计上的抗震级数要求都要高些。即便是两个保姆把母亲丢在病房里独自逃生，母亲也不会有大的危险。

富民坐下来舔一舔因焦急而几乎要裂开的嘴皮，自言自语：“等吧，应该没什么大事。”

三十三

为民带着父亲往成都的医院赶。给两个护嫂打电话都打不通，他们就决定抓紧往医院跑，医院躺着他们最牵挂的人，也是在这个时刻最需要他们的人。

越往市区走交通越拥堵，到处都是行色匆匆的人，马路上到处都是汽车，也能见到面色凝重但仍在各个路口坚持疏导交通的警察。陈宋对儿子说：“着急归着急，但还是要遵守交通，这个时候谁都着急，如果大家你不让我我不让你，会耽误更多的时间，挤到一起谁都走不了。你看那些警察，他们在全力疏导交通，但是他们肯定也担心家人的安危，家里也有一摊子事等着他们去处理，不要给他们添乱。”

为民知道父母的为人处世的原则，所以对父亲在这个时候还能这样教导他也不感到意外。他嘴上回应父亲说知道，实际上还是凭着他多年的驾驶技巧见缝插针，东躲西蹿，尽可能快地往医院赶。

陈宋每隔几分钟就重拨两位护嫂的电话，快到医院的时候，突然接通了，电话那边传来护嫂罗大姐焦急的声音："大爷，你们现在哪儿，你们没事吧？急死人了，快来吧！"

"尚孃孃怎么样，你们都还好吧？"

"还好，还好，虽然乱糟糟的，但没出什么事情。"

"那就好，我们马上就到，到了再说。"

就这会儿工夫，为民已经把车开进了医院的停车场。停车场在平时就显得有点不够用，今天这个情况下就更拥挤了，但顾不了那么多，他硬生生把车挤在另外两辆车的中间，将车门打开成一条缝，和父亲挤出来抓紧赶往住院部。

陈宋老远就看见住院部小花园里有好多人，有的忙碌，有的惊慌，有的在焦急地等待和张望。他顺着为民手的指向看见两个护嫂正在轮椅旁边陪着尚芳，一个人举着伞给尚芳遮凉，一个人给尚芳整理穿戴。还不时向外张望，正好就看见陈宋和为民赶过来。

罗大姐赶忙站起来对陈宋说："你们终于来了，好吓人啊，我们都不知道该怎么办了。"

陈宋则点着头一步跨到尚芳跟前蹲下去看，就好像是刚刚经历了一场生离死别。而此时的尚芳穿戴跟平常外出时一样，坐在轮椅里头，丝毫没有受到惊吓的表情，见着陈宋也没有什么异样的反应。

陈宋还不知道，地震来临的时候，两个护嫂和护士长把尚芳抱到轮椅上推出来就已经落到了其他人的后面，就已经很冒险了，根本来不及给尚芳穿更多的衣服，除了一身秋衣秋裤，其他衣服都是后来罗大姐壮着胆子回病房拿出来给尚芳穿上的。

看见陈宋和为民赶来，主治医生跑过来对陈宋说："你们来了就好，我们要重新安排一下。不过你们这两个护嫂还真是了不起，地震来了，大家吓得跑都跑不赢，她们却还是把孃孃一起给推出来了，她们比大家出来得都晚，跑出来都快要吓瘫了，抱着孃孃哭了一场。事后又冒险去给孃孃拿衣服来换，她们真是很称职很负责，你们要好好感谢她们，幸好我们这里的房子没有倒塌，否则她们和嬢嬢一个都出不来。”

听了医生的话，为民不住地向两个大姐说谢谢，谢谢你们。陈宋站起身来，直接抓着两位护嫂的手使劲地晃，用激动得近乎颤抖的声音说：“谢谢你们，谢谢你们，你们把嬢嬢照顾得这么好，在危及生命的关键时刻没有丢下她，我太感谢你们了。”

莫大姐有些不好意思地说：“大爷你言重了，我们也是在护士长的帮助下一起把嬢嬢推出来的。”

陈宋听了，转身想对医生表示感谢，医生却不在跟前。他们在为别的患者忙碌。

陈宋又问两位大姐有没有给家里打电话，家里的情况怎么样。

罗大姐说：“开始一直打不通，刚才打通了，家里头还好，人和房子都没有啥大问题，就是猪圈有点裂口子，栽的丝瓜苦瓜棚子倒了。”

莫大姐晃着手中的电话说我刚才打了几道都没打通，现在我再打一下，听说广元那边也有强烈的震感。

显然在紧急和突发事件面前，政府还是比较给力的，各行各业都在坚守岗位，加紧抢修各项设施设备，通信已经完全恢复了。

陈宋又蹲在尚芳面前，他拿起一把梳子像往常那样给她梳头，一边梳一边说：“老婆婆，刚才发生了大事情，四川地震了，不过我们一家人都还好，两位大姐在这个时候没有丢下你，是她们和护士长把你推出来的，这些好心人我们要记住，要记一辈子。”这样说，当然不是说给两位护嫂听的，是说给他自己听的，是在告诫自己要记住两个保姆的好，要把她们当作一家人。

为民点了点头，眼角含着感激的泪，但不想让大家看到，他使劲睁着眼睛对父亲说：“医生讲还有事情要安排，我们先去找医生。”

陈宋起身说：“你先给二哥打个电话，告诉他这里的情况，不要让他担心。”

“刚才收到了他的短信，我也回了短信了。等问完医生后我再给他打电话，详细说明这儿的情况和下一步的安排。”

来到医生面前，医生对父子二人说：“虽然是汶川的地震波及我们这里，但也有强烈的震感，到现在已经有几次明显的余震了，不过还好，根据刚才我们的突击检查，医院的建筑还是比较牢固，除了个别地方墙皮脱落门窗错位变形之外，整个楼体在结构上没有遭到什么破坏，也不存在整体或局部倒塌的危险。”

整体结构没有遭到破坏，陈宋两父子也基本能猜到。医生接着说：“为了确保安全，医院决定下一步对患者接受治疗统一进行调整，一是那些可以进行阶段性治疗的患者，建议他们暂时中断在医院治疗，回家在家人的帮助下避险，等地震完全过去之后再回院恢复治疗。二是离家远的，包括行动不便的，或者说不能够中断治疗的患者，医院打算把他们安排到可以尽快撤离的一二楼病房内。打算把尚孃孃这种行动很不方便甚至动弹不得的就安排在一楼大厅里，全都换到移动病床上，再有什么紧急情况推着病床就跑。”

刚才见尚芳没事，陈宋最关心的就是她下一步的治疗能不能继续，听了医生的话自然是不住地点头。医生继续说：“但不管是哪一类病人，都不建议他们长时间待在这个楼里头，我们的想法是白天尽量在楼外活动，只有晚上睡觉的时候才考虑回到楼里头来。在没有得到上级更多的情况通报和指示之前，我们认为这样的做法还是基本合理，不知道你们怎么看，也不知道你们是把孃孃接回去还是继续留在医院。如果你们把孃孃带回去，那我们在安全方面就会少了很多顾虑，但孃孃的治疗就暂时中断了。孃孃的病情，虽然治了这么长时间都没有多大起色，但我们觉得还是不要中断治疗为好。所以，孃孃的去留由你们来决定了。”

医生在说话的时候语速比较慢，估计是想给陈宋父子留下思考的时间。事实上，陈宋已经做出了决定，还是让爱人就在医院里继续接受治疗吧，通常情况下大震已经过去，剩下的也就是些余震，会越来越轻微，基本上不会构成更大的威胁。而爱人的治疗一旦中断，有可能进一步恶化，之前的努力也就付诸东流了。

陈宋对医生说：“我们还是想把孃孃留在医院治疗，不好意思，给医院添麻烦了。”

主治医生对陈宋父子说："那好嘛，现在就有一个问题要解决，你们有两个保姆，加上大爷有三个人在照顾嬢嬢。但是好几个患者都要像嬢嬢一样，要暂时安置在大厅里头，本来就很挤，如果你们四个人都在大厅里打转转，肯定转不过来，还会影响到其他患者，你们看留下来的人能不能少点。"

这时，为民抢在陈宋之前开口说："这个要跟两位大姐商量。"

为民这样说也是有道理的。地震了，那么多地方都有余震，照理说两位大姐可能也担心家里的事情，应该让她们回去，自己和父亲留下来照顾母亲。但是他和父亲留下来照顾母亲又没有什么经验，加上父亲精力和体力不济，而且两个都是男人，肯定不如两位大姐那么细致方便，所以需要和两位大姐商量一下。

医生点点头说对嘛，商量好抓紧告诉我们。

离开医生，见到两位护嫂，莫大姐对陈宋说已经给家里打了电话，家里没什么大问题，虽然震感强烈，很吓人，但是房子还完好，老人和孩子也没啥事情。

陈宋高兴地点了点头，然后把医院的安排给两位护嫂说了一下，望着二位，希望她们先开口。罗大姐说："大爷我看这样吧，我们家里没什么大事，莫大姐家里也没啥大事，而且她本身也兼着这里的清洁工作，还是我们两个留下来照顾嬢嬢，你和弟弟在这照顾嬢嬢本身也不方便，而且也做不好。"

听罗大姐说完，莫大姐跟着说就是，就是。陈宋点了点头，但目光还是有些犹豫。为民知道父亲一定是觉得在这种紧要关头不应该离开爱人，父亲肯定是想留下来和母亲一起受苦。但越是这种情况越是要让父亲得到很好的休息，而且父亲留在这儿，除了为母亲担心以外，别的什么忙也帮不上。他对父亲说："爸，我觉得罗大姐的想法还是比较合适的，这种情况下你在这里肯定休息不好，如果累病了，还会给大家添乱，干脆我们俩都回去吧。"

陈宋当然明白儿子的心思，只好点头说那好吧，先回去待两天。他一边对两位护嫂说谢谢一边交代为民出去多买些食品饮料，特殊情况下条件受到限制，吃饭可能会吃不好，尚芳的流食还是要尽量加工的，两位大姐就凑合着吃点零食作为加餐吧。

为民转身出去买东西，陈宋顺便给富民打电话，叫他不要担心。

三十四

地震过去已经有三天了，尚芳留在医院的大厅里头交由两位大姐照顾，另外四个类似的病人加上相关的陪护人员已经使大厅变得十分拥挤。所以，在家里休息是对的。

这三天，陈宋在家里坐立不安，每天他都在电视和报纸上看到大量关于汶川地震的消息，特别是关于紧急救援的消息源源不断地传来，地震带来的巨大灾难以及人们面对灾难所表现出来的勇敢与坚强，一次又一次让他感动。看着这些报道，他有时候甚至是泪流满面，为那些在地震中死去的人们伤心难过，为在地震中失去亲人的孩子们担心，担心他们幼小的心灵如何承受得起失去亲人的孤独与无助，他也为那些在地震中受到创伤的伤员们感到着急。

看到那些伤员，陈宋不禁想到卧病在床的爱人。是啊，在灾难面前多么希望有亲人的陪伴，多么希望能看到亲人的面孔。尚芳也不例外，尽管她不能开口说话，也没有任何思维和反应，但在她的潜意识中一定需要他的陪伴，需要随时看到他的面孔，需要握着她的手给她一些温暖和力量。

陈宋给罗大姐打电话询问情况，罗大姐只是说医院怕还会有大的余震，仍然安排他们几个危重病人在大厅里治疗，目前看还没有让他们搬回原来病房的意思。当然罗大姐也知道陈宋打电话是因为牵挂和担心，她对陈宋说："大爷，你就安心在家里休息，尚嬢嬢有我们两个照顾，你就放心好了。而且现在来治病的人越来越多，到处都挤得很，你来了吃住都不方便。"

当晚，为民两口子回到家已经很晚了，而且显得很疲惫。陈宋关心地问怎么这么晚才回来。为民回答说下班后又去联系米面粮油去，准备给汶川地震灾区捐赠救济物资。但是因为给灾区捐赠物资的单位和个人都比较多，一时出现物资紧缺，他和吴莹跑了好几个地方才把相关的物资采购齐全，就等着明天在工商联与红十字会联合举办的捐赠仪式上交付给他们，由他们及时运往灾区。

陈宋点头说：“应该的，应该的，在这种紧要关头，大家都应该伸出手来帮灾区一把。太可怜了，那么多人丧失了生命，那么多的孩子成了孤儿，还有那么多的伤员，都需要我们去关心，去帮助。我们虽然没有大的能力，但是能帮多少就帮多少。”

说到这儿，陈宋问为民：“你们在厂里有没有组织捐款啊，如果组织捐款，也帮我捐上一份，算是我的一点心意。”

吴莹在旁边说：“有啊，今天下午就在厂里组织了捐款，而且明天这笔捐款也要和采购的物资一同交付给工商联和红十字会。”吴莹从包里拿出一张清单接着说：“好吧，把你老人家的名字写在我们厂里，嗯，你打算捐多少呢？”

“我就捐500吧，我现在的开销也很大，多少表达一下心意就行了。”说着话，陈宋从兜里掏出500块钱给吴莹。

吴莹赶忙说：“把你的名字记在上头就可以了，钱由你儿子出。”

陈宋却一脸严肃地说：“这种捐款要自己亲自出钱才有诚意，干别的事情你们想替我掏钱就掏吧，但是这回你们代替不了。”

听了父亲的话，为民在一旁接过钱交给吴莹说：“老父亲的一份心意，这个钱你应该收。”

陈宋点头说：“这就对了，洗手准备吃饭，再大的事情也要吃饭，吃饱了才有精神和精力做事。”

一家人一起吃饭，电视上各个频道源源不断地滚动播放关于汶川及周边地区抗震救援的报道。相信在这个时候家家户户绝大多数人都放弃了观看其他节目，都把注意力投放在抗震救灾上。大难考验人性和良知，大难也考验着执政党的能力和魄力，党和国家做出的一系列抗震救灾举措，以及紧急协调拨付的赈灾物资让灾区的人们看到了希望，感到了温暖，也让每一个守望和关心灾区救援的人感动。

然而，地震留给人们的惨烈和悲痛却是难以磨灭的。面对这样的报道，一家人没有了声音，只是自顾自地低头吃饭。

为了打破僵局，为民抬头自我解嘲地对父亲说："今天的事情太多，厂里有些厂房需要重新检修加固，有两个工人家在灾区边上，赶回去救灾去了，要招人顶他们的空岗，要组织捐款，还要去筹措给灾区捐赠的几千斤粮油物资，都忙昏了，忘了问妈妈在医院那边的情况。"

陈宋说已经打过电话了，目前还是在大厅里头治疗，看来医院还没有让搬回病房的意思。陈宋说话的口气带着一丝忧虑，更带着一点不满。吴莹想想说："也对，这几天不是还有大大小小的余震报道吗，医院在这个时候肯定会十分谨慎，暂时不会让妈妈搬回病房治疗的，怎么也得再隔个几天才会搬回去。"

吴莹一边说话一边看着陈宋，她明白陈宋的心思，又继续说："爸你是不是急着想到医院去看看老母亲？"

"嗯，能去看看当然好啊，平时一直陪着妈妈，到这个关键时刻反而不在她身边。"

于是，吴莹对为民说："明天咱们捐赠完物资后给那边打个电话，看看如果可以的话，我们就带老父亲去一趟，说实在的，在这个节骨眼上把妈和两个保姆丢在医院一连好几天，而且是在大厅里待着，不要说爸心里不踏实，我们也是一样不踏实。"为民点头同意，他原本就有这个想法。

第二天，捐赠仪式特别的紧凑，不仅一反常态省略了那些在以往必不可少的繁琐程序，就连相关领导的讲话也不显得冗长，体现出地方行政领导在灾难面前清醒的政治头脑和担当意识，更显示出各级地方部门特事特办、雷厉风行的作风。

等吴莹把捐赠的钱款数目与相关接收人员核对完毕，为民也指挥工人将捐赠的物资卸车清点完毕。趁着开车赶回厂里的工夫，为民让吴莹给罗大姐打电话，并交代吴莹使用手机免提。

拨通电话，罗大姐说："刚才科主任查房时说下午可以搬回病房，这会儿我正在病房里头收拾。"

吴莹说那我们就下午来一趟医院，大家一起搬。

罗大姐却回答说："医院到处都是人，听说好像还有地震灾区过来的伤员，乱麻麻闹麻麻的，你们就不要来了。也就是把病床推到病房里头去，之后一切都照着原来的进行，其他又没多少事情，有我和莫大姐两个人足够了。"

知道罗大姐是个精明利索的人，她既然这么说了，那就没有必要带着父亲去医院探望，去了反而添堵添乱。吴莹说："那好吧，今天就不过来了，但是过两天我们还是来看一下，否则心里就不光是不踏实了，更有些过意不去了。这几天还要辛苦你们多多操心多多受累，把老母亲照顾好。"罗大姐说放心，这都是我们应该做的。

吴莹挂断电话，不等为民开口，就主动拨通陈宋的电话告知情况，好让老父亲放心。

三十五

富民在教室里上课，听到走廊里乱糟糟的，似乎是家长和老师在为什么事情争吵，尤其是家长声音很大，肆无忌惮的吼叫声跟骂大街一样。他们的声音已经影响到了教学，同学们有的露出厌恶的表情，有的则一脸好奇的样子。

富民推开门对外面的人说："你们能小声点吗，有事情到办公室去说，不要影响学生上课。"说着话，富民发现是九年级某班的班主任牛老师被三个家长模样的人围着，特别是一个中年男人气势汹汹，牛老师这个工作不到十年且文弱的女老师明显招架不住。抬手看看时间离下课也就十多分钟，他提高嗓门说："小牛老师，你先把家长带到办公室，慢慢谈，我先上课。"

富民这样说是有目的的，上课时间在空荡荡的楼道里，这么多家长对付一个文弱的女教师，吃了亏挨了打都无法证实，而一个大办公室怎么也会有一两个老师，进到办公室要安全得多，如果还有老师报告校领导出面协调解决更好。即便没有人或没有及时通知校领导，过个十分钟他就下课了，他还可以帮着解决。说实在的，这样的家长见得多了。所以他故意大声对牛老师说了两个"先"字，先带到办公室，我先上课。

小牛老师似乎听出老主任话中有话，她从两个家长站立的缝隙挤过来，快步进入走廊尽头的办公室，三个家长随即跟着走进办公室。

富民看到三个家长与其说走进办公室不如说是闯入办公室。他摇摇头，转身回到教室继续上课。

上完课回到办公室，富民发现那三个家长还在，一个年轻点的小伙子手插在裤兜里，摇着身板踱着方步，眼睛不时瞥着牛老师。那个中年男人则跷起二郎腿坐在牛老师的座位上，一副盛气凌人的样子。他旁边坐着另一个男人，手中拿着一个相机。牛老师站在办公桌旁边，像个犯了错误正在接受批评的孩子。于老师在她旁边陪着，露出对几个家长讨厌而又无奈的神情。

富民觉得那个中年男人似曾相识，但没有插话，他若无其事地坐在自己的办公桌前改着作业，实际上是想先听听事情的来龙去脉。

不一会儿工夫，富民就从牛老师的反复解释和家长咄咄逼人的纠缠中基本知道了事情的缘由。

原来，张姓家长的孩子张栋在放学的路上抢同学的自行车玩大撒把，结果摔断了胳膊，住院治疗了半个月。平时学习上很不上心的孩子这时候却急着要回学校上课，胳膊打着夹板尚未完全康复就被家长送回来了。虽然赶回来的出发点是怕耽误学习，但牛老师还是建议家长等孩子受伤的胳膊痊愈后再来学校复课。但是，没用，家长和学生都听不进去，说回来就要回来，说上课那就必须马上坐进教室。牛老师也不再拒绝，但是出于对张栋的关心，把他的座位临时单独安排在了讲桌的旁边。那个座位，张栋的左胳膊恰好被讲桌护着，在各位老师的眼皮底下他的行为也会收敛一些。而且，一旦有个什么突发事件，那个座位也便于疏散时跑在前头。

但是，张栋则认为那个座位是调皮捣蛋的差下生的专座，一定是老师还抓着他摔断胳膊之前逃课、不交作业、扰乱课堂等行为不放，安排在这个座位上就是在故意刁难他。当时，他在课堂上就表现出敲桌子、扔钢笔、摔本子等不满和对立的情绪，回去还给家长耍了一通委屈而又霸道的好戏，这可把张姓家长心疼坏了，今天叫着人就来找牛老师讨说法。

家长一再质问牛老师为什么专门把他的孩子放在讲桌旁监管起来。这个在郊区做着什么生意好像还赚了点钱的家长说起话来趾高气扬，一副不把老师放在眼里的样子。牛老师怎么解释他都不听，还不时粗暴地敲着桌子打断牛老师说话，一个劲儿指责牛老师这是对他的孩子的一种变相约束，甚至限制孩子人身自由。

牛老师说："既然你们不理解我的一片好心，座位可以调，但是我把丑话说到前头，调到其他的座位上，如果孩子间发生打打闹闹或磕磕碰碰的事情，一不小心撞着你家孩子的胳膊，形成二次伤害，这个后果我和学校是不承担责任的。"

张姓家长听后不依不饶地说："你这是什么话，让你调个座位就可以推卸责任吗，如果有事我不找你我找谁？"

那位记者也在旁边随声附和说："你这完全是不负责任的说法。"他一边说一边抬起手给牛老师拍了张照片。动作很突然，牛老师甚至没来得及躲闪已经被他的相机抓拍到了。

于老师赶忙对记者说："别这样，这是侵犯他人的肖像权，请你把照片删除。"

记者轻描淡写地说："跟我们谈什么肖像权，我们这些做记者的哪天不拍很多照片拍很多人，这是工作需要，不存在侵权。"

好个工作需要。富民忍不住走过去面对家长说："从上节课吵到现在，动静够大的嘛，能不能听我说几句。"

张姓家长点头对富民说："哦，是主任啊，你刚好来评评理，事情是这样的……"

不等张姓家长继续说下去，富民打断他说："我已经知道事情的大概，让我评评理也可以，但是我已经不是什么主任了，所以我说的话不代表校方只代表自己，可以吗？"

听到富民说已经不是主任了，张姓家长眉毛上挑，轻蔑地说："哦，你已经不是主任了，说话也不算数，那就没你啥事了，你还是先忙你的吧，不行我去找校长评理去。”

富民本来还希望有哪个老师通知校领导，由他们出面协调解决此事，自己则做一个低调的普通任课教师，多一事不如少一事。但这位张姓家长的话实在不中听。他向前跨一步不愠不火地说：“虽然不是什么主任、校长，但作为牛老师的同事说两句话还是可以的吧。”

张姓家长先是摆出一副无可奈何的表情，随即又有些挑衅地说：“当然可以，我们都有说话的权利，你看我这个朋友不也有说话的权利吗？而且他的话一说就说到报纸或电视上去了，你先说，说吧，我们洗耳恭听。”

富民心想这是在恐吓威胁我吗，是想让我低头吗？如果面对这么一点挑衅或者恐吓就被吓住了，我也枉做了十多年的主任。如果做人圆滑或者懂得低头，我就不是今天这个混法了。但他也知道此时不能发火，不能火上浇油。他点点头对家长和记者说：“当然，就像你说的，谁都有说话的权利，请问这位朋友是报社的还是电视台的记者？”

“我也就是省城驻咱们市记者站的，单位不固定，省报、省台和地方报刊电台都可以供稿，不好意思，一个普通的小记者而已。”到底是报社的记者，说话讲艺术，看着很谦虚，实际上把好几级后台都给你摆了出来。

富民点头说：“这位朋友谦虚了，你还是很有影响力嘛。”

张姓家长有些得意地说：“事情你既然知道，就给评评理吧。”显然，他认为富民和这些老师是害怕记者的。这不是明摆着的吗，近年来但凡出现学生家长之间的摩擦、纠纷或者学生伤害事件、安全事故，舆论不都是一边倒吗？不都是指责、谴责学校和老师吗？最后学校或老师十有八九要出面道歉，要承担责任。即便是他们能清清楚楚有根有据地提供免责证据，不也要承担个无过失连带责任吗？

富民对牛老师和于老师说：“你们先拿凳子坐下，有人坐着有人站着，这个理不好评啊。”他一边说话一边看着张姓家长。张姓家长听出了富民话中有话，有所收敛地将翘起的二郎腿放平。他的大儿子也走到他身边站稳，不再招摇晃动。

富民发现张姓家长手里拿着一部高级手机，听朋友说过，这种手机带有清晰的录音功能。显然他面对的是一个比较有心机的家长和一个比较有底气的记者。说话必须谨慎，但是此时必须帮助同事治一治这种家长。试想一下，处于关爱学生的合理安排都不能被认可，反而还要给自己造成麻烦甚至是屈辱，这老师以后还怎么当，还有人当吗？

富民对张姓家长三人说："先喝口水吧，倒的茶都凉了，我们的老师对你们还是很尊重的，茶都给你们倒上了，结果你们非但不领情还气势汹汹地把老师指责了半天，我看这就不是来评理的，倒像是来骂大街的。"富民这么一说，记者不好意思地端起茶杯喝了一口。

张姓家长还是生气地说："倒不倒茶有啥关系，关键看她有没有道理，看她给不给重新安排座位。"

富民先不管张姓家长咋说，端起自己的茶杯，慢慢给自己续茶，吹了吹，喝上一口，然后放下杯子走到家长面前说："我认为牛老师的安排是合理的，甚至是非常有爱心的。"

富民这么说，张姓家长很不满意，但富民继续抢先说："我如果猜得不错的话，你们今天来学校一定是因为张栋同学在家跟你们耍脾气，说他被老师歧视欺负了。我说得对吧，我们之前接触过几次了，哪一次不是因为你的孩子逃课、欺负同学或者扰乱课堂受到批评之后，你非但不批评教育自己的孩子反而跑到学校来替他出气？这回可好，还多带了两人，是来吵架还是打架？"富民后两句话有质问的口气。

张姓家长听到这儿，脸色变得有些难看，属于那种无理还想闹三分但又有些尴尬的脸色。他大儿子不服气地上前一步说："我是他哥，不能来吗？"

一看就是那种没好好上过学，不懂得讲道理只知道耍横的人。对付这种人，富民有的是办法。他瞪着小伙子说："是他哥又怎么了，是来准备打人打老师吗？你今天动动试试？你在办公室里不知道坐下来吗，旁边不是有凳子吗？你非要站着，又没个站相，那么招摇地晃来晃去干啥？你这样的哥哥来了能起什么作用？就算是在家，你又能把你弟弟教得有多好？"被富民这么一说，小伙子更加不服，还想开口，却被记者抬手制止。

毕竟还是记者见识多有经验，他在等着富民继续往下说，话说多了就会有破绽，他就有机会做文章了。

富民这时也看见张姓家长的手指按在那部高级手机上，可能在录音，而且有些窃喜，这就到了解决问题的最佳时候。他看着张姓家长说："当老板的，用的手机很高级啊，可以清晰地录音吧？还有你这位记者朋友，文章或者报道是不是想怎么写就怎么写，想往哪发就往哪发，难道不尊重事实嘛，难道我们还真没有地方去论理了？"

记者得意地狡辩道："当然不是。"

不由分说，富民接茬讲："你们既然是想采用这种非常手段处理问题，那我们就等着看你的报道，如果客观，我想对牛老师和学校也没什么不好。但如果不客观，我们也会找个地方论理，在这二三十年了，谁还没有几个朋友？或者说不急着论理，就等中考结束，我也劳烦几个朋友甚至就劳烦这位记者朋友重点跟踪一下张栋同学，看他考了多少分，那个分数能不能上高中，然而他又正在哪所高中就读，是如何进入那所高中就读的。这么多疑问，也够记者朋友拍一阵子，写上好几大篇了吧？"

富民这么说是有底气的。张栋同学脑子好使，但学习不上心，成绩不好但也不是很差。按现在的情况看，接下来的几个月就算是全力以赴也考不上高中。但估计是一个离录取线差不了多少的成绩，拿着这个成绩，不上个高中考个大学有些可惜，若上高中又不可能正规录取，找些人帮忙再使些小动作是必须的。一句话，暗箱操作估计是一定的。既然是暗箱操作就怕被曝光，张栋到时候高中估计又上不成了，还会连累其他人等。富民也知道，张姓家长对这个小儿子虽然极其溺爱，甚至失于管教，但却寄予厚望，希望他能多读点书，之后继承他的产业或者开辟新的事业。这个希望原本放在大儿子身上，无奈大儿子生性顽皮且在他的那一套教育方法中被废掉了，几乎成了一个纨绔子弟。

果然，等富民这一番话讲完，那位记者已经盖好相机盖子挂上脖子，不打算拍了。张姓家长也表情缓和了许多，由刚才的愤怒变得有些媚俗。他对富民说："主任，我还是叫你主任吧，这个事情其实没那么复杂，我本以为老师是因为孩子调皮就借机收拾他。既然老师是一片爱心，我回去好好批评孩子，叫他听老师的话，就在那个座位上好好学习。"

记者在旁边帮着说："就是，就是，错怪老师了，问题还是在孩子身上，我们多说说他，他会改正错误好好学习的。"

目的达到，富民也不想节外生枝，有些缓和地说："对啊，这就对了嘛，离中考也没几个月了，既然是怕耽误学习才早早返校上课，那咱们就不为座位纠结了。老师严格要求，孩子守规矩好好学，没准直接就考上高中了，将来再考个大学，大家皆大欢喜。"

"对，对，希望如此。"张姓家长站起来准备离开。

富民则笑着说："那个，那个，你们手中的那个……"不用把话点明，张姓家长和记者心领神会地说："刚才那是闹着玩，照片和录音早就删除了。"

家长和记者离去，牛老师佩服地看着富民说："还是主任有办法，我咋就没想到呢？"

于老师则直截了当问牛老师："现在你可以告诉我们了，你给那个学生这样安排座位的真实想法。"

牛老师有些不好意思地说："主要是为了他的安全，那个位置毕竟与其他同学的接触少些。当然，我也是为了惩戒教育他，他摔伤前犯的错误还没处理，这回又不听劝，胳膊没痊愈非要回来上课，似乎以前的错误不但要一笔勾销，现在还可以仗着有伤在身肆无忌惮地折腾，再出个什么事我真的负责不起。"

于老师说："所以，你给张栋安排座位是带着气的，甚至没给他好脸，他当然会认为你是在有意刁难他。其他同学当时从你的表情接收到的信息估计与张栋相同。你如果当时先说明为了他的安全，兴许就没有今天这事，至少不会这么被动。"

富民接过话说："对了，年轻人办啥事过于情绪化，往往会让别人误解，也会给自己造成麻烦，甚至会对自己的安全或者职业发展造成威胁。你要多向于老师学习。"

富民又转向于老师说：“今天多亏有你陪着她，你以后要好好带带这个师妹。”

于老师点点头，疑惑地问：“师兄，真有记者朋友吗？”

“我这也是以暴制暴，吓唬他们的。不过，在这生活了二三十年，能没有几个朋友吗？光是学生或学生家长中就有记者，只不过他们估计不会帮着干这种事。要知道干哪行都有职业道德底线，所以我觉得今天这个记者也可能是假的，或者是为了炒作搞钱可以丧失道德的记者败类。所以我们干什么事情一定要谨慎，特别是我们这些当老师的更要注意保护好自己，在社会和媒体的关注下，我们是绝对的弱势群体，即便好心，办了坏事也不能被原谅。”

富民还想说啥，但是手机响了。

地震发生到现在已经六天了，兄弟二人每天都要通电话。为民说打算后天带父亲去医院看母亲。

三十六

已经是地震发生的第八天了，陈宋准备今天去医院看望尚芳。急于见到尚芳，他有些激动，一大早就爬了起来。但为民两口子一大早就赶到厂里去了，也不知道厂里到底有多少事儿，眼看已经 10 点了，还不回来接他。

其实，为民夫妇两个此刻正在厂里抓紧处理棘手的事。

为民正在组织销售部门开会，这次地震对他的厂子也造成了很大的影响，特别是经由广元、阿坝两地辐射甘肃、青海、西藏的销售线路似乎陷入中断状态。这两条线路上平时与他们接洽的生意伙伴对产品的需求量直线下降，表面上看是地震造成交通受阻，但会不会在其他什么环节也出了问题，会不会因为地震这种突发因素导致以后丢失客户，有没有其他的补救措施来保住产品销量，一堆问题需要他和销售人员认真研究分析。他也知道父亲此刻正在家里焦急等候，但一个规模不是很大的厂子，销售上出现了两条线路辐射一片区域的减量和脱节问题，必须得到重视，必须尽快加以解决。否则今年年底的收益会受到很大的影响，员工的工资福利也会受到很大的影响，还有可能对今后的销售持续产生不利影响。

吴莹也在为厂里的人事问题发愁，有5个员工因为家里不同程度受到地震的破坏，请假或离职走了。这对整个生产流水线造成了很大的影响，她必须尽快找到懂得相关操作技术的合适人选。由于受到农民工“用脚投票”的影响，年初招人就不容易，现在加上地震造成大量灾区的农民工和劳动力返乡参与抗震自救，招人就更不好招了，好像剩余的劳动力资源一下子就收紧了，劳动力的成本也一下子就涨上去了。这不，一连面试了几个人，给她的感觉就好像是一些老弱病残，或者是一些啥都不会的人乘机出来捞空缺，好像当下就只能招到这样的人。

吴莹拿着计算器一次次地测算，写了划掉，划掉又重写。的确是个很棘手的问题，如果再提高工资待遇，今年产品的成本就会大大增加，年底的利润就会大大缩减，忙一年可能根本挣不到多少钱。但不提高工资待遇显然是找不到合适的人，产量就会降低，结果就是供货量不足，造成一些稳定客户的流失。

一个念头在吴莹脑子里闪过，她立即站起身去找为民。

为民和销售主管正望着桌子上的销售分布图沉思。见吴莹推门向他招手，便走了出来。

吴莹对为民说:“现在,你那的销售需求不高,我这一时又招不上合适的人,你看我们能否暂时缩减一条生产线。过段时间，等抗震救灾引起的劳动力回流压力过去了，那几个老员工也回来了，我们再恢复生产规模。我认为这在当下来说不失为一个好办法。”

听吴莹讲完，为民不假思索地回答说：“这样倒是可以渡过眼下的难关，但地震所引发的交通货运受阻问题一旦过去，我感觉那些客户的需求量必然会反弹，会追加订单，现在不保持正常的生产规模，做必要的产品储备，恐怕到那个时候加班加点也来不及。人家在你这拿不到货,还不跑到别人那去,客户不就丢失了？”

吴莹点头说这倒也很有可能，还想说什么，但为民的手机就响了。

为民看看手机，是医院打来的，开启了免提模式。

电话那头，负责为尚芳治疗的科主任解大夫对为民说：“你们能否抓紧时间来医院一趟，有点事要跟你们商量。”

“今天上午正好打算去医院。”

“那好，那就等你们来了再说。”

“解大夫，有啥要紧的事吗？”

“是有点要紧事，等你们来了再说吧。”

为民两口子赶忙带着父亲往医院赶。路上，陈宋着急地问医院说没说是什么要紧的事，该不会是妈妈的病情有什么变化吧。

吴莹安慰陈宋说：“爸，你也不用想那么多，如果是病情有什么变化，他们肯定当时就在电话里告诉我们了，既然他能耐着性子等我们到了医院再说，那就不会是什么太严重的事情。”

陈宋不再追问，但他心里还是十分着急，不停地犯嘀咕，甚至怪自己这几天没有陪在尚芳的身边，没有督促好两个护嫂。

陈宋他们到医院后直奔病房而来。陈宋三步并作两步跨到尚芳的病床前仔细端详着尚芳，又伸出手指为尚芳梳了梳头，抬头问罗大姐：“嬢嬢的情况怎么样，有没有出现病情反复啊？”罗大姐回答说跟以往一样，没什么反复，但感觉也没什么好转。

罗大姐虽然说没什么好转，但足以让陈宋悬着的心安稳下来。他转身对儿子说我们去找医生。这时，解大夫也闻讯赶了过来。他对陈宋父子说：“我们就长话短说吧，嗯嗯，是这样子的，我们接到上级的通知，因为我们在肢体和运动康复治疗方面的优势，就在这一两天会转过来一批地震灾区的伤员，交由我们负责后期治疗，因此我们现在面临的最大的问题就是病房、床位和医护人员不足。所以院领导喊我跟你们商量商量，看能不能给嬢嬢换个医院看病。”科主任故意把语速放缓，望着陈宋父子，似乎是要给他们思考决断的时间。

还是吴莹反应快，她问道：“是需要我们把这个病房的另一张床位腾出来，还是希望我们把整个病房都腾出来？”

“当然是希望你们把整个病房都腾出来了，就算把这些病房都腾出来，恐怕都还有一些伤员无法安排。”

“那我妈妈的病怎么办呢，我们也需要医院提供持续稳定的治疗啊。是，在抗震救灾的大背景下大家都要尽自己的一份责任，但我母亲的情况你们也是知道的，已经差得不能再差了，难道也要她来为灾区尽一份责任吗？”

吴莹说话有些激动，当然也有几分占理。科主任看了一下父子俩，又马上躲闪地把眼光移向窗外，憋红着脸说：“我们也了解过，你们如果把嬢嬢转回县城医院去治疗，那里的设备和技术也能照着我们现在的这套治疗方案继续下去。嬢嬢在我们这治疗了这么长的时间，不到万不得已，我们也不想建议你们转院的。但是现在我们接到的通知就是来自灾区的伤员必须全员接收，必须得到很好的治疗和照顾，所以院领导才让我跟你们商量。当然，不光是尚嬢嬢，其他那些属于长期康复治疗的我都要跟他们商量，看能不能得到大家的理解和支持，但是，院领导也强调了，最终由患者和家属决定，绝不强求。”

解大夫刚讲完，为民想都没想就对医生说：“从一个又大条件又好的省城医院转向条件相对较差的县城医院，肯定会影响到我母亲的治疗，这个我不……”

为民的这个不同意还没说完，陈宋已经挥手打断了为民的讲话。他对医生说：“既然隔两天才来，那就等我们商量一下。”

解大夫听了陈宋的话，知道事情可能会有所转机，他感激地对陈宋点点头转身出来。其实来找陈宋父子谈话之前，他感觉一定会当面遭到拒绝。科里有那么多人，其他人都不好意思甚至不敢来找陈宋父子谈这件事，但他作为科主任，必须对院方安排的工作有个交代，才硬着头皮来的。今天，他也跟其他的四五个人谈过了，医院现在的情况特殊，其他人经过考虑都同意了院方的建议，只是希望之后能够早点回到这继续进行康复治疗和训练。当然，其他几个人都没有尚芳这么严重，他们只是局部的肢体运动障碍，至少在意识上是清醒的。

解大夫走出去，罗大姐站在一旁对陈宋父子说：“难怪他们早上到病房来了好几趟，我以为嬢嬢的病情有什么变化，还专门去问了护士长，结果她讲没啥，喊我们放心。搞半天是这样。”她又转向为民说：“弟弟，你和大爷要商量好，这可不是小事情，关系到嬢嬢的治疗。”

莫大姐也在一旁附和着说：“对呀，你们两父子可要考虑好哦，从大医院转到小医院治疗会不会受影响，这都不好说。但是刚才好像有患者已经在结账了，看样子是要出院，估计就是为了配合灾区伤员来这里治疗吧。”

陈宋点头对她们说：“是要好好考虑周全，这件事情先容我们商量一下。你们先不要受到这些干扰，该干啥先干啥吧。”同时，他示意为民两口子跟自己出去。

来到住院楼背后的小花园，陈宋点上一根烟坐下。为民看看父亲，想开口又把话咽了下去，并示意吴莹暂时不要说话，他知道父亲既然打断自己同医生的谈话，自然是有他的考虑，要给父亲点时间。

当然，为民跟医生谈话时虽然有些顶撞，但他心里其实也明白，来来往往要增加不少病人，就算不给妈妈转院，病房中另外一个床位肯定是要让出来，那是毫无疑问的。但妈妈现在这个病情，必须要有一个相对私密的空间，如果说另外一个床位安排上别的病人，再加上病人的家属，这个私密空间就不存在了，在擦洗，护理、康复训练和更换尿不湿的时候，妈妈就完全暴露在那些不相干的外人面前。还有，卫生间，人多了使用起来就不可能那么方便了，也不可能那么清洁了。

此时，和往常遇到棘手的问题一样，陈宋大口大口地抽烟，猛劲把烟吸进去，喉咙和整个肺部感觉到那种足以让人有些憋屈的刺激感后，再把烟从鼻腔缓缓释放出来。这一口烟既像一个动力强劲的发动机，能够在瞬间调动起大脑的思维，又像是一堵防火墙，能够排除其他一切干扰。

一根烟也就是几口已经吸到头了。陈宋再拿出一支烟，但没有点燃，只是夹在手指上闻闻，看着为民两口子说：“妈妈在这个医院有一年多将近两年了吧，你们好好想想，妈妈的病有没有好转。”

看着父亲一脸认真的样子，为民想了想说：“嗯，从心理上看来，妈妈的病似乎是有所好转，但真正客观地说其实没有任何进展，最多也就是没有让病情进一步恶化。”

陈宋又看看吴莹，吴莹赶忙说：“我这段时间很少陪在老母亲身边，细致观察得少，但总体而言，应该是效果不明显。”

儿子儿媳回答完，陈宋微微点了点头。他虽然很不情愿接受这个答案，但这是事实。刚才，他已经把尚芳第二次到这家医院进行治疗的一年多两年快速回顾了一下，虽然院方的治疗方案比较周密，对尚芳的治疗也极细心极负责任，但从尚芳的意识、反应和动作来看，应该是没有什么明显效果，或者说在这所医院持续治疗将近两年时间，唯一的收获就是没有使尚芳的病情进一步恶化。他把烟放回烟盒起身对为民说：“这样，你们先开车回去，吴莹回厂里头去打理生意上的事，为民去县城的中医院看一看，带上妈妈在这边的治疗方案和病历，找中医院的老师详细咨询一下。一是看那边的中医院敢不敢接手或者愿不愿意接手妈妈的治疗。二是看那边能不能给我们提供独立的病房，最好像现在这样带独立卫生间。三是看现在这套治疗方案在那边能否继续进行下去。”

听着陈宋的安排，吴莹迟疑地问陈宋：“难道我们就这样退出吗，不论设备、条件还是技术，省城医院都要比县城医院好一些。”

陈宋说：“照理说，待在这样的医院当然好。但是刚才你也说了，妈妈在这治疗了将近两年也不见有什么明显进展。而且你也看到了，这个医院的病人越来越多，现在的重心都在救治地震灾区的伤员上，医院若真的再来一批灾区的伤员，我们不可能再拥有单独的病房，医生护士的注意力也会有所转移，也不可能有那么多的医生护士围着妈妈转，这些都会对妈妈不利。”

为民其实也有与陈宋类似的分析，他对父亲说：“这倒也是。”

陈宋接着说：“而且，每天在这进行康复治疗，你妈妈都很痛苦，不管她是有意识的还是无意识的，我都看不下去，我也想换个地方适当改变一些做法，让你妈妈以静养为主，一边静养一边进行必要适度的康复治疗，治疗的效果好，那你妈妈就可能有重新站起来的那一天。治疗的效果如果不好，你妈妈至少不再受那么多的罪。”

听父亲说出这么一段话，为民已经是眼含热泪了，他没想到老父亲在这么短的时间内想到了这么多的问题，而且把问题看得这么透彻、这么客观。父亲目前的决定和安排虽然说不上到底是不是明智之举，但他对老父亲的这份魄力和这份果敢还是十分钦佩的。

为民两口子准备转身照着父亲的安排去做，陈宋却继续对他们说："当然，如果我们不转院，院方不会强行让我们转出去的。但妈妈的病不是再过个一天两天或者十天半个月就会好，我甚至想到过你妈妈的有生之年可能都只有这样躺着。这几天我们都从电视和报刊中看到了，灾区确实很惨，有那么多人需要救治，那么多人需要关怀，我们在这个时候占用过多的优质医疗资源，心里也过意不去。危难时刻、紧要关头，我们每个人都应该退一步。不是说我们不关心妈妈，不是说我们不愿意给妈妈最好的治疗，而是我们在当前不能做一个太过于自私的人。尤其是将近两年的时间里都没有取得积极进展，说明这是慢病，要慢慢医，不如先把这些人力、物力和设备让给灾区的病人，或许在短期内能发挥更大的价值。"

老父亲的这段话更让为民感动，他的手有些颤抖，特别是左手，颤抖且手心有些发凉，他把手背到身后不让父亲察觉。吴莹悄悄跟过去，担心又心疼地握着他的手，拿手指搓着。

陈宋没有注意到为民的状况，继续对他们说："带上妈妈的病例和治疗方案，抓紧回去了解情况，是什么结果及时告诉我。我去跟两位大姐谈谈，如果要把妈妈转回去，她们也得跟上，她们如果不去，妈妈谁来照顾，谁能把妈妈照顾得这么好。"

陈宋返回病房。两个护嫂正在为尚芳做康复训练。陈宋同往常一样在爱人身边坐下来伸手给爱人梳头，然后仔细翻看护嫂这几天做的治疗记录。

两个护嫂不时看看陈宋。特别是罗大姐，她几次想开口问陈宋是怎么个决定，最终还是把话噎了回去。而陈宋就像什么事情都不曾遇到一样，戴着老花镜很仔细地翻看尚芳的治疗记录。

看完记录，陈宋拿来棉签慢慢地为尚芳清理口腔，湿润嘴唇，又把尚芳两只手的各个关节活动了一下，在尚芳的额头上亲了一下。他抬头对两个护嫂说："如果我们要转回县城医院，你们两个能不能跟着过去，我是很希望你们跟过去继续照顾孃孃，这么多年都是你们照顾她，她的情况你们也很了解，而且我对你们也比较放心。”

两个护嫂先是一愣，之后，罗大姐对陈宋说：“真的要转院回去吗？我倒是没问题，家就在那边，刚好跟着回去照顾孃孃。”

陈宋把目光投向莫大姐，莫大姐说：“我也很想跟着去照顾孃孃，但是我本来就是这家医院的保洁人员，照顾孃孃只是我的兼职。昨天下午医院也给我们这些保洁人员开了会，希望我们以更大的热情和爱心对待即将转过来的灾区伤员。在这个时候我就不好意思离开了，而且大女儿又在这边打工，所以，大爷我只好对不住你们了。”

陈宋说：“你这样做也是对的，医院也需要你们为灾区的伤员创造一个整洁舒适的医疗环境。你平时一边做医院的保洁一边在我这兼职，医院没有制止过，没有难为过你，也没有扣过你一分钱，所以你也不能在医院需要你的时候选择离开。至于讲什么对不住我们的话，就更见外了。”

两位大姐的意思已经明确，就等为民回去联系医院的结果了。陈宋交代两位大姐先一切照常，每天该干啥就干啥，到底转不转回去还一时定不下来，能留在这当然更好。

一个多星期没有陪在爱人的身边，所以整个上午陈宋都黏在尚芳身边，为尚芳梳头、按摩头部经络、修剪指甲、调整枕头的高低等。总之，他找着为尚芳做各种事情，仿佛要弥补他这一个星期对尚芳的亏欠。再找不出事做了，他就给尚芳做头部、手部的按摩。当他长着老年斑的干瘦的双手抓住尚芳那双依旧白皙却已经不能动的双手，又有谁能理解他此刻的感受呢？

三十七

吴莹去要病历，原想着调病历和治疗方案要些时间。哪知道她到医生办公室说明来意，医生交待护士长很快就把病例和治疗方案准备齐全了，当然，提供的都是复印件。说明医院提前做了准备，并希望他们能够理解医院此时的难处，带尚芳转院治疗。

两口子抓紧开车离开。为民已做好了打算，他想起两年前每天上门为母亲进行针灸和按摩治疗的叶大夫，这不就是中医院的骨干大夫吗？而且有过前期给母亲治疗的经历，应该了解母亲的病情。这次若想转回县城并安排到条件好点的病房，看来还需要她出面帮忙。

为了赶时间，吴莹在离厂子最近的路口下车打的，为民对直来到医院，直奔叶大夫的诊室。

诊室有患者就诊，叶大夫看见为民进来，点了点头示意他在旁边等会儿。几个就诊的患者病情不严重，叶大夫逐一为患者进行诊断，对待患者言语温和，诊断细致，技术娴熟，不愧是医院的骨干。等最后一个患者离开，叶大夫起身对为民说好久不见，是有啥事情还是哪不舒服啊。

为民说："不是我不舒服，而是为了母亲的事来麻烦你。"一边说一边把尚芳的病历递过去。

叶大夫接过病历袋看看说："孃孃的病历啊，不是在成都治疗吗？"

为民道出其中缘由，并希望得到叶大夫的帮助。叶大夫想了想说："你先坐下，等我看看这些东西再说。"

叶大夫看得很仔细，为民在一旁耐心地等着。大约十多分钟，叶大夫开口说："那你们的意思是什么呢，是想转回来吗？这些资料我都仔细看了，如果你们要转回来，照理说在我们这治疗也可以，总的治疗方案大体差不多，也基本能做到，但不可否认的是我们没有那么先进的设备，部分借助于器械进行的康复训练我们可能要做调整。而且我还要了解一下有没有单独的病房提供给你们，我知道孃孃必须要有一间单独的病房，还要兼顾你们为孃孃准备流食，以及两个保姆的吃饭问题。"

为民点头说："就是这个意思，来之前我父亲一再交代看看转到咱们这能不能继续治疗，同时特别希望咱们院方能提供一个单独的病房，即便病房里没有卫生间，也希望离公用卫生间尽可能近一些。"

叶大夫想起前两天刚好有一间病房被腾出来，条件还不错，有配套的卫生间，准备打电话问现在是否还空着。叶大夫拿起电话又放下，看着为民说："那你们是确定要转回来吗？”

为民也照实说：“父亲还没确定，但估计是要转回来，因为那边要接待地震灾区转过来的伤病员，病房和床位比较紧张，父亲的意思是要给灾区的患者让地方。”

叶大夫说那咱们直接上去看看。

为民跟着叶大夫来到三楼走廊尽头一个拐角，推开一间病房的门，是空着的，收拾得很干净，还有一个独立的卫生间，条件很不错。

叶大夫说：“正好这间病房还空着，你抓紧给大爷打电话，看回不回来，如果要回来，我这就去给院领导汇报，特别是孃孃转院的原因，争取把这个病房给你们预留上，你们要回来就在这一两天住进来。”

为民拿出电话，准备给父亲打电话。叶大夫又说：“不过有一点要提前给你们说清楚，孃孃转到我们这治疗的话，估计也不会有什么大的好转，你想嘛，成都的那些大医院那么多专家，还有那么多先进的医疗设备，孃孃在那治了两年也没见好，我们虽然技术差不到哪儿去，但这说明孃孃的病很顽固，不会经我们一接手反而有什么好的进展，这一点你要给大爷说清楚，包括你在内要有思想准备。”

为民说知道了，转身来到医院的停车场打电话告诉父亲了解到的情况。陈宋听后果断决定争取在明天转回去。

为民下车往叶大夫的诊室走，电话那边陈宋还交代为民赶快给吴莹的爸爸妈妈打电话，看他们能否帮忙找一个保姆。陈宋说：“我们现在开的工资就是1800。我已经问过了，罗大姐可以跟着我们回去。但莫大姐离不开，医院需要她留下来照顾灾区转来的患者。”

为民来到叶大夫的办公室，结果办公室是空的，估计是找院领导汇报妈妈转院治疗的事情去了。他在门口站着，抓紧给吴莹打电话，他的手一直在发抖。也不知道这是怎么了，这段时间但凡有点要紧的事，或者感到有压力的时候，他都觉得自己的手在发抖，而且手心冰凉、发白，好像整个身体也在发抖。他进办公室找个凳子坐下，右手按着发抖的左手深呼吸，努力稳定自己的情绪。

不一会儿，叶大夫走了进来。为民站起来说：“我父亲已经决定了，明天把母亲转回这里继续治疗，所以还得麻烦您帮着安排。”

“你母亲的事我已经请示院领导了，本来医院的病房和床位还是紧缺，不能把整个病房都交给你们，但是大爷把嬢嬢转回来的一个主要原因是为灾区的患者腾地方，所以院长答应了，只要你们愿意转回来，那么我们就无条件接收，现在你们随时可以办手续住进来。”

为民说太好了，十分感谢。

叶大夫又说：“这样吧，你先回去协助你父亲做好明天转院的准备，我呢在这边让护士长把这个病房收拾好，包括给嬢嬢治疗的一些设备和仪器，该搬的就先搬进去调试好，再多给你们准备两把椅子，方便大家休息。”

为民一再道谢，开着车回成都的医院。

中午下班前，护士进来给尚芳做例行检查，科主任解大夫也推门进来，看了看对陈宋说：“上午的事情大爷不要多心，也不要太有压力，并不是说非要让你们转院，虽然我们面临的病房和病床压力比较大，希望你们能够腾出来，但如果有困难或者不晓得往哪转，要把嬢嬢留下来继续治疗也没什么问题，毕竟嬢嬢在这里快两年了，我们相处还是有感情的。”

陈宋感激地点点头说：“谢谢医院的体谅，我已经叫儿子回去联系了，那边基本上能够提供相应的条件，而且可以继续这样的治疗。所以明天我们就转回去，这样也可以给你们减轻点压力。谢谢你们这两年对我和嬢嬢的关照。也许，今后还要回来，还要继续麻烦你们提供关照。”

解大夫很感激地说着谢谢，谢谢大爷的理解和支持。

解大夫走了一会儿，三号病房的王大爷拄着拐杖被儿媳搀扶着颤颤悠悠地走进来。陈宋以为是一个多星期不见，王大爷来叙叙旧。王大爷却说：“迎接灾区的病人，医院的病房和病床都吃紧，我的病要慢慢医，这个时候也不好意思在这里继续待下去了，打算转回县城去治疗，那边的医院已经联系好了，我来跟你和嬢嬢告个别。”

“支援灾区，医院有困难，我们大家都要理解。我儿子也跑回去把医院联系好了，我们明天回去。”

“对嘛，大家都要支持灾区。我们两家人在这个医院相处也有个一年多了吧，我的病呢虽然没有大的好转，但是每天毕竟还可以被人扶着到处走走看看，嬢嬢不一样，她在这里治疗一年多暂时还是不能动不能说话，但是我佩服你们一家人的努力和坚守。我一会儿就走，回去了就不晓得啥时候才能再回这个医院继续治疗，也不晓得我们还有没有机会再见，我就在这里跟你和嬢嬢说一声再见，道一声珍重。”

陈宋握着王大爷的手说：“谢谢，再见，大家都多多保重。”

王大爷得的是严重的帕金森病，其间还因为膝盖滑膜内腹水做了手术。他早年在西北的一个黄金分队工作，从事黄金勘探和开采，与陈宋的工作环境差不多，常常要出入到氧气稀薄或者是海拔较高的无人区作业。有的时候要面对冰天雪地般的寒冷，有的时候要面对阴冷潮湿的黑暗环境，为了抵御寒冷潮湿，为了打磨野外孤独无聊的生活，王大爷经常喝酒，直至最后嗜酒如命。所有这些都为他退休后的生活留下了隐患，这不，帕金森病和腰腿病相继跟来，帕金森病还没好转又做了膝盖滑膜手术。

一年前，陈宋重新把尚芳转回这家医院治疗没有多久，王大爷就住了进来，基本上都是用他颤颤巍巍的手拄着一个带轮子的四脚拐杖活动。王大爷也是个热心人，当他发现陈宋的爱人病情是整个一楼最严重的，就经常拄着拐杖，慢慢地挪着身体到陈宋这边来看望老两口。最初，陈宋都是十分热情地接待王大爷，还让护嫂给王大爷倒茶，有时候还给王大爷递上一根烟，两个人聊一聊各自在西北工作的一些往事，聊到共同之处相对一笑，聊到惊险之处或者艰难之时，又相互摇摇头表示理解和叹息，一副往事不堪回首的样子。

后来，陈宋发现王大爷这个人也过于热心，好像到病房来探望陈宋和尚芳已经成了他每天必做的功课，甚至成了他每天打磨时光的一种方式。陈宋心里就有些不快了。倒不是说陈宋这个人不好客，而是有了新的顾虑。像王大爷这种病情的病人偶尔来探访，还是好的，但如果每天都来，那就保不准哪天会摔着碰着。如果这摔着碰着的事情发生在他和尚芳的病房里，那这个责任该由谁来承担呢，产生的医疗费又由谁来承担呢？至于王大爷，陈宋还是信得过他的人品，但是陈宋见识过王大爷的儿子和儿媳，儿子一看就是属于那种做着一点小生意，为了一点利益斤斤计较工于算计的人。儿媳妇就更不用说了，属于那种不依不饶无理也要搅三分，而且眼睛都掉进钱眼里的那种势利女人。她曾为少了几个纸杯子在楼道里骂过娘，某某患者的家属散烟时无意间把王大爷漏了，她为此背地里捣鼓人家的闲话，最最要紧的是挂在她嘴边的就一个钱字，什么有钱多好啊，什么没有钱又该如何如何，什么要想挣钱就不要按照常理出牌，等等。所以陈宋担心王大爷哪天一旦摔倒在自己的病房，就会摊上这种说不清道不明只有赔钱解决问题的倒霉事。他光维持尚芳的治疗就已经很紧张了，如果再摊上这种倒霉事的话，这一笔钱从哪儿来，难道这笔钱让孩子们来出吗？孩子们挣钱也不容易，辛辛苦苦把钱挣来省着省着地交给别人，岂不是冤枉吗？

所以陈宋婉转地拒绝过王大爷的探访，之后王大爷隔上半个多月一个月才拄着拐杖过来看一看，聊聊天说一些安慰的话。但在那之后，陈宋发现王大爷的儿子光是表面上对自己就已经没有那么热情了，见面有时候连招呼都不打。王大爷的儿媳则像仇人一样地看着他，就缺没有跟他吵架了。

罗大姐是个精明的人，她知道陈宋的顾虑，也把王大爷儿子儿媳的表现看在眼里。在适当的机会，她用很含蓄的方式把陈宋的顾虑转达给了王大爷的儿子儿媳。之后，陈宋这才发现王大爷一家对自己的态度又有所缓和。而王大爷毕竟是在部队和高原上干过的人，有着西北汉子豁达开朗的性格，得知陈宋的顾虑后哈哈一笑说不会，不会，摔倒了爬不起来也不会要你们负责，我老头子也算是在部队接受过教育的人，怎么会那样做呢？

现在，又一个好心的老人为抗震救灾做出了让步。

楼道里闹哄哄的，过往的人似乎在相互道别相互祝愿。这些珍爱生命期盼健康的人在大灾大难面前居然都选择了宽容，选择了把更好的医疗资源、更好的机会让给别人。这是一种什么样的大爱！

陈宋觉得把尚芳转回县城治疗是对的。他们也要把这些优质的医疗资源让给更需要救治，在短期内就能见到效果的灾区患者。他知道这样做尚芳是会同意的，在一起生活了快一个甲子，他知道爱人是一个善良又明事理的人。

正这么想着，为民推门进来。

为民问父亲什么时候搬回去，陈宋果断地说："明天搬回去，今天下午我和罗大姐她们在这边做准备，你回去在那边做准备，明天上午你再多叫个车来。"为民回答说好。

陈宋又对罗大姐和莫大姐说："你们一个人照顾嬢嬢，另一个人出去多买点菜，中午好好吃顿饭，儿子也刚好跟我们在一起，算是提前道个别，明天早上要忙着转院就没时间了。"

为民对两位护嫂说："还是我去买一点现成的菜，你们就陪着我爸爸妈妈说会话就行了。"说着，转身离开。

陈宋握着尚芳的手说："老太婆，我们又要搬家了，我们要搬回去治疗，两边条件都差不多，罗大姐也要跟着去继续照顾你，莫大姐在医院里头有更重要的事，她就不跟我们去了，你有没有啥子意见？"

尚芳自然是听不懂也不可能开口回答。罗大姐在一旁给尚芳换接尿袋，她对尚芳说："嬢嬢，你就不用回答了，我们就听大爷的，回去继续治疗吧，回去也能康复，到时候儿媳孙子还可以经常来看你，那样也很不错嘛。"

陈宋对罗大姐这种善解人意的回答满意地点着头。

在一旁的莫大姐这时候眼睛有些湿润。说实在的，与大爷一家还有罗大姐相处这一年多还是很让人留恋，大爷这个人心地善良，对待她和罗大姐这两个保姆就像自己家人一样，从来没有拿她们当下人指使过，也没有骂过她们。而罗大姐虽然为人精明一些，但没有欺负过她，没让她吃什么亏，两个人也没红过脸，做事情也不相互耍赖推诿，合作还是比较愉快的。自己在远离家乡的这所医院就像多了一位长者多了一个亲姐姐。

在外打工，且不说工作稳不稳定、辛不辛苦，只要不招人白眼，不被人当下人使唤，不用花心思去应对那些钩心斗角、尔虞我诈的事情，心就不累，日子就过得幸福，过得有尊严。有时，她也跟自己说很幸运了，在这所医院遇到陈大爷和罗大姐，大家相处得那么好，已经很幸运了。可是，明天就要分手了，而且从嬢嬢这个病情看，这一分手以后是否能再见面都不好说，一时间她竟有了一种和亲人难分难舍的感觉。

为民在饭馆里炒了几个菜买了两样熟食，赶回医院。大家拉开一个折叠的小饭桌，摆上饭菜倒上饮料，开始了这个不是一家人却胜似一家人的告别宴会。为民举杯对大家说："明天就要搬回去了，我以茶代酒敬两位大姐一杯，感谢两位大姐这一年多对我父亲的照顾，对我母亲的关爱，诚心诚意地感谢你们。"

罗大姐端起杯子说："弟弟你这样说就见外了，这都是我们应该做的。"莫大姐也端起杯子，眼角已经流下了泪水。

陈宋端起杯子说："为民说得对，大家这两年对我和嬢嬢的照顾十分周全，也很辛苦，谢谢了，我先干为敬。"

陈宋一口把饮料干完，接着说："明天就搬走了，但这也离得不远，罗大姐的家也在那里，莫大姐有空也可以到我们县城来玩，我们来成都办事也可能回来看看你，所以说大家都高兴点，多吃点。"

话虽这样说，但陈宋的眼睛已经红润了。命运经常把一些不相干的人和不相干的事堆在一起，但最终，这些不相干的人会变得相互熟悉，相互依赖，相互关心和挂念，还会把那些不相干的事情变成他们共同的事情，变成他们共同努力的目标，变成他们共同的美好期盼。这些人，也就成了没有血缘关系的亲人。

三十八

富民正在去局长办公室的路上，他自己都纳闷。唉，说也奇怪，当了那么多年的主任也没被局长叫过，现在闲人一个，这才多长时间嘛，局长大人又电话有请，折腾我这一个闲人是何苦嘛。

他推门走进局长办公室，韩局长一边在文件上写字一边说："怎么样最近很忙吧？"

富民说："每天也就上课、备课、改作业，没那么忙了。"

韩局长放下笔抬头笑着说："嗯，我听说你还是有点忙啊，好像还和记者朋友打上交道了，是怎么回事说来听听。”

富民心里有点底了，估计是那个张姓家长能量大，已经把他处理的那件事反映到局长这来了。这些老板奉行的信条始终就是金钱万能，有钱撑着腰杆，在你一个小小的人民教师面前受到的挫败，他可以在你的顶头上司这找回来嘛，只要掌握说话的艺术，甚至还可以顺便给你背个黑锅穿个小鞋。那句话怎么说的来着，对了，就是让你死得难看，让你怎么死的都不知道。

富民为此感到很不舒服，他回答说：“也没啥，就是和一个当老板的家长有点小摩擦，被我三两句话给打发了。”

韩局长似乎看出富民的意思，笑着开口道：“好个三句两句就打发了，你把他打发到哪儿去了？我看你也真敢说，你也找个记者朋友盯着他的孩子中考，这是你一个老主任干的事吗？是你一个老主任该说的话吗？你盯着他的孩子怎么上高中，不就是盯着我和局里的领导，盯着咱们的高中校长吗？我们就不是你的朋友了，这么多年处下来，我们这些人在你眼里就落下个路人甲，或者不讲情面的坏人？”

韩局长显然是在数落富民的不是。既然局长笑着说话，富民也笑着回敬说：“没，没有，咱们当然都是自家人了，我只不过是拿话来吓唬他，因为他把我们的年轻老师而且是个女老师烦坏了，也吓坏了，当时在场，我不出手收拾他谁来收拾他，我不为年轻老师说话那谁来为她说话？”

韩局长点头说：“这倒也是，你毕竟是个老主任嘛，这种事情哪怕是壮着胆子铤而走险，也要先把咱们自己的老师维护下来。好了，好了，这事我也就是随便聊聊，找你来并不是为了这个事。我是想问你，是不是在那所学校里干得很憋屈，有没有必要给你换个地方？”

富民先是一愣，然后略微思考着说：“也不憋屈啊，现在就是认真教书，好好带学生，谈不上什么憋屈不憋屈，而且这所学校我是有感情的，我不想离开这所学校。”

富民说与这所学校有感情，那可是真的。自打他二十出头调入这所学校，风风雨雨、坎坎坷坷、一波三折，一晃就是二十多年。他见证了这所学校的辉煌，也陪着这所学校在低谷里头摸爬滚打，在绝望面前苦苦支撑，寻找出路，移交地方之后又带着那么多的老师为这所学校的振兴而努力。这里头有多少汗水、多少苦水、多少泪水，一个旁观者是不可能知道的。离开这样的地方，他舍不得也心有不甘，他多希望通过自己和同事的努力，让这所学校重新恢复往日的声誉，重新迎来辉煌的时刻。就连去年的翻身仗，在他眼里也不过是辉煌到来时的前奏。

现在局长说他干得憋屈，他心里想那是当然，付出与回报不成正比嘛。但局长说要给他换个地方，他很不开心也很是舍不得，所以开口拒绝了。

人秘科的人进来向局长请示工作，富民识趣地站起身来看着局长，意思是要主动回避。韩局长对他说："既然你不想换地方，那我也就没啥话说了，你先回去吧。"

富民转身出来，他感到局长说最后这句话的时候似乎有些不太高兴。他一边往家里走，一边想就在这个学校当个普通的老师不行吗？又不背地里说领导的坏话，又不给学校领导唱对台戏，有必要把我给调离吗？

其实，富民并不知道韩局长为什么会叫他去，为什么要提出给他换个地方。前不久，富民的一位朋友，一位从知识分子界成长起来的市级领导，也是富民曾经教过的一名学生的家长找过他，建议他把富民适当提拔一下。

那位市领导格外关注富民的原因很简单，富民作为一个政协委员和党外代表人士，积极认真的态度和责任担当意识他是知道的，特别是他调研和参政议政能力更让他佩服。至于他在本职工作中的表现和修为就更不用说了，早就有所耳闻甚至如雷贯耳。成为孩子的任课老师后，孩子对这位老师也是大加赞赏。有一天，孩子疑惑地问："爸爸，这样的好老师，怎么连个副校长都不是，我觉得你们不会用人。"

话虽出自一个孩子，却提醒了这位市级领导，对呀，这么优秀的人为什么上不去呢？

那位市领导与韩局长的谈话很直，首先问韩局长："富民的为人怎么样，能力怎么样？"

韩局长回答说："据我所知，他的为人很不错，是个耿直、勤奋、有责任、有担当的人，能力就更没得说了。我曾说过他就是我们的一艘旗舰，管理上也配合校长把那么所薄弱学校的事情做得井井有条，没有点能力做不到。"

那位市领导又问韩局长："这样的人为什么没有得到提拔呢？"

局长满面愁容地说："嗯，这不是在你党外知识分子麾下吗，不好提啊，需要通过的组织关系，需要点头的领导都太多，那些人可不一定认识他，更不会像你这样了解他。"

那位市领导当着局长的面说："这个事情好解决，如果你在局里解决不了，我去找市委市政府的主要领导。但最好还是由你来解决，毕竟是你的地盘你的兵嘛。是不是先考虑一下这个人可不可以用，可以把他放在哪里。"

那位市领导还说："这个人不仅在你们这个行业是个人才，在我们党外知识分子界也是一个难得的人才。所以我今天也相当于代表我们这个界别来给局长大人推荐人才，咱们就相当于公对公，希望局长大人能够认真考虑。统战部早就把他列为后备干部了，不是还安排他参加了党外县处级后备干部培训吗？"

看到没，这才是韩局长找富民谈话的首要原因。他本身就了解富民这个人，业务能力和组织管理能力都没得说，最大的阻力还是他这个非中共党员身份。但懂政策的领导都知道，这也并不是不可逾越的一道鸿沟。特别是上次因为投诉事件找富民谈话之后，他就觉得这个人其实很对自己的性格，这种人得不到任用，应该是很憋屈的，加上前两天那个张老板来找他聊天，所透露的消息，更让他觉得富民这种人在关键时刻还是很有办法的。不管是妙招还是损招，反正他敢把事情揽下来，还可以把事情给摆平，可以为领导和教师排忧解难，有责任、有担当。

请示工作的人员离开后，韩局长点上一支烟，背靠老板椅在缭绕的烟雾中晃着，他享受这样的思考方式，离开这张办公桌和局长椅子，坐在家里就算是连烟屁股都抽了也不会有这么好的感觉。想起刚才与富民的谈话，脸上竟然有些无可奈何，难道是自己没有给他说清楚？这个人的情商也太低了，真的以为仅仅是给他换个学校就行了吗？他该不是想着会把他像发配犯人一样发配到乡村学校去吧？

想到这韩局长又无奈地摇了摇头，富民啊富民，你这个人情商再高一点，为人圆滑点，得罪的人少一点，那该多好啊！

领导就是领导，他对富民的揣摩还是有些吻合的。富民的确没有想到这是在考虑他的任用问题。他只一个想法，不要被发配充军到别的学校，不想让别人看着自己灰溜溜地滚蛋，他也不想就这么轻易地离开自己为之奋斗了二十多年的老单位。

想起这些富民有些心烦，但为民的电话响了。

为民在电话那头说昨天已经把妈妈转回县城医院了，并把转院的原委简单给说了一下。富民说："既然你和父亲都觉得这样合适，那我也同意，只不过要辛苦你和老父亲了。"

"辛苦倒也没啥，现在比起在成都还方便一些，至少老父亲不用整天都待在医院，他每天都可以抽出时间回家休息，和我们一起吃饭，这是好事儿。"

在这一点上，富民也是这样想的。

为民稍作停顿又说："只不过这两天父亲还闲不下来，莫大姐没有跟过来。现在只有罗大姐一个人照顾母亲，我们把家里的保姆也临时抽调过去了。家里的这个保姆负责一家人的家务，还要去照顾妈妈，两头跑两头都有些顾不过来，老父亲只好受累了。"

"那再请个保姆啊？"

"给你打电话就是这个意思，我们在这边已经发出通知了，也找亲朋好友四处打听，但是现在人真的不好找，年轻人都跑到外头去了，哪地方工资高就往哪个地方跑，留下来的都是一些老年人，要种地要顾家还要负责带孩子，这些留守老人被拴在家里根本就出不来，想找个合适的很不容易。所以，你让霞姐在老家问问，看看那边有没有知根知底又愿意来干的人，最好有点沾亲带故，自家人用起来放心些。"

为民还强调抓紧帮着打听，早点回话。富民应承着刚说了个我抓紧打听一下，为民就挂断了电话。显然，在这个特殊的时间段，父母的事，自己厂里的事把他给忙坏了。

富民赶紧给霞竹打电话让家里的亲朋好友帮着找人。

晚上，霞竹老家的消息陆续反馈回来，结果令人失望。果然，年轻人都在外面跑，留在家的基本都是老人，被家务活、庄稼地和孩子们拴着，根本就出不来。而且，听说是整天照顾一个瘫痪病人的吃喝拉撒，给一千八，就算是管吃住也没人愿意干。

也难怪，农民工用脚投票、汶川抗震救灾引起的民工返流，以及现在留守老人儿童等问题叠加在一起，用工荒已经是个大问题了。而且这种市场化的劳动力趋势还给一些人的主观意识造成假象，很多人面对不满意的工资待遇，宁愿在家睡着躺着也不接受这份工作，更何况是伺候人。

富民抓紧给为民回电话，看来还是得在老家就近想办法。

三十九

陈宋此刻正在家里无聊地看着电视，电视就那么打开着，播的什么陈宋并不感兴趣，他只是需要屋里有点声音。保姆刚收拾完家务出去买菜，儿子儿媳在厂子忙生意，孙子又在寄宿学校上学，整个屋里空荡荡的就他一个人，没有这么点声音，他就更加孤独。今天的报纸已经翻了个遍。上次为尚芳找保姆费了很大周折，所以他到现在仍然对农民工用脚投票的事更感兴趣，但这些零星的消息让他更加孤独，觉得自己跟一个留守老人差不多。

为民让陈宋少往医院跑，要多在家里休息。可是不往医院跑，爱人的治疗怎么能让他放心。这么多年来，陪着爱人受苦的潜意识一直支配着他的行为，在尚芳身边虽然感到揪心和压抑，但不会因为自顾自地放松或享乐而产生负罪感。

陈宋自言自语道：“这可能吗，我能休息得下来吗？你们也不好好想想，如果我一直待在家里头，那不更像一个留守老人吗？那些留守老人好歹还有点事做，还有孩子需要照顾，我留在家里能干什么？而且，妈妈在医院毫无知觉地躺着，我干啥能安心？”

陈宋待在家里很不舒服。但是他今天必须待在家里，昨天富民打电话说今天上午到。

他无意识地站起身来，在屋子里转了一圈，想做点什么又似乎没有什么事情可做。他又坐下来端起茶杯喝茶，早晨冲的茶到现在也已经淡撇撇的没有了滋味，懒得换茶，他放下杯子，下意识地伸手摸了一下脖子左侧的那个疙瘩。

想起来都生气，儿子不让他老往医院跑还不是这个疙瘩惹的祸。

6 月初，为民发现他的脖子左侧有一个小包，为民伸手摸了摸问他发没发现这个小包，还问他疼不疼。其实，陈宋早几天就发现自己的脖子上有一个小包包，但并没有感到什么不舒服的地方，所以就没有吭声。哪知道儿子看见了，尽管他说没什么感觉，也不疼痛，但儿子在第二天还是带他去做了检查，原本说好了就去让医生摸摸看看就行了，哪知道到了医院就由不得自己了，医生很快给他开出检验单，让他做了个细胞活检，并给他说，如果检查出是恶性的，那就等于得了癌症，就要动手术治疗。好在下午活检的结果出来了，是一个良性的，并不是什么癌症。正当他暗自高兴的时候，大夫又给儿子说要让你父亲顺心一点，轻松一点，如果说老人家心情不愉快精神上不放松，这个疙瘩有可能会转化成肿瘤的。

这话可不得了，儿子之后就开始限制他去医院的时间，限制他抽烟的次数，即使要抽也必须抽好烟，儿子眼中的那些烂烟已经被扔掉过几次了。

为民这样做是有他的道理的。他知道父亲每天陪在妈妈身边，表面上看着很轻松很开朗，实际上则比较压抑。他感觉父亲一直在为母亲的治疗担忧，一直在自己的潜意识中强迫自己不要高兴，不要放松，要像爱人一样承受痛苦。父亲这种执子之手、与子偕老的自我摧残自我折磨式的陪伴让为民很担心，为民认为那个疙瘩就是在这种心情压抑的状态下长出来的，所以他开始强硬地限制父亲待在医院的时间。

为民这样做，让陈宋很不舒服。陪爱人一起治病一起苦熬，已经是他每天最重要的也是唯一能够办得到的事情，否则就是背叛他和尚芳的爱情。还有那些烟，虽然在儿子眼里价格不高，质量低劣，但对他来说已经是承受范围内的奢侈品了，就那么给扔了，那不是扔钱吗？平时妈妈教你们要节俭，莫到无时思有时，你们都抛到脑后去了？

当然，陈宋也明白儿子这都是为了他好。他自己也明白如果按照现在的精神状态发展下去，对他的身体肯定是不利的。人们常说癌症都是由于压力过大精神过于紧张压抑造成的。所以，他也曾专门约了亲戚朋友出去喝茶钓鱼，可是出去后就是管不住自己的思想和情绪。端起茶杯，原先那洁白芬芳的花朵仿佛变成尚芳惨白的容颜，心疼，喝茶的心思没了，与人交谈的话更没有啦，让陪同的人感到尴尬。钓鱼也是一样，原先把竿甩出去，眼睛就在平静的水面下搜寻，那下面有他要猎取的目标，浮漂移动，目标上钩，鱼儿急于逃脱的震动感传递到手上变成令人激动的征服感。但是现在把鱼钩甩出去，眼睛却呆呆地失去了目标，水面上晃动的波光多像尚芳的眼神，依旧那么的清澈，但她就那么没有知觉没有意识地躺着，什么时候才能看懂他心中的苦闷与忧虑呢？

陈宋又伸手摸了摸脖子上的疙瘩，自言自语地说都是你惹的祸，我不管你长不长，也不管他们说什么，我想干啥就干啥。他起身拿上钥匙，出门快步往医院走。早上起床到现在还没去过医院呢，儿子要回来也没必要让我在家等，他应该先去看妈妈，我待在家里干吗？

来到病房，陈宋一眼就发现尚芳的胳膊上有一个胡豆大的水泡，还没开口问是怎么回事儿，罗大姐就说今天早晨考灸条，不小心一坨燃完的灰掉在孃孃的胳膊上，烫了这么个泡，实在是不好意思。陈宋碍于面子，不好动怒，只是交代两位大姐以后要注意点，烫这么大个泡孃孃不疼啊？心里却在想，哼！儿子们说得倒挺轻松，这不，就这一早上没有按时过来，妈妈就被烫成这样，以后还是要在这里盯着。

新来的李大姐不好意思地说晓得了，大爷放心，以后我会小心的。

为民带着富民进入病房。陈宋对两位护嫂说我就知道儿子要先来医院看妈妈，我在家里等着没用。

富民低下头来看着母亲，喊了两声妈我回来了，回来看你。陈宋在一旁说转回来两个多月，妈妈的情况都还正常，应该说在这边治疗也没啥问题。富民一边听着父亲说话一边伸手去为母亲梳头，母亲的头发都白了，也变得稀疏了，随着手指推动，那一根根银发从富民的手指间划过，就好像是一段时光在流逝。但是，真正滑动并流逝的时光，谁又能摸得着抓得住呢？

富民又拿起母亲的手，轻轻地为她活动关节，为她做伸展和按摩活动。陈宋在旁边说："你看妈妈还跟以前一样，关节还很灵活，肌肉也没有萎缩，就是这个头脑还不清醒，调动不了肌肉和关节活动，等妈妈恢复了神经功能和大脑的思维意识，手啊脚啊都会动起来。"

富民安慰父亲说："就是，希望有一天妈妈能够恢复活动。"

陈宋向富民点头说："肯定会有那么一天的，还要感谢两位大姐对你妈妈的精心照顾，对了，这是新来的李大姐。"

富民对两位护嫂说："辛苦了，谢谢你们对我母亲的精心照料。"

为民说也差不多要下班了，咱们先回去吃午饭吧。

回到家，保姆谢大姐已经做好了饭菜。因为儿子刚回来，吃饭时陈宋也不再提及尚芳的病情，这个话题太沉重。他关心地问富民："在那边工作怎么样，霞竹和月月都还好吧？"

富民回答说："霞竹和月月挺好的，我的工作也比原来轻松多了，不用操那些心，就想着把课上好就行了。"

为民说："不操心也对，操的心多压力就大，精气神都不够用，对身体没什么好处。"他一边说话，一边看着父亲，希望父亲能听明白这句话不仅仅是对富民说的。

在此之前，为民已经给富民讲过带父亲去检查的事情。所以富民心领神会，抬头对父亲说："刚才看妈妈在这儿的治疗和在成都的治疗差不多，你老人家就不要操那么多心了，每天到医院待个把小时看看就行了，照顾妈妈的事情就交给两个护嫂，你就当这件事情的总管，想到什么交代我们去办，空出时间你就约几个朋友出去喝茶钓鱼，到处走走散散心。”

陈宋表面上答应说：“对嘛，对嘛。”但在心里却不是这么想的。

下午为民又回到厂里去忙他的事。富民在家陪着父亲看电视，聊天。陈宋起身换了件衣服，拿出一串钥匙说你们那个房子已经交工了，现在又没啥事，我带你去看看，房子的结构合理，也有那么大，住着肯定会很舒服。

富民起身说好。

看完房子，两父子在小区找个凳子坐下休息。陈宋对富民说：“你这个房子越想越觉得买对了，现在这个价格涨得很厉害，可以说当时如果不买房子，你那点钱存到现在，再把这几年多攒的钱贴进去也买不到这套房子。有了这套房子退休回来就安稳了，我和你妈妈也就不为你们一家担心了。”

富民见父亲说着话由高兴转为伤感，转移话题说家里好像又多了两副新的鱼竿，最近是不是经常去钓鱼啊。

陈宋说：“提起这两副鱼竿我就生气，一副鱼竿好几百块钱，那两个人说买就买，生怕我没有鱼竿不出去钓鱼，家里头不是还有好几副鱼竿吗，虽然旧一点但我用着顺手。”

“那是他们的一片孝心嘛，你那些鱼竿是能用，但是都旧了，光那个装鱼竿的套子我都帮你补过两回了吧，还不是怕你拿出去被人笑话。他们平时忙得很，不能陪你，再不给你买点喜欢用的东西，他们心里也过意不去。你看我回来就没给你带啥东西，因为我回来可以整天整天陪着你。”

“回来就好，根本用不着买啥东西，我啥都不缺。你每天陪我说说话，去看看妈妈就行了。”陈宋说着话，又下意识地摸了摸脖子上的疙瘩。

富民也伸手去摸了摸：“这个疙瘩疼不疼，还在长不？”

陈宋说：“疼倒也不疼，发现它的时候就这么大，好像没有长，为民带我去检查，结果也是良性，没得啥好担心的。”

富民还是关心地说：“不疼也没有长就应该没啥问题，但是我也了解过，长期的焦虑、抑郁和压力对这种疙瘩的病变影响很大，你还是要多调节心情和情绪，要放宽心。”

陈宋说医生也是这样说的，我多注意点吧。

四十

十多天来，每天吃完早饭，富民都陪着陈宋去医院。陈宋照例要在病房里头转一转，问一问治疗情况，之后就坐在椅子上看两位保姆写的治疗记录，光从治疗记录里头的各项数据就能够知道尚芳头一天的情况。血压血糖血脂是否正常，人是不是安静，饮食是不是合理，每天食物和水的补给量是否与代谢、排泄成正比等，他都算半个行家了。他还有事没事地去找医生护士聊一聊，希望能从他们那得到尚芳病情有所好转的信息，尽管每次都得不到，但他依旧抱着希望一次一次地去找医生护士。

富民每次都要陪两位大姐给母亲做各种按摩，做各种康复训练。有时候遇到母亲解手了，需要擦洗更换尿不湿等，富民也不回避，还在旁边给两位大姐打下手。两位大姐说这些事让我们这些下人来做就行了，你一个大男人做这些不好。但富民还是在旁边打下手，他对两位大姐说没有啥，做儿子的照顾自己的妈妈，不需要讲究那么多。他还说每年回来的时间都很短，很少有机会孝敬母亲。

陈宋也会在旁边说等他帮你们，也让老太婆享一点儿子的福。

父子俩就这么在医院里一待就是半天，富民也知道过分限制父亲在医院的时间是不可能的，而且父亲在家里也不安心，到了医院还好些。那就待半天吧，下午能让父亲在家里休息，养养精神就可以了。

这次回来，他本打算在经济上多多帮衬父亲，每天上午都要问罗大姐还需要什么，还有没有要买的东西。之后，吃完中午饭，等父亲开始休息，他就跑去把罗大姐说的东西买好送到医院。他发现能做的也就这么一点，罗大姐包括母亲三个人每个月的开销都是月初由父亲给罗大姐结算，而医院每三个月办一次出、入院手续，账单和结算卡都在为民的手上，他想提前打点款都不行，为民不给他卡号账号。

假期结束返程的头一天，为民两口子专门抽空陪着父亲和二哥郊游，他们来到一处风景优美还能钓鱼的农家乐。

头一天兄弟二人商量着利用这个机会跟父亲好好谈谈，还是那个老话题，让父亲放宽心保养好身体。按照父亲现在的做法，他们非常担心到最后母亲没有保住，父亲也被拖垮了，他们将在短时间内失去两位亲人，最终变成没有爹娘的孩子。

所以，今天注定会有一番沉重的谈话。兄弟二人也害怕父亲发脾气，害怕挨父亲的骂。但他们又不得不谈，正好两弟兄都在，要挨骂就一起挨吧。

吃过中午饭，父子三人回到鱼塘边继续开钓，但是天气炎热光线反射强烈，鱼基本上就不咬钩，坐了个把钟头，一无所获。

这个时候不上鱼，陈宋是知道的，只是他心事太重，懒得说出来，索性就在水边坐着发呆。两个儿子当然也就在旁边陪着，他们想着如何开口向父亲谈那个沉重的话题。

吴莹看到几个人钓鱼没有收获，便叫服务员换了几杯新茶，对着他们喊天气那么热，都过来休息会，你们不休息鱼儿也要休息哦。

三个人应声回到树下的茶座休息。陈宋喝两口茶，斜靠在椅子上闭上眼睛打盹，怎么也睡不着，又睁开眼睛拿出一根烟点上，兄弟俩你看看我我看看你，现在不开口何时开口？

作为哥哥，富民先开口了，他对陈宋说："爸，我觉得你现在的精神状态很差，应该是对母亲的病过于担忧，给自己的压力过大，这样的话，你的身体会很快被拖垮，这已经五六年了，你再怎么操心再怎么给自己施加压力，妈妈的病一直都是这样，这就是慢病慢治，急也没有用。所以你看能不能每天去打个转就回来，之后多约着亲戚朋友出来玩。"

见陈宋没有说话，或者说没有反驳，为民接着说："我也很担心你的身体会被拖垮，你给自己的压力太大了，希望过高，心情过于沉重，精神过于压抑，这样很不好。所以你一定要放宽心，交给我和两位护嫂还不放心吗？"

陈宋猛吸了两口烟，不等烟从口中完全吐出来就呛着说：“你们两弟兄说得倒是轻巧，叫我不管那么多，不管那么多能行吗？妈妈瘫痪在床动都动不得，你们一天又忙你们自己的事儿，我再不去盯着，妈妈可能早都没了。”

挨骂是肯定的，两弟兄都不敢抬头正视陈宋。陈宋也不管这些，继续开口说：“对呀，妈妈她不死啊，她要是死了我就也不用管了，但问题是她就那么要死不活地躺着，让我放开心去喝茶钓鱼，到处去玩，我能忍心吗，我能放心吗？”

听到陈宋说这么严厉的话，两兄弟知道老父亲这回是真的生气了，老父亲一定认为他们都是不孝之子。

富民赶忙对父亲说：“我们，我们只是为你的身体担心……”

陈宋打断富民的话说：“你不要讲那么多，你每次回来也就十多二十天的时间，天天在医院伺候你妈妈，帮我分担一些困难，我和你妈妈都很安慰，别的你就不要管了。”

这话本来好像还是在表扬富民，哪知道陈宋抽了一口烟，又加了一句：“别的，你也指望不上，当然不用想那么多了。”

这加的一句明显是老父亲对富民的指责，是对富民的失望。富民哑口无言。是啊，他除了每个假期的十天半个月能够照顾一下父亲，伺候伺候母亲，还能干什么呢？他还不是要赶回去上班，他能为了父亲母亲不要那份工作吗？这一点他还真的做不到，他就是一个自私自利的不孝子。

显然，压抑很久的情绪需要发泄，陈宋也不管兄弟俩的反应和表情，他接着说：“还有为民你们两口子，离得倒是很近，跑得也很勤，我知道你们两口子包括富民都贴很多钱进去，都很孝顺我和你妈妈，但是现实就是这样，你妈妈看病除了钱还必须要有亲人在身边陪着，还必须要有人操很细致的心，这种事让你们天天去做，你们能做到吗？你们有时候忙完都十一二点了，还会跑去看妈妈吗？显然不会，还不如我每天就待在医院把这些大大小小的事情都解决了，妈妈有人陪，你们又不影响工作，这不挺好吗？至于我的身体我自己晓得，人总是要老的嘛，老了精力肯定就不如从前，这是自然规律，你们怕也没有用。”

说到此，陈宋站起来激动地向后缕着头发，挥着手，张开口想说什么又没说出来，他又重重地坐下来拿出一根烟点上，看着兄弟两人，一口一口地抽，还伸手去端杯子。为民赶忙帮父亲揭杯子盖，但他拿杯子的手一个劲地抖，盖子碰着杯子叮当作响。吴莹帮为民把杯子盖拿下来，碰到为民的手，瞬间感觉到为民的手不仅在抖，而且冰凉，再看看为民的脸色也显得有些发白，是那种缺少血色的苍白。

吴莹赶忙说："哎呀，你们两兄弟老惹老父亲生气，老父亲的想法还是很有道理，这个事就不提了，就按老父亲的意思来。这儿的茶味道很不错，大家先喝会儿茶，一会儿再去钓几条鱼，明天让谢大姐给二哥做来吃，正好给二哥践行。"

陈宋发了一通火，抽着闷烟，吴莹说话的工夫才看见两兄弟的窘态。这么大的两个男人了，被自己骂成这样。他顿时又心疼起来，说实在的，两个儿子都是为了自己好，这么多年来，跟着自己为尚芳治病也没少操心费力，还不是和自己一样的焦虑和压抑吗？自己这是咋了，对他们发这么大的火，要是爱人在场是绝对不答应的。

陈宋拿出烟递给两兄弟说："我现在已经按你们的想法把烟减下来了，平时抽得很少，不过今天大家出来玩，你们就陪我抽两根，过过烟瘾。"又缓和气氛对富民说："说说你在那边的情况，就你们一家人离得远，啥情况我们都不知道，平时也顾不到你们。"

富民赶忙说："在那边都挺好的，月月学习很自觉，成绩还不错。霞竹要忙一些，要参加学历进修考试、各种专业技术考试和业务比武，还要打理网点的事情，一个脏乱差排名倒数的网点被她收拾到前三名，很不容易。"

陈宋点点头说："反正你要把她们照顾好，妈妈说了，不能让嫁到我们家的媳妇受委屈，月月就更不用说了。"

陈宋是衰老多了。就这句话，不知道说了多少次了。书上讲，一个人把同一件事重着重着说，没完没了，是衰老的一个突出表现。

为了进一步缓和气氛，吴莹说："霞姐还是很不错哟，很有能力嘛。你呢，辞职后感觉咋样？”

富民就把他最近遇到的一些事情，什么局长找他谈话呀，什么用损招怼家长啊，还有在政协小组讨论会上如何与各位领导争论等，像讲故事那样一一道来。

为民说：“你这样要得罪好多人，那些领导听着你讲话肯定是不舒服，特别是你们教育局的领导，也许会把你的提案当作对他的工作的批评。还有那位有钱有势的老板，能吃这种哑巴亏吗，这不就专门跑到局长那去给你打小报告去了。”

富民倔强地说：“我不管那么多，这么多年来就这个脾气，老父亲不也是为了坚持自己的观点拍着桌子和领导吵吗？”

陈宋担心地说：“早都跟你讲了，我那种脾气和性格要不得，是吃了亏的，你怎么就听不进去？”

吴莹在旁边打圆场：“你们父子三个在这一点上都很像，不愿低头，不服软，真是江山易改，本性难移。”

陈宋自我解嘲说：“我一个老头子本性难移也就算了，但是你们两弟兄还是要学着圆滑一点，那样会少吃一些亏。”

为民就应付着说：“好嘛，慢慢改嘛。但是现在我们要去多钓几条鱼，眼下这个亏不能吃，钓多钓少都是那么多钱。”

父子三人往鱼塘边走。

吴莹在后边喊：“老板，摘点树上的新鲜果子洗了送过来。”

四十一

把手臂用力向头上伸展，双腿也全力舒展开，富民仰躺在床上想让自己放松下来，想缓口气。从被父亲骂到现在，他一直觉得心气憋着地往下沉，张开嘴呼吸，却总是小小心心的，呼不进去也吐不出来。四周闷热，身上只搭了一床薄薄的毛巾被，怎么就觉得胸口被很重的东西压着。他伸手在心口摸着，左右两肋之间胸腔的位置，皮下啥时候多了一个突起，难怪心口总是紧绷绷的。他在突起的周边摸了又摸，甚至可以用手指往里抠住一点突起的内下端，感觉软中带硬，像一个疙瘩，又像是多出一节外面裹着肉的骨头。但是长在这个地方，让他不免有些担心不会是癌肿瘤吧。

富民忧心忡忡，他知道这个时候是病不起的，特别是癌肿瘤之类的病。老母亲瘫痪在床，不省人事。老父亲操劳过度，身体每况愈下。爱人为了家庭咬牙打拼，已经操心疲惫到崩溃的边缘。如果这个时候他病了，而且是癌症，父母就指望不上他了，爱人和孩子也指望不上他了。这些人反而要照顾他为他担心，那么父亲肯定撑不下来，爱人也撑不下来。特别是爱人，她肯定会崩溃。所以，他想，但愿这不是什么癌肿瘤。但不管它是什么都不能让父亲知道，更不能让爱人知道，不能让身边的所有亲人知道。否则，这个信息会比压死骆驼的最后一根稻草还重。

富民想，也没必要去检查。但凡被查出癌症的人，不管是否理智对待，也不管采取什么方法治疗，十有八九都在之后短短的半年多一年就走了。而如果没检查也不知道得了癌症，就会活得好好的。

摸着摸着，泪水从富民的眼角流出来。老父亲和兄弟弟媳这一干人真不容易啊！爱人也很不容易，跟着他这个普通甚至被人们看得很卑微的人民教师，她遭受了多少委屈，忍受了多少旁人的白眼，又为他和孩子付出了多少努力啊，还没有让爱人轻松两天，还没有让她跟着自己享受到生活的美好，如果他就这么病倒了甚至撒手而去，他欠爱人的这些账这些债又怎么偿还呢，即便是有下辈子也还不清。

这么一想，富民把手从那个疙瘩上拿开，擦擦眼泪说不用猜也不用查，无非是多长了一节软骨，正好护着心口，好事，放开心活着，给父亲一双有力的手，给爱人和孩子一副坚实的肩膀。

富民就这么选择了一个人默默去承受。

但为民无法选择自己默默承受。吴莹正拉着他的手问个不停。吴莹先问道："你的手为什么会抖，为什么那么凉，不会是有什么病吧？"

为民告诉她：“我咋个晓得，这个手这样发抖发冷，已经有好几次了，那天在医院里打电话叫你找保姆，我的手也莫名其妙地发抖发冷。”

吴莹更加担心，为民看在眼里，安慰她说：“但很快就能过去，过去之后就什么不良感觉都没有。”

吴莹还是很担心：“问题是你以前不这样嘛，是不是哪里出了问题，明天我陪你去检查一下。”

为民不以为然地说：“现在很正常啊，估计是紧张导致的，所以不用担心，也没必要检查。”

吴莹还是拉着他的手看着揉着，不放心地说：“还是去看看吧。”

为民倔强地说：“平时又没有这种反应，好端端地去看，医生能给你说出个啥。我都给你讲了，这就是紧张导致的，只要不紧张就没啥事了。”

吴莹见拗不过为民，生气地说睡觉，睡觉，转过身去不再理他。

天气炎热，夜晚温度一时还降不下来，几个卧室的门都是虚掩着的。陈宋难以入眠，他能听到富民辗转反侧的声音，也听到为民两口子的说话，只是听不清说啥，像是在为什么事争论。他想着今天骂两个孩子的话，有些后悔。两个儿子懂事又孝顺，却被自己几句话就说成了一个没有责任的不孝之子。更不能原谅自己的是怎么能责怨尚芳不死不活地躺着，他自己都不相信他会说出这样的话。

陈宋起身下地，把卧室的门关上，把窗子开大，对着窗子拿出一根烟点上，思绪在升腾的烟雾中回到过去。

中专毕业前最后一次实习是在贵州，班上的女同学尚芳和他同在一个组。

一天，他像资深的导师一样走在小组的前头，扬扬自得。就在几天前，他在指导老师的帮助下很快为当地找到了一个还不算小的地下煤矿，当地的老乡和指导老师都对他大加夸赞，这就是他现在扬扬得意的原因。

走着走着，他发现似乎还有一双赞赏的眼睛在盯着他，应该是同班同学尚芳。这段时间她一直都陪在他的身边，那个眼神仿佛是说大功臣，小事情你就交给我吧，让我做你的忠实助手。

陈宋不时回头看看尚芳，每次回头尚芳都不躲避，用大大的眼睛迎接他的打量与好奇。他这才发现一起读了两年的书，竟然才知道班上有这么一位漂亮的女同学，那模样还有身材简直就是一个典型的东方美女嘛，特别是那双大大的眼睛，清澈明亮，聪慧好看。

之后，在野外实习，他也有意识接近尚芳。他开口问尚芳：“一个女娃娃怎么跑来上地校？”

尚芳有些调皮地笑着回答说：“我父亲是个木匠，常年在外面帮人打家具挣钱养家，所以家道还可以。有一年父亲赶着春节回家，一进门就问母亲生了没，母亲抱着几个月大的我说生了个女娃娃。父亲就对母亲说生了个女娃娃，那就要送去读书，否则以后是嫁不出去的。我就这样被他们送进了学堂，又稀里糊涂考进了咱们地校。”

陈宋开玩笑说：“考到地校就是为嫁人啊，这都快毕业了，那你想嫁给什么样的人呀？”

尚芳依旧调皮地说：“我还没想过呢。”

陈宋挤眉弄眼地说：“还没想过，还没有意中人，那就考虑一下我这种人呗。”

尚芳背过身去小声说：“你想得美。”

陈宋发现尚芳说这话时沉着脸似乎不高兴，就没再说。

短短一个多月的实习很快结束了，回到学校不久他们被学校分配前往新单位报到，尚芳被分在了当地，而陈宋被分到了青海。他们都投入了共和国的找矿大军，也开始走上独立的生活。

两年后，陈宋回家探亲，在尚芳老家所在的县城中转，有一种急切想要见到她的冲动，其实这也是他这次探亲最想做的事情。那次实习相处时间虽然很短，他与尚芳二人之间关于男女情爱方面的交谈虽然也就那么几句玩笑话，但在青海的这两年他都忘不了尚芳，甚至想着要娶尚芳为妻。

陈宋老家在四川接近贵州的一个小县城，他匆忙回去看了看老父亲，之后就跑回到这个小县城，四处打听，终于打听到了尚芳的消息。但让他怎么也想不到的是，这个时候的尚芳刚刚生下一个孩子，住在舅舅家调养身体。陈宋对尚芳的这个舅舅是有印象的，毕业实习回来好像跟几个同学陪尚芳到访过这家人。

这个消息让陈宋感到很意外也很失望，顿时觉得就不该回来。他开始收拾行李，并以最快的速度逃到火车站，买上车票呆坐在简陋的候车室。但直到火车开走，他也没有动一下。实习时尚芳调皮的笑脸，还有那双大大的眼睛一直在他脑海里闪动，他忘不了她，他拖着沉重的双脚又挪回县城。

陈宋知道尚芳舅舅的家在城北，他在北大街的十字路口徘徊良久，呆呆地敲响了尚芳舅舅家的门。

尚芳不想见他，他只是从尚芳舅舅舅妈的口中得知尚芳毕业这两年过得不好，不情愿地嫁给了一个开远洋货轮的水手，刚刚生下一个孩子，而那个水手却背叛了她，不但背叛了她，还从她手里骗走了襁褓中的婴儿。他还从舅舅那里得知尚芳目前处于极度的悲痛和绝望之中，已经向单位提交了要求调往青海工作的申请书。

听到这些，陈宋心里很不是滋味，有些恨又恨不起来，爱也爱不起来的麻木。虽然见不到尚芳但也不想就此离开，索性在尚芳舅舅家对面的一个小旅馆住下。

之后，陈宋把尚芳的几个表弟表妹当狗腿子一样使唤，在尚芳舅舅家与小旅馆之间跑上跑下，做他和尚芳的传话筒。

渐渐地，陈宋想要娶尚芳为妻的感觉又变得强烈起来，也通过那几个“狗腿子”向尚芳表白，他知道这时的尚芳不可能在短期之内把感情交给第二个男人，让尚芳接纳他还需要时间。但他就一个想法，不能让自己第一个也是唯一一个爱的人如此痛苦，他要给她拭去伤心的泪水，要给她值得信赖和可以依靠的肩膀，要给她一生的幸福。

半个月后，尚芳接到去青海的调令。虽然还没有从失望和悲痛中完全走出来，虽然也还没有接纳陈宋的爱，但还是在陈宋的陪同下回了一趟乡下老家。

尚芳的母亲是一个吃斋念佛的人，见了尚芳和陈宋一个劲地说菩萨保佑，菩萨保佑，再不要让我们闺女这么造孽。尚芳的父亲则因在外东奔西跑，见多识广，很快看出了陈宋在追求尚芳。他用我们闺女是嫁过人的这句话来试探陈宋，通过试探，他对陈宋说不知道她在这种悲痛之下要求调往青海是不是想着有你在那边，但青海那么远，条件那么艰苦，也没有什么亲戚朋友，你们是同学，又是老乡，我就把她托付给你照顾了。

来到青海，尚芳并没有直接分到陈宋所在的大队，于是陈宋又通过一位远房亲戚，在省局主管人事的表叔给尚芳再次办理调动。尚芳调入陈宋他们大队的时候，他就以尚芳对象的身份跑前跑后，帮她安排一切。

一年多很快过去，尚芳渐渐接纳了陈宋的爱，之后与他结婚生子，成为他事业和家庭的坚强后盾，并与他风风雨雨、坎坎坷坷，一路走到现在。

想起这些，陈宋觉得自己今天责怪埋怨爱人的一番话很对不起尚芳，对不起这个让他日思夜想主动追求并深爱一生的女人。他把目光投向窗外，窗外一片明一片暗，明的是街灯，它们的光线照在行道树上，行道树的叶子泛着微微的亮光并沙沙作响，像是尚芳在望着他呼唤他。一片明亮处的边缘，就是一片无边的暗夜，他在那里面搜寻着与尚芳在青海一同渡过的种种艰难。他想，人生好多的艰难甚至劫难就藏在心的黑暗中，他要重新给心灵一缕阳光，给心灵一片敞亮和温暖。而这些只有尚芳能给，尚芳永远都是他心中的太阳。

四十二

地区来了调研组，重点调研全区的教育发展和职业技术教育现状，富民的朋友，那位市级领导知道他前段时间正好在做这方面的调研，于是就把他列入座谈会名单。

调研座谈会开了将近一个上午，安排了很多的学校领导发言。从会议室走出来，富民不知道用扎实还是冗长来形容这个会议，但他最终还是摇摇头，什么调研会嘛，说了那么多都是皮毛的事情，或者说显而易见人人皆知的问题，听着怎么有点像唱赞歌，不知道这种调研能起到多大的作用。

富民想到了自己前段时间关于职业技术教育发展的调研，不正好与此次座谈会有相同的主题吗？只可惜开展这项调研的时候，很多人都和今天差不多，说到的都是近几年来的努力和取得的成绩，亟待解决的问题和发展规划谈得很少，所以他的调研只是一些数据的收集和分析。好在他浏览了大量省内外职业技术教育发展的信息，把外地一些好的模式和实例与全区的基本情况进行对比，进而对西部职业技术发展的趋势做出了判断，理出了新思路。

富民想，这种发展趋势和新思路也正好切合全区当前的职业技术教育。应该把调研报告抓紧整理修改出来，趁着调研组的人还没有走，交给他们。

当晚，富民挑灯夜战，报告终于基本成型，但需要认真推敲，意见建议的可行性还要慎重考虑，特别是职业技能人才培训中心、职业技能鉴定中心和职业技术实训中心这“三个中心”的重要性和紧迫性，还需要更多的数据去说明，还需要更多的逻辑表述去支撑。

第二天晚上，忙到凌晨三点，富民一口气将调研报告补充修改完毕，并完成最后的文字校对。他打着哈欠躺在床上，想把这个报告再回顾一遍，却不知不觉进入梦乡。

没睡几个小时，富民按时按点醒来。这么多年来，他形成的生物钟非常准确，不管多晚睡，到早上六点钟都会突然惊醒，并由此开始新的一天的工作和生活。虽然现在是个普通老师，时间上不需要那么紧张，但是他的这个生物钟还是固执地停留在那个钟点上，就像一个严厉的教父，时刻警觉着，不让他变得慵懒堕落。

富民来到学校，先忙着上课。上完课，他把调研报告拷在电脑上重新看了一遍，再次进行了个别修改，便通过电子邮件发给那位市级领导，并在邮件的留言中希望领导能够转呈主管部门或者调研组。

邮件发出去一两天后，富民又有些后悔了。他这样做又有什么意义呢？除了让人们觉得他多管闲事，觉得他在显摆，并把他当作“有志青年”来嘲笑之外，还能有什么意义？

但是，一年前父亲和他的谈话仿佛还在耳边，父亲那种失望的眼神还在浮现，那种天生我材必有用的期待和信任也还记忆犹新。他洒脱地对自己说想做的事就只管去做，哪来那么多想头，哪来那么多怕头。

两天后，那位市级领导在电话里郑重其事地说：“报告我前后看了两遍，觉得你对问题的分析和建议还是很深入的，有价值。当然，我觉得你的意见建议是大手笔，办起来很难。所以我刚刚把你的报告推荐给了主管副市长，至于他认不认可你的看法，那就看人家是如何通盘考虑了。”

报告交给了主管副市长，对富民来说，既让他窃喜又让他惶恐。一个从事基础教育的普通老师，居然把关于职业技术教育的报告递到了主管副市长手里，这可是极其少有的事，但这也不是闹着玩儿的事。如果领导对他的报告多少有那么一丁点认可也就罢了，如果领导不认可，这不就丢人了，而且把人都丢到姥姥家去了。

但事已至此，那只能等着，多半会被主管副市长叫去尅一顿。这就是富民情商不高的地方，他也不想想一个普通老师的一份报告在一位市领导眼里能有什么分量。即便领导能够认真去看，就算看后对他有看法，也不可能专门把他叫过去批评，身份严重不对等，相差十万八千里。

几天后局长大人又电话有请。富民自己都在骂自己，看看，你一个已经辞职的人咋就这么多事儿，时不时惊动局长。但有了前两次被局长所谓召见的经历，他心里也没有那么恐慌，知道韩局长这个人也不是什么豺狼虎豹，前两次不也没把他怎么着吗？这一回，虽然不知道是什么事，但大不了多受点批评。

富民敲敲局长的门，见里头有回应，便走进去像老朋友一样直奔局长对面的沙发，正准备坐下。韩局长却拿着一份材料说过来过来，你先看看。富民走上去一看，不好，这不正是自己写的调研报告吗，怎么跑到局长这来了？正要开口解释，局长已经开口了：“是你写的吧，投稿发表了没有？”

富民回答说：“是我写的，不是最后定稿，也没想着投递出去，不过我交给一个朋友看过。本来没打算给谁看，不过前几天参加了全区相关调研座谈会，有点想法，就草草修改完交上去了，没想到这份报告跑你这来了。”

韩局长接着说：“你这份报告跑得远，都跑到主管副市长那去了，你没看见副市长又批转给我了吗，跑了好大一圈。”韩局长还带着一些责怪说：“你直接给我不就好了？”

富民赶忙说：“领导您不要误会，我当时只是想让那个朋友帮着看看，好对我开展调研或者说参政议政工作有所帮助，哪知道他会交给主管副市长，而主管副市长转身又交给了你，还不如我直接把它交给你得了。”

韩局长对富民点点头，有些怀疑地说：“但愿你是这样想的，不过呢，你这个报告我也看了，也让咱们职校的领导看过了，客观地说比较现实，但正因为现实，所以我们没法照着办。特别是你这个加强职业技术教育发展创建高等职业技术教育的想法，很让我为难。这几年教育上不是没有钱，但我手上的钱也不是很宽裕，现在大家都希望孩子上高中考大学，都想让孩子接受高质量的教育，在这种大背景下我把大笔的钱投到职业技术教育上，人们会是什么反响。就打个比方，让你的孩子上高中或者上职业技术学校，你选哪一个，肯定是要让孩子上高中考大学，这才是咱们老百姓眼中的高质量教育。”

富民回应说：“我肯定会让孩子上高中考大学的，除非她的学习非常差，差得一点底子都没有。但是就全国的形势而言，要逐渐压缩高中的招生比例，同时逐渐增大职业技术学校的招生比例，甚至要达到一半对一半。但仅仅是职业高中，最多能给人家一个中专文凭，这么低的学历，家长和学生看不上。而且企业和用人单位需要的是高级技能型人才，高职文凭将取代中职文凭成为大中型企业的门槛，所以这个调研报告是有前瞻性的，目的是分析全区乃至西部的职业技术教育发展，逐步地与全国的职业教育和企业用工需求接轨。”

富民这样对韩局长说也是有底气的。年初两会召开之前，市长亲自主持召开各界人士对政府工作报告的意见征求会，会上也对报告中关于职业技术教育发展的文字进行过讨论。富民当时提出大力发展中等职业技术教育并着手创办高等职业技术教育的新设想，并阐述了这个提法的两个基点。一是政府的工作报告中说到专业技能型人才缺乏制约着本地大中型企业的发展，二是大量初中毕业生考不上高中，跑到外面去上职校，但因为年纪小，自理能力差，知识水平更低，能够学成就业的很少。所以他当时对市长说，如果我们能够加强中职教育并着手创办高职教育，这些孩子在家门口就能读书就能就业，谁还愿意背井离乡跑到外面去艰难谋生。当时市长就重复了背井离乡跑到外面艰难谋生这句话，并指出我们也要培养我们自己高素质的建设者。市长还开着玩笑说，我们培养的很多优秀的高中毕业生其实都是为别人培养的，他们大学学成之后没有多少能回来，只有本土生源培养出来的职业技能型人才，才是今后这个城市发展更为稳定的生力军。

听着富民解释，韩局长也认可。但他又婉转地说："你这个报告对将来的职校发展是有一定的价值，但是分析存在的问题有点尖锐了，感觉把人家的工作否认了一半，人家相关领导看了不高兴啊。好在还没有发表，你还有时间进一步修改完善。"

富民说："唉，别了，我还完善啥呀，就这都给您添麻烦了，干脆报告我就此收回吧。"

韩局长又说："不要误会我的意思，我一再强调这个报告是有价值的，搞不准会为我们下一步的工作提供参考。所以说不是责怪你不该写这个报告，而是希望你拿回去加以完善。提出的意见建议更加切合实际，同时措辞上要更像一份专业论文或专业报告，你现在有的地方像一般的记者短评，还有一些口语化嘛。"

富民很无奈地笑笑说："好吧，我再改，压力好大呀！"

韩局长笑着怼他："压力再大也是你自找的，市长批转到我这儿，我不找你找谁，这叫哪来哪去，不跟你多说，回去好好改吧。"

富民拿着首页有副市长批示的报告往家走，心情和来的时候差不多。他觉得自己干事鲁莽，动不动就会惊动领导。他又有些暗自高兴，居然能惊动上面，还有上面的上面，说明干的事情还是有价值。

这就对了，想干什么就把它干出个样。

四十三

天蒙蒙亮，陈宋坐在金马河边调饵料、挂鱼线、甩钩、开钓，但人却有些无精打采。自从他对着两个儿子骂人发脾气后，两个儿子再也没有限制过他去医院。当然，富民离得远，想说他也够不着。为民就在自己眼皮底下，也再没对他说少去医院多注意休息之类的话。但他看得出为民两口子那种担心的眼神，看着这样的眼神他觉得孩子们还是挺可怜的，为了他好，有话还不敢说。所以，他有时候也让自己在医院待的时间尽量少点，出来钓钓鱼或者喝口茶。喝茶是要花钱的，钓鱼基本上不花啥钱，还是多钓钓鱼吧。

陈宋也知道，自己这样放松下来对身体有好处，自己能够健健康康的，对尚芳也是一种福分。他一旦撑不住了，尚芳恐怕也就完了。

“久病床前无孝子。”这句话似乎把一个重症患者的结局归结于某个人了。但在陈宋看来，问题显然没那么片面那么简单，而是当下一个很现实很难求解的社会问题。

首先涉及钱。现在看病越来越贵，这不，有的人和尚芳的情况类似，但拿不出那么多钱来医，人不是早都没了吗。其次涉及人。几个医生护士负责一个科室十几个甚至几十个危重病人，光是查查房换换药已经忙得转不过来。但危重病人得有人随时陪护吧，现在的生活和工作压力都那么大，谁都不可能放弃工作勒着裤腰带照顾病人，如果真是那样，钱的问题又会冒出来，不仅仅是看病的钱，就连一家人的生计都成问题。只有指望他这种老人，但是年岁已高自己还需要照顾，能把病人照顾好吗？所以，这第三就是当前的公共医疗和保障体系的问题。在逐渐步入老龄化社会的形势下，这是最大最难的问题，也是亟待解决的问题。特别是像爱人这种得大病重病的人，如果普通的公立医院也能安排一对一或一对多的陪护人员，专门提供持续周到的服务，那该多好，那才是老百姓的福分。

陈宋知道，政府正在努力，但目前这些想法还是天方夜谭。

等着鱼上钩，陈宋打开杯子喝茶。早上刚刚泡的茉莉花茶，就这会儿工夫洁白的花色已经暗淡了，裹满了茶碱茶垢，沉到杯底，很像一段往事。

陈宋又想起了尚芳之前的那段情感挫折，想起了她和那个负心水手的孩子。到底要不要讲给富民和为民听呢，到底要不要告诉两弟兄他们还有一个未曾谋面的哥哥。

钓会儿鱼，竟然会冒出这么多的问题，不抽根烟，陈宋是坐不住的。他把早就拿在手上一直控制着没抽的那根烟点上，狠狠吸一口。

那个负心水手应该姓曹，孩子应该叫曹静波，对就是静波，常年在水上颠簸的水手给孩子起了一个很好听，似乎一生也不用四处颠簸的名字。但是，静波也是波浪，注定会在水上漂泊。

陈宋知道静波过得很不好。那个负心水手从尚芳手里把静波骗着抱到上海，不久就与一个售货员结了婚，先后又有了一男一女两个孩子，静波从此就在后妈的呵斥下过着寄人篱下的生活。水手回来，他会得到稍微公正的待遇，水手一出海他就再次生活在惊慌、孤独和嫉妒中。

听说，水手因为常年在水上作业，身上留下很多病根，早早就打算退休，但他把退休顶替的机会留给了第二个儿子，挨到第二个儿子年满十八岁能顶替他的工作才退休，退休不到半年就过世了，临死前他把静波带回老家交给年迈的双亲。

从此，静波就在乡下跟着爷爷奶奶靠种地卖菜为生。

陈宋不由想起几年前，尚芳和他开着玩笑说等富民两兄弟都发展起来了，不需要操心和帮衬了，她就谁都不跟，要做点自己想做的事情。那时，陈宋就猜想她是想拉扯一把静波。

而静波呢，由于在上海的后妈眼皮底下过着寄人篱下般的生活，他想方设法打听到尚芳的地址，给这个亲生妈妈写过一封信。尚芳看后难过了很久，但是由于当时生活也比较紧张，几个孩子都还没有拉扯大，她没有办法和能力接济这个孩子。

尚芳退休回到老家，曾在舅娘家碰到过静波两次。她知道，孩子虽然已经长大，但过得不算好，比起富民两兄弟要差得多。她当时就有这个想法，到时候要拉扯一把静波。

当时，在这一点上陈宋是自私的，他不希望因为这个孩子的介入影响到尚芳与两兄弟的感情，影响到两兄弟的生活质量，所以他没有把尚芳的想法点破，更没有示意她这样去做。后来，两个儿子的家庭事业都打开局面，大家的日子都好过了，似乎可以帮帮静波了，谁知尚芳却一病不起，像个植物人在床上躺了五六年，还不知道会躺多久。

陈宋又猛抽了几口烟，再吐出来，透过烟雾向河面看过去，心事和模糊的水面一样，看不清也想不明。他记得好几年前一家人看电视连续剧，当看到妈妈抱着当年弃养的女儿哭泣，富民曾脱口说还好意思哭，生了她就应该养她。他说完话倒是继续看他的电视，却不知道这一句话让尚芳躲在卧室里内疚和伤心了一整夜。

到底告不告诉两兄弟？如果尚芳是清醒的，还可以和她商量，但尚芳就那么没有思维没有反应地躺着，他只能一个人在脑子里反复纠结。如果告诉孩子们妈妈曾经有过这么一段情感挫折和纠葛，也还有一个哥哥，孩子们会怎么想。但如果闭口不言，让它烂在自己的肚子里了，对孩子们是否公平，孩子们是不是有权利知道这一段真实情感，是不是应该知道母亲在这个世上还另有一份牵挂。

能让自己出来放松放松，对陈宋来说已经做得很不错了，但真正放松下来啥都不想是不可能的。其实还有一个问题也让他隐隐地有些担忧。罗大姐这段时间好像不在状态，干事情有些恍惚，而且不像平时那样高兴那样有精神。这到底是怎么了，不去医院是没有答案的。

陈宋把钓起来的几条小鱼全都倒回河里，收起东西，准备去医院。

罗大姐心事重重，但她并不想告诉陈宋和李大姐。

就在几天前，外出打工七八年不回来的大儿子打电话说过几天要回家过年。她知道当年大儿子外出打工实际上就是离家出走，大儿子看不惯父亲对弟弟的过分偏爱，特别是从父亲的醉话中得知要全力供弟弟上大学，而让他早日自谋出路，甚至帮着供弟弟读书上大学后，他就离家出走了。大儿子头天晚上对她说要出去自己挣钱养活自己，自己供自己继续读书。尽管她当时一再挽留，但第二天一大早大儿子就不见了，只在他的枕头底下看到“妈妈保重，我会照顾好自己。”这样几个字。

大儿子一走就是七八年，没回来过，也没来过一个电话，一家人甚至不知道他的电话号码，更不知道他到底在什么地方干些什么。前两年，曾打听到他的号码，几次拨过去无人接听，发短信过去也不见回音，可见他对父亲对这个家的怨恨。

也是，那时候家里头经济比较拮据，儿子离家出走，罗大姐也没有去找过他，只是在心中惦记着。后来，断断续续从那些外出打工的邻居口中得知儿子起初还是很艰难的，后来学了一门手艺，生活才慢慢有了起色。

罗大姐不知道儿子这次回来会是什么样子，是那种衣锦还乡荣归故里的炫耀，还是那种饱经沧桑的憔悴？如果是衣锦还乡荣归故里，张扬和炫耀的样子，说明孩子对他们的怨恨至今都没有消除。如果是饱经沧桑的憔悴，那说明孩子在外这么多年一直都很苦。两相一比，罗大姐更希望孩子是带着怨恨回来炫耀。

接到大儿子的电话，罗大姐既希望儿子早点回来，又害怕儿子回来，怕她家老头子再对这个儿子发火。那天，老头子蹬三轮累了，来医院喝口水稍事休息。她高兴地告诉丈夫大儿子要回来过年，老头子竟然骂着说他还知道回来，他还有这个家。像这样的脾气，父子见了面很难说是一个什么样的场景，她这个当妈妈的夹在中间，如何是好。

当年，如果老头子不那么偏爱小儿子，大儿子也许不会离家出走。如果一家人过清苦一点，挤出钱来供两个儿子上学，大儿子现在应该大学毕业了吧，毕竟这孩子学习很不错，人又聪明伶俐。这么一想，罗大姐决定等儿子回来后要全力维护他，弥补一家人对这个孩子的亏欠。

看看躺在病床上的尚芳，罗大姐感触万千。这就是现实，大爷和孃孃一个月上万块钱的开销都能承担得起，两个儿子收入稳定，但这一家人目前过得很不轻松。而她和老头子在外打工，收入不高，日子虽然过得简单甚至清苦，但一家人不用这么揪心。而且，如果老头子早两年就出来蹬三轮车，她自己也早两年就出来打工，不要死死守着那点土地，也不至于让大儿子辍学在外漂泊。现在，小儿子都上大二了，没少他一分钱，没让他在同学朋友面前丢过人。从这一点上说，一家人更加亏欠大儿子。

大儿子的一个电话唤起多年来一直压抑在心底的母爱，罗大姐急切地想知道孩子的近况。村子里总有外出打工的人因为这样那样的事突然回来，尤其是年关将近，回来探亲休假的人也多起来。她就抽空往家里跑，设法打听大儿子的情况。好多人和大儿子不在一起打工，根本就不知道他的消息。也有个把人跟大儿子离得近，带来零零散散的消息。大儿子刚开始是很辛苦的，年纪小，又什么都不懂，干的都是最下力收入最低的活。再后来聪明伶俐的他跟对了一个好师傅，学到了一手漂亮的钳工手艺，工资收入慢慢高了起来，一度成了令人羡慕自豪的抢手货。但是不好的消息是农民工开始用脚投票，劳动力的薪酬不断上涨，老板们不得不转变经营的思路，现代化的设备开始普及，在这个情况下大儿子的手艺在一些地方又不吃香了。一位打工的老乡说他这段时间过得不如从前。

罗大姐心里很难受，大儿子在外漂泊的身影一直在脑子里晃。那天，儿子主动打电话回来，她也问儿子要照片，儿子没给，说要不了几天就见着了。久别重逢，可能是想留着给一家人一个惊喜。

罗大姐又把儿子的近况告诉老头子，令她感到意外的是这次老头子竟然很平静地说在外面干得不好就回来嘛，这本身就是儿子的窝，回来以后一家人吃得清淡点，过得简单点，也比独自在外遭罪强得多。这就对了，老头子心中也惦记儿子。哪一个年三十他不在酒后骂大儿子没良心，不回家来看大家。

但是，在没有见到大儿子之前，罗大姐不打算告诉任何外人。李大姐似乎发现她有心事，但不便问。陈宋也觉察到了她的一些变化，试着问她家里怎么样，儿子在外面怎么样，都没有结果。

生活中会有很多这样的人，与其告诉别人难过的往事，不如把自己放在回忆的痛苦中，也把自己放在期待的喜悦中。

四十四

2009年的两会胜利闭幕，市上专门举办联谊晚宴，增进各位人大代表、政协委员之间的沟通和感情。整个大厅里坐着二三百号人，这当中有富民这样来自基层的普通人，也有企业家和各级官员，四大班子的领导都到齐了。大厅的一头，歌舞表演一个接着一个，有个别人大代表或者政协委员也上台即兴表演，赢得阵阵掌声。同时，一张张桌子前，人们你来我往举杯畅饮。

富民按照座席安排坐着与同桌的人随意交谈着，但很少举杯，酒他是喝不下去的，菜也没有什么胃口。老实说，他不擅长这些，也不喜欢参加这种宴会，特别是人家在台上很认真很专业地表演，你却在台下大吃大喝甚至都不正眼瞧一下，这种事让他感到厌烦。但这似乎成了这几年两会结束后的惯例，所以今年他本不打算来参加，而且还准备在小组讨论时提议改变一下这种联谊方式，要不就认认真真看完演出再开席，要不就直接把演出取消。但他听说这种联谊晚宴是最后一次，有关领导也有相同的考虑，决定再办这最后一次，下不为例。富民觉得还是领导考虑得更周全，自己不提也罢。

但是富民不想来也得来，不能让人觉得他一个普普通通的委员还如此清高，毕竟要跟这些人打交道，你清高谁还会理你。还有就是，闭幕会结束走下主席台时，那位市级领导朋友专门说晚宴等着他，有点事情要谈，还说市上的主管领导对他的调研报告很感兴趣，想见见他。这就更不能不参加了，在这种宴会上见见大领导，总比专门跑到大领导办公室与他单独会面轻松吧。

至于那个报告，富民也不感到意外。那天从韩局长办公室出来，他不得不接受修改报告的任务。等报告修改完，他长记性了，先通过电子邮件发给了局长。之后似乎没了动静，这反而让他感到庆幸，且不说报告修改得好不好，至少没有引起领导的不满，也没有引起更多人的意见，这是好事啊。现在看来，那个报告又从局长的手中回到主管副市长手上。想想也对，第一稿既然是主管副市长作的批示，那第二稿出来肯定还要再拿给主管副市长看。

在这种场合，富民感觉时间过得很慢，这再一次证明他的情商很低。要知道，这样的场合对那些有想法会来事的人，简直就是千载难逢的好机会，从书记市长到主管副书记副市长，再到部门领导以及各界名流，与你相处都会放下架子。想要表现，想要高攀，想要扩大人力资源，这是多么好的机会。而他就那么坐着，很不耐烦。

终于，富民看见那位领导朋友带着一个人向他走来，那个人他是认识的，就是本市文教卫系统的主管副市长，开会时坐在主席台上认识的，只不过人家坐在前排，他坐在后排，他认识人家而人家不见得认识他。

等他们走近，富民站起来。领导朋友对他旁边人说这就是那个报告的起草者，我们的党外代表人士，同时对富民介绍说这是你们的主管副市长。富民伸出手说领导你好。

主管副市长握着富民的手说："之前的报告我看过，我也批转过，修改后的报告我又认真读过，说实在的，报告对我市的职业技术教育发展还是很有启发的，特别是那三个中心的提法，应该说是很到位很有前瞻性，谢谢你啊，下一步，我市占地近一千亩的职校实训基地将破土动工。"

富民正想开口表示谦虚，领导朋友抢先说："怎么样，我手下的人还是很能干吧，其实他在教育教学本行上表现更不错，也很能干，这样的人是不是可以好好用用？"

主管副市长说："韩局长和我说起过这个人，对他大加赞赏，也欣赏他的为人，我觉得完全可以用，下一步一定有机会。"说完，向富民举起酒杯。

富民这才等到机会说："两位领导都谬赞了，我也就是干了一点自己想干的事，不图别的。"

主管副市长说好好好，这事以后再说，今天我们先去给大家敬酒。说着向富民点了点头转身，又停下来对富民的朋友说过几天有个省委党校的培训，我看就派他去，他有底子有想法，培训收获会更大些。领导朋友说派的就是他，名单已经报上去了。领导朋友又对富民说这就算通知你了，明后天你去省委党校社会主义学院参加培训，培训时间不长，春节前可以结束，我也不安排别的人了。

想推辞，但两位领导已经端起酒杯走向其他人，富民很郁闷地坐了下来，心想我一个普普通通的老师，到省委党校培训个什么呀，老母亲还在病床上躺着，早点回去看老母亲才是正事。

第二天，富民就接到了统战部的通知，要求他两天后到省委党校参加后备干部培训。又是后备干部培训，上次培训完后备到现在没见动静，这次培训完又不知道要后备到啥时候，估计要到退休了吧。富民算了下日子，培训结束离春节也还有一周多点的时间，那就去吧，这种培训不管你想不想去，领导可是觉得给了你好大的面子，你不能不领情。

四十五

等富民踏上回老家的列车，离春节还有七天时间。如果不是等着两会召开，如果不是两会召开之后又非要参加那样一个培训，他早就该在家里了，这是他这几年回得最晚的一个假期。母亲躺在病床上，父亲也需要陪伴，晚回去一天，为双亲尽孝就少一天，他恨不得火车能插上翅膀，快点，再快点。

几天前，罗大姐的大儿子俊伟从广州踏上回家的列车，与富民有同样急切的心情。离家七八年没回去过，也没打过电话，但老家有他的亲人，这么多年过去了，心中对他们的怨恨早已转化作思念。

从火车站转公交回县城，不足三十公里，俊伟觉得很漫长。

俊伟提着行李下了公交车，走出车站。一身劲霸运动装虽不算名贵，但穿在这个身高近一米八的小伙子身上显得又得体又潇洒，头剃成毛寸，一根根短发立着，更显示出这个年轻人的活力。

当墨镜下的一双眼睛还在四处搜寻的时候，罗大姐和丈夫已经看到了这个多年不见的儿子，个子长高了好大一截，人也不再是当年那个土里土气的样，但夫妇二人还是一眼就认出了他。罗大姐跑上去一把抓住儿子的手，恨不得把儿子抱到自己的怀里。丈夫站在一边不好意思地搓着手，小声地说回来就好，回来就好。

多年未见，俊伟在车上设想过若干种与父母相重逢的场景，想了好多见面语，但在此刻他竟不知道说什么好。

罗大姐一边敦促老头子快拿行李，一边拉着俊伟向一辆三轮车走去。她告诉俊伟本来要打的，但你爸爸执意要蹬三轮过来接你，说每天拉着人家的娃儿回家，看着人家高兴，今天拉自己的娃儿回家，让自己也高兴高兴。

俊伟嘴唇抖动，眼角发热，泪水就在眼眶里打转。他回头对提着行李走在后头的父亲说："你这么大的年纪了，该休息了。"后面传来父亲的声音："蹬得动，还蹬得动。"

来到三轮车跟前，罗大姐坐上去，招手叫儿子坐上来。俊伟却从父亲手中接过行李放在车上，然后扶着父亲上车。父亲说："那怎么要得，你路途劳累，还是我来吧，就是专门蹬三轮来接你的。"

俊伟回答说："哪有父亲蹬三轮拉着儿子的道理。"一边说一边跳上三轮蹬起来，一米八的个子登起三轮像飞一样。

罗大姐夫妇二人坐在车上心里是说不出的滋味。这么多年没见，这个几乎是被他们逼着出去打工的孩子非但不记恨，反而高兴地为他们蹬三轮。他们也发现儿子用力的时候背好像是有点驼，显露出那种扛重活下苦力的弯度，显然儿子在外面吃了很多的苦。

罗大姐的丈夫心疼地对俊伟说慢点，慢点，累了就换我来蹬。

进了村子回到家，俊伟发现家里已经重新盖了房子，是农村普遍采用的二层小楼，看着还不错。等候在门口的弟弟提着行李拽着俊伟往楼上走，一边走一边说这一间是爸妈专门给你留的，是光线最好的一间。罗大姐则在楼下喊儿子抓紧时间洗澡，洗完澡吃饭。

知道俊伟回来，一些亲朋好友先后过来探望。有人来，俊伟就陪着他们聊聊天讲讲在外的见识，说到高兴处还会把他的工具箱打开，炫耀一下钳工手艺。没人来，俊伟就抢着帮父亲蹬三轮，父亲过意不去，就陪着他，两父子换着蹬。

但二人从不提当年离家出走的事，就像不曾发生过一样。这一点让罗大姐感到高兴。一家人就是一家人，哪个会真的记仇呢?

罗大姐把儿子回来过节的事情告诉陈宋，并试着说自己能不能在照顾好嬢嬢的前提下，适当抽空回去多陪陪孩子，分享一家人团聚的快乐。

陈宋知道罗大姐的大儿子在外打工多年没有回来，现在这孩子回来了，也为罗大姐感到高兴，便欣然同意。他对罗大姐说你安排好嬢嬢的饮食，其他的事情交给李大姐做，需要两个人做的，我还可以帮帮忙，过两天富民就回来了。陈宋还对李大姐说多年未见的儿子回来了，罗大姐一家团聚也不容易，你就多担待。

这样的安排，罗大姐自然很高兴，主动对陈宋说："春节的事请大爷放心，我们两个提前就轮着把春节过了，团年饭吃了，放假那几天你和弟弟他们就不用来这边操心了。"

二十八这天，罗大姐中途抽空回家看了看，老头子在家准备明天一家人的年饭，她和李大姐轮流提前过节，今天是李大姐一家，明天是他们一家。

罗大姐知道她一走开，医院里就剩下大爷和富民在那临时撑着。所以冲回家打个照面，看看老头子准备得怎么样，还需要置办些什么好交待俊伟去买。

为了节省时间，罗大姐在家里没隔多久便让俊伟送她回医院。快到医院时她想起孃孃的尿不湿快用完了，要去大爷家拿。俊伟又送她来到陈宋楼下，听说要拿几大包，也跟着上去帮忙。

俊伟问她怎么会有陈家的钥匙，罗大姐回答儿子说要用的东西多，批发要便宜一些，但是批发的量很大，医院摆不下只好放在这边，要经常过来拿这些东西，没有钥匙，怎么行呢。

俊伟顺便看了看钥匙和防盗门锁，随口说这应该是很老的那种，很容易打开。罗大姐很不在意地说，再容易开也需要钥匙，进来不用钥匙，贼娃子也不一定办得到。

俊伟也不再说啥，帮妈妈抱起几大包尿不湿下楼。

从年三十开始，放假这几天主要由两位护嫂在医院照看尚芳，陈宋带着孩子们过节。年三十这天一家人当然要在医院过，一家人团年定然不能少了尚芳。之后，要宴请亲朋好友，也要参加亲朋好友的聚会。用当地的话说，这几天吃酒碗都有点吃不过来。

初四这天，吴莹家亲戚请客也邀请陈宋一家人前去，从早晨到晚上连吃带玩整整一天。当陈宋和孩子们回到家中，首先是吴莹发现家里不对劲，好像是有人来过或者说是被人很小心地翻过。陈宋和富民跑到各自的房间检查了一下，发现的确有人来房间里翻过了，吴莹的一些金银首饰，富民的几百元现金，陈宋放在柜子上的一大块玉石毛料都没了，家里那架高级数码相机丢在门口的鞋柜上，显然是贼娃子出门时拿漏了。为民赶忙跑到门口看防盗门，但是门锁是完好的，他刚才拿钥匙开门的时候也没有异样的感觉。

吴莹说家里来了贼，赶快报警。为民说稍等一下，大家再统计一下丢了些什么东西，既然要报警，就不要搞错了。

在核对丢失的物品时，为民发现除了丢失的东西，家里没有其他明显的作案痕迹。他开口说显然是一个老手，从咱们家的门来去自如。

吴莹说统计好了，可以报警了。

陈宋问："大概有多少钱？"

吴莹说："不算你那块玉石，有个四五千块钱，那块玉石不知道怎么估价。"

陈宋想了想说："大过年的算了吧，不报警了，四五千块钱就算是咱们破财免灾，那块石头也是边角料，不值钱。"他又对为民说："打个电话叫人抓紧换锁，换个贼娃子打不开的高级锁。"

吴莹说："不报警这怎么行呢，四五千块钱可不少哦。"

陈宋还是执意说："算了，破财免灾嘛。"

富民似乎从父亲的决定看出一点名堂，对吴莹说："就按爸说的办，这个贼没有把你们的相机拿走，也没破坏电视冰箱，已经不错了。"

为民也说："就照爸说的办。"

吴莹生气地说："你们父子几个好怪哟，家里进了贼都不报警，四五千块钱还少哇。"

陈宋和富民没有说话，为民打电话找人换锁。

四十六

陈宋不让报警有他的考虑。这个贼能够轻松出入家门，谁能办得到，除了一些高明的贼，他还想到了一个人。前几天和罗大姐的聊天，得知罗大姐的大儿子俊伟会一手漂亮的钳工活，而罗大姐就有这家里的钥匙，俊伟配一把钥匙应该不成问题，还可以从罗大姐口中掌握自己一家人外出的时间。所以陈宋认为罗大姐的儿子俊伟作案的可能性很大。如果是俊伟，那就不能报警。俊伟这个孩子当时负气离家出走，一走就是七八年，罗大姐也为此担心牵挂了七八年，这一次孩子好不容易回来了，如果又被报警抓了起来，罗大姐该有多伤心。想想当时地震的时候，罗大姐她们能够不顾个人生死把尚芳从楼里推出来，这种恩情是要记一辈子的，怎么能够为了几千块钱让她的儿子被警察抓起来呢。

当然，到底是不是俊伟这孩子偷的，陈宋不能确定，也不愿相信，他甚至抱着不是俊伟这孩子的侥幸。侥幸归侥幸，但是不能报警，千万不能冒这个险。

那是谁进家偷的东西呢，陈宋还是很想弄个明白。

第二天去医院，陈宋对罗大姐说家里的那把钥匙你带着吗，那个钥匙可以扔掉了，昨天家里因为进了贼换了新锁，那个钥匙不能用了，新钥匙忘了拿，改天给你带过来。

家里进了贼，罗大姐感到很吃惊，她问："那报警了没有啊，警察兴许能抓住这个贼。"

"就丢了个两三千块钱，大过年的就没有报警。"

罗大姐知道大爷家厨房阳台上的窗子一直不关，又问："是从厨房那个窗户翻进去的吗？"

"不是，从门进去的，而且门锁一点都没有损坏，就像是拿着钥匙进出自己家，应该是技术高明的贼。"

听陈宋这样说，罗大姐愣了一下从包里拿出钥匙，取下来交给陈宋说："大爷，这是我保管的那把钥匙，先交给你。"之后不再说话，只是低头干活。

看着沉默的罗大姐，陈宋有些后悔，不该说家里进贼的事。

但罗大姐一直在想着陈宋家进贼的事，越想心里越不踏实。现在既然大爷和富民都在，照顾孃孃可以由他们顶一会，不是还有李大姐可以指使嘛。

她开口对陈宋说："大爷，我家里有点事情，我要回去一趟，麻烦弟弟在这帮着照看一下，我很快就回来。"说完不等陈宋答应就背起包出了门。

李大姐在一旁说这个罗大姐，这段时间好高兴哦，搞不搞就往家里跑，回去又不敢待久了，还想着孃孃要人照顾。

大约个把钟头，罗大姐回到了医院，看得出她的心情很不好，似乎还哭过。

不等陈宋开口，她就说："大爷你和弟弟回去吧，孃孃有我和李大姐照顾，你们放心过节。"

返回的路上，富民有些忍不住地问父亲："你是不是觉得咱们家里的东西是罗大姐的儿子偷的，我听你讲过她儿子会一手漂亮的钳工活，而罗大姐手里就刚好有咱们家的钥匙，她也知道那天我们一家人要出去吃席，一玩就是一整天，作案的最佳条件都凑齐了，这也太巧合了。"

陈宋点点头说："嗯，很有可能，这些因素放在她儿子身上，实在是太巧了，近乎完美的作案条件。害怕是她儿子干的，所以我不让你们报警，罗大姐对你妈妈也就是对我们这个家是有恩的。"

富民点着头："这个我知道，昨天你决定不报警，我就基本上猜到了你的顾虑。"

猜到了，但并不等于证实了，但凡不能证实的事件都极有可能让局外人变得更加疑惑和偏执。罗大姐也猜到是他的儿子俊伟干的，但她就是无法证实。

陈宋说家里进了贼，而且这个贼可能是拿着钥匙大摇大摆进的家门。罗大姐就想起了儿子陪她去拿东西时说的那番话。而且，二十九那天一家人在一起过年，她的那一串钥匙就丢在堂屋的挎包里，儿子会一手漂亮的钳工活，配把钥匙也不算什么，他自己都说了大爷家是旧门旧锁很容易打开。大爷家出事那天早晨，她恰好也给家人讲中午不能回去和大家一起吃饭，因为大爷他们顾不上来医院，一家人要出去吃酒碗。这不，一切不利信息都指向儿子俊伟，太有可能了。

她请假回去，说起大爷家进了贼的事儿，贼是拿着钥匙进去的，还没等她开口问大儿子，大儿子就先开口质问她是不是怀疑自己，是不是断定他就是那个贼。儿子还怒气冲冲地对她吼："我如果给你们说不是我，你们信吗？"

听了俊伟的话，只有弟弟说我相信，但是罗大姐和丈夫都没有开口，俊伟失望地看着他们，转身把自己关进房间。

那天之后，丈夫给罗大姐说，俊伟现在话少多了，每天一大早就蹬着三轮车出门，直到深更半夜才回家，每次进门后把当天蹬三轮挣的钱往他面前一丢，进屋倒头就睡，留的饭也不吃，什么话也不说。

丈夫的话天天都让罗大姐心痛，但她不想不了了之。

现在，她又向陈宋请假回到家里，她打算找儿子好好谈谈。她的想法是如果儿子当真做了，那就叫孩子把欠大爷的钱都还上，好在大爷没有报警，钱还上也没有外人知道，只要儿子以后不再这样做错事就可以了。孩子那么小就出去打工，自立能力差，没有主见，沾染上一些坏习惯坏毛病也能理解。如果不借着这个机会把他拉上正道，这孩子以后恐怕就完全毁了。

可是，这个思维偏执的女人疏忽了一个问题，那就是如果真的不是他儿子偷的，冤枉质疑之下必然会再次失去这个孩子，而且很有可能是永远失去。

罗大姐回到家，看到了立在门口的行李箱，那是儿子的行李箱。丈夫在一旁抽着闷烟，脸色铁青，应该是刚发过火。小孩子扯着哥哥的衣服劝他不要走，并一再重复相信这事不是他干的。

俊伟去意已决，看见母亲回家，开口说："我就等你回来，我马上就走，我只想再跟你们一家人说一句，我不会做那种事，我学一门手艺是为了挣钱生活挣钱读书，如果我把那手艺用在歪门邪道上，我用得着回你个小县城来偷吗？"他一边说一边从包里拿出一张银行卡和两沓钱："我的银行卡里也有个十几万，是我这几年攒的，原本打算拿着这点钱回来做点生意，不出去打工了。看来我的想法错了，这个家比我在外面还靠不住。我取了两万给你们，为啥，我也不想多讲，你们自己想吧。"

俊伟拖着箱子往外走，又甩出一句话："这次回来，你们再一次让我感到失望，我走了，你们一家人保重吧。"

你们一家人保重吧。俊伟显然把自己排除在外，也可以说这一家人在相互信任上把他排除在外。

等罗大姐夫妇二人反应过来，在后面喊着俊伟的时候，俊伟已经坐上出租车扬长而去，那重重关上的车门甩下他一肚子的怨气和失望。

俊伟走后，罗大姐在医院里做事更加恍惚。李大姐看不出其中的原委，但陈宋父子心里有数，虽然不忍心看着罗大姐伤心，但又不知道怎么宽慰罗大姐，只是庆幸没有选择报警，否则罗大姐会更加失望和难过。

五天后富民的假期快要结束，他又要踏上返青的列车。怕城市交通阻塞误车，为民早早就错开车流高峰把富民送到火车站。通过安检后，富民买了一张当日的早报消遣时间，看着看着，富民在一则短讯前愣住了。短讯说某某县城公安局成功破获一起连环盗窃案并一举抓捕案犯，是一个五十出头的独行客，这个外省人凭借着一把大小不一的缝衣针和几个回形针轻松撬开七家住户的门锁，盗取了大量的现金和财物，目前案件正在审理中。

富民赶忙给父亲打电话。

陈宋接到电话后，赶快找来保姆谢大姐早上拿回来的报纸，从中翻出当天的早报，很快就发现了富民说的那一则简讯。他来不及想，拿着报纸就奔医院去。

来到医院，二话不说，陈宋把那一则简讯拿给罗大姐看，看着看着，罗大姐放声大哭，她对陈宋说："大爷，我冤枉了我的娃儿，不过我要感谢你们没有报警，如果你们报警的话，我的儿子就被更多的人冤枉了。"李大姐还是不知缘由，她对罗大姐说好端端的哭什么呀。

第二天，当陈宋接到了罗大姐发来的辞职短信时，罗大姐夫妇坐在候车室里，焦急地等待着开往贵州的列车。他们要去找儿子，据说儿子去了贵州的六盘水，在那个地方很多企业厂家还没有完全实现自动化生产，儿子在那还能有一技之长。

罗大姐问丈夫："我们能不能找到儿子，能不能把儿子带回来？"丈夫回答说："一定能找到，再不能让他带着失望和怨恨在外面艰难讨生活。如果他不能原谅我们，不跟我们回来，那我们就在那面打工蹬三轮，陪他，给他一个家。"

四十七

陈宋看着新来的张大姐有些郁闷。罗大姐去找儿子，给他来了个措手不及，为民仓促之间托亲戚朋友找来了这个张大姐，尚芳就由张大姐和之前的李大姐来照顾，好在李大姐跟了罗大姐一段时间，照顾尚芳的事情样样驾轻就熟。张大姐就不同了，这个人还算忠厚老实，但是显得有些木讷，照顾尚芳动作有些生硬，眼里似乎也没活，干啥事情需要他和李大姐安排。但是没办法，人本身就不好找，这样忠厚老实的人就更不好找了，大不了这段时间自己多操点心吧。

这样一来，和原来在省城医院治疗一样，陈宋每天从早晨到晚上几乎都在医院里待着。但可能是心理作用，他觉得爱人尚芳近来的状况不是那么好。

其实尚芳还是那样躺着，跟之前没有什么区别。但陈宋就是固执地认为这两个大姐照顾爱人没有原来那么尽心尽力，尚芳的情况也不如从前。他也因此担心起来，心情沉闷，顾虑重重。

为民察觉到父亲的变化，也往医院跑得更勤快，有时是上班的间隙，有时在上班之前专门把父亲送到医院，更多的时候是提前下班，到医院陪父亲，再把父亲接回去一起吃晚饭。

这天吃完饭，为民试着问过父亲是不是有啥事，好像状态和气色不太好。陈宋直说：“感觉到妈妈的状况不如从前。”

为民对父亲说：“据我看妈妈应该跟原来一样，没什么变化，你可能想多了。”

陈宋对儿子的回答表面上不置可否，心里却有一种想发火的感觉。心想你们走马灯一样看看就走，能看出什么变化。

不过，在前一次把两个儿子骂得狠骂得委屈之后，他就尽量克制自己不要再对儿子发火，也不要对自己发火。所以他现在只是在心里不快，脸上并没有表露出来。

又到周末，为民一大早对陈宋说咱们去医院打个转看看，然后一起出去放松放松，吴莹约了他父母和哥嫂，一大家子在一起喝喝茶聊会天，吃了晚饭再回来。

陈宋有些不情愿，他站起来说：“我年纪大了，又吃不动，陪大家聊天也打不起精神，干脆就不去了。”

吴莹正打算开口劝陈宋，却无意中看到他脖子上的疙瘩似乎和几天前不一样，赶忙走过去摸了摸说：“爸，这个疙瘩是不是长大了点？”

陈宋毫不在意地说：“好像是大了点，但是没感觉也不疼，不会有啥事情。”

疙瘩长大了。为民马上就担心起来，他叫吴莹告诉她父母这边有点事就不去玩了。然后对父亲说：“我们带你去检查一下。”

陈宋不耐烦地说：“给你们讲了这个疙瘩不疼又不痒，能有啥事，再说一个月前不是刚去检查过，不是说是良性的吗？”

吴莹也在旁边说：“周末去检查的话医生也不在，只能是一般性的检查，如果想认真检查要等周一。”

为民想了想说：“等星期一上班还要等两天，这样，去给你那个同学打电话，看他能不能找人辛苦一下给老父亲加班做个检查，哪怕我们按照急诊或特护多加钱也行。”

只要为民认为重要的事情，他是说到必须做到的。吴莹也没办法，拿起手机给同学打电话。陈宋还在那固执地说不用检查，还是到医院去待着。但是为民态度很坚决，他对老父亲说：“今天到医院打个转就走，去省城医院检查，一切听我们安排。”

吴莹拿着电话喂喂嗯嗯说了好一会儿，听到电话那头十分无奈地回答说好吧，你们先过来，我去找大夫做准备。

陈宋他们三人来到省城的一家医院，因为有吴莹的同学帮忙开绿灯，检查也很快。陈宋之前也做过一次，知道一时是拿不到结果，他也不想等着拿结果。无非就是稍微长大了点，不疼不痒会有啥事情，还是回去看着尚芳吧。

为民也知道老父亲的想法，但既然有吴莹同学关照，应该会抓紧时间出结果的。于是他让吴莹留下来等结果，自己先带着父亲回去。

回到县城医院，为民想起父亲说母亲情况不如从前，他便俯下身认真观察母亲，又学着父亲那样把母亲这段时间的治疗记录看了一番，然后对父亲说我觉得妈妈是正常的，还和以往一样。

陈宋点头说正常就好，正常就好。

为民趁机劝父亲休息。陈宋也觉得今天有儿子陪着，自己可以好好休息会儿。他出去抽了一根烟，回来躺下休息。为民则一只手给妈妈做按摩一只手翻看手机，迅速浏览那些跟他的产品相关的商业信息。看着看着睡意渐浓，斜靠着椅子闭上了眼睛。

手机短信的提示音吵醒了为民，他拿起手机看到吴莹给他发了三条短信，点开看是吴莹让他出去接电话，赶忙起身往楼外走，心里有一种不祥的感觉。

果然，吴莹焦急地说："结果出来了，是恶性的，基本断定是恶性淋巴肿瘤。"

为民还是有点不相信，他问："看清楚了没有，一个月前检查不还是良性的吗？"

吴莹重复说："几个医生看了又看，恶性淋巴肿瘤是不会错。同学说这个还没扩散，不用想得那么可怕，抓紧转入治疗还来得及。"

吴莹还在电话那头焦急地问："怎么办，结果告不告诉老父亲？"

为民拿着电话呆呆地站在原地，脑子飞快地转着，是啊，老父亲肯定会问检查结果的，该怎么回答呢？前一次老父亲都看了化验单出具的结论，这一回，如果给老父亲说是良性的却不给他看单子，老父亲那么聪明还猜不出来吗？但如果直说，父亲一把年纪且身心疲惫，能不能承受得了啊？

为民对吴莹说："把单子藏好，你先回来，假装结果没有出来。"

吴莹说："我已经在回去的路上了。"

一时不知道上楼该怎么办，为民在楼下漫无目的地转着圈，左手又开始抖动，感觉连手机都快抓不住了，他忙伸出右手把左手和手机用力地按着，一阵剧烈的心跳过后，他深呼吸两口，步履沉重地上楼进到病房。父亲还在休息，显然是累了，今天有他的陪伴，父亲睡得很香很安心。

为民右手按着左手坐下来继续犹豫着。有病总要及时治疗吧，如果采用西医的积极治疗，一进到肿瘤病区父亲不就啥都明白了。如果采用中医的保守治疗，无缘无故地让老父亲喝些药汤，老父亲终归还是会猜出个大概。除非不治，但这怎么可能。

吴莹悄悄推门进来，看见为民愁眉不展，小声说给二哥打电话呀。

为民拿着电话下楼。得知父亲脖子上的疙瘩转化为癌症，他一下子蒙住了，只是独自在那想着怎么给父亲说。经吴莹提醒才反应过来，还有富民好商量。

听到父亲得了癌症，富民虽然感到突然但一点也不意外。

其实他们两兄弟早就担心会有这个结果，只是没想到来得这么快。尤其是富民，看到父亲那种焦虑、抑郁、低落的精神状态，就知道父亲长期在这种压力下是扛不住的，迟早会得上这种疾病。

富民和为民几次都试图把父亲从这种状态中拉出来。但是陈宋对尚芳的爱太执着，一时一刻都不想离开病重的尚芳，更不想放下对尚芳的担忧和牵挂独自享受生活。所以两兄弟每次刚把话说出个头，陈宋就很抵触，就会暴躁地把两兄弟怼回去，甚至严厉训斥他们。

这不，在这种状态下陈宋果然这么快就得了癌症。按照他以往的身体素质、开朗的性格，以及丰富多彩的生活情趣，是不可能得这种病的。

两兄弟也顾不着再去想这些，想也为时已晚。他们现在面对的紧迫问题是告不告诉父亲，如何告诉父亲。

出于对父亲的担忧，富民之前也不止一次对这个问题做出假设和分析。现在，他略加思索说："还是给父亲直说吧，因为得了这个病，肯定要看病治疗，不让父亲知道真实的情况，没法治疗。"

"那由谁来给爸说呢。"

"化验单在你们那儿，你们直接拿给父亲看吧，之后我再给父亲打电话。"

为民说好吧。富民又说："你告诉爸爸的时候注意方法，要安慰好老父亲，最好是吴莹也在，她反应快，说话也贴心一些。"

为民说："我知道，吴莹已经在上面，爸现正在休息。"

为民挂断电话又步履沉重地往楼上走，这个时候他多希望哥哥也在跟前，他们两弟兄一起面对这个残酷的现实，一起告诉父亲，一起安慰父亲。可是哥哥远在千里之外，眼下只有靠他和吴莹了。

陈宋一觉醒来，发现吴莹在尚芳床边坐着。他顺口问为民在哪儿。吴莹回答可能是上厕所吧，马上就回来。陈宋又问你这么快就回来了，有结果了吗？吴莹正在那支支吾吾不知道怎么回答，为民推门进来，他对父亲说这里交给两位大姐，我和吴莹找你有点事，咱们出去聊聊。

搁在平时，陈宋肯定不愿离开，但就在他问检查结果时儿子说出去聊聊，他觉得情况不妙，就跟着两口子来到楼下。

上了汽车，为民没有发动车。他一边让吴莹给父亲看检验报告，一边对陈宋说："爸，你的化验结果不太好，基本确定是淋巴癌，不过医生说发现得早，问题不大，治疗会有好的结果。"

吴莹一边把检验报告递给陈宋一边说："你这个检查结果跟以往不一样，这回检查是阳性的，也就是说这个疙瘩发生了恶性病变。"

陈宋接过检验单看了看，顺口说："会不会搞错了哟，一个月前不还是正常的嘛。"

吴莹赶忙说："我那个同学和检验科的医生都认真看了，确认已经转化为恶性肿瘤,不过应该还不严重,治疗起来要好治些,所以老父亲你也不要太担心。正因为医生说还不算严重，所以我和为民才没有隐瞒你老人家。"

陈宋没有开口，这个时候的他甚至就没有听吴莹说话。都说上苍会眷顾每一个鲜活的生命，上苍会报答每一个勤劳善良的人，想想他和尚芳这辈子都忠厚老实，坦诚待人，勤恳做事，对待那些处于弱势的人们都怀着怜悯的心。可是上苍却对他们如此不公，先是夺走了他们的大儿子，之后又让爱人像个植物人在床上一躺就是五六年，现在又把这样一个厄运甩到他的头上。

陈宋的电话响了，猜到是富民打的，也知道儿子要说啥，他直接挂断了电话。这个时候他什么都不想听，不管是谁，不管对他说什么，似乎都是多余，现实就摆在这儿，再怎么说都甩不掉。

电话又响起，陈宋再次挂断了电话。整个车上陷入了沉默。过了一会儿，电话再一次响起。但这回是打给为民的。两次给父亲拨打电话都没有接，富民就意识到父亲现在的情绪一定很低落，只有给为民打电话，希望这个时候他们就陪在父亲的身边。

电话接通，富民说："爸爸在你们跟前吧，你把电话开成免提。"

"爸爸现在想安静一会儿，他不想接电话。"

“知道爸爸不想接电话，我才让你打开免提。”

为民顺手按了一下免提键。

富民对着电话说：“爸爸，儿子知道你现在的心情不好受，但是我还是想对你说我们回避不了这个现实，希望你冷静理智地对待这个结果。情绪低落、悲观失望，或者怨天尤人、消极抵触在这个时候对你更加不利。”

说到这儿，富民停下来等电话那头的反应，听不到任何声音，他又接着说：“也可以这样说，那个疙瘩这么快就病变，跟你平时那种焦虑、担心、抑郁的精神状态有很大关系，所以这回我们都希望你能从原来的那种状态中摆脱出来。”

富民见电话那头还是没有父亲的声音，他转为对为民说：“为民，这个结果来得太突然，爸爸需要时间接受，你们先陪他回去休息，我们明天再打电话商量下一步怎么办。”

听着富民挂断电话，为民发动汽车。

回到家，陈宋一言不发进了卧室。

为民两口子只好在客厅里坐着，小声说话。

“二哥说话也太直接了吧。”

“也只能这么说，如果不把老父亲以往不对的地方点明了，他情绪转变不过来，问题看不开，就等于又背了一个沉重的包袱，那样父亲倒得更快。”

“这种事情，哪有那么容易，说看开就能看开。”

“所以二哥先要让爸自己静静。”

陈宋把自己关在屋里，起初心情近乎悲绝。看着报告单上的检验结果，他想到了很多事情，但想得最多的还是自己该如何面对这个结果。儿子进来看他的时候他并没有睡着，只是侧过身去假装睡着了，儿子给他把空调调到适宜的温度，并给他搭上毛巾被悄悄退出去，他都知道。甚至吴莹在门口伸着头很关注的样子，他都能感觉到。但他不知道怎么跟孩子们说，更不知道怎么对自己说，只能佯装睡着。

到半夜，他想起尚芳那段感情挫折还没给孩子们讲，孩子们还不知道还有个哥哥，他又在那纠结。他认为这件事要抽空给孩子们讲讲，照现在的情形看，爱人是不可能开口讲话了，如果他的病情急剧恶化恐怕也没有机会了。于是，陈宋又想起静波写给尚芳的那封信，好像是压在哪个箱子底下的。他起身想把它找出来，孩子们都睡了，他尽可能把动作放轻一点，但不知道是自己记性不好还是早被尚芳处理了，各个箱子柜子都翻过了，没有找到。

他有些沮丧也有些庆幸地坐在写字台前，找不到，是不是天意，是不是就不给孩子们讲了呢？

写字台上的宣纸上面有陈宋练的毛笔字，旁边他照着练字的摹本中夹着两张纸条，是两个儿子写给他的两句话。一句是为民写的毛泽东诗词“雄关漫道真如铁，而今迈步从头越”，字迹遒劲有力。另一句是富民写的国学名句“天地不仁，以万物为刍狗”，似乎出自孔子又似乎不是，总之具体是谁现在已经记不清了，别看富民是当老师的，那一行字赶不上弟弟，但是内容似乎比弟弟的要深奥。以往，他在练字时很少写这两句。尤其是为民的那一句，明显是在暗示他要振作，要放开一点，不要整天心情压抑地待在医院把身体拖垮了。所以他每次练字都从内心抵触写这句话。富民那句话他也很少练，不愿去想那些深奥的道理。

现在，陈宋一遍又一遍重复着摹本上的这两句话，当下的遭遇让他对这两句话感叹起来。如果当时听儿子的，自己尽量放宽心，不要那么纠结，不要那么地操心，现在可能还健健康康的。还有，“天地不仁，以万物为刍狗”，不就是说人活一世，会有这样那样的厄运遭遇，但世上的万事万物没有哪个会轻易屈从，老天爷是靠不住的，自己要拿出勇气与之斗争。尚芳生病之后，一家人不一直在陪着她与病魔斗争吗？现在，厄运降到自己头上，也应该与病魔做斗争。

渐渐地，陈宋的心情平复下来，再次回到床上休息。他决定第二天跟孩子们认真谈这件事情，理智对待这件事情，否则孩子们会度过一个又一个为他担心的不眠之夜，孩子们就会像他一样陷入一种焦虑、抑郁而又失落的状况，这样就会步他的后尘。

四十八

早晨，陈宋推开门走出卧室，为民正在餐桌前心不在焉地胡乱翻看报纸。他对父亲说：“这两天刚好厂里事不多，由吴莹去打点就可以了，我就在家陪陪你。”

陈宋洗漱完坐下来吃饭，一边吃一边说：“厂里有事就去忙，要是没事就陪我去医院看看妈妈。”

为民说：“这几天厂里确实没得啥要紧事，有吴莹在那打点就可以，咱们一会儿就去医院。”

父子二人来到医院，两位护嫂正给尚芳做着各项清洁和护理。等该做的做完，见尚芳的状态跟以往没什么区别，陈宋对两位护嫂说嬢嬢就交给你们了，你们多上点心，我和儿子有些事情要出去办。

本以为父亲要像往常那样在医院一待一整天，为民做好了全天陪着父亲的准备，结果听到父亲这样说，他有点疑惑地看着父亲。

陈宋对为民说；“我看妈妈一直都这样，应该没啥问题，我们出去走走。”

昨天父亲把自己一个人关在卧室里头，为民很有些担心，今天他一直在想找个什么机会跟父亲谈治病的事。结果父亲居然主动提出要出去走走，这简直就是求之不得。

为民赶忙问：“是随便走走，还是找个地方坐下来慢慢聊。”

陈宋对儿子说：“出都出来了，着啥急，找个地方坐下来慢慢讲。”

为民决定开车去那个一家人常去的茶园。他一边开车一边用余光观察父亲的反应，发现父亲跟昨天比就像变了个人似的，看着很放松。他不知道父亲究竟经历了什么样的一场思想斗争，但父亲在这种大事、难事面前的自我调节能力和那份淡定让他佩服。

服务员把两杯花茶端上来，陈宋又像以往那样端起茶杯闻一闻品一品，然后举起茶杯来看，那漂浮的茉莉花就像自己经历的人生浮沉，那温暖的花香就像自己曾经紧紧把握住但终将松开的爱。

陈宋说："一会儿富民要打电话来问我的病情和想法，我们两个先商量一下。我昨晚上考虑了很久，富民说得对，抱怨和躲避都没有用，进行及时科学的治疗才是出路。"说完，他点上一根烟，像是在等为民说话又像是考虑问题。

为民说："之前都是在电视节目里看关于癌症的治疗，节目怕是不可靠，所以我和吴莹昨晚上都在网上浏览相关治疗资料。结合吴莹同学的说法，主要有中医保守治疗和西医积极治疗两种方法。中医保守治疗就是依靠中药和中成药来控制或抑制癌细胞生长，甚至最终消除癌细胞。这种疗法对患者身体的损伤要小得多，但是大多只能停留在抑制癌细胞这一步，最终消除癌细胞很难做到。西医积极治疗就做肿瘤摘除手术，紧接着还要进行放化疗，杀死癌细胞并消除癌症，治愈的概率大，但是对人体其他器官的损害也比较大，有可能影响到患者的寿命。"

对于癌症的认识，陈宋也是道听途说。就算是脖子上长了那个疙瘩，他也没有想着详细去了解。现在儿子这么一说，他知道自己无非是二选一，在保守治疗和积极治疗中做出选择。他慢慢地抽着烟，等最后一口烟吐完，他把烟头踩在脚下碾着对为民说："这样吧，叫吴莹的同学帮我们联系一下床位，如果有床位的话，我就准备去做手术，还是积极治疗吧。虽然要动手术，还要放疗化疗，但时间短而且很容易见效。如果采用中医保守治疗，虽然不太受罪，但不晓得要拖好久，说实在的，像你妈妈这样拖着，把我都拖怕了。"

为民有些犹豫："可是，动手术和放化疗对身体的损伤大哦，而且有可能复发。"

"昨晚我也反复想了，无非就是担风险人受罪，我不怕。"

"要不，等二哥打电话来，我们再商量一下。"

"不用了，一会儿告诉他我们的决定就是了。你叫吴莹抓紧联系，要医就早点去医。不过我们先要去医院找找叶大夫，我这个病看下来是啥结果现在还不好说，妈妈那我大体上要有个交代。"

为民还想说啥，话到嘴边又咽了回去。父亲显然把事情做了最坏打算，去医院就好像是交代后事。这让他很难受，他本打算劝父亲采取保守治疗，但谁也说不准哪种方法更适合父亲。如果保守治疗，周围团转的人兴许会误解他和富民这些做儿子的舍不得花钱，这种不孝的罪名他们也背负不起。

陈宋和为民走进叶大夫的办公室。叶大夫听为民说父亲得了淋巴癌要去进行手术治疗，便安慰陈宋说："这种癌症，现在的医疗技术治愈的比例很大，大爷，你放宽心吧。"

陈宋回答说："希望如此，但还是要做最坏的打算，所以我和儿子来找你，想问你几个不该问的问题。"

见陈宋郑重其事，叶大夫也诚恳地说："大爷，你有话就直说吧。"

"跟我说实话，像孃孃这样躺着是不是就是所谓的脑死亡或者植物人？"

"我们也没有给孃孃做更加科学细致的诊断，也不好下结论，只不过孃孃现在的情况和脑死亡区别不大。"

"就是说没有治愈的可能了，孃孃会这么一直躺下去。"

"老实讲，我也说不准，不管在哪里治疗，至少孃孃这几年其实就没有啥治疗效果。理论上讲，如果一直给孃孃提供这么好的医疗和护理条件，她也许会一直这样躺下去。但是也不排除一些危险的突发事件，毕竟孃孃插着胃管还插着导尿管，这些器械材料和孃孃的部分器官接触时间长了，会慢慢引起局部感染或组织坏死，也会引起血液病毒性感染，到那个时候能量补给和新陈代谢都没有办法维持，就没办法医了，也没有必要继续留在医院了。"

叶大夫讲完，怕陈宋嫌话难听，又补充强调："我这样讲，大爷你不要不高兴，你既然来问我，我当然要给你说实话。"

陈宋说："不会，不会，我要的就是实话，尽人事安天命，但愿在我治疗期间孃孃会一直这样，不要出现意外。但如果出现了什么意外，跑前跑后的事就交给为民，他哥哥远在西北，一时回不来。"

为民站在旁边，听父亲说有啥突发事件交由他处理，心情沉重地点了点头。

显然陈宋是做了最坏的打算，他想起一块钓鱼的张老头说有家带临终关怀性质的敬老院，如果尚芳出现最坏的结果，要不要送到那儿去呢？他转身想叫为民去打听一下，话到口头又停住。现在不能叫儿子去那了解情况，不能让孩子们觉得他泄气了。

这时，富民打来电话。陈宋很轻松地说已经商量好了，正在联系肿瘤医院的床位，联系好了就去做手术治疗。

听到父亲这样说，富明有些意外，前后一晚上的时间，父亲似乎就变了一个人，但这也是他希望看到的，父亲现在这种平静的心情对下一步的治疗有利。富民知道在西北工作了几十年，养成了父母坚强的品质和乐观的人生态度。

三天后，陈宋在为民吴莹的陪同下住进了省城的一家肿瘤医院，治疗需要一段日子更需要人照顾，为民把家里的保姆谢大姐带到了医院。由于陈宋平时对待家里的保姆、护嫂都很亲和，所以谢大姐也很乐意在这个时候照料陈宋。

四十九

陈宋经过两个月的放化疗，癌症治愈，亲朋好友们都为他感到高兴。表妹家住得近，邀请他来做客，专门为他表示庆贺。

陈宋坐在表妹家的阳台上和舅娘享受着深秋午后的阳光。表妹家在省城三环外，是一个很大的商住小区，三楼。小区安保措施严密，阳台无须安装玻璃或防护栏，比较通透，近看或者远眺都风景如画。阳台上有精心种植的各种花草，给人一种清新雅致的感觉，特别是阳台略微阴凉处的几盆兰草还有零星的骨朵迟开，一缕缕的清香沁人心脾。整个小区的绿化布局也非常合理，虽然已经是深秋时节，却是葱茏、金黄与霜红参差叠加，风景如画。阳台前几棵高大的银杏树使阳台不至于完全暴晒，太阳光只是透过银杏树的枝条叶片，一缕缕洒在阳台上。对于年老体弱的人，这样的花花太阳的确是最温暖惬意的。

陈宋对舅娘说：“你老人家该有 85 岁了吧，精神还那么好。倒是我这个做晚辈的身体那么差，差点见不到你们了。”

舅娘笑眯眯地说：“嗯，我都快 86 岁了，不过自我感觉还是可以。你也很不错，很了不起，战胜了癌症。既然能把癌症治好，就不要再讲那些不吉利的话，放宽心好好活，多享几年福。”

陈宋顺从地点头说：“想倒是这样想的，但不知会不会天遂人愿。所以我还是有点事情想请教你老人家，麻烦你老人家帮我出个主意。”

“我倒是想帮你出个主意，但年纪大了，哪还跟得上你们年轻人的思想。”

陈宋不好意思地说：“在你老人家面前，我当然是个年轻人，但是在孩子们面前我也是个七十多岁的老头子了。照理说是到了给孩子们出主意想办法的年龄，不过有一件事情还非得你老人家来帮我拿个主意。”

陈宋见舅娘笑眯眯地看着自己，继续开口说：“嗯，就是尚芳和她的那个……”

就在这个时候，晓晨拿着电话跑出来。“爷爷，爷爷，月月姐姐给你打电话来了。”晓晨一边说一边把手机递到陈宋的手里。但他并没有转身离开，一边做出随时伸出手接住手机的架势，一边乖巧地望着老舅婆。老舅婆也笑眯眯地点点头，对他这种关心孝顺的举动加以赞赏。

“爷爷，你还好吗？爸爸说你的病已经治好了，我们都很高兴，所以今天我们打算出去郊游。我们还要试着挖点苦苦菜来凉拌吃，爸爸说你和奶奶最喜欢吃这个菜，不过已经是深秋了，不知道还能不能挖到。要是挖到了，我拍两张照片给你看，你就只好望着照片解馋了。”

陈宋赶忙回答说：“是，爷爷的病已经好了，现在正坐在你三姑婆家庆祝。乖孙女，不要担心。”

晓晨趁机扶着陈宋握电话的手在旁边大声喊：“姐姐，爷爷有我们照顾，你们不用担心，好好玩吧。”

“那就好，弟弟你要多照顾爷爷，要让爷爷开开心心的。”

听着月月的话，陈宋点头对着电话说：“老舅婆就在旁边，你给老舅婆问个好。”

电话那边传来甜甜的声音：“老舅婆，你老人家好啊，都好久没有见着你了，我好想好想你啊，等假期让爸爸带我回去看你。”

晓晨赶快把电话拿到老舅婆嘴边。老舅婆对着电话说："嗯，乖乖，老舅婆也想你，假期一定要回来哦。"

"好的，好的，那我就先挂电话了，祝你们聚会愉快。"

晓晨把手机拿进客厅，又赶忙出来给老舅婆和爷爷添上热茶，然后问："老舅婆，冷不冷，腿上要不要搭个毯子？"老舅婆说："不用了，今天这个天气很好，我也不冷。"

晓晨又问陈宋："爷爷，你冷吗，爸爸说你现在体质有点差，要注意保暖，要不要给你拿个毛巾被过来？"

陈宋说："爷爷也不冷，你去玩吧。"

看着晓晨乖巧地离开，陈宋接着对舅娘说："我这两年一直都在为尚芳和她那个孩子的事纠结，不知道该不该告诉富民兄弟二人。尚芳现在这个样子，看来是不可能由她亲自告诉两个孩子了。"

听着陈宋说话，舅娘没有开口，似乎在等着他把想说的话说完。

陈宋接着说："如果不告诉他们，我觉得对他们不公平，他们有权知道母亲那段不寻常的感情经历，也有权知道在这个世上还有个哥哥。但如果告诉他们的话，又不知道会不会改变他们对妈妈的看法，也不知道会不会对他们今后的生活造成什么不利影响，我更不知道他们会不会认为我在这件事情上太过自私。"

到这时，舅娘开口对陈宋说："这个事情，我觉得你还是应该告诉孩子们，孩子们的妈妈毕竟有这么一段真实的情感经历。而且，错误的不是他们的妈妈，是那个负心的水手。至于孩子们怎么看待你们，有一点可以肯定，兄弟二人会因为这件事情更加理解和尊重你们。"

陈宋点头说："有时候我也是这样想的，但如果他们问起那个大哥，又该怎么回答呢？我甚至都不知道静波现在到底在干些什么，过得怎么样。说实话，退休之前我对静波没怎么关心过。但我知道尚芳一直牵挂着他，我也知道尚芳想在晚年全力帮助他。所以，退休后，我本打算先用几年时间帮助富民为民两兄弟规划好未来，并为将来的发展打好底子，之后，就默默支持尚芳全力帮衬静波。哪知道孩子们刚刚有点好势头，尚芳就病了，到现在不省人事。”

舅娘告诉陈宋：“我都八十多了，我算是知道了啥叫世事难料，有好多事情都不能等，稍稍一等就什么都变了。静波这个孩子还是命苦，以前在农村的生活就不用说了，这些年勉强在城里头安了家，东奔西跑做点小生意，贩卖水果、蔬菜、日用百货，但是因为没有固定的铺面，又没有太多的本钱，生意始终做不起来，只能勉强维持一家人的生活。要是尚芳没有生病，有你和他妈妈好好拉扯一把该多好。”舅娘说到这儿，看看陈宋又叹息说：“看来，静波这个孩子还是没有那个好命。”

尽管静波的状况在陈宋的意料之中，舅娘的话还是让他十分地过意不去。他开口问道：“尚芳虽然一病不起，但还有我嘛，我是不是该代表尚芳去看看静波这个孩子，多多少少能帮这孩子一点忙。”

舅娘说：“他媳妇和闺女都在老家，但他为了做生意东奔西跑，很少在家。前段时间，他听说妈妈病了，本来是想过来看望，但是这孩子从小就怕你，不敢来见你。加上生意也没有什么起色，还要多上心多下工夫，好好维系一家人的生活更要紧，我就没有让他来。再说了，尚芳现在也不能开口说话，更不可能认出他来，不如等一阵子再说。”

陈宋摇摇头叹息着说：“其实我对这个孩子也没做过啥，甚至都很少见着，不知道他怎么就这么怕我。最初，我确实有些顾虑，怕接受这个孩子不但不能给他找一个好的出路，还有可能在单位搞得沸沸扬扬，让人误会我和尚芳的感情。但退休后，我渐渐改变了看法。我也暗下决心，只要等尚芳提出来，就全力支持她。现在这个愿望只有我来替她实现了。”

舅娘点头表示赞同：“对的，对的，静波也是尚芳身上掉下来的肉，帮着他把日子过好点肯定是尚芳的愿望。现在先不说怎么帮助这个孩子，还是想想怎么把这些事情告诉富民和为民，兴许两兄弟会帮着你们两个去实现这个愿望，这样更好，静波多了一份依靠，两兄弟又多了一个哥哥，大家都多了一份亲情。”

俗话说：“家有老人就是宝。”听着舅娘的话，陈宋像个孩子一样地不住点头。

舅娘又说：“今天正好是个机会，这样吧，这段往事我来替你说，算是在你和孩子们之间做个铺垫。先小范围告诉为民就行了，他会找时间告诉富民。其他的事情都顺其自然，两兄弟都比较讲感情，相信他们会处理好这件事情。”

舅娘顿了顿，看陈宋不反对，就对着屋子里喊：“老三，老三。”三女儿，也就是月月的三姑婆应声跑到阳台上说：“我的妈呀，你老人家好有精神，喊个人声音那么大。有啥事，我正忙着做饭呢。”

“你把宋哥哥扶进去，等他闭目养神，大病初愈需要休息。你再把为民喊过来，我们俩婆孙说点话。”

这时，为民已经跑过来：“老人家下的圣旨我都听到了，三孃你去忙，这些小事交给我来办。”他先把父亲扶到客厅坐下，拿条毛巾被给父亲盖在身上，把电视遥控板交到父亲手里，再把父亲的茶端到茶几上，然后乖巧地来到老舅婆身旁坐下。

舅婆是一个慈祥、善良、勤劳、朴素、通情达理、开朗豁达的人。她不但养育了自己的六个孩子，带大了这六个孩子的孩子，还帮着带大了好几个亲戚朋友的孩子。就连为民三年的小学和两年多的初中生活也是在舅婆家度过的。舅婆在这一大家子人心中就是一尊神。

为民还没想好跟舅婆聊些什么，舅婆让他把阳台的门关上。为民不解地起身关上阳台门，重又坐回舅婆身边。

尚芳的那段往事被舅婆一一道来。

为民很认真地听着，还不时透过阳台门看看父亲。他没想到妈妈还有这样一段伤心的感情经历，没想到这世上他们还有一个大哥，当然也想不到父亲母亲还有那样一个愿望。同时，他也责怪自己太粗心了。二哥常年在外工作，对这些事情不知晓也就罢了，自己一直生活在父母身边，而且还在舅婆家读书生活了五六年，怎么就没有丝毫觉察呢。为民之所以不时看看父亲，是因为他对父亲更加敬佩了。什么是真爱，这就是真爱。爱一个人，就不计较她的过往。爱一个人，就要为她的忧虑而忧虑。爱一个人，就要不离不弃，直到生老病死。爱一人，就要帮她实现愿望。

当然，此时的为民也暗下决心，与二哥一起实现父母的愿望，代替父母给大哥一份家和亲情的温暖。

吃完饭，在回家的路上，吴莹问为民："舅婆把你关在阳台上聊些啥，好像还神秘兮兮的？"

听吴莹这样问，陈宋眼睛一亮，脸上露出一点不被人察觉的尴尬。

为民很随意地说："没啥，无非是小时候调皮捣蛋、挨打挨骂的一些往事。至于关门，那是怕把老父亲吵醒了。"

吴莹笑一笑说:"唉，就聊点这些事，还把阳台门关上，我以为是啥大事情。"

为民不置可否，一边开车一边侧着身子对父亲说："爸，等你好一些了，我们回趟老家吧，家里还有那么多亲戚朋友，咱们回去看看，顺便了解一下那边的住房、门面现在是个什么价位。"

吴莹不解地说："回老家去了解房价，莫非你还要回老家去买套房子养老啊？"

为民调侃道："那边也有我们的亲人，回去买套房子养老也未尝不可呀。"

"好吧，好吧，那我就跟你到老家去养老吧。"知道为民是跟她抬杠，吴莹也就开着玩笑回应了两句。

陈宋已经反应过来，为民这些话都是讲给他听的。舅娘不是说静波做生意没有固定的门面，也没有太多的资金吗，去了解一下那边的房产价格，或许就是想帮静波一把。也好，有为民出面，富民自然也少不了。他和尚芳的心愿就能实现了。

回到家，为民对父亲说："玩了一天，累坏了吧，要不你就先洗洗了休息。"

陈宋却说："我一天到晚都在睡觉休息，不累，让吴莹他们先洗了休息。"

吴莹和晓晨各自洗漱完毕，上床休息。陈宋把为民叫到房间里说："等吴莹不在的时候，你把你们卧室杂货间里压在最下头那个最旧的箱子翻一下，里面应该有一封你们另一个大哥写给妈妈的信，如果能找到的话，你可以看一看，妥善保管好，到时候还要给二哥看。经过舅婆已经给你说了，接下来的事情你和二哥酌情处理就行了，我就不多说了。但是这些年，你妈妈有个愿望就是想拉扯一下大哥，让他一家人把日子过得好一些。只不过，我们两个都变成了现在这个样子，妈妈肯定是没有机会去实现这个愿望了，我也要看过段时间体质是不是能够恢复，如果能够恢复，我们回一趟老家，我来帮妈妈实现这个愿望，如果说我的身体就这样拖着不见好转，那就只有靠你和二哥了。总之，你们这个大哥一家人日子过得并不轻松，一定要帮他们改变这种状况。”

说到最后，陈宋老泪纵横，就像是在交代后事。为民不住地点头，他伸手为父亲拭去眼泪说：“爸，你放心，我和二哥一定会让你们满意的。但是，我们还是希望等你的体质基本恢复后，由你亲自带我们去完成你和妈妈的这个愿望。对大哥来说，被你们接纳才是他最想要的。”

陈宋信任地点点头说：“那样更好。去休息吧，我也有些累了。”

从父亲的房间出来，为民坐在沙发上心情迟迟无法平静。母亲在那两年所遭受的苦难让他心痛。父亲对母亲始终如一的真爱让他钦佩，父亲包容和博爱的精神更让他感动。

为民来到楼下，急切地拨通富民的电话。这么重要的事情，当然要早点告诉二哥，需要二哥的理解和支持。这一点，他对二哥还是很有信心的。

“今天的聚会还不错吧。”富民在电话里问道。

“嗯，不错，大家都挺愉快。”

“爸的表现怎么样？没累着吧？”

“爸倒没啥事情，现在已经休息了。但是舅婆告诉我一件很重要很隐秘的事情，应该是爸同意她老人家告诉我的，因为，她之前和爸在阳台上聊了很久。”

“舅婆知道的事，那一定是一件往事了？”

“对对对，你知道吗？舅婆说我们还有一个大哥，而且这个大哥一家人现在还在老家生活。”

“既然舅婆给你说了，我也就不用再猜测了。跟你实话说吧，我其实从小就隐约感觉到我们还有一个哥哥或者姐姐。”

为民吃惊地说：“你是怎么知道的呢？”

富民回答说：“在你打这个电话之前我不是知道，而是猜测。因为小时候在乌兰，我无意间发现妈妈的床底下压着一封信，是从外地寄来的，好像是上海。写信的那个人一直把母亲叫妈妈，好像是费了好一番周折才打听到妈妈的地址的，信中有一句话好像是问妈妈是不是真的不要他了，信纸上有些地方有发皱的痕迹，就像是被眼泪打湿过，很明显，写信的人哭过，或者看信的人哭过，更或者是写信和看信的人都哭过，而且很伤心。”

“那我怎么没听你说过呢？”

“见到那封信的时候我都还小，信的真实含义都读不太懂。你就更小了。再大一点，等我想弄明白的时候，再也没有找到那封信。所以我从来没对别人讲过，也没有问过爸妈。”

为民说：“还是你厉害，直觉那么准确。现在，这都是事实了。刚才父亲让我一个人抽空在卧室那个最旧箱子里找找那封信，父亲还交代我看完后留着你回来也看看。但不知道那封信是不是就在那个箱子里，也许早就被妈妈藏起来了，藏到别的地方，或者永远藏在心里。”

“有没有那封信已经不重要了，我们现在可以确定的事实就是我们有这样一个哥哥。事情的经过可能你现在比我还清楚。”

“舅婆都告诉我了，等你回来我会详细说给你听。我现在就是想跟你商量下一步该怎么办。”

富民想了想说：“其实也没啥，父亲既然能接纳我们这个大哥，那我们无非是尽量帮这个大哥一把。你想吧，他比我们去世的大哥出生还要早几年，肯定没有什么固定的职业，也就是说他现在过得一定要比我们差一些，甚至差得多。你还记得不？妈妈好几次都说等我们两兄弟都发展起来，不再需要她操心和帮助之后，我们两弟兄，她谁都不跟，她有她的想法和要做的事情。你现在明白了吧，妈妈那是想帮衬咱们这个大哥一把。换句话说，母亲是把我们排在了前头，想等我们两个都稳定下来之后，再用她最后的余力去帮助她和那个负心人的孩子。那个人辜负了妈妈，但大哥是无辜的。”

为民回答说：“对对对，爸今天也是这个意思，他说如果体质有大的好转，会亲自去趟老家去帮妈妈实现这个愿望。但看他现在的情形，估计只有我们两兄弟去帮助他们实现愿望了。”

“这是肯定的，这一点我们两兄弟必须要做好。但是这个事情就不要老在父亲面前提了。特别是不能让外人知道，避免父母尴尬。不过我们还是要告诉吴莹和霞竹，帮助大哥，需要她们的理解和支持，她们就是我们的后盾。”

富民又问道：“这个大哥的近况，你现在知道多少？”

“根据舅婆的说法，大哥现在做点小生意，但是周转资金不多，收入不高。所以我的想法是抽空去那边了解一下房产行情，看我们能不能先给大哥贴补点钱，帮他买个门面。”

“这个想法可以，你可以先了解一下，等我假期回来，我们两兄弟一起去趟老家，如果那时候父亲的身体状况好转的话，我们陪着老父亲一起回去，专门解决这个事情。”

“那好，那我就等你假期回来，不过你明天先给父亲……”

不等为民说完，富民就打断说：“我知道，明天我给父亲打电话，讲一下我们两兄弟的态度和想法，好让老父亲放心。”

第二天，陈宋接到了富民的电话。两兄弟的态度和想法让他感到安慰。他强撑着来到医院，支开两位护嫂，把他和舅娘的做法告诉了尚芳，也把两个儿子的态度和想法告诉了尚芳。尽管尚芳还是那样一动不动地躺着，没有任何反应，但他还是动情地握着尚芳的手说：“你虽然没来得及说，也没来得及做，但我知道你一直都惦记着静波，放心吧，我和孩子们会帮你实现这个愿望的。我们都爱你，当然也要想你所想、爱你所爱。”

五十

富民匆匆赶回来，原因是陈宋摔倒了，病危。

陈宋本身年纪大身体不好，经过肿瘤摘除手术和放化疗，虽然各项检查都显示癌细胞已经杀死，癌症已经治好了，但从此之后他的身体就变得弱不禁风，几乎就是一身的干骨头支撑着一张薄皱的皮囊。身体这么差，他也很少去医院长时间陪着尚芳，也没有每天都去，隔个两三天三四天去一趟已经很费力了。

这天，保姆谢大姐出门买菜。陈宋起身拿电热壶倒水喝，不料脚下一滑摔倒了，滚烫的开水倒在胳膊和前胸上，他顿时昏迷过去，直到保姆回来，他还在昏迷之中。

闻讯匆匆赶回来的富民在重症监护室看着一身烫伤、神志不清的父亲，心如刀绞。

在那几天，富民和为民每天都在重症监护室外等着，在规定的探望时间进去看陈宋。

之后，陈宋渐渐清醒过来，身上因烫伤引发的炎症也被控制住，陈宋就不想在重症监护室呆了。他知道重症监护室的收费昂贵，还是那个想法，到处都要花钱，他能省一个便是一个。当然他也知道有孩子们在，根本用不着他为钱算计。但是躺在他隔壁床位的那个患者没能幸运地熬过昨晚，天亮前撒手走了。那张空空的床位让陈宋紧张也让他伤感，甚至控制不住地有些绝望。他在兄弟二人的劝说下勉强多待了一天，便执意要转出重症监护室。

拗不过父亲，兄弟俩跑到普通病房去看，好一点的病房和床位都没有了，医院说只剩下一个四人间可以为他们父亲临时加一张床。两兄弟不免抱怨，这么大一个医院居然连一个床位都空不出来，但也没办法，谁不知道现在很多乡镇和县区医院的设施设备都跟不上，老百姓看病难看病贵的问题一时还解决不了，再抱怨连这个加床也没了。

把父亲转入普通病房，富民又想，他和为民这些人也不可能全天陪在父亲身边，各有各的事，陪个一两天或者三四天是可以，时间长点就不行了。父亲现在这个状况至少要请一个保姆，而且还不能是一般的保姆，应该请熟悉这种危重病人护理并与医生护士都熟悉的特护。富民把这个想法告诉为民，为民楼上楼下跑了几趟，问了几个懂特护的专职护嫂，都说父亲现在这种情况一天至少要三百元钱，如果病情没有好转甚至恶化，那还要酌情加钱。富民知道后自然又是一番埋怨，心想，难怪大家用脚投票，没想到懂技术有专长的人这么有身价，看个病住个院这么贵，连他们这样有工资有收入的家庭都很有压力，不要说那些下苦力收入低甚至就没有稳定收入的人。

但现在同样也不是埋怨或者怜悯弱者的时候，两兄弟抓紧为陈宋雇了一位特护。

似乎可以松口气了。

但在两天后新的忧虑又来了，四五个人的普通病房环境很差，总有人进进出出，探望病人、送饭、轮班、闲聊，空气浑浊，噪音很大，尤其是卫生不能保证，医院的保洁人员不停地进来打扫也扫不过来，陈宋觉得在这种病房里待着呼吸都不敢张嘴，也睡不着。

饭就更咽不下去了。陈宋在放化疗之后口腔和咽喉等部位都同时受到损伤，尽管谢大姐已经很用心，把食物做得尽可能清淡绵软，但食物还没放进嘴里整个口腔尤其是舌根就火辣辣地疼。

两兄弟除了劝着哄着父亲，也没有什么别的办法。

为民对富民说："现在就只能这样医着走，你也就没必要留在这，带的不是毕业班吗，老请假那些孩子也耗不起，明天就回去吧，小事情有我在也有谢大姐在，大事情我会及时给你打电话，不过但愿不会有啥大事情。"

富民想想说："既然已经回来了，再待两天，我们先去给父母买个墓地。"

其实为民也有这个想法。看父亲母亲现在的情况，说不准哪天会突然离去。到时再去办这些事情，又仓促又没人好商量，不如趁着两兄弟在一块提前给父母置办好墓地，按民间习俗，这样做也是给老人添寿添福。

两兄弟找了一个小有名气的风水师，在公墓上上下下、里里外外转了一天，选定并购买了一处将来可以把父母合葬在一起的双穴。不为别的，就为父母这一生的恩恩爱爱，为父母这一生都不离不弃。他们希望真的到了那一天，父母在地下也能长相厮守，相约来生。

买好墓地，富民又去医院陪了母亲半天，便踏上列车返回西北。

富民回来仅仅一星期的时间，为民打电话说妈妈没了。

富民又匆忙往回赶。

在省城的火车站，富民看到前来接站的三孃，在三孃的身边还有一个中年男人。富民走近一看，这应该就是他们那个未曾谋面的大哥，怯懦和悲伤挂在脸上，但长得与母亲极其相像。

三嬢带着富民快步往停车场走，一边走一边说：“有件事情为民可能已经告诉你了，这就是你们的大哥，从来没有真正见过面的大哥，也怪我们这些老辈子，无意中拖到妈妈去世才让你们兄弟相见。”

富民哽咽叫了声大哥。

在亲朋好友的帮助下，兄弟三人一起料理完母亲的后事，都极度悲痛。但生老病死是谁都挡不住的，尤其是尚芳这种常年卧床不起不省人事的重患。亲朋好友都劝他们节哀顺变，也交代他们做事要小心，千万不要在父亲面前暴露。

但富民担心父亲的安危，就编着谎回家看父亲。

陈宋已经从医院转回家中调养。所谓调养，其实就是在家中拿着虚弱的身体去耗生命那一小截尾巴。这也是没有办法，他不愿意在那种脏乱的环境中待着，同时他的各种器官也已经开始衰竭，各种治疗和调理的药物，无论输液还是打针都打不进去，喂也喂不进去。连保姆每天喂他吃饭，他也是勉强进食那么几小勺稀饭，之后任凭儿子、保姆还是谁再怎么劝再怎么哄，他都吃不下。

富民强装微笑地站在父亲面前。陈宋感到有些惊讶，这个儿子不过节不放假的怎么突然回来了，第一反应就是家中有什么大事情发生。他首先想到的是爱人尚芳出事了，他问富民：“怎么这个时候回来，去没去看妈妈？”

富民说：“我是去参加培训，顺道回来看看你。”

陈宋不管富民说啥，还是开口问他：“去没去看妈妈？”

为民圆场说：“刚才一起去看的妈妈，而且妈妈有我们这些人操心，你就放心休息吧。”

陈宋不知道爱人尚芳已与他阴阳相隔了，点点头说：“要不是下不了地，正好让你们陪着我去看看妈妈，我都好久没见到她了。”

富民安慰父亲说：“不着急，好好养病，等身体康复了，我们陪你去看。”为民也借机对父亲说：“但是，现在最大的问题就是吃饭，你现在吃不进去东西，身体就没有什么能量，就会康复得很慢，所以你还要坚持着每天多吃点东西。”

陈宋勉强点头说：“我也想多吃一点，但是到处都疼，吃那么一点点我已经费了很大力气。”连他说这话也显得有气无力。

中午，富民随便扒拉了几口饭菜。他问谢大姐：“我爸爸吃啥，啥时候喂给他吃？”

谢大姐指指餐桌旁的一个小碗无奈地回答：“在那儿，我用两样蔬菜给他熬的粥，要等等，现在还有点烫你爸爸是不会吃的，哪怕还有一点点温热，他就说烫得嘴巴痛，到处都痛。”富民起身看看那碗粥，再伸手摸摸。谢大姐接着说：“什么里面的菜太硬了，什么咸了淡了，什么烫了热了等，都是你爸爸的借口，他是不想吃。当然，也不能说是借口，他的嘴巴里头确实有很多放化疗留下的创伤，不要说食物，就是沾点水他都觉得痛。”

为民说：“每次喂他吃饭都要费一番工夫，你看嘛，就那么一小碗，老父亲能吃个一小半就不错了，有时就是几小勺。而且，他还要发脾气。好在谢大姐会哄人，还能让爸多吃个一口半口。”

富民站起来说：“我出去一趟，马上就回来，饭等我回来喂给爸吃，为民你先去陪陪爸。”

为民索性放下碗擦擦嘴离开餐厅。母亲离世的悲痛像一块石头一样压在心头，原本就没什么食欲。再经二哥这么一问，父亲的吃饭问题像又一块石头压在心上。

为民来到父亲房间，坐在父亲床头，用手指为父亲梳头。

陈宋问道：“这么快就吃完了，二哥走了吗？”

“没有，他说出去办点事，一会儿就回来。”

“老家那个大哥的事，你要和二哥好好合计一下，这正好是个机会。对了，那封信找了没有，在不在那个箱子里面？”

“找了，但是没找到。不过，二哥说了，有没有那封信都不重要，我们都会按照你和妈妈的想法去善待和帮助大哥。”

自从陈宋告诉为民有那么一封信后，他还真的找过，但是没有找到。办理母亲的丧事处理母亲的遗物时，他在不惊动父亲的情况下又认真找过，包括其他衣柜、箱子，还是没有找到。为民想，难怪二哥说有没有那封信都不重要。

二哥太了解母亲了，他知道母亲已经把这段往事锁在了心里。锁在那么深沉的地方，除了父亲母亲还有谁能重新开启？锁在那么重要的地方，除了父亲母亲，谁还有资格持有那把开启往事亲情的钥匙？

为民对父亲说："我打听了，老家那边的房产价格也在涨，不过现在还不高，花个十多万，或者说我们贴补个十万八万就能帮大哥在市场里头买到个属于自己的铺面，生意就可以先稳定下来。"

陈宋点头表示同意。外面传来动静，应该是富民回来了。为民和陈宋都听到他在和谢大姐说什么，好像还有晓晨的声音。

为民接着说："刚才我还和二哥商量了，钱不是问题，等你身体好些了，我们两兄弟陪你去老家专门办这件事，我们一大家子都回去看看。"

陈宋有些激动，打起精神说："那就好，那就好。"

这时，富民端着碗进来，晓晨跟在后头。

"爸，我去超市挑了一种营养麦片，带奶香味的，拿开水冲出来比稀饭还软，甜甜的香香的，闻着就像在乌兰喝过的麦乳精，我喂给你吃。"

晓晨赶忙在旁边说："爷爷，这个麦片我们三个人已经拿扇子扇了一会儿，不烫了，你吃吧，我们陪着你。"

富民舀一勺粥在嘴边吹吹喂给父亲。陈宋抿上半勺，含在嘴里慢慢搅动舌头，口腔里的各种神经立刻传递出疼痛的信号，一阵猛过一阵，他的眉头不由得一紧一紧地皱着，但少数顽强的味蕾还是给他传递出一丝香甜的味道。陈宋觉得，这种纤细单薄而且久违的香甜，只有沉到岁月的深处才能牵回来。他面带微笑地主动张开嘴。

富民又给父亲喂了半勺。

为民在一旁高兴地说："不错，这个味道就是小时候的麦乳精的味道，二哥你还真能找。"

晓晨忙问："麦乳精是什么，我吃过没有？"

陈宋笑着看看晓晨，把半口粥咽下去，像个孩子一样又张开嘴巴。富民又给父亲喂了半勺，对晓晨说："叫我说，过去的麦乳精其实就是现在的麦片，只不过比现在的麦片加工得精细一些，营养成分的占比要高一些，味道也更纯正一些。最大的区别是麦乳精在我们小时候很金贵，平时是舍不得冲来喝的，一小罐要喝个一两年。”

不管晓晨听不听得懂，富民又说：“有一年，你奶奶叫爷爷把麦乳精带到野外去喝。爷爷就是舍不得，非要留在家里。但是，留在家里我们也舍不得喝。最后还是等到爷爷冬天收队回来，偶尔在晚上听收音机时冲上一杯，一家人共同分享。”

为民也在旁边对晓晨说：“冲一杯，满屋飘香，就是现在这种香甜香甜的味道。当然，你们这些孩子现在的条件太好了，根本体会不到。可以这样说，等你们长大了，不会想起任何一杯奶茶或者咖啡的味道。那种坐在便利店、咖啡屋经常可以尝到的味道，不会长根。”

在晓晨面前，这种类似说教的话是有代沟的。但晓晨是个机灵孩子，他懂事地对富民说：“二爸，我喂给爷爷吃吧，让我也闻闻它的香甜味道。”

“对，让乖孙喂给爷爷吃。”富民说着把碗递给晓晨。晓晨接过碗来，先直接用拇指拭去爷爷嘴角溢出的饭渣，再舀半勺粥送到爷爷的嘴边，自己的嘴巴也张了张。

晓晨很小的时候有些调皮，陈宋和尚芳常常追着他喂饭。包括月月，都是他们二老这样喂大的。每次舀一勺饭送到孙子孙女的嘴边，他们自己就先对着孩子张张嘴，像是在说：“乖乖，来张嘴吃饭，好好吃饭，吃完饭长高高。”

现在，吃饭的人和喂饭的人做了角色互换，就好比时光在翻转，180 度的翻转。但不论是有形还是无形的、有声还是无声的、光鲜的还是褪色的，很多的东西恰恰是在时光的翻转与回放中被传承下来。这熟悉而又温暖的场景，感动着在场的每一个人。

陈宋表现不错，竟然把一碗麦片粥都吃完了。但是，怕父亲起疑心，也怕待久了自己说漏嘴，富民没敢在家多待。天黑前，他告诉父亲要赶回去集合准备前往培训地点。

陈宋点点头说：“你去忙吧，叫弟弟送你去车站。”并像往常那样目送儿子离开。

回到宾馆，富民对为民说：“现在，大哥我们都见着了。但是这几天忙着处理妈妈的后事，也没和大哥正式聊聊，大哥看上去也怯怯的，估计对我们兄弟两个也有些顾虑，怕我们不认他。”

“我已经给父亲说了，等他老人家身体好些了，我们两兄弟陪他回趟老家，贴补个十万八万，先帮大哥在市场里头买个铺面，让他的生意稳定下来。之后的事，慢慢走着看。”

“所以呀，现在老父亲和我们都接纳了这个大哥，并想着补偿他帮助他，但是他和大嫂并不知道，特别是妈妈这么一走，大哥就觉得更加孤单了。我们应该乘着大哥大嫂还没走先把话说开，把他们的心跟我们拢在一起。”

“我也有这个想法，只是还没来得及和你商量细节，但我已经把钱准备好了。”

“那就这样，我们把大哥大嫂叫到舅婆房间，当着老人家把话说开，认下这个大哥，也把爸妈的心愿告诉大哥，还大哥大嫂一份迟到的踏实和温暖。”

为民说：“这样最好。”

看着为民转身去叫大哥大嫂，富民又说：“至于钱的事，现在先不要提，隔几天甚至十天半个月再说。我觉得这样要委婉一些，你说呢？”

为民说：“也对，缓一缓显得更自然。”

五十一

富民匆匆返回单位，悲痛归悲痛，但他还是想着加班加点把耽误孩子的时间赶回来。

回来的第三天早上，富民正在上课，手机不停地响，他瞟了一眼是为民打的，怕是有什么急事。平时，他上课一直坚持着中途不接打电话不脱离课堂的原则，这点为民也是知道的，但为民并没有挂断电话的意思，电话一直响一直响。情况不妙，他对学生说对不起，我有一个重要电话必须要接，说完匆忙走出教室拿出手机。

为民在电话那头哭着说："爸爸也走了，爸爸没了，早上我去屋里看他，虽然很虚弱但也还好好的，就在半个小时前，谢大姐发现爸爸已经走了。"

听到这个噩耗，富民险些瘫痪在地上，他在走廊拐角处靠着墙慢慢蹲下来，泪流满面。旋即，他又站起来往校长办公室走，边走边打电话叫霞竹给他订票，他要尽快赶回去。

霞竹也匆忙请好假陪富民回家。短短的十天时间，失去了两位至亲至爱的人，丈夫心中极度悲痛，这个时候让他独自拿着一张站票回去，太不让人放心了。而且在这个时候她应该陪着他，与他一起承受这份伤痛。

等霞竹陪着富民赶到陈宋的灵堂，亲朋好友们早已守候在那里。

天渐渐暗下来，前来吊唁陈宋的亲朋好友被为民和吴莹带回县城休息。三孃和四表叔执意要留下来陪着富民守灵。这些长辈比富民来得早，已经和为民在这守了两天。富民心里很过意不去，便找殡仪馆的工作人员要来两床被子，劝三孃和四表叔在办公室的两组沙发上休息。

富民回到空荡荡的灵堂，难以言表的悲痛从四面八方挤压下来。父母在人生尚有来处，父母去人生只剩归途。现在，他和为民就真正成了这个世上的孤儿。

这样的悲痛和孤独让富民感到身体格外寒冷，他缩紧身体坐在冰冷的地上，一张一张往燃烧的香炉里给父亲添纸钱，灵堂里的冷空气被升腾的香烛压下来，孤独又悲凉的寒意笼罩着周身，他把手伸向那些燃烧的纸钱，那有父母在这世上留给他的最后的温暖。

第二天，富民和为民在亲戚朋友的帮助下，按照风水师算定的时辰为父亲下葬，并把父亲和母亲葬在一起。诸礼和诸事完毕，富民让为民先带各位亲戚朋友去山下的餐厅。这么多的亲朋好友，这么多的长辈后人都来送父母，让富民感到安慰和感动，要好好答谢他们。

富民独自来到父母的墓前跪下，抬头看着墓碑上二老的相片。母亲的眼睛依然是那样的聪慧，母亲的面容依然是那样的慈祥。父亲依然一脸严肃地注视着前方，似乎这个世上还有他的牵挂，似乎永远都在为他所爱的人担忧。

他打开一条短信把手机放在墓碑前，短信是一位尚不知他父母去世的朋友发来的："听说你们局里开会讨论了，要把你提起来，你有用武之地了。"

富民脸上堆满苦笑，眼光落到墓碑刻下的双亲的生卒年月上。早就知道父亲母亲同年同月生，日子相差十天。现在，父亲母亲同年同月离去，相差十天又在另一个世界携手。

这不仅仅是一种时间上的巧合，更是一种永恒的爱。

富民含着眼泪向父母鞠躬，他把头磕在大理石的地面上久久不愿抬起来。在他的脑海里，青藏高原的一处高地上，寒风凛冽，白雪皑皑，两棵人苦苦菜相互依偎着开放着，雪地上，甚至整个高原都是人苦苦花太阳色的光芒和笑声。

其实，每一段声音，每一段影像，每一段足迹，在时空中都有一个永恒的位置。任你狂风再大，任你白雪再厚，人苦苦菜是不会倒下的，他们像太阳那样一直静静地站在时空中，温暖依旧，光芒四射。

图书在版编目（CIP）数据

太阳色的苦菜花 / 盛明渊著 . -- 秦皇岛：燕山大学出版社；北京：社会科学文献出版社，2019.12

ISBN 978-7-81142-855-1

Ⅰ. ①太⋯ Ⅱ. ①盛⋯ Ⅲ. ①长篇小说 – 中国 – 当代 Ⅳ. ① I247.5

中国版本图书馆 CIP 数据核字（2019）第 156362 号

太阳色的苦菜花

著　　者 / 盛明渊

出 版 人 / 陈　玉
责任编辑 / 柯亚莉　王玉霞
文稿编辑 / 刘如东

出　　版 / 燕山大学出版社
地址：河北省秦皇岛市河北大街西段 438 号
社会科学文献出版社
地址：北京市北三环中路甲 29 号院华龙大厦
经　　销 / 全国新华书店
印　　装 / 三河市东方印刷有限公司

规　　格 / 开本：787mm × 1092mm　1/16
印张：19.75　字数：297 千字
版　　次 / 2019 年 12 月第 1 版　2019 年 12 月第 1 次印刷
书　　号 / ISBN 978-7-81142-855-1
定　　价 / 68.00 元